novum pocket

Machma Urlaub

Ist Ruanda ein überlaufenes Reiseland?

365 Tage im Leben eines Reiseverkäufers

novum pocket

Tag 1 + 2: Move in the right direction

Jeder der in ein Reisebüro geht hat dafür seine Gründe. „Das Internet ist voll doof!", „Mein Mann hat versehentlich den Telefonanschluss abgemeldet" oder usw. Mein Grund dafür ist ein einfacher: Ich arbeite dort!

Schon häufig habe ich bei Freunden und Familie von meinen Erlebnissen mit meiner Kundschaft erzählt und viele meinten „Schreib doch mal ein Buch!" Gesagt – getan. So einfach war das natürlich nicht. Erst einmal musste der Plan in die Tat umgesetzt werden. Aber wozu hat man denn das neue Jahr?

Erst wird mal ein bisschen geschummelt. Das Jahr hat zwar 365 Tage, aber ein bisschen Freizeit braucht der Mensch und ich habe auch nicht jeden Tag geöffnet. Deswegen fasse ich Sonn- und Feiertage zusammen. Wie praktisch, dass das Jahr schon mal entspannt beginnt. So faul bin ich allerdings normalerweise nicht, aber bei meinem Silvestertrip nach Berlin hatte ich mich so stark erkältet, dass erst mal die Antibiotika wieder alles richten müssen.

Heute startet also ein neues Jahr und damit dreht sich das Hamsterrädchen wieder weiter. Den Mitarbeitern gut zureden und die Tatsache ignorieren, dass aus der Umsatz-Endsumme des letzten Jahres jetzt wieder eine 0 gemacht wurde. Freue mich jetzt erst mal auf meine erste Buchung. Man bedenke: Ich bin kein Angestellter, sondern der „Chef" und habe aktuell drei Angestellte. Damit sind schon mal einige Eckpunkte geklärt. Buchen wir nix, habe ich kein Geld. Hab ich kein Geld, kann ich meine Mitarbeiter nicht bezahlen Ein Teufelskreis. So, ich hoffe ich habe etwas neugierig gemacht – ich muss jetzt los ins Büro. Bis spätestens morgen!

Euer Machma Urlaub

Tag 3: Service für Obama

Meine erste Buchung des Jahres waren dann zwei unspektakuläre Flüge nach Saint Louis. Der Kunde hatte sich im Internet vorinformiert und war sehr traurig darüber, dass die Flüge bei mir im Büro mehr kosteten. Das ist der Lauf des Lebens – Fluggesellschaften zahlen keine Provisionen mehr und so mancher Kunde hat das mit dem WWW noch nicht so recht begriffen oder zu viel Unterschichten-TV geglotzt. Jedenfalls: Ich bin dankbar für diese Kunden. Viel Arbeit und wenig Geld: Aber Geld ist Geld. Und mit dem muss ich mein Personal bezahlen. Und trotz der Preisdiskrepanz buchen noch sehr viele Menschen Flüge bei uns, obwohl sie im Netz günstiger sind.

Das ABER folgt jedoch auf dem Fuß, denn er hat mir dann auch gleich erklärt, dass er dafür „Service" erwarte, was auf Deutsch heißt: DU MACHST ALLEN EINREISEKRAM FÜR DIE USA!!!!!

Und das ist nicht wenig wir hätten da einmal TSA, dann APIS und das gehasste ESTA. Wer wissen will wissen, was das ist? Im Grunde praktisch das Gleiche. TSA bedeutet „Transport Security Administration", APIS „Advanced Passenger Information System" und ESTA „Electronic System for Travel Authorization". Bei jedem Formular muss man allerlei Fragen beantworten, die für die Nationale Sicherheit der Vereinigten Staaten essenziell sind. Für das ESTA-Formular verlangt Barack Obama dann 14 Dollar pro Person. Hierzu darf der Kunde ganz besondere Dinge beantworten. Zum Beispiel: „Planen Sie einen Terroranschlag" oder „Haben Sie ansteckende Krankheiten". Ach nee, der Kunde beantwortet das ja nicht das soll ich ja machen. Wie ist das? Frage ich den Kunden nach seinen ansteckenden Krankheiten? „Haben, hatten oder möchten Sie Syphilis?“ Lieber nicht ich schicke ihn nach Hause und mache das in aller Ruhe – inklusive Reisepasskopie und Kreditkartendaten. Falls er sich auf dem Weg nach Hause eine ansteckende Krankheit einfängt: Pech gehabt. Kann ich nix für – soll er mit Barack Obama klären.

Ich bin mir nicht sicher, ob sich die Person, die sich den ESTA-Fragenkatalog ausgedacht hat, bei klarem Verstand war. Falls doch, sind die Vereinigten Staaten demnächst in ernsthaften Schwierigkeiten.

Vegetarisches Essen wurde auch noch reserviert, ein Mietwagenangebot präsentiert und ein Reiseschutz verkauft. Upselling nennt man das nun ja. Der Kunde war glücklich und ich hatte eine knappe Stunde rum. Dann der nächste Anruf. Mein kleines Sprüchlein aufgesagt und am anderen Ende: „Wissen Sie wie das Wetter im August in China, Taiwan und Kambodscha ist so erfahrungsgemäß.“

Erfahrungsgemäß ist nicht. Nix Erfahrung mit China, Taiwan und Kambodscha. Biete aber an, dass ich gerne für die Kundin im Internet recherchiere. „Nee, DAS KÖNNE SIE JA SELBST.“ Gut, dann nicht – bin ja auch nicht allwissend.

Barack Obama macht auch gerade Urlaub. Auf Hawaii – ob der auch einen ESTA-Antrag ausfüllen musste?

Bis morgen!

Tag 4: Der „Egal“-Kunde

„Also, ich brauche die Preise von allen Magic Life Clubs zwischen dem 06. Juli und 28. Juli für zwei Wochen.“

Das war noch einfach dann allerdings der erste „Egal“-Kunde des Tages. Reiseziel: egal, Hotel: egal „Hauptsache gut muss es sein“. Ah ja gut. Ich mache das jetzt beim Metzger in Zukunft auch: „Hallo, ich hätte gerne eine Portion Fleisch – egal was nur fleischig bitte.“

Übrigens: Wenn man „egal“ bei Google eingibt, bekommt man ungefähr 1.270.000.000 Einträge. Wenn selbst Google überfordert ist, dann hat man es als Reiseberater aber auch schwer. Der „Egal“-Kunde rückt dann nach vielen offenen Fragen doch meist mit der Sprache raus. Im Regelfall verläuft das Gespräch dann so. Ich: „Wie wäre es mit Griechenland?“ Kunde: „Nee, da will ich nicht hin die haben schon genug Geld von uns bekommen. Und Türkei, Tunesien und Ägypten mag ich auch nicht und Marokko. Und Mallorca wollte ich auch nicht. Und kein Ibiza und schon gar kein Bulgarien – wie wäre es mit was Schönem?“

Auch gern genommen bei langfristigen Reiseanfragen: Reiseziele, die als Busreiseziel ausgelegt sind, dementsprechend preisbewusstes, also „billiges“ Publikum haben, sollen von mir als Flugreise gebastelt werden. Playa de Aro, Lloret de Mar ... etc. Aber auch diesen Herausforderungen habe ich mich heute gestellt. Wird dann zwar dreimal so teuer wie die Busreise. Aber: Mir doch egal!

Was Kurzfristiges habe ich dann auch noch gebucht: Übermorgen geht es für Kunden nach Málaga. Last Minute lebt! Kunden nennen das aber gerne „Let’s Minute“. Ist aber auch egal.

Bis morgen!

Tag 5 + 6: Einfühlungsvermögen mal andersrum

Die erste Woche des neuen Jahres neigt sich dem Ende zu. Und mit ihr auch das Gefühl, dass sich im neuen Jahr etwas geändert hat.

Die Menschen, die tagtäglich in unser Büro einmarschieren, könnten nicht unterschiedlicher sein. Die erste Kundin des Tages schleicht herein und begrüßt meinen Mitarbeiter und mich erst mal mit: „Hier ist es schön warm", was Schlimmes erahnen lässt, denn Kunden, denen es fröstelt und die sich aufwärmen möchten, kosten Zeit und Nerven. Und das Klischee bestätigte sich. Kein Plan wohin, was überhaupt und sowieso. Da läuft es dem Reiseberater auch kalt den Rücken runter. Mit gutem Zureden und vielen Fragen dann endlich ein Reiseziel: Istanbul.

Ich: „Wie lange darf's denn sein?"

Kundin: „Ach, so 5–13 Tage was würden Sie empfehlen?"

Ich: „Hmmh empfehlen was möchten Sie denn ansehen ist schwer bei Städtereisen einen Zeitraum zu empfehlen." Das Wort eeeempfeeeeeeehhhhhhhhlen hab ich dann wohl doch etwas zu lange betont.

Kundin: „Na reden Sie doch mit mir, dann gehe ich auf Sie ein."

Da bin ich doch etwas perplex, denn eigentlich muss ich auf die Person einreden und auf sie eingehen und nicht umgekehrt. Jedenfalls – kein Istanbul. Nachdem sie erfährt, dass ich ihr keine komplette Reisegruppe mit Führung verkaufen kann, dampft sie ab.

Nächster Kunde. Kreuzfahrt ab Venedig Zeitraum: In den nächsten 12 Monaten. Memo an mich selbst: Sollte für solche Fälle eine Beratungsgebühr einführen, die nach erfolgter Buchung zurückerstattet wird.

Danach endlich interessierte Kunden, die mein profundes Fachwissen über die Kapverdischen Inseln zu einem direkten „JAWOHL" verleitet, als ich die alles entscheidende Frage stelle: Sollen wir gleich zuschlagen?

Dann eine französische Kundin ohne Deutschkenntnisse bei meinem Mitarbeiter, der ihr mit Händen und Füßen versucht zu erklären, dass das gewünschte Angebot nicht mehr verfügbar ist. Nachdem alle Alternativangebote mit Gleichmut toleriert wurden, fiel der Blick auf mich. Was ich verstehen konnte, war: Im letzten Spätherbst war sie wohl schon mal da und wollte buchen und ich hatte die Tür nach den Öffnungszeiten schon zugesperrt und offenbar niemanden mehr rein gelassen. Wenn ich damals so viel verstanden habe wie heute ist das auch kein Wunder. Dass sie nicht gegen die Theke getreten und gespuckt hat, war alles. Gebucht hat sie dann nicht. Mich verflucht – kann sein.

Zum Schluss noch ein nettes Rentnerpärchen, das beim ersten Angebot gleich „ja, buchen" gejubelt hat, bevor ich auch nur halbwegs in der Lage war die Flugdaten zu Ende vorzutragen. Nach der Buchung bedankte ich mich und die Kunden sich bei mir. Alle waren glücklich ... dann viel mir ein: Verdammt, morgen ist verkaufsoffener Sonntag ...

Bis dahin!

Tag 7: Dringend Pipi

„Ich hätte da mal eine Frage an Sie. Meine Tochter muss mal dringend Pipi. Kann sie bei Ihnen?"

Es wurde dann die Variante B, die ich persönlich auch bevorzugen würde. Low Cost Airlines pfui! Die Pforte zur Hölle. Außer ich kann sie natürlich buchen.

Bis morgen!

Tag 9: Kaffeefahrt ins Nirgendwo

„Hallo, ich bräuchte 'ne Fahrt. Haben Sie das?"

Kunden, die sich am Telefon nicht mit ihrem Namen melden, sind mir suspekt. Ich habe mir abgewöhnt danach zu fragen, da ich meist als Gegenfrage ein „warum wollen Sie das wissen" gepampt bekomme. Im Regelfall sind es Rentner, die auch „gerne mal ein Problem hätten".

So auch heute! Die ältere, etwas verwirrte Dame will also irgendeine Fahrt. Und sie meint tatsächlich eine Tagesfahrt, da sie am Samstag Geburtstag hat und vermutlich sehr, sehr alt wird. Die doofe Verwandtschaft möchte sie offenbar nicht bei sich begrüßen. Das Geld kann man natürlich auch in eine Heizdecke investieren.

Leider haben wir keine Kaffeefahrten. Flugzeug und Zug kommen nicht infrage und so muss ich die gute Alte leider an die Konkurrenz verweisen.

„Haben Sie nicht ein paar Telefonnummern, junger Mann?" Hab ich nicht, aber die Gelben Seiten hätte ich, inklusive Buchstabe B: Wie Busreiseveranstalter. Meine gute Tat für heute.

Dann noch meine beeindruckende Rentnerin vom Tag zuvor, die wild mit mir geflirtet hat und heute zum Buchen vorbeigekommen ist. Die Tatsache, dass ich beinahe ihr Urenkel sein könnte, toleriert sie völlig. Sie ist rüstige 79 Jahre alt, was mich mehr als überrascht, fliegt alleine und macht sich eine schöne Zeit in Puerto de la Cruz auf Teneriffa. Der Ehemann muss zu Hause bleiben. Selbst ist die Frau. So sind die Unterschiede bei meinem älteren Publikum.

Ich wähle für meine Zukunft die zweite Variante. Eine Heizdecke wäre jetzt nicht übel. Es ist nämlich kalt!

Euer Machma Urlaub

Tag 10: Krankheiten aus dem Urlaub

Heute hatte ich frei. Das bedeutet für mich in Normalfall ausschlafen. Meine großartigen Mitarbeiter sorgten währenddessen für den umsatzstärksten Tag des noch jungen Jahres, während ich versuchte mich dem „Dolcefarniente" – dem süßen Nichtstun – hinzugeben. Leider gelingt mir dies selten und so fand ich mich im Büro wieder, wo ich Post sortierte und auf einem der vielen Stapel eine Reklamation fand, die aus dem letzten Sommer stammte. Der Inhalt war so haarsträubend und lustig, dass ich ihn gerne hier teil.

In der Reklamation berichteten zwei junge Damen – beide mit sehr osteuropäischen Namen – dass sie sich in ihrem Mallorca Urlaub die „Käze" im Hotel eingefangen hatten. Die Käze? Wie bitte? Das einfache Hotel, das sie zum Abfeiern in El Arenal gebuchten hatte, war tatsächlich mehr schlecht als recht. Aber krankheitserregend sind sie in der Regel nicht. Mal abgesehen von der Bettwanzen-Epidemie in New York vor zwei Jahren, aber das ist wieder ein ganz anderes Thema. Zurück zur „Käze". Für alle, die es noch nicht kapiert haben: Es geht um die Krätze, was an sich schon ein grauenhaftes Wort ist.

Deswegen medizinisch ausgedrückt: Eine Hautkrankheit durch Milben. Die beiden Ladys sind not amused, denn alles juckt und „physisch sind wir auch am Ende". Auch die Möbel zu Hause mussten entsorgt werden, „da die Käze auch diese befallen hat". Hilfe! In den Möbeln. So was! Doof, dass die „Käze" eine Inkubationszeit von 3–6 Wochen hat. Wikipedia sei Dank!

Wird Zeit, dass ich morgen wieder arbeite. Ich brauch den Stoff! Und die Antwort vom Kundenservice des Veranstalters hätte ich auch gerne!

Bis dahin!

Tag 11: Gibt's das auch in Großbuchstaben?

„Ich habe in der Reiseanmeldung gesehen, dass die E-Mail-Adresse in Kleinbuchstaben abgespeichert ist. Können Sie mir eine Test-Mail schicken? Meine Mailadresse wird nämlich in Großbuchstaben geschrieben!"

Mal wieder ein Computergenie unter unseren Kunden. Meine Mitarbeiterin hat dann auch schön brav eine Test-Mail geschickt, die überraschenderweise ankam. Aber selbst wenn wir „iCHhabEnULlplanvonINfoRMatik@nixwissen.de" anders geschrieben hätten, wäre es richtig angekommen.

Ich persönlich durfte heute dann mit dem Visa-Antrag für Sri Lanka kämpfen, nachdem ich letzte Woche schon Barack Obama froh machen durfte. Der Antrag beinhaltet keine persönlichen Fragen, nur viel teurer ist er; 30 Dollar pro Person. Je teurer, desto weniger Intimität offenbar. Leider funktioniert die Antragsseite nur mittels

„Verified by Visa“ und der steinalte aber sehr sympathische Kunde kannte sein Passwort dafür nicht. War ja wieder klar. Seine Bank machte ihm jedoch den kreativen Vorschlag, dass ich mir einfach ein Passwort für den Kunden überlegen sollte und am nächsten Tag könne man es ja löschen. Geht's noch? Aber des Menschen Wille ist sein Himmelreich morgen überleg ich mir ein schönes Passwort. Irgendwas mit vielen Groß- und Kleinbuchstaben.

Bis dahin!

Tag 12 + 13: Geruchsbelästigung

Das ist aber auch immer ein Gehuste und Geschnäuzte vor meinem Counter. Und am Ende bekommt man das verrotzte Patsche Pfötchen zum Schütteln hingehalten. Mahlzeit! Zum Glück steht immer ein tolles Fläschchen Desinfektionsmittel auf meinem Tisch.

Heute dann allerdings das andere Problem. Mein Mitarbeiter nennt es treffenderweise „Maulgammel“. Man bemerkt diesen Zustand am Nebentisch immer, wenn der Kollege auf dem Weg von Tisch zu Drucker einen kurzen Umweg zur Tür macht und diese trotz 2 Grad Außentemperatur aufgerissen wird. Mademoiselle Maulgammel war vor ein paar Tagen schon mal da und hatte mich auf Französisch mit üblen Flüchen bedacht, weil ich sie im Spätherbst nach den Öffnungszeiten nicht mehr ins Büro gelassen hatte. Als Rache hatte sie wohl heute eine faule Zwiebel verputzt und diese extra nicht verdaut. Auch ich bekam fast im gleichen Moment einen Kunden, bei dem ich dankbar für die frische Luft war. Man kann es sich aber auch nicht aussuchen. Wenn ich das könnte, dann wäre morgen nämlich Sonntag und nicht erst Samstag. Zum Trost hab ich mir selbst Urlaub gebucht – Gran Canaria.

Bis morgen!

Tag 14: Katholik + Moslem = kein Doppelzimmer

Heute musste ich leider alleine arbeiten, was machbar, aber dennoch stressig war.

Der Tag begann mit einer sehr interessanten Problematik. Ein Pärchen stand vor mir und trug seinen Wunsch vor, in Dubai Urlaub zu machen Soweit so gut. Allerdings war es ein unverheiratetes Paar – die junge Dame eine Französin mit deutschem Pass, der junge Herr ein Franzose mit nordafrikanischem Einschlag. Irgendwas zwischen Marokkaner und Libanese. Jedenfalls gilt in den meisten islamischen Ländern, wozu auch die Vereinigten Arabischen Emirate zählen: Unverheiratete Paare, bei denen der Mann Moslem ist, dürfen nicht im gleichen Zimmer schlafen und können von der Rezeption abgelehnt werden. Nein, das ist kein Scherz. Ich hatte den Fall schon mal – die Kunden mussten ein zweites Zimmer vor Ort buchen und nachts über den Flur schleichen. Soviel zum Thema Fortschritt. Aber was soll's. Das Risiko war in diesem Falle gering, da der Kunde einen französischen Pass hatte – da soll man ihm den Moslem mal beweisen.

Dennoch versprach ich, im Hotel nachzufragen. Ein toller Anruf: „This is xyz-travel agency from Germany. I have two customers. One German, one French, but he is Muslim – can they use a double room?“ Die Antwort war ein simples „no problem“. Mein Englisch war auch schon mal besser ...

Bis morgen!

Tag 15: Das Orakel von Delphi

Heute ist Sonntag. Eine Möglichkeit die Woche Revue passieren zu lassen. Gute Umsätze, viele nette Kunden und wenig Anfragen für Ferien und Brückentage. Ferien- und Brückentagtermine sind der Horror eines Reiseverkäufers, denn hier treffen die Realität (wenig Plätze, hohe Preise) auf die Wünsche und Hoffnungen der Kunden (braucht viele Plätze und hat kein Geld).

Gestern dann die dümmste Frage der Woche, während einer Beratung mit einem sehr netten Paar, das nach Istanbul wollte. Die Tür geht auf und ich bekomme von hinten ein „Entschuldigung, wie lange dauert denn Ihre Beratung bei den beiden noch?“ gebrummt. Zunächst hebt sich nur meine linke Augenbraue, dann bekomme ich doch einen genervten Gesichtsausdruck. Auch die Kunden drehen sich jetzt um und sind etwas irritiert. Mehr als ein kurzes „Äh, sorry – aber das kann ich Ihnen nicht sagen“, kann ich nicht entgegnen. Der Mensch zischt mit einem knappen „Ach so!“ wieder ab. War wohl nicht soooooooooo wichtig; Bin doch nicht das Orakel von Delphi. Meinem Paar vor mir schlage ich vor, dass ich zukünftig mit einem Zeitlimit berate und es extra kostet, wenn es länger dauert. Die finden das lustig. Das wäre doch mal was.

Bis nächste Woche!

Tag 16: Nobody's perfect

Montag. Wäre besser im Bett geblieben. Die Kunden sind es nämlich offenbar. Nichts zu tun nichts!!! Zum Glück hatte ich am Samstag bei der Arbeitsagentur eine Stellenanzeige für einen 400 EUR-Job geschaltet, auf die sich über das Wochenende zahlreiche Bewerber gemeldet hatten.

Auch hier hatte ich gehofft, dass ich mit meinem verbesserten Qualifikationsprofil nur noch die richtigen Interessenten melden würden. Aber nee: „Ich bin seit drei Jahren selbstständiger Autoverkäufer." Schön, bringt mir aber im Reisebüro nix. Oder „Meine Deutschkenntnisse sind inzwischen sehr gut". Auch schön. Ich bin für Integration. Aber im Verkauf muss man fließend reden. Ich kann die Verzweiflung schon riechen, mit der die Bewerbungen verschickt wurden. Dennoch kann man aus einem Trabi keinen Porsche machen. So ist das leider nun mal. Zum Glück hält sich bisher jeder daran, die Bewerbung per Mail zu schicken. Dann müssen wenigstens keine Bäume dafür sterben. Einen vielversprechenden Kandidaten gibt es dann doch. Hat einen etwas doofen Namen. Aber nobody's perfect.

Bis morgen!

Tag 17: Let it snow, let it snow, let it snow

Dienstag. Schnee! Auch heute passierte nicht sehr viel, da es zum ersten Mal in diesem Winter so richtig geschneit hatte und so was bekanntlich immer sehr überraschend kommt, Verkehrschaos bedeutet und gleichermaßen heißt, dass sich wenig Menschen in die Innenstadt trauen. Das Äquivalent zum verkaufsoffenen Sonntag.

Mein Mitarbeiter und ich kämpften also um jeden Menschen, der hereinkam und am Ende hatte jeder eine Buchung. Auch die Bewerbungsflut ging weiter. Ein Anruf aus Luxemburg auf Englisch rüttelte mich aus meinem Schneekoma: „Could you tell me something about the job?“ Äh, hallo? Geht's noch? Muss ich jetzt auch noch erklären, dass ich einen Muttersprachler suche? Ich: „I am sorry ... I am actually looking for a native speaker!“ An der anderen Leitung: „Oh, okay!“ Yes okay big surprise. Nach einer arabischen Bewerbung ging ich nach Hause. Soll mir bloß keiner mit dem Gleichbehandlungsgesetz kommen. Auf Englisch und Arabisch kann ich Oma Rosi nicht in die Sommerferien auf Lanzarote schicken.

Herr! Lass Hirn regnen. Oder zumindest Muttersprachler! Schnee ist jetzt genug da!

Bis morgen!

Tag 18: Wer fragt der führt

Mittwoch ist mein freier Tag, außer jemand hat Urlaub, ist krank oder der Weltuntergang steht bevor. Heute dann das erste Vorstellungsgespräch, das ähnlich verlief wie so manche Kundenberatung. Man bekommt selten die Antworten, die man gebrauchen kann. Wie wäre es denn hiermit:

Reiseberater: „Ab welchem Flughafen können Sie abfliegen?“

Kunde: „Ab einem guten!“ (?!)

Reiseberater: „O-kay, welche Kategorie soll das Hotel haben?"

Kunde: „Keine." (?!?!??!)

Reiseberater: „Hmmh. Welche Verpflegung hätten Sie denn gerne?"

Kunde: „Mittel!" (what the f***?!?!?)

Dieser kleine Exkurs sollte für heute reichen, da ich die Gefühle meines Bewerbers nicht verletzen möchte, sollte er das hier mal lesen und sich irgendwie erkennen.

Meine Mitarbeiter, die ihn auch gesehen haben, haben ihn Prinz Eisenherz getauft. Ganz schön fies. Von wem sie das wohl haben?!

Bis morgen!

Tag 19 + 20: Der „Ach, Sie haben ja nix zu tun"-Kunde

„Ach, das ist gut, Sie haben nix zu tun!" Zwei Berater + keine Menschen im Büro = nix zu tun!

Das ist die simple Formel für alle potenziellen Kunden, die die Tür öffnen. Immer dann, wenn die Begrüßung entfällt und man den obigen Satz zu hören bekommt, kann man sicher sein, dass man gerade eine Südafrika-Rundreise am Ausarbeiten ist oder zum achten Mal versucht einen Multi-Stopp-Flug zu erstellen. Ist nix mit Langeweile! Kunden die mit „ach, das ist gut, Sie haben nix tun" hereinschneien, sind in aller Regel nervtötend, da die Überraschung, dass kein Kunde da ist, nur unwesentlich kleiner ist, als die Tatsache, dass es ja soooooooo viele Länder gibt, in die man verreisen kann. Und diese

Länder kann man den Berater ALLE abfragen – er hat ja nix zu tun. Wintersportziele inklusive. Man freut sich ja über Arbeit. Die heutige Kundin konnte sich nicht so recht entscheiden, welchen Berater sie jetzt aufsuchen sollte, aber ich hatte schnell gemerkt, dass ich dank dieser Kundin gleich sehr viel zu tun haben würde und es ein sehr brotloses Unterfangen werden würde. Man hat so was im Morgenstuhl. Also: Augenkontakt abgebrochen, dem Mitarbeiter überlassen. Hatte dann auch 45 Minuten Zeit allen unqualifizierten Bewerbern abzusagen. Auch nicht schlecht!

Bis morgen!

Tag 21: Gute Preise – gute Besserung!

Der erste Tag des Jahres mit einer gewissen Grundgenervtheit. Verschlafen, viel zu kalt draußen und dann auch noch sehr wenige Anfragen, mit denen man arbeiten konnte. Nachdem ein Stammkunde einen Oneway-Flug nach Almeria gebucht hatte, ich ihm statt dem Wechselgeld seine vier 50 EUR-Scheine zurückgegeben hatte, wusste ich: Das wird heute nix! Gut, hätte schlimmer ausgehen können, wenn ich das Geld nicht noch mal bekommen hätte. Aber viel besser wurde es nicht.

Es folgte ein Paar, dass für alle Brückentags- und Ferientermine ein „Rosinchen" haben wollte. Da die meisten Menschen Rosinen nicht mögen, war ich zunächst verwirrt. Aber es stellte sich heraus, dass „Rosinchen" besonders gute Preise sein sollten. Leider hatte ich Probleme mit den Rosinen – für die Kunden waren meine Preise eher gammliges Fallobst. Und zum guten Schluss: Noch ein Paar 18:40 Uhr. Bis 18:50 Uhr wurde erst mal das Datum diskutiert dann konnte ich präsentierten. Um 18:59 Uhr wurde das Datum nochmals umgeworfen. Um 19:03 Uhr noch mal. Ich fing dann mal an das Büro abzusperren was die Kunden tatsächlich nicht irritierte. Aber ich konnte nicht anders: „Vielleicht sollten Sie sich erst mal über das Datum klar werden, damit ich Ihnen etwas aussuchen kann!“ Geht doch!

Bis morgen!

Tag 22: Kebab aus der Hölle

Erst mal die Mitarbeiterin nach Hause geschickt, die sich mit Übelkeit ins Büro geschleppt hat. Der Kebab am Mittwoch war schuld. Nach einer Stunde konnte ich das Elend nicht mehr mit ansehen und nach ihrer Istanbul-Beratung war Schluss. Fand das ein passendes Ende, so reisezieltechnisch. Auch für mich war das dann vielleicht besser. Nachher war es nicht der Kebab, sondern der Noro. Das ist zwar nix zum Essen, aber irgendwie auch manchmal etwas unangenehm. War aber klar, dass die Hütte kurzzeitig dann etwas voll stand. Ist ja immer so, wenn man denkt, es geht auch alleine. Ging es dann auch, denn leider wollte die Technik nicht so richtig funktionieren, was zur einen oder anderen Wartezeit geführt hat, während der man die anderen Kunden verarzten konnte. Dennoch: Nichts ist schlimmer als einen Preis im System stehen zu haben, der dann nicht buchbar ist. Alle Anstrengungen, die man zuvor unternommen hat, um das Vertrauen der Kunden zu gewinnen, stehen in dem Moment auf der Kippe, wenn man zugeben muss, dass der hinterlegte

Preis leider nicht mehr aktuell ist. Aber das ist leider eine Realität mit der alle Reisebüros kämpfen müssen. Um 18 Uhr ging ich mit dem vierfachen des Tagessolls nach Hause. Zur Feier des Tages einen Kebab?

Gute Besserung!

Tag 23: Reklamationswut

An einem Sonntag lässt es sich am besten über Reklamationen berichten. Erfreulicherweise ist der Ordner, in dem ich diese abhefte, nicht allzu dick, allerdings ist er im letzten Jahr stärker gewachsen als in den Jahren zuvor. Nach gründlicher Recherche dann aber Erleichterung: Selten wurden die von uns ausgesuchten Hotels bemängelt, was aber natürlich auch vorkommen kann. Nicht immer trifft man den Geschmack der Kunden. Nein, vielmehr wurde über Flugverspätungen, Reiseleitungen, Mietwagenanbieter und Transfers gemeckert; häufig auch mit sehr gutem Recht. Dann gibt es aber eine Vielzahl von Reklamationen, die mündlich vorgetragen werden und bei denen ich es einfach nicht übers Herz bringe die Kunden darum zu bitten, diese in schriftlicher Form einzureichen, da ich schon im Büro weiß, dass nichts aber auch gar nichts dabei rauskommen würde. Von „die hatten nur noch Papiertischdecken“ bis „die Zimmermädchen sprachen kein Deutsch“ ist dann alles dabei.

Leider kann man sich aber gegen viele Reklamationen nicht wehren, da diese nämlich per E-Mail im Büro eintreffen. Ich bin mir sicher, dass der Kundenservice vieler Veranstalter die besten Beschwerden bei den Weihnachtsfeiern vorträgt. Auch folgende Geschichte hätte sicher einen Ehrenplatz. Zwei Damen wurden nach ihrem Türkeiurlaub vom Transferunternehmen des Veranstalters am Hotel abgeholt. Der Fahrer wurde auf der Autobahn von einem anderen Fahrzeug bedrängt, was zu einem abrupten Stopp auf dem Seitenstreifen führte. Die beiden Damen waren im Wagen „eingesperrt" und mussten zusehen, wie die beiden Fahrer eine Schlägerei begannen, bei der auch „vom Gebrauch eines Hammers nicht zurückgeschreckt wurde". Die Fahrt wurde dann zum Glück bald fortgesetzt, allerdings nur um an der nächsten Raststätte erneut zu enden, weil eilig per Handy herbeigerufene Kollegen das Spektakel zu einer Massenschlägerei ausarten ließen. „Wir bitten um Entschädigung, wegen der entstandenen Unannehmlichkeiten." Tja, lieber Kundendienst. Überleg dir da mal was. Ich würde ja gerne mal wissen, wo der Hammer herkam?!

Euer Machma Urlaub

Tag 24: Totstellen

Die Dame am anderen Ende der Leitung hat vor einigen Wochen einen Flug nach Südafrika gebucht. Jetzt möchte sie wissen ob sie drei Gepäckstücke aufgeben kann, obwohl nur zwei im Preis inklusive sind. Das mehrmalige „Es sind nur zwei Gepäckstücke inkludiert" meines Mitarbeiters wurde ebenfalls mehrfach ignoriert. Nun beschreibt die Kundin die Koffer in schillernden Farben, Maßen und zusätzlich auch noch die Kiloverteilung, was endgültig zum Erstarren und Schweigen meines Mitarbeiters führt. So ist das doch auch im Tierreich: Totstellen hilft manchmal in diesem Falle nicht. Sehr eindringlich wurde dann noch mal alles erklärt. Bin mir sicher, dass sie morgen noch mal mit mir sprechen will. Ich freu mich schon drauf.

Ansonsten war der Montag dank Eisregen etwas lahm. Auch die Stammkundschaft konnte sich für meine Angebote nicht erwärmen – im wahrsten Sinne des Wortes.

Dann kam noch eine Rückfrage über Facebook von einer Freundin, die sich für eine sehr bekannte Clubanlage auf Fuerteventura interessierte.

Freundin: „Sag mal, wie ist das mit dem Club. Der ist doch etwas elitär. Ist das dort nur poppen mit Stewardessen und Piloten?"

Ich: „Nee, nicht nur. Auch mit Ärzten und Rechtsanwälten!"

Bis morgen!

Tag 25: Tag der Stille

„Haben Sie auch einen XYZ-Katalog?", stottert die kleine Oma und bedankt sich herzlich beim Verlassen des Büros mit mehreren toten Bäumen in der Tüte. Viel ereignisloser kann ein Tag kaum sein. Manchmal passiert einfach nichts. Eine kleine Beschwerde über ein Hotel in Istanbul. Konnte mich weder an die Buchung noch an die Kunden erinnern, was meist ein Zeichen dafür ist, dass sich die Kunden das Angebot selbst im Internet herausgesucht hatten, um es dann aus mir unerklärlichen (aber erfreulichen) Gründen bei uns im Büro zu buchen. Auch auf die geschaltete Stellenanzeige gibt es inzwischen keine

Reaktionen mehr. Morgen tanze ich wohl auf der Theke Sirtaki. Das ist ein griechischer Tanz und macht vielleicht schon mal Lust auf Sommer in der Ägäis.

Bis dahin!

Tag 26 + 27: Sri Lankesen?

Es ist wieder so weit. Die Sri Lankesen sind unterwegs. Gemeinerweise schaut diese Nation immer in größeren Gruppen aber erfreulicherweise nur periodisch vorbei, sorgt jedoch dank völlig unverständlicher Klicklaute für unangenehme Anfragen und komplizierte Buchungen. Grundsätzlich laufen alle Telefonate und Beratungsgespräche folgendermaßen ab:

Sri Lankese: „Brauchen günstig Flug Colombo! Direktflug“ (man beachte das geknödelte, kaum verständliche – gerne in der Hörbuchvariante persönlich von mir vorgetragen).

Ich: „Für welches Datum?“

Sri Lankese: „Colombo!“

Ich: „Nee, für wann!?“

Sri Lankese: „Direktflug!“

Ich: „Ja, ich weiß. Aber für welches D-A-T-U-M?!“

Sri Lankese: „Ah, Datum nächst Woche vier Wochen.“

Ich (suche): „Ok, da hätte ich was am 03. 02. für 28 Tage Air Lanka für 734 Euro.“

Sri Lankese: „Direktflug!“

Ich: „Ja, ich weiß. Mit Air Lanka. Sonst fliegt nix direkt.“

Sri Lankese: „Ahhh, Air Lanka (knödel).

Im Normalfall endet das Gespräch mit dem Hinweis, dass man es sich überlege und bald wieder kommen würde.

Innerhalb einer Woche habe ich den Sri Lankesen wieder vor mir stehen oder am anderen Ende der Telefonleitung. Die Preise werden zumeist immer teurer und das Gejammer mit jedem Anruf schlimmer (Megageknödel!). Am Ende wird der Flug gebucht, der als allererstes angefragt wurde – nun jedoch viel kostspieliger als noch Tage zuvor.

Dann kommt das Highlight. Die Namen! Für den mitteleuropäischen Gehörgang auch Klingonisch für Anfänger. Erfahrungsgemäß wird für die komplette Familie gebucht.

Ich: „So, dann bräuchte ich die Namen. Wie heißen Sie?"

Sri Lankese: „Ragevaganer Sathiantahn Thantaporn Multigeno." (knödel)

Ich: „?"

Ausweispapiere haben die Damen und Herren dann nicht dabei. Der Vorname der Kinder ist für gewöhnlich der Familienname des Vaters. Alles anders in Sri Lanka. Nach der aufwendigen Eingabe der vielen Namen ist man dann selig, bis das System folgende Fehlermeldung ausspuckt: „ACHTUNG! NAMEN SIND ZU LANG. BITTE SINNVOLL KÜRZEN UND KUNDENSERVICE BENACHRICHTIGEN."

Ich will nach Hause! Heißt das eigentlich Sri Lankesen?!

Euer Machma Urlaub

Tag 28: Der Alleinreisende

Scheiß Tag. Nachdem mein Festplatten-Receiver den Geist aufgegeben hat, folgte dann gestern Abend der Bluray-Player, was mit zusätzlich abgebrochenem Schlüssel im Briefkasten für nicht ganz so gute Laune gesorgt hat dann der erste Kunde. Einzelreisender – einer von denen, wo man sofort weiß, warum er allein verreisen muss.

Alleinreisender: „Ich hab auf Ihrem Aushang günstig gesehen."

Ich: „Sind aber leider Preise pro Person im Doppelzimmer."

Alleinreisender: „Ach so, ja kein Problem. Ich nehme auch das Doppelzimmer."

Ich (innerlich von 1 bis 3 zählend): „Ähmmh. Ja – dann müssen Sie auch den Preis für zwei Personen zahlen. Ich schau gern für eine Person, aber da haben die meistens Hoteliers einen Aufschlag."

Alleinreisender: „Ach so. Ja, ich hätte gern was für ungefähr in drei Wochen. So was wie auf dem Aushang. Oder was anderes."

Ich: „Für wann wäre es denn genau?"

Alleinreisender: „Ich bin da flexibel. Vielleicht was in Singapur oder Malaysia. Oder hier sehe ich gerade die Azoren. Bali ginge auch oder Südafrika. Gibt es da auch nur den Flug? Aber Kuba wäre auch schön. Und Kap Verde. Oder Skiurlaub."

Ich (denke mal wieder über Beratungsgebühren nach): „Also alles?"

Alleinreisender: „Hmmh. Ja, also ich weiß nicht so ungefähr."

Ich (fühle mich als Suchmaschine missbraucht!!!): „Ungefähr ist schwer. Müsste schon mal die Eckdaten wissen. Wann, wo, was genau, wie viel Sterne, Verpflegung und Budget. Tut mir leid, da kommen wir nicht drum rum."

Alleinreisender (schwer gereizt): „Dann kann ich auch im Internet schauen."

Ich: „Da müssen Sie aber auch IRGENDWAS eingeben."

Alleinreisender: „Hmmh. Ja ich melde mich dann vielleicht noch mal."

Ich (ein Sonnenschein): „Ja, gerne. Einen schönen Tag noch."

Der Rest des Tages verlief dann gut. Monatsvorgabe erfüllt. Auch nicht schlecht.

Bis morgen!

Tag 29: „Stammkunden"

Der Tag beginnt gut. Eine ehemalige Kollegin möchte das Angebot vom Vortag buchen und auch die Schwiegereltern haben sich entschieden. Freudig gebucht. Alles toll. Dann öffnet sich die Tür und eine Stammkundin schwänzelt herein und es fällt mir sichtlich schwer nicht zu stöhnen, die Augen zu rollen oder den Kopf auf den Tisch fallen zu lassen. Stattdessen schraube ich ein Lächeln auf – soweit mir dies möglich ist. Die Kundin ist Türkin, allerdings nicht wie das Klischee mit Kopftuch ausgestattet, dafür mit einer Stimme, die so weinerlich ist, dass ich nach der Beratung gerne aus dem Fenster springen würde. Allerdings versteht sie fast nichts, ist völlig hilflos, was zu vielen Fragen führt und ihre weinerliche Stimme immer weinerlicher macht. Weiterhin glaubt sie, dass ihre „vielen" Buchungen sie zu einer Stammkundin machen, dank derer ich mit Gold und Silber überhäuft in meinem Schloss sitze und den Tag erwarte, an dem sie mich im Büro erneut heimsucht und mich mit ihrer Buchung beglückt. Nein, die Realität ist eine andere: Es geht um ganz einfache Nur-Flüge, 6 Wochen, Sommerferien, Türkei – und zwar ohne Hotel. Oh Freude! Und das Ganze ein Mal jährlich.

In einem anderen Reisebüro hat man ihr was von Frühbucherrabatten erzählt. Ich erkläre ihr, dass es diese nur gibt, wenn man eine Pauschalreise bucht. Was das ist, weiß sie nicht. Also erkläre ich weiter. Dann gesteht sie mir, dass meine „Augen eine interessante Farbe haben ganz toll und schön und so“, was ich mit einer gewissen Gelassenheit akzeptiere. Kann mich über so was nicht freuen. Schleimen hilft nicht. Der Flugpreis wird dadurch nämlich nicht günstiger. Gut, teurer wird er auch nicht. Also, artig bedankt und auf Last Minute vertröstet.

Gehe jetzt nach Hause – mein Gold und Silber polieren.

Bis morgen!

Tag 30: Die Vorahnung

Heute hatte ich frei und konnte mir den Lenz faulen. Währenddessen kämpfte meine Mitarbeiterin im Büro allein an weiter Front. Seit einem kleinen Fauxpas bei der Namenseingabe bei einer USA-Buchung ist sie etwas panisch veranlagt. Zur Erinnerung: Bei der USA-Einreise müssen die Namen wie im maschinenlesbaren Pass abgedruckt in unser System eingegeben werden. Ein Fehler kann zur Ablehnung an Check-in und Zoll führen. Der maschinenlesbare Teil des Passes stellt viele Kunden am Telefon vor ein unlösbares Problem. Deutschen Kunden zu erklären, dass dies der Bereich „ganz unten, unter dem Bild mit kleinen Pfeilchen markiert“ ist, ist eine Sache; ausländischen Kunden mit schlechten Deutschkenntnissen eine gaaaannzzz andere. Besonders schlimm bei französischen Kundinnen: Der Mädchenname steht auch mit im Pass und je nach Behörde, Geisteszustand des Beamten oder Schnick-Schnack-Schnuck-Rhythmus wurde dann nicht der Ehename, sondern der Mädchenname in den maschinenlesbaren Teil eingetragen. Eben diesen Fall hatte meine Mitarbeiterin heute. Entsetzte Gesichter, völlige Fassungslosigkeit bei den Damen „man mache was falsch, das ist nicht die Name von Ehemann, sondern die Mädchenname“ (bitte französischen Akzent vorstellen). Also, nach gut einer Stunde Telefonat, einer Überstunde und unter Androhung nicht zu buchen, wenn man keine Passkopie per Fax bekommen würde, ging meine Mitarbeiterin dann unverrichteter Dinge nach Hause. Ich habe schon eine dunkle Vorahnung, was am Montag auf mich zukommen wird.

Bis dahin!

Tag 31: Die Reise nach dem Tod

Es war einmal ein Reiseberater, vor 10 Jahren. Völlig faltenfrei und noch unerfahren, durfte er ein nettes Ehepaar bedienen. Fleißig trug er alle Informationen zusammen, erzählte vom Hotel in Teneriffa und drängte geradezu zur Buchung. Dann brach die Dame gegenüber in Tränen aus. „Wissen Sie, unser Sohn ist vor einem Jahr gestorben. Tödlich verunglückt bei einem Autounfall. Und das ist das erste Mal, dass wir uns wieder etwas gönnen.“ OH MEIN GOTT. Ich schwöre, in diesem Moment hat mein Herz für einen kurzen Moment ausgesetzt. Ich bin kein Freund vom Tod. Gut das ist niemand, außer man ist Bestatter. Aber ich habe leider die schreckliche Angewohnheit falsche Dinge zu sagen und zu machen, wenn mich die Situation überfordert. Gerne lache ich mal auf einer

Beerdigung, wenn mir die Heulerei um mich herum zu viel wird. In diesem Moment tat ich mal wieder das Falsche: Ich habe einfach weiter gemacht mit meiner Beratung. Das führte noch zu mehr Heulerei und einem weiteren Geständnis: „Sie sehen unserem Sohn sehr ähnlich." OH MEIN GOTT. Nicht das auch noch. Schnell Angebot ausgedruckt und die Kunden zum Überlegen ins nächste Café geschickt, mit der Hoffnung, dass man in eine solche Situation nicht mehr kommt. Eine halbe Stunde später standen die beiden dann doch wieder vor mir – dieses Mal mit mehr Contenance und dem Willen zur Buchung. Nachdem ich die Tickets ausgehändigt hatte, gab es eine Entschuldigung des Ehepaares und auch eine von mir, weil ich „offengesagt etwas überfordert war". Wieder Tränen! „Sie sind ja so freundlich. Mein Sohn war auch immer so lieb." Hatte ein richtig gutes Hotel herausgesucht. Hatte etwas Angst was nach der Rückkehr passieren würde. Aber sie wurden niemals wiedergesehen.

Euer Machma Urlaub

Tag 32: Error

Ich hatte es am Samstag bereits befürchtet. Die USA-Buchung mit dem Mädchennamen würde mich heute beschäftigen. Und so sollte es sein. Zunächst schien alles noch recht einfach. Eins der beiden Ehepaare meldete sich um die Mittagszeit und erklärte mir, dass man heute nicht vorbeikommen könnte, aber gerne die Faxkopien per Mail schicken würde und auch die Kreditkartendaten durchgeben könnte und gegen 18 Uhr käme dann das andere Paar zur Buchung. Meine Mitarbeiterin hatte – vermutlich um den Kunden etwas Geld zu sparen – eine etwas verwirrende Kombination angeboten. Mit Adler-Airways direkt nach Las Vegas und mit Alaska-Jet von Los Angeles über Seattle zurück nach Frankfurt. Zwei Oneway-Bausteine und nicht – wie üblich – alles in einem Ticket.

Zu meiner großen Freude war am Abend dann die Buchungsklasse für den Rückflug nicht mehr frei, was den Kunden 50 Euro pro Person extra kosten würde. Die Stimmung war sodann etwas frostig. Nachdem der neue Preis von allen abgesegnete wurde, begann ich endlich mit der Buchung. Augen auf beim Flugticketkauf. USA bedeutet Namen überprüfen bis zur Selbstaufgabe. Hinflug durchgebucht mit zwei Kreditkarten. Alles super! Dann der Rückflug. Zahlung durchgeführt und dann die schlimmste aller Fehlermeldungen: „Konnte im Reservierungssystem der Airline nicht durchgebucht werden." Bedeutet: Buchungsklasse nicht mehr verfügbar. Die Kreditkartenzahlung musste ich stornieren. Während der Kunde und ich über 45 Minuten warten mussten, bis der Kundenservice der Airline den neuen Preis berechnete, konnte ich erstaunlicherweise noch den Auftrag ergattern mich um Mietwagen und Hotels in den USA zu kümmern. Da war ich doch etwas schockiert, denn mit der Aussicht auf einen nochmals gestiegenen Flugpreis hätte ich damit nicht gerechnet. Während wir so warteten, suchte ich schon mal einen Alternativflug heraus – die Erfahrung lehrt mich. Einen Tag später fliegt German Airlines direkt nach Düsseldorf. Schon nach den Öffnungszeiten dann der Anruf vom Kundenservice. Der neue Preis war nun so hoch wie der Direktflug mit German Airlines. Also, auf nach Düsseldorf. Buchung geht durch und dann erschien die zweitschrecklichste Fehlermeldung: „Kreditkarte konnte nicht autorisiert werden." Freude schöner Götterfunken. Durch die Zahlung des Hinflugs, die Zahlung des Rückflugs, der Storno des Rückflugs und der Neubuchung war für heute das Limit leider ausgeschöpft. Wohl oder übel musste ich mir die Daten aufnehmen, die Unterlagen einbehalten und den Kunden für morgen erneut bestellen. No risk no fun. Und dann der Schock: Offenbar habe ich auch das andere Ehepaar auf dieser Kreditkarte belastet.

Freue mich auf Morgen!

Tag 33 + 34: I want to go to …

Endlich keine Minusgrade mehr. Dafür Sprühregen den ganzen Tag. Und dazu auch noch alleine arbeiten und die Horror-Buchung nach Las Vegas zu einem guten Ende bringen. Erfreulicherweise hatte ich keine falsche Kreditkarte eingegeben und so konnte ich zur Tat schreiten und den Kunden ein paar Vorschläge für Las Vegas und den Yosemite- und Bryce-Nationalpark raussuchen.

Dann eine Reklamation bzw. eine Dame, die das Antwortschreiben der Reklamation reklamiert. Zur Unterstützung hat sie einen Holländer mitgebracht, den ich kaum verstehen kann. Soll mich wohl verwirren oder wie. Da ich weder die Buchung im November zu verantworten hatte, noch die Reklamation bearbeitet habe, war ich zunächst etwas überfordert. Großes Drama vom Holländer. Da kann ihr freundlicher Reiseberater schon mal giftig werden, wenn er so grimmig angesprochen wird. Schnell sind jedoch die Fronten mit einem „ich helfe Ihnen gerne weiter, aber dann würde ich Sie bitten in einem anderen Ton mit mir zu sprechen“ geklärt. Grummel! Also, Kunden haben Ägypten gebucht und der Koffer kam erst zwei Tage vor dem Rückflug im Hotel an.

Sehr doof und ärgerlich. Der Veranstalter hat im Antwortschreiben lediglich um die Kofferabschnitte gebeten, was die Dame nicht verstanden hat und der Holländer wohl auch nicht, da es nicht auf Holländisch verfasst war. Na jedenfalls waren dann alle schnell wieder glücklich.

Dann ein Anruf. Bitte einmal Faschingsferien. Nichts ist schlimmer als Kunden, die nicht zuhören.

Ich: „Málaga geht leider nur noch ab Düsseldorf und Köln."

Kundin: „Und ab Frankfurt?"

Ich: „Leider nur ab Düsseldorf und Köln."

Kundin: „Und ab Luxemburg?"

Ich: „Wie gesagt. Im Moment bekomme ich nur noch Plätze ab Düsseldorf und Köln."

Kundin: „Und ab Stuttgart?"

Ich: „?!"

Nachdem Köln dann endlich akzeptiert wurde, ging das Spielchen weiter:

Kundin: „Die Flugzeiten sind schlecht, da verliert man den ganzen Tag."

Ich: *schweig* (hab mir abgewöhnt über Flugzeiten zu diskutieren, da die sich ständig ändern und jeder Kunde etwas anderes als „gute Flugzeiten" bezeichnet)

Kundin: „Haben Sie nichts ab Frankfurt?"

Ich (leider leicht gereizt): „Tut mir leid, wenn Sie eine Woche vorher für einen Ferientermin anrufen, können Sie sich nicht mehr die Wunschflugzeiten aussuchen. Da habe ich keine Auswahl mehr."

Kundin: „Fragen wird man ja wohl noch dürfen?!"

Darf man fünf Mal sogar. Morgen fliege ich in Urlaub. Ab Frankfurt übrigens.

Bis dahin!

Tag 35: Oberleitungsstörungen

Nach einer sehr kurzen Nacht sitze ich dann pünktlich im Regionalexpress in Richtung Frankfurt Flughafen. Kein Büro, keine Beratung, kein Telefon. Selbst mal Kunde sein. Bei der Deutschen Bahn bedeutet das: Warten! „Aufgrund einer Oberleitungsstörung in Mainz Hauptbahnhof verzögert sich die Weiterfahrt auf unbestimmte Zeit.“ Nach einer knappen Stunde, in der ich abwechselnd panisch auf einen Schrebergarten irgendwo im Nirgendwo und auf meine Uhr gestarrt habe, ging es dann doch im Schneckentempo weiter und rechtzeitig zum Check-in erreichte ich den Flughafen. Die holde Check-in Dame teilte uns erfreulicherweise die Plätze am Notausgang zu, was mir im Flugzeug Beinfreit und den ungetrübten Blick auf Stewardess und Steward beschert, die uns auf den beiden Jump Seats gegenüber saßen. Schlechtes Make-up und üble Polyester Uniformen scheinen wohl Standard bei allen Fluggesellschaften zu sein. Oder ist es nur das diffuse Licht im Flugzeug? Egal! Pünktlich landeten wir in Las Palmas, erhielten unser Gepäck, den Mietwagen und erreichten völlig entspannt unser Hotel. Selten, dass etwas so glatt läuft. Im Regelfall sind bei meinen Urlauben irgendwelche Ausfälle zu beklagen. Mal sehen, was noch kommt. Jump Seats sind übrigens Sitze in der Kabine oder im Cockpit, die für das Flugpersonal vorgesehen sind. Diese Sitze kann man hochklappen. So!

Bis morgen!

Tag 36: Adults only

Tag 2 auf Gran Canaria. Der Ruf nach kinderfreien Hotels wird auch auf dem deutschen Markt immer lauter. Und auch wenn ich sehr viel Umsatz mit Familien mache, so kann ich persönlich sehr gut verstehen, warum man sich für ein Haus mit dem Zusatz „Adults only“ entscheidet. Nichts ist nervtötender als Kindergeschrei. Selbst Straßenlärm, diverse Presslufthammer und das herannahende Martinshorn empfindet mein Gehörgang als angenehmer. Tut mir leid, liebe Eltern! Das ist meine Meinung, aber ich kenne mich auch mit allen Hotels aus, wo gekreischt, gezetert und abgeschoben wird. Abgeschoben? „Hat das Hotel auch einen Miniclub?“ Liebe Eltern! Bitte nicht immer so empört sein, wenn ich sage: „Dieses Hotel ist ab 18 Jahren buch, leider kann ich keine Kinder einbuchen.“ Meist reagiert ihr mit „das ist Diskriminierung!!!“, aber wir Kinderlosen müssen euch Familien ja auch ertragen. Also – alles ist gut.

Sehr lange Vorrede, kurzer Sinn: Wir sind also zum ersten Mal in einem Adults Only Hotel. Fällt gar nicht so sehr auf muss ich sagen, denn der kleine Scheißer am Strand und die Hauptstraße neben dem Hotel lassen einen die Vorteile schnell vergessen. Macht aber nix. Ist trotzdem schön. Besonders interessant ist natürlich, dass wir den Altersdurchschnitt um gefühlte 30 Jahre nach unten drücken, was aber der Hotelkette, dem Ziel und der Jahreszeit zuzuschreiben ist. Ein Hauch von Tod weht durch die Gänge. Und auch beim Shuttle-Transfer zum Strand ist leichter Verwesungsgeruch nicht abzustreiten. Habe sicher selbst einige Gäste hierher gebucht. Gemein, oder?

Morgen ziehen wir um. Nicht weil es hier nicht schön ist, sondern weil ich in fast jedem Urlaub gerne zwei Hotels „besichtige“. Man kann viel besser beraten und verkaufen, wenn man weiß, wovon man spricht. Meine Begleitung ist das schon gewohnt und nickt nach etlichem Gezetere auch im Regelfall meine Pläne ab. Das schlagende Argument ist dann, dass es nix oder nur sehr wenig kostet. Geld regiert die Welt.

Bis morgen!

Tag 37: Kaffee vs. Massage

Urlaub ist was Feines. Man bekommt jeden Wunsch von den Lippen abgelesen, gebratene Wachteln fliegen einem von alleine in den Mund und stets wird man mit einem alles überstrahlenden Lächeln begrüßt. Nur wenn es einem nach einem Kaffee zum Mitnehmen gelüstet, ist man ähnlich aussätzig, wie in New York City auf der Suche nach einer öffentlichen Toilette. Meine freundliche Frage „Hola, do you have take away coffee“, wurde zumeist mit Grunzen, Schnauben oder Schulterzucken beantwortet. Macht auch nix. Bin dann halt ohne Kaffee wieder an den Strand zurückgewatschelt. Was es dort allerdings im Überfluss gab, waren Massagen von sehr zweifelhafter Natur. Kombiniert mit gestern wurde ich 17-mal von wenig anmutigen Asiatinnen auf meiner sehr bequemen Strandliege mit „MASSAGE?!“ jäh aus dem Halbschlaf und meinen Tagträumen geweckt. Da braucht man starke Nerven – oder halt einen Kaffee.

Tag 38: Das spanische Servicekonzept

Tag vier auf Gran Canaria. Die Sonne scheint, die Frisur sitzt. Nach wie vor bin ich fasziniert vom Durchschnittsalter im Hotel und mir nicht sicher, ob die Diskussionen über Altersarmut berechtigt sind. Auch das Servicekonzept in Spanien ist etwas irritierend. Unser pfiffiges Zimmermädchen hat den Badezimmerteppich zu einem Schiffchen gefaltet, das Toilettenpapier zum Briefumschlag, das erste Kleenex Tuch aus der Box zu einer Schleife und die Bettüberwürfe zu Rosenblüten. Eindeutig zu viel für meinen Geschmack. In der Zeit könnte man so viel anderes machen. Aber zu viel ist besser als zu wenig, denn im Einkaufszentrum in Las Palmas wurde ich von der Reinigungskraft mit spanischen Flüchen bedacht, als ich meine Notdurft verrichten wollte und die erstaunliche Idee hatte, den Reinigungswagen, der die Tür versperrt hatte, wegzuschieben. Die Nutzung der Behindertentoilette wurde mit wenig Begeisterung verfolgt. Aber was keine Miete zahlt, das muss raus.

Gleich werden wir zum Essen runter gehen, wo ab 20 Uhr alle Hotelbewohner schon in Reih und Glied bereitstehen und um Einlass betteln. Sobald sich die Speisesaaltür öffnet, fallen die Rentner ein, nur um dort von rund zehn Kellnern im Spalier stehend begrüßt zu werden. Ich – als noch vergleichsweise junger Mensch – hatte gestern ein sehr befremdliches Gefühl bei diesem Anblick und mit meiner Begleitung beschämt die Abzweigung genommen. Rückblickend bin ich mir aber nicht sicher, ob dieses Spalier nur dazu dient, den einen oder anderen Rentner sanft aufzufangen, falls dieser beim Anblick des üppigen Nachkriegsspeisenangebots einen Herzinfarkt oder wahlweise Schlaganfall erleidet. Wir werden sehen.

Mehr dazu morgen!

Tag 39: Gammelfleisch

Einen Tag vor unserem Rückflug hatten wir dann noch die Idee unsere Zeit an einem gemischten Strand zu vertun. Will heißen: Nudisten und Nicht-Nudisten. Frage in den leeren Raum: Wieso sind Nudisten meist so unförmig und unattraktiv, dass man sich spontan eine Sonnenfinsternis herbeisehnt?! Ich konnte beim besten Willen keine attraktive Person entdecken. Nicht dass das mein erklärtes Ziel war, aber es war mehr als auffällig. Da sieht man Warzenhöfe, Pimmel und Euter, da ist Urlaub auf dem Bauernhof nix dagegen. Final kann ich sagen: Keinen Plan wie man nackt rumtollen super finden kann, aber jeder, wie er will. Essen könnte ich jedenfalls nix dabei. Nach einer längeren Wanderung durch die Dünen waren wir dann wieder bei unseren Rentnern im Hotel angekommen. Ich war zum ersten Mal auf Gran Canaria sehr froh, ungleich besockte Füße in Sandalen, Herrenhandtaschen und Nordic Walking Stöcke zu sehen. Nordic Walking Stöcke sind sowieso das Allerschönste. Morgen geht es zurück in den Reisebüroalltag. Alles hat Vor- und Nachteile im Leben.

Morgen mehr!

Tag 40 + 41: Abreiseprobleme

Das spanische Verkehrssystem ist gar nicht mal so schlecht. Wenn man dann endlich festgestellt hat, dass der Pfeil für geradeaus, genauso aussieht wie der Pfeil zum Abbiegen. Nach 20 Minuten im Kreis fahren an der Playa del Ingles kamen wir dann mit dem Mietwagen am Flughafen an. Viel zu spät, aber ein bisschen Stress am Ende des Urlaubs ist ganz okay, denn dann weiß man, was in der Realität wieder auf einen zukommt.

Der Flug verlief unspektakulär, lediglich eine sture Rentnerin wollte ihren zugeteilten Sitzplatz vom Check-in nicht akzeptieren, aber das konnte der freundliche Reiseverkäufer von nebenan auch nicht akzeptieren. Das Leben ist kein Wunschkonzert.

Die Rückfahrt mit der Deutschen Bummelbahn verlief nicht nur unbefriedigend, sondern so horrormäßig, dass freiwillig das Formular „Fahrgastrechte" verteilt wurde. Nach der Landung in Düsseldorf ging es erst mal normal los. In Köln Hauptbahnhof mussten wir „aufgrund einer technischen Störung" erst mal 30 Minuten warten. Dann ging es weiter. Mein Anschluss war somit futsch. Auf dem ICE-Bahnhof am Frankfurter Flughafen ging es dann erneut nicht weiter. Jetzt „aufgrund einer Störung im Betriebsablauf". Na denn! Geduld ist eine Tugend. Nach einiger Zeit dann der Hinweis „aufgrund einer Weichenstörung muss die Rhein-Neckar-Route angefahren werden, die Ankunft in Mannheim Hauptbahnhof verzögert sich um 55 Minuten". Freigetränke wurden serviert. Dann plötzlich Hektik. „Leider können wir Mannheim Hauptbahnhof und Stuttgart Hauptbahnhof heute überhaupt nicht anfahren. Alle Gäste mit Ausstieg Mannheim und Umgebung: Bitte steigen sie JETZT am Nothalt Heidelberg aus." Ich beende das an dieser Stelle, denn es ging noch munter weiter. Am Schönsten fand ich die Information dass „aufgrund einer Zugüberholung" jetzt leider nicht weitergefahren werden kann. Irgendwann nachts kam ich zu Hause an. Ich bin eindeutig urlaubsreif!

Bis morgen – im echten Leben!

Tag 42: Izmir calling!

Zurück im Sattel verzweifelt mich bereits Anruf Nummer eins. Die Vorwahl aus der Türkei lässt Schlimmes erahnen. Wahrscheinlich ein Kunde, der mit dem gebuchten Hotel nicht zufrieden ist und mit der Reiseleitung nicht klar kommt. Schön mein Sprüchlein vorgetragen. Der Kunde ist ein älterer Herr türkischer Abstammung – das lässt sich direkt am Kauderwelsch erkennen, das mir präsentiert wird. Auf meine offenen Fragen wird mit „ja" oder „nein" geantwortet. Freude!

Ich: „Wann wollen sie denn von Izmir nach Frankfurt zurückfliegen?"

Kunde: „Ja!"

Ich: „Nein, wann soll das denn sein?"

Kunde: „Ja!"

Irgendwann schalte ich um auf Babysprache. Klappt meistens, auch heute. Endlich jemand, der ihn versteht. Schnell ist man sich einig und möchte buchen. Die Namen werden durchgegeben und nach vielen Ü's und Ö's haben wir auch das geschafft. Allerdings können wir uns nicht so recht auf ein Zahlungsmittel einigen. Er möchte bar zahlen, was an der räumlichen Distanz zu scheitern droht.

Also schickt er am Nachmittag eine rüstige Rentnerin vorbei, die sich als Nachbarin aus Deutschland vorstellt. Sie soll das Flugticket zahlen und irgendwie in die Türkei schaffen. Verzweifelte Versuche ihr die Flugdaten zu übermitteln werden mit gelangweilter Miene ignoriert. Alles nicht ihr Problem – sie soll nur zahlen. Auch okay. Das war das Highlight für heute. Morgen muss das besser werden, sonst roste ich noch ein.

Bis dahin!

Tag 43: Schwarzes Schaf

Ein junger Kunde mit Middle-East-Migrationshintergrund möchte einen Flug in den selbigen. Er hatte vor ein paar Wochen schon mal bei mir gebucht, damals allerdings eine Zugfahrt inklusive Hotelübernachtung. Müller, Meier, Schmidt sind in unserem System nicht ganz einfach aufzufinden, aber arabische Namen sind normalerweise kein Problem. Aber ich kann den Kunden nicht finden. Das lässt mir keine Ruhe, also packe ich die guten alten Ordner aus und siehe da: Der Kundenname war bei der Bahnfahrkarte falsch geschrieben. Für das Flugticket muss es stimmen, also ändere ich die Daten ab und lege los, als eine Info aufleuchtet: „Achtung! Buchungsverbot! Bitte Kundenservice des Veranstalters informieren!"

Solche Momente sind immer etwas unangenehm, da ich nun erklären muss, dass ich erst mit der Inkassoabteilung sprechen muss, da ich auf den Namen eine Sperre habe. Aber der Kunde nimmt das ganz locker und raucht gemütlich mit seiner Freundin vor der Tür. Von der Inkassoabteilung erfahre ich allerdings, dass der Kunde vor acht Jahren mit zwei Damen im Urlaub war und die Zeche geprellt hat und sich seither durch externe Untersuchungen eine Summe von mehreren Tausend Euro angesammelt hat. Er dürfe aber gerne bei mir buchen, wenn er den Betrag vorher bezahle. Haha, na klar doch! Da hat er mich mit dem fehlerhaften Namen dann doch ganz schön auf den Arm genommen im Dezember. So ein Verbrecher! Da hab ich dann auch kein Erbarmen, als er wieder rein getrottet kommt mit Dackelblick. Seine Freundin guckt nicht mal irritiert, als ich die Namen zweier Damen präsentiere die 2005 in die Urlaubsreise „verwickelt" waren. Der ganze Vorgang „sage ihm nix". Na, soll mir recht sein. Er werde den Flug jetzt im Internet buchen. Die Inkassoabteilung hatte mir vorher allerdings schon berichtet, dass der nette Herr diesen Versuch bereits vor zwei Wochen gestartet hatte und leider auch dort nicht weiter kam. Da war der Dackelblick dann weg. Ging dann eher in Richtung Bombenanschlag. Hatte dann auch nicht mehr erwähnt, dass ich seine neuen Adressdaten schon mal weitergegeben habe – die hatte ich nämlich zuvor erfragt. Bisschen Angst hab ich schon.

Bis morgen!

Tag 44: „... aber im Internet ...!"

Das Internet, dein Feind und Helfer. Helfer, wenn ein Kunde zur Tür reinkommt, und einen gleich begrüßt mit: „Ich habe ein Angebot im Internet gesehen. Das möchte ich gerne bei Ihnen buchen!" Feind? In allen anderen Fällen.

Kurz vor Geschäftsschluss schlappt ein Familienvater rein. Er brauche „SuperLEZZtminute" für morgen,

2 Erwachsene und 2 Kinder. „Irgendwas Schönes, wo es warm ist.“ Standardanfrage, aber blöd, da Faschingsferien und „warm“ alles eine Frage der Definition ist. Die Maschine spuckt nix Brauchbares aus und dann ging es auch schon los ...

Kunde: „Ich habe im Internet gesehen ...“

Ich: „Okay, was haben Sie denn gesehen und vor allem wann?“

Kunde: „Gestern (ich, schon innerlich von 10 bis 1 rückwärts zählend). Da war ab Straßburg noch Djerba drin. Für 1400 EUR. Für alle 4!“

Ich (such): „Sorry, da find ich keinen Flug mehr. Moment ich schaue mal direkt bei der Airline. Hmmh. Nee, tut mir leid. Da sind auf dem Hinflug keine Plätze mehr.“

Kunden: „Können wir mal im Internet schauen?“

Also, der Reiseberater guckt im Internet. Tatsächlich, da ist das Angebot. Toll dass es die Funktion „Angebot prüfen“ gibt. Bild mit freundlicher Dame erscheint die schulterzuckend verkündet: „Leider ist dieses Angebot ausgebucht.“

Kunde: „Das ist aber komisch. Gestern war das noch frei.“

Wer zu spät kommt, den bestraft das Leben.

Bis morgen!

Tag 45: „Brauchen Enfidha!“

Während mein Mitarbeiter an einem Magenvirus laboriert, muss ich heute zur Abwechslung allein ran. Dank Schneeregen und Fasching sind die einzigen Kontakte zur Außenwelt zunächst der DHL-, UPS- und Postmann. Während man so auf Kunden wartet, kann man eine Menge Dinge erledigen. Man kann bei Amazon shoppen, die Pflanzen gießen oder auch die Fingernägel feilen. Dann kommen zwei hoch motivierte Mädels rein mit ganz exakten Wünschen: Playa de Palma, 03. bis 10. September, ein gutes Hotel mit schönem Pool. Gesucht, gefunden, gebucht. Alle glücklich!

Ab diesem Moment ist richtig was zu tun und an Fingernägel feilen nicht mehr zu denken. Interessante Anfragen werden immer wieder von meiner ultimativen, absolut nervigsten Nachfrage unterbrochen: „Brauchen Flug Tunesien, Enfidha!" Ich brauche in solchen Momenten immer starke Nerven, da ich mir regelmäßig vorkomme wie auf dem Großen Basar in Istanbul. „Machen günstiger", wird mir da entgegen gegrummelt. „Geht nicht", ist die Standardantwort. Insgesamt wird das Spielchen drei- bis zehnmal wiederholt, bis der Tunesier aufgibt und den Preis akzeptiert oder ein neues Datum abfragt und von vorne beginnt. Vor einigen Jahren hat mir mal ein ehemaliger Kollege erzählt, dass er für die Flüge bei den Tunesienanfragen einen fiktiven, höheren Preis angeboten hat, als der, der im System zur Verfügung stand. Sobald das Handeln losging, hat er den Preis etwas reduziert und sich so weit „runterhandeln" lassen, bis er auf dem Systempreis war, um dann aufzutrumpfen: „So, letztes Angebot, ich gehe noch mal 10 EUR mit dem Preis nach unten. Nur für dich. Dann musst du aber gleich buchen."

Heute guckt der Tunesier im Internet und versucht es trotzdem noch mal. Auch was!

Bis morgen in Enfidha!

Tag 46: Mojo

Faschingssamstag hatte ich mir ähnlich ruhig vorgestellt wie den Faschingsfreitag. Mein Mitarbeiter war leider noch krank und ich der Meinung es alleine zu schaffen. Hab ich dann auch. Bin nur allerdings um rund ein Jahr gealtert in den acht Stunden heute. Eine Anfrage nach der anderen und alle sofort buchungswillig. Leider mussten viele Kunden auf der Couch warten, bis sie an der Reihe waren. Aber das hat auch gewisse Vorteile: Ein volles Büro zieht die Menschen an, wie die Motten das Licht. Ist seltsam! Umgekehrt, also komplett ohne Kundschaft, passiert allerdings häufiger. Heute hatte ich jedenfalls ein hervorragendes Mojo: Und ich meine dabei nicht den Stoffbeutel unter den Kleidern, den Wikipedia als Begriffsbezeichnung verwendet. Nein, ich meine dieses Gefühl unglaublich überzeugend zu sein; sozusagen ein Buchungsgarant. Austin Powers brachte das Mojo kein Glück in seiner Filmtrilogie. Mal schauen, wie es am Montag bei mir weitergeht ...

Yeah Baby, Yeah Baby, Yeah!

Tag 47 + 48: Wochenrückblick

Für den Monat Februar läuft es hervorragend. Dann kann man auch über den einen oder anderen Aussetzer hinwegsehen. Gestern, nach zwei weiteren sehr kurzfristigen Tunesien-Nur-Flug-Anfragen, fasste ich mir ein Herz und fragte die Kundin, ob denn irgendein Event in ihrer Heimat wäre, da ich so viele Anfragen diese Woche hatte, wie zu jedem Schlachtfest im Herbst. Hier wird in fast jeder Familie ein Schaf gekillt. Empfindliche Mägen sollten während dieser Zeit die Hotelanlage nicht verlassen. Jedenfalls konnte mir auch diese Kundin den Ansturm auf Tunesien-Flugplätze nicht erklären.

Sehr schön war auch eine Kundin mit einem absolut indiskutablen Outfit, die mir einen 25-Euro-Gutschein präsentierte, der Ende des Monats abläuft. Sehr freundlich erklärte ich ihr, dass ich gerne bei unserem Kundenservice nachfragen würde, ob man die Gültigkeit des Gutscheins verlängern könne. Da es sich um einen Kulanzgutschein handelte und nicht um einen Kaufgutschein mit rechtsverbindlichen Gültigkeiten, wollte ich lieber auf Nummer sicher gehen. Hätte mir aber wegen der Höhe des Gutscheins auch nicht in tausend Jahren den Sturm der Entrüstung vorstellen können, der über mir hereinbrach.

Kundin (mit indiskutablem Outfit): „Ah ha. Ich sag Ihnen gleich. Wenn das nicht geht, dann werde ich Sie VERKLAGEN!!!"

Ich: „Wegen 25 Euro wollen Sie mich verklagen?"

Kundin: „Das können Sie mir glauben!"

Ich: „Wie gesagt, ich frage das gerne für Sie an und ich denke auch, dass das klappt. Ich will mich nur rückversichern. Kein Grund mir mit einer Klage zu drohen."

Kundin: „Dann will ich einen Stempel."

Ich: „Einen Stempel?"

Kundin: „Ja, einen Stempel. Als Beleg dafür, dass Sie das machen!"

Ich (völlig verwirrt): „Okay, ich weiß zwar nicht, wie der Stempel hilft, aber gut."

Grunzend, mit Stempel auf Blatt Papier wurde das Büro verlassen.

Bitte bleiben Sie dran!

Tag 49: „Wo ist es denn noch schön?“

Wie liebe ich sie. Die „Machen sie doch mal einen Vorschlag“-Kunden. Junges Paar kommt rein und glotzt sich erst mal die Augen aus dem Kopf bei allen den schönen Angeboten. „Guck mal Dom Rep, guck mal Mallorca, guck mal Kreuzfahrt!!!“ Nach vielem Gucken, dann endlich an meinem Tisch angetanzt. Karibik soll es werden. Im September Mein kleiner Wetterexkurs ist dann etwas ernüchternd, da die Karibik im September unter Umständen gerne mal von dem einen oder anderen tropischen Wirbelsturm heimgesucht wird.

Kunde: „Können Sie abschätzen, wie das dieses Jahr ist?“

Ich: „?!“

Kunde: „Na, ich mein so statistisch.“

Ich: „?!“

Da bleibt einem doch das Herz stehen. Also gut! Zurückruder. Das wird sonst nix. Karibik ist durchaus machbar im Sommer, allerdings muss man wissen, auf was man sich einlässt. Das wissen die Kunden jetzt. Dann geht die Fragerei los, bei der ich persönlich – wenn auch recht grundlos – aggressiv werden könnte: „Wo ist es denn noch schön?“ Zeit für den Eckdatenkatalog, den man schon in Azubizeiten eingetrichtert bekommt. Aber das funktioniert bei den beiden nicht. „Machen sie doch mal einen Vorschlag!“ Na gut, dann mache ich mal einen Vorschlag: „Wie wäre es mit Kenia“, frage ich. Nein, DAS wollen die Kunden dann nicht.

Kunden: „Wie wäre es mit Mexiko?“

Ich: „Grundsätzlich kein Problem, aber auch hier gibt es die Gefahr von tropischen Stürmen.“

Kunden: „Thailand?“

Ich: „Je nach Region: Regen!“

Kunden: „Hmmh. Die kleine Insel unter Ibiza soll toll sein. Ist da viel los?“

Ich: „Das ist Formentera. Wunderschön und auch karibisch. Aber los ist da nix leider.“

Kunden: „Na dann halt was Schönes.“

Während ich mich durch Kuba wurschtele und über Mauritius drüber schaue, vertreiben sich die beiden mit Zungenküssen die Zeit. Mahlzeit! Kurz bevor ich was finde, endet das Schauspiel. Man möchte dann doch den Urlaub auf November verschieben.

Alles klar! Aber ich hätte „was Schönes“ gefunden.

Bis morgen!

Tag 50: Sterillium Virugard

Fasching neigt sich dem Ende zu. Mein Vorrat an Desinfektionsmittel leider auch. Mein Mitarbeiter ist wieder da, was mich sehr freut, aber zu häufigem Toiletten- und Händedesinfizieren geführt hat, da ich mir in den Kopf gesetzt habe, keine Magen-Darm-Grippe zu bekommen. Gäbe es das Zeug als Brotaufstrich, ich würd es daumendick draufkippen.

So passte es auch ins Bild, dass meine Apothekerin heute mit ihrem Mann vorbeigeschaut hat und gleich zweimal gebucht hat. Soll mir wohl ein Wink des Schicksals sein. Zweimal hält besser. Gleich den letzten Rest „Sterillium Virugard“ über die Hände gekippt. Klingt wie ein Ferienort am Schwarzen Meer. Wahrscheinlich bin ich von dem ganzen Alkohol ab nächster Woche schwerstabhängig. Oder leicht entflammbar! Man weiß es nicht. Ansonsten verlief der Tag sehr angenehm und unspektakulär. Auch ein Verkäufer muss sich mal erholen.

Bis morgen!

Tag 51: Doppeltes Konklave

Fasching vorbei, alle wieder da. Freier Tag! Dieser wurde dann ausgiebig zum Ausschlafen, Putzen und Einkaufen genutzt. Und – mal wieder – um ein Vorstellungsgespräch zu führen.

Der heutige Kandidat war noch sehr jung. Er stand sozusagen noch unter Welpenschutz. Allerdings hat er einen sehr guten Eindruck bei uns hinterlassen. Außerdem war er Muttersprachler, was nach der Masse der Bewerbungen, die bisher so eingegangen sind, ein echtes Highlight bedeutete.

Das gab es auch noch den anderen Typen von vor zwei Wochen, dem ich die Hand geschüttelt habe und sofort wusste, dass das nix wird. Während des Gesprächs erzählte er, wie „nett" wir wären und dass die Dame im Reisebüro, wo er sich kürzlich vorgestellt hatte, irgendwie den Eindruck machte als wolle sie sich nicht mit ihm weiter beschäftigen. Er war aber auch speziell. Hatte im Büro angerufen, dass er als Referenz angegeben hatte und auf meine Nachfrage ein gebrummtes „optisch ist der nicht so der Burner, aber ganz nennt" erhalten. So was!

Während ich mit meiner Mitarbeiterin das heutige Gespräch führte, kümmerte sich mein anderer Mitarbeiter um einen Bekannten von mir. Dieser wollte im März nach Rom zur Konklave, wo 113 Kardinäle eingeschlossen werden, um den neuen Papst zu wählen. Der Alte halt ja keinen Bock mehr. Ist eher selten, dass man die Möglichkeit hat das etwas langfristiger zu planen. Was bei unserem Konklave so herauskam, wird man sehen.

Bis morgen!

Tag 52: Knoblauchattacke

Die soziale Kompetenz mancher Menschen dümpelt so auf dem Niveau von Grundschulkind mit Lerndefizit. Hereinspaziert, hereinspaziert. Lernen Sie heute den Mann ohne richtige Antworten kennen!

Ich: „Guten Tag, was kann ich tun?“

Kunde: „Gran Canaria. 1049!“

Ich: „Ähm, Gran Canaria also. 1049. Haben sie ein Angebot im Schaufenster gesehen?“

Kunde: „Ach, das hängt draußen im Schaufenster?“

Ich: „Naja, ich weiß es nicht auswendig. Ich schaue mal.“

Kunde: „Hotel Waikiki. Internet!“

Ich: „Ach so, Sie haben das im Internet gesehen?“

Kunde: „Ja, 23.02.“

Ich: „Okay, ich schaue mal.“

Gestern gab es bei dem Kunden offenbar Spaghetti aglio olio oder ein Schutzmaßnahme-Programm gegen einen Vampirangriff. Kurz bevor ich von den Knoblauchdämpfen ohnmächtig werde, finde ich das gewünschte Angebot für 14 Tage Hotel Waikiki auf Gran Canaria für 1.049 EUR pro Person.

Kunde: „Buchen!“

Heute sind also nur Verben im Angebot. Keine ganzen Sätze. Also buche ich so vor mich hin. Bei der Eingabe der Geburtsdaten entdecke ich, dass der Kunde morgen 70 Jahre alt wird.

Ich: „Oh, morgen haben Sie ja einen Ehrentag. Wie schön."

Kunde: „Ja!"

Ein Antwortpartikel. Alles klar. Nicht weiter fragen. Schön buchen!

Ich: „Macht dann 2.098 EUR zusammen."

Kunde: „Was wie viel? 3.098 EUR. Das ist zu viel. Zeigen sie mal her, nicht dass Sie mich übers Ohr hauen!!!"

Ich: „Nein, nein. 2.098 EUR, nicht 3.098 EUR. Hier schauen Sie."

Es hilft nix. Er wird nicht warm mit mir. Erst als ich ihm eine Flasche Sekt zu seinen Unterlagen packe, ist er selig. Für manche zählen Geschenke mehr als Worte.

Bis morgen!

Tag 53: Meine erfundene Buchung

Mit meinem Mitarbeiter verstehe ich mich sehr gut. Und so ist es nicht verwunderlich, dass sich über die Jahre eine Art „stummes Verständnis" zwischen uns beiden eingestellt hat. So kam es, dass ein Kunde, der sich unglaublich gerne von mir bedienen lässt, mir allerdings ganz entsetzlich auf den Zeiger geht, heute nicht „abwimmeln" ließ. Er kam herein, steuerte auf mich zu und das freundliche und bestimmte „der Kollege ist gerade mit einer Buchung beschäftigt, kann ich Ihnen helfen?" meines Mitarbeiters wurde komplett ignoriert. Schade eigentlich. Es bleibt einem an einem Freitag nichts erspart. Meine nicht vorhandene Buchung hab ich dann imaginär zur Seite gepackt. Ist eigentlich immer die gleiche Anfrage bei dem Herrn um die 70. Tauchen! Fernreise! Billig!

Gerne auch ungerade Tage, kein Düsseldorf als Abflughafen und schon gar kein München. Bisher ist der ganze Aufriss immer am Budget gescheitert. Die letzten beiden Jahre haben wir Ägypten gebucht – jeweils für 399 Euro pro Person. Dieses Jahr ging es über die schöne Insel Cozumel, nach Bayahibe und nach Kuba. Dann nach Curacao und nach Khao Lak in Thailand. Zwar überall über dem Budget, aber macht ja nix. Morgen gucken wir dann halt Ägypten. Ich freu mich schon. Grummel!

Bis morgen!

Tag 54 + 55: Computer says no!

Leider sind einige Kunden nicht ganz so clever. Aber man will nicht klagen. Unclevere Stammkunden sind was Feines. Wenn man einmal nett zu denen war, dann kommen sie immer wieder. In meiner Umgebung gibt es andere Reisebüros, die da nicht so geduldig sind. Anderseits ist es auch sehr vermessen mich als geduldig zu bezeichnen. Ist aber wieder eine andere Geschichte.

Jedenfalls hatte ich heute Besuch von einem älteren Paar. Sie leider ziemlich doof, er leider ziemlich schwerhörig und gebürtiger Russe. So war es dann auch starker akustischer Datensalat, der bei mir ankam. Die Beratung für die Türkei Ende Mai war auch dementsprechend holprig. Das gewünschte Hotel aus dem letzten Jahr war ausgebucht, die Alternative das teuerste Haus am Platz und mein Vorschlag (Bewertungssieger und 96 % Weiterempfehlungsrate) wurde kritisch beäugt. Irgendwann habe ich dann nur noch geschrien, weil der Mann nix verstehen konnte und die Frau es nicht wollte. Am Ende wurde gebucht. Je länger ich darüber nachdenke, umso besser finde ich diese Kombi. Sie quakt dummes Zeug und er hört es nicht. Ist doch super?!

Zu meiner Freude dann eine Familie mit 2 Erwachsenen und 4 Kindern. Budget für die Osterferien mit All Inclusive 2.000 EUR.

Kunde: „Kanaren wäre schön!"

Ich: „Tut mir echt leid. Da bekomm ich nur die Türkei."

Kunde: „Und Dubai?"

Ich: „Nee, leider nur Türkei. Vielleicht noch Ägypten?"

Kunde: „Und Fernreisen?"

Ich: „Nee, nur Türkei!"

Kunde: „Und Dubai?"

Ich: „Nee, nur Türkei. Leider."

Kunde. „Aber Sie haben noch gar nix eingegeben!"

Da ist die Frage: Was mache ich den ganzen Tag? Kalte Kernfusion? Nee, ich gucke Reisen für Kunden nach. Ein bisschen Vertrauen bitte! Kam mir schon langsam vor wie Carol Beer aus der sehr lustigen britischen Comedy „Little Britain". Kennt die wer? Die arbeitet auch im Reisebüro, trinkt gern erst mal in Ruhe einen Kaffee und hustet die Kunden am Ende an, wenn sie nicht buchen. Meine Kunden hatten dann Glück – denn sie haben gebucht.

Bis morgen!

Tag 56: Die Unterschrift

Bin manches Mal schon ein armer Thor. Die Tochter eines ortsansässigen Psychotherapeuten hat eindeutig nicht alle Platten am Herd an.

Frau Klatsche ruft grundsätzlich ruft sie kurz vor Feierabend an, hat gefühlt 1000 Fragen, um am Ende einen nackten Flug zu buchen. Gut, das soll vorkommen. Dieses Mal läuft der Hase anders. Ich selbst bin nicht im Büro, meine Kollegin ist aber hoch motiviert eine Pauschalreise an die Tante zu verticken. Im Eifer des Gefechts hat sie keine Unterschrift der Kundin, was je nach Veranstalter unter Umständen ganz schlecht ist – für mich. Aber okay, ich genehmige dann die Buchung ohne Autogramm, mit dem Wunsch und eindringlich abgerungenen Versprechen mir bis zum nächsten Tag die Unterschrift nachzureichen.

Heute arbeite ich also und eine Unterschrift ist natürlich nicht gekommen. Auf meine Anrufe reagiert nur die Mailbox. Irgendwann ruft sie mich dann doch an.

Frau Klatsche: „Herr Urlaub. Ich will das doch nicht. Nehmen Sie das bitte raus!"

Ich: „Nee Frau Klatsche. Wir haben ihnen gestern doch gesagt. Wir buchen dass jetzt auf Kulanz, weil wir sie kennen als Stammkundin, und müssen uns darauf verlassen, dass sie uns unterschreiben!"

Sie legt dann auf und ich bin auf 295. Mein Anruf beim Veranstalter läuft dann so ab ...

Veranstalter: „Aber Herr Urlaub. So kurzfristig ohne Unterschrift buchen – selbst schuld!"

Aha. Irgendwann meldet sich Frau Klatsche wieder und entschuldigt sich. Sie nimmt die Reise jetzt doch (?!). Sie wäre etwas gestresst und eindeutig urlaubsreif. Ja, ich dann auch. Die Unterschrift würde Sie mir dann gleich schicken. Auf jeden Fall bis zum Geschäftsschluss. Eine Minute vor dem Arbeitsende rufe ich dann noch mal an. Überraschung – nix da.

Frau Klatsche: „Ach, ich sehe. Die E-Mail hängt im System. Ich versuche das gleich noch mal."

Ich akzeptiere, kann eh nix mehr machen und fahre nach Hause. Es lässt mir aber keine Ruhe. Geht um recht viel Geld und ich bin da sehr vorsichtig – bis heute zumindest. Also fahre ich kurz vor elf wieder ins Büro (hab ja sonst nix zu tun), öffne den Mailaccount und sehe eine E-Mail von Frau Klatsche samt Anhang im Eingang. Halleluja denke ich und öffne hoffnungsvoll die Mail.

Frau Klatsche schreibt: „Lieber Herr Urlaub, anbei meine Unterschrift! Bitte nur für die Reise verwenden."

Hä?

Im Anhang ein leeres Blatt mit ihrer Unterschrift. Ich könnte loslachen, wenn es nicht so ärgerlich wäre. Schickt die mir ein Blankoautogramm. Am nächsten Tag – nach einer weiteren Mail – hatten wir es dann doch noch geschafft und das Autogramm ist unter dem Reisevertrag. Bin mal wieder um eine Erfahrung reicher. Vertrauen ist gut – Unterschrift besser!

Bis morgen!

Tag 57: Skiurlaub, ich hasse dich!

Heute Morgen schon mit schlechter Laune aufgewacht. Keine Ahnung warum, denn die Sonne hat gelacht und ich bin zum ersten Mal für dieses Jahr mit Sonnenbrille zum Büro gelaufen. Meine Buchungs-Mojo war dann auch weg. Und an solchen Tagen bekommt man dann auch sehr gerne als erstes die schönste aller Anfragen:

Kunden: „Brauchen Tunis!"

Ich (stöhn!): „Wann?"

Dann schaffe ich auch keine ganzen Sätze mehr. Nachdem ich Tunis abgefrühstückt hatte, sollte es für den nächsten Kunden nach Marrakesch oder Agadir gehen. Ungefähr genauso spaßig. Und um die Laune dann komplett zu ruinieren: Skiurlaub! Ich hasse nichts mehr als Anfragen für Skiurlaub. Und ich weiß, dass es vielen Kollegen auch so geht. Ich denke man ist nur richtig gut in der Bearbeitung solcher Anfragen, wenn man selbst passionierter Skifahrer ist. Ich jedenfalls denke bei einer solchen Beratung immer nur „Hilfe, Kalt, Niemals, Knochenbruch!“ Ich habe mir dann einen abgesucht und der Kundin einiges an Angeboten rüber gemailt. Vor ein paar Minuten dann der Anruf.

Kundin: „Sie haben wirklich keine Ahnung von Skiurlaub!“

Ich: (*schweig* *innerlich vor Wut überkochend, aber nur, weil Kundin recht hat*)

Gleich an den Kollegen weitergegeben, der auch kein Skihäschen ist, aber sich vielleicht besser verstellen kann. Da steigt die Stimmung.

Eben meinte dann eine gute Freundin am Telefon, dass sie immer eine Ahnung hat, welcher Kundentypus in mein Büro kommt, wenn ich jemanden begrüße, kurz bevor ich auflegen muss. Aber so ist es halt. Die fruchtlosen Anfragen erkennt man irgendwie schon von Weitem. Aber auch die dümmste Kuh kann Milch geben. Bei der nächsten Anfrage für Skiurlaub verstecke ich mich unter dem Tisch.

In diesem Sinne ... bis morgen mit besserer Laune!

Tag 58: Neues vom Schuh des Manitu

Auch heute ist die Laune irgendwie mau. Die Skiurlaubtante von gestern hat irgendeinen Club in der Schweiz gebucht. Hatte ich ihr auch rausgesucht, aber war eigentlich viiieeellll zu teuer. Bei meinem Mitarbeiter nicht. Da war das toll. Aber soll mir auch recht sein. Ansonsten: Alles um mich herum kottert, kotzt oder niest. Und für heute ist Schnee gemeldet. Ganz gewitzte Kerlchen werden sich jetzt – mit dem Wetterbericht bewaffnet – frisch ans Werk machen und über meteorologische Eckdaten meine Wohnanschrift herausfinden.

Nein, Scherz beiseite. Ich finde es schön, dass es auf reges Interesse stößt, wer sich hinter meinem Synonym verbirgt. Aber schon Truman Capote war der Meinung: Nie dementieren, nie reagieren!

Heute wollte ein etwas älterer Kunde Anfang Juni nach Mallorca. Kinderspiel! Obwohl bei uns in Süddeutschland zu dieser Zeit die Pfingstferien sind, hatte ich gute Angebote. Meine Bedarfsanalyse kam dann beim Erfragen der gewünschten Urlaubsorte etwas ins Stocken.

Ich: „Waren Sie schon mal auf Mallorca bzw. gäbe es einen bestimmten Ort, wo Sie gerne hinmöchten?"

Kunde: „Ja, nach Cala Millor oder nach Puder Rosa!"

Ich (schwer damit beschäftigt nicht laut loszulachen): „Okay, Cala Millor. Und welchen anderen Ort meinen sie?"

Kunde: „Puder Rosa!"

Ich: „Meinen sie vielleicht Santa Ponsa? Puder Rosa ist glaub eine Ranch aus einem Film. Ich befürchte da verwechseln sie was."

Kunde: „Dort wo die Katzenberger ihr Hotel hat."

Ich: „Ah, Hotel?! Na wir schauen mal.“

Mein Mitarbeiter hatte zum Glück auch gerade Kunden und ich konnte die Fassung bewahren. Puder Rosa hatte ich dann auch noch nicht. Mit drei schönen Angeboten zog sich der Herr nach Hause zur Beratung zurück. Hoffe wirklich er wollte nach Mallorca.

Dann noch eine Italienerin, die mir gestern schon für einen Sommerflug nach Catania mit German Airlines vorgejammert hat, dass „der Flug in meinem Computer viel teurer ist als der Flug im Internet“.

Kundin: „Mein Sohn hat in Internet gesehen.“

Ich: „Ich habe hier im Büro den Flug für 378 EUR pro Person.“

Ich bin mir nie so ganz sicher, ob ich es mit der Wahrheit erklären soll, nämlich dass wir zwecks Überlebenskampf etwas draufschlagen müssen oder ob ich einfach sage „Internet nicht aktuell, Flug ist jetzt teurer“. Beides doof!

Heute dann der erneute Anruf:

Kundin: „Bin nach Hause und habe geguckt. Flug im Internet günstiger.“

Dann die große, alles entscheidende Frage von mir: „Ja, tut mir leid. Den Preis habe ich nicht. Warum buchen Sie denn den Flug dann nicht im Internet?“

Kundin: „Ich melde mich dann wieder. Muss mit Sohn reden.“

Ich: „Alles klar und einen schönen Abend.“

Hab ich schon erwähnt, dass mein linkes Augenlid unkontrollierbar zuckt. An was könnte das liegen?

Bis morgen!

Tag 59: Ihr Reiseverkäufer von nebenan!

Heute hatte ich frei und zum ersten Mal die Befürchtung kein Thema für den Blog zu finden. Auf meinem Weg zum Zahnarzt traf ich im Aufzug dann allerdings auf meine Nachbarn, ein Ehepaar um die 70, das ich zum zweiten Mal in zwei Jahren gesehen habe. Ich wohne nicht mal in einem großen Haus, aber irgendwie haben wir wohl unterschiedliche Lebensraumfenster. Kaum war die Aufzugtür zu kam dann auch schon die Frage: „Was halten Sie von Madeira? Wir haben da so eine Dokumentation gesehen!“ In meinen Gedanken ging ich schnell durch, was ich von Madeira halte. Das ging von „ist mir heute total egal“ bis „verdammt, woher wissen die jetzt, dass ich im Reisebüro arbeite“ zu „ich hätte die Treppe nehmen sollen“. Aber Networking ist nun mal Teil dieses Berufsbilds. Und für die beiden bin ich im wahrsten Sinne des Wortes der „Reiseverkäufer von nebenan“. Deswegen ist „Madeira eine toooooooooooolllllllllllle Insel. Toll, einfach nur toll. Die Landschaft, die Blümchen, der Hafen. Toollllll! Kommen sie doch gern mal bei mir im Büro vorbei und wir schauen, was für toooollllllleeee Angebote wir finden!“ Naja, soweit so gut. War wohl nur Small Talk, denn „in Urlaub wolle man nicht“. Umsonst abgestrampelt. Was man in zwei Stockwerken Aufzugfahrt so alles schafft. Der Zahnarzt kann kommen. Übrigens sind meine Nachbarn Besitzer von einer stadtbekannten Metzgerei. Sollte ich die beiden dann doch noch mal im Aufzug treffen – war ja immerhin bisher ein Schnitt von einmal pro Jahr – dann werde ich fragen, was sie von Mailänder Salami halten.

Bis morgen!

Tag 60: Inklusive Taschengeld!

Auf unserem Stopper befindet sich aktuell ein Angebot für Andalusien zu 298 EUR pro Person. So kam es, dass heute Morgen eine Dame mit osteuropäischem Akzent anrief und mir folgendes erzählte (bitte osteuropäischen Akzent vorstellen. Los!):

Kundin: „Hallo! Freundin haben gesagt da hängen Angebot Andalusien. Freundin wissen ich liebe Andalusien. Ich möchte Angebot wissen."

Ich: „Alles klar. Ich schau mir mal an, ob das Angebot noch frei ist (*wühl*). Ja, ist noch frei. Ab Frankfurt, Flug nach Jerez de la Frontera, Appartementanlage mit 4 Sternen, Selbstverpflegung und Transfer."

Kundin: „Nicht mit Alles Inklusive?"

Ich: (denke gerade: „Ja, natürlich mit AI du dumme Schabracke. Und 50 EUR Taschengeld gibt es auch noch dazu!") „Nein, tut mir leid. Man kann aber Frühstück oder Halbpension dazu buchen. Wären dann 410 EUR pro Person mit Halbpension. Nach wie vor sehr ansprechend das Angebot."

Kundin: „Nein, dann erledigt. Danke!" (*tut tut tut*)

Dramatische Preisvorstellungen wieder. Wenn es im Urlaub plötzlich günstiger ist als zu Hause, fahre ich noch öfter weg. Dann der nächste Anruf. Ein älterer Herr, der gerne einen Katalog per Post nach Hause geschickt haben möchte.

Ich: „Tut mir leid. Das bieten wir nicht an (verschickt jemand Kataloge noch per Post?!) Ich kann Ihnen aber gerne Angebote per E-Mail oder Fax zukommen lassen. Wo soll es denn hingehen?"

Kunde: „Nach Gambia, auf den Kanarischen Inseln!"

Ich: „Meinen Sie vielleicht Jandia auf Fuerteventura?"

Kunde: „Sag ich doch!"

Wir sind ja flexibel ... Morgen werde ich meine Mutter und ihren Mann auf ein Flusskreuzfahrtschiff buchen. Schiff ahoi. Ich bin gespannt!

Bis dann!

Tag 61 + 62: Motorschiff mit schöner Aussicht

Heute hatte ich das Vergnügen meine Mutter und meinen Stiefvater auf Flusskreuzfahrt zu schicken. Meine Mutter ist eigentlich ein jugendlicher Typ, nur was Urlaubsreisen angeht, kann sie sich nicht so ganz mit der modernen Welt arrangieren. In aller Regelmäßigkeit muss ich tief durchatmen, wenn mir die Wünsche präsentiert werden. Vor ein paar Tagen hatte ich ihr auf dem Laptop einen Clip auf YouTube gezeigt und sie wollte wissen „ob das der Fernseher ist". Nur damit ihr euch eine Vorstellung macht, mit was man es zu tun hat.

Jedenfalls werden ihre Reisen sehr gerne bei einem ortsansässigen Busveranstalter gebucht, was zur Folge hat, dass das Alter der Mitreisenden im Regelfall weit über dem meiner Mutter liegt. Individueller werden die Reisevorstellungen dadurch nicht. Aber jedem das seine. Ein Flugzeug hat sie mit Ende 50 dann schon dreimal von innen gesehen. Von außen durchaus häufiger, nämlich beim „Flieger gucken", auf den diversen Flughäfen in unserer Umgebung.

Heute also dann die Kreuzfahrt. Ab Köln geht es mit dem „Motorschiff mit schöner Aussicht" nach Holland und Flandern. Der Name des Dampfers passt zum Publikum an Board. Mehr als aus der Kabine gucken kann man nämlich kaum. Eventuell noch eine Runde Backgammon spielen oder sich in den Schlaf schaukeln lassen. Woher ich das mit dem Publikum weiß? Na, von den vielen Fotos, die ich mir schon angucken musste, denn das Schiff wurde nun das dritte Mal gebucht. Bei der letzten Fahrt auf dem Rhein waren ein Schlaganfall bei meinem Stiefvater und ein nachfolgender Krankenhausaufenthalt in Köln im Reisepreis inkludiert. Hatte ich so aber nicht mit gebucht. Heuer war die gewünschte Kabine nicht zu bekommen, was bestürzt und nur unter Protest zur Kenntnis genommen und nach langem Hadern akzeptiert wurde. Meine Mutter will damit wohl die Erinnerung an die letzte Reise aus dem Gedächtnis löschen. Das ist zumindest meine Hoffnung.

Aber egal wie schrullig sie ist: Mama, I love you!

Bis morgen!

Tag 63: Von der Amme des Vorurteils

Ein bitterkalter Februar-Samstag. Es war so kalt, dass ich den Heizofen auspacken musste, der im Backoffice zugestaubt war. Das dadurch etwas gewöhnungsbedürftige Klima im Verkaufsraum, vernebelte offenbar auch der ersten Kundin die Sinne, als sie meinen Mitarbeiter mit „ich hätte gerne mal eine Frage“ begrüßte. Den Wortsalat kennt ihr auch? „Ich hätte gerne eine Kasse Taffe?“ Ich finde es generell sehr interessant, dass Kunden allesamt die gleichen Dinge durcheinanderbringen und Vorurteile offenbar von Generation zu Generation weitergegeben werden. So hat die wunderbare Insel Lanzarote „nur schwarze Strände“ und Mallorca „besteht nur aus Ballermann“ (ganze drei Kilometer Strandabschnitt). Meine engelsgleichen Vorträge, dass die Insel Lanzarote durchaus eine sehr dunkle und karge Landschaft hat, sich die Strände allerdings – bis auf eher wenige Ausnahmen, allesamt eher im hellen bis kackbraunen Farbspektrum besitzen, wird zuweilen mit erstaunten Blicken misstrauisch zur Kenntnis genommen. Sogar eine ehemalige Kollegin hatte vor einem halben Jahr einem Kunden Lanzarote als „Insel mit den schwarzen Stränden“ präsentiert. Natürlich kann man nicht alles wissen. Seither ist ihre Präsentation eine andere. Sehr gerne möchten Kunden auch die Verpflegungsleitung „Alles Inklusive“ bei Destinationen, wo dies nicht üblich ist. Unwissenheit ist die Amme des Vorurteils!

Einer meiner besten Freunde hat mir folgenden Satz dazu geliefert: „Der Wurm muss dem Fisch schmecken – nicht dem Angler!“

Morgen mehr Aufklärung!

Tag 64: Come fly with me

Heute war ich mal wieder Endverbraucher, denn German Airlines hat mich in die Hauptstadt gebracht. Nach längerer Enteisung und heftigem Turbinentest bin ich sicher gelandet. Fasziniert bin ich auch hier vom Tier Mensch. Vor dem Abflug durfte ich vor der Maschine bei heftigem Schneefall bibbern. Die Dumpfbacken in der Maschine haben sich gemütlich ihre Jacken ausgezogen und ihre monströs großen Handgepäckstücke in die viel zu kleine Ablage gequetscht.

Nein, ist nicht möglich mal zur Seite zu gehen. Wäre ich Flugbegleiter, würde ich definitiv allen Wegversperrern den heiß geliebten Tomatensaft überkippen. Während des Fluges verhalten sich dann im Regelfall alle anständig. Der Gedanke in einer schmalen Metall- und Kunststoffröhre in 10.000 Metern Höhe knapp unter Schallgeschwindigkeit zu fliegen, ohne irgendwie helfend eingreifen zu können, versetzt einige womöglich in Schockstarre. Lediglich das Verwechseln des persönlichen Leselichtschalters mit der Klingel um das Personal zu rufen, versetzt kurz nach dem Start die Flugbegleiter in genervte Stimmung. Sobald das Flugzeug am Boden angekommen ist, ist aller Anstand wieder verschwunden und es wird gedrängelt, noch bevor sich die Flugzeugtür geöffnet hat, geschweige denn „die endgültige Parkposition erreicht wurde". Ich wurde allen Ernstes mal von einer „Dame" die am Fensterplatz saß angemeckert, weil ich von meinem Platz am Gang nicht schnell genug aufgestanden bin. Ich habe halt gesundes Sitzfleisch. Werde dann mal auch darauf sitzen bleiben und den Rest des Tags genießen.

Bis dann!

Tag 65: Mein Unterschichten-TV

Auch heute verweile ich in Berlin und in Ermangelung an Erlebnissen aus dem Büro, fiel mir dann ein Beitrag von aus Unterschichten-TV am Mittwoch ein. Habt ihr den auch gesehen? Manche Sender sind inzwischen leider komplett bildungsfremd und besagte Sendung fand ich bisher eigentlich noch ganz in Ordnung. Seit allerdings ein ehemaliges Mitglied einer augenscheinlich ungewaschenen irischen

Musikerfamilie in regelmäßigen Abständen irgendwo ausgesetzt wird oder die USA per Anhalter erkunden muss, verliere ich jeglichen Respekt. In der Vorschau vom letzten Mittwoch hatte ich dann schon Schlimmes befürchtet. Es ging um eine große deutsche Versicherung „deren Reiserücktrittskostenversicherung leider den Reiserücktritt nicht zahlt“. Während der Sendung kam der Beitrag, der schwer auf die Tränendrüse ging. Mädchen, Klassenfahrt, Barcelona, 400 Euro. Und dann hat sie kurz vorher einen Rheumaschub. Heulerei, Drama! Mir ging nur eins im Kopf rum: „Vorerkrankung, Vorerkrankung, Vorerkrankung!“ Dann wurden die Bedingungen des Versicherers und die Lupe genommen. Ganze sieben Seiten beinhalteten diese, was Unterschichten-TV viel zu viel fand. Gar nicht zu machen für den Otto-Normal-Verbraucher. Aber dass sich eine Versicherung schützen will, muss doch jedem Menschen irgendwie ins Hirn reingehen. So traurig dass mit einem Rheumaschub ist, aber so was muss man doch angeben. Das Ende vom Lied: Unterschichten-TV muss akzeptieren, dass die Versicherung im Recht ist und die Versicherung spendet 200 Euro in die Klassenkasse des Mädchens. Alle sind glücklich und liegen sich in den Armen. Die Moral von der Geschichte? Die Bedingungen liest man – oder nicht!

Bis morgen!

Tag 66: Berlin, Berlin

Gleich fliege ich ab Berlin-Tegel wieder zurück nach Hause. Im völlig überfüllten German Airlines Terminal wird dann wieder das komplette Chaos herrschen. Schade, dass der neue Flughafen nach wie vor nicht im Betrieb ist. Wer braucht schon Brandschutz? Im engen und improvisierten Terminal X, wo fast alle German Airlines gleichzeitig starten, hat man andere Sorgen. Bisschen eng alles. Wenn's hier mal brennt, merkt man das schnell. Die Schlange an der Sicherheitskontrolle reicht zumeist bis zum Check-in Schalter. Ist somit klar, warum man bei German Airlines erst spätestens 30 Minuten vor Abflug am Gate sein muss. Auch schön ist die Anreise zum Flughafen. Gefühlt eine Million Taxis im Schneckentempo, die aber auch notwendig sind, da die Anreise mit öffentlichen Verkehrsmitteln dank nicht vorhandenem U- und S-Bahn Anschluss grauenhaft ist. Ich habe schon häufig beinahe meinen Morgenflug verpasst, weil es auf Berliner Autobahnen so dicke ist, dass man es zu Fuß fast schneller schafft. Da ist man im engen, vollen und lauten German Airlines Terminal dann doch froh, wenn man 35 Minuten vor Abflug von einem freundlichen Mitarbeiter empfangen wird, der einen noch irgendwie durchschleust. Darin sind alle Berliner super: Im Improvisieren.

Bis morgen!

Tag 67: Der gemeine Germane

War dann alles ganz anders gestern. Der Flughafen war so gut wie leer und die Maschine auch nicht ganz besetzt. Konnte in der ersten Reihe sitzen und meine Füße gemütlich ausstrecken. Keiner hat mich genervt. Das war toll. Ein anderes Phänomen habe ich mir dann allerdings doch noch anschauen dürfen, das ziemlich Deutsch ist. Der gemeine Germane steht offenbar gerne an. Sobald das Boarding-Personal am Schalter erscheint, wird sich hübsch aufgestellt. Nicht in einer Reihe, sondern einmal quer durchs Terminal wie ein dicker, fetter Mäander. Dann wird mit den Füßen gestampft, sich mit dem Boardingpass Luft zu gewedelt und es werden die Damen und Herren grimmig angestarrt, die selbst darauf warten, dass es weitergeht. Dann kommt die obligatorische Ansage, dass „das Flugzeug jetzt zum Einsteigen bereit steht". Dass die Durchsage überhaupt noch kommt, ist ein Wunder, so wie alle parat stehen. Ist der Bus erst mal da, der zur Außenposition fährt, wird geschoben und gedrängelt als gäbe es kein Morgen. Ich sitze immer bis zum Schluss auf meiner Bank und genieße den Anblick. Habe ja schließlich einen Sitzplatz am Gang und muss mich nicht stressen. Besonders toll ist das auf nichteuropäischen Flughäfen, wo auch die anderen Fluggäste irritiert gucken, wenn sich eine Schlange bildet ohne erkennbaren Grund. Demnächst buche ich einfach mal aus Spaß einen Flug mit Lowcostair, da fehlt nämlich nur noch, dass es eine Schlägerei gibt.

Bis morgen!

Tag 68 + 69: Die Flippers in Tunesien

Wie habe ich doch die „Irgendwo, wo es schön warm ist"-Anfragen für den Sommer vermisst. Das Lächeln gefriert zu einer Fratze. Es hilft alles nix. Kommentare runterschlucken, stur lächeln und winken. Die Pinguine aus der „Madagaskar"-Reihe haben es vorgemacht. Gepaart ist der Kundentyp mit kindlicher Naivität und völliger geografischer Unkenntnis, was dem Reiseverkäufer von Welt die Möglichkeit gibt sich selbst was auszusuchen, da Bedarfsanalyse gänzlich unmöglich ist.

Kunde: „Ägypten kommt aber nicht infrage. Wegen Unruhen und Islam und so!“

Ja, da haben die Herrschaften bei den Unterschichten-TV-Nachrichten schon mal was von gehört. So kurz vor Hausfrauen-Tausch.

Kunde: „Aber Tunesien wäre toll. Dort ist es schön. Da war ich mal als Kind.“

Also suche ich schön brav Tunesien für die Kunden raus. Meinen Hinweis, dass Tunesien auch ein muslimischer Staat ist, mit ähnlichen politischen Problemen, muss ich wohl oder übel erst mal für mich behalten. Der Rest ist einfach. Gutes Hotel, in der Nähe von Hammamet, mit vielen Ausgehmöglichkeiten. Hübsche Bilder. Zieht immer.

Kunde: „Aber wie sind die Leute da so?“

Ich: „Die Leute? Meinen Sie, welches Publikum in dem Hotel Urlaub macht?“

Kunde: „Ja, nicht dass da nur die Flippers im Speisesaal laufen ...“

Ich: „Öh? Nee, glaub da läuft auch eher so keine Musik. Und schon gar nicht die Flippers.“

Kunde: „Mein ja nur. Hmmh. Was gibt es noch Schönes?“

Ich: „Wie wäre es mit Malta? Da kann man auch gut ausgehen.“

Kunde: „Nee, Malta nicht. Wegen Griechenland. Da ist Krieg!“

Ich: „Malta gehört aber nicht zu Griechenland. Das ist südlich von Italien?“

Kunde: „Aber ist in der Nähe!“

Ich: „?!“

Hätte der Hinweis, dass in Griechenland kein Krieg ist, noch etwas gerettet? Bis morgen!

Tag 70: Bei Risiken und Nebenwirkungen …

Wenn jemand zu mir ins Büro kommt, dann ist das meist mit Wünschen und Hoffnungen verbunden. Ein schöner Urlaub, Strand, Sonne und Meer. Nichts Negatives behaftet solche Momente und ich vergesse manchmal, dass (sofern alles toll gelaufen ist) diese positiven Emotionen auch auf den Verkäufer der Reise übertragen werden. So laufe ich täglich in der Mittagspause durch die Fußgängerzone und winke fröhlich in alle Richtungen, während ich mir das Lächeln wieder ins Gesicht schraube. Ist klar, dass ich immer mehr Falten bekomme. Hat ja keine Zeit sich zu entspannen meine Mimik. Nach so vielen Jahren hatte man schon die Dame vom Dönerstand mit Adana verarztet, den Brezel-Verkäufer nach Toronto geschickt und den Friseur ins Ferienhaus nach Südfrankreich. Vor einigen Tagen begrüßte mich dann „meine Apothekerin" fröhlich winkend und mit solcher Begeisterung, als wäre ich für ihren Erstgeborenen verantwortlich. Dabei habe ich mich doch extra nicht bei ihr angestellt. Naja, dann schlurfe ich mal rüber. Sie will es ja so.

Apothekerin: „Ach, Sie haben uns schon so oft Gutes getan. Was kann ich für Sie tun heute?"

Ich: „Ich hätte gerne eine Hämorridensalbe!"

Noch Fragen?

Bis morgen!

Tag 71: Ballermann

Samstag, 17:55 Uhr. Feierabend! Es könnte so schön sein. Dann öffnet sich die Tür und herein kommen drei Herren der Sorte, wegen der ich schon häufiger gerne umgeschult hätte.

Kunde: „Wir tun Ballermann suchen für Sommer."

Anhand des herausragenden Satzbaus kann man sich sicherlich vor dem inneren Auge ein Bild machen, mit was ich es zu tun hatte. Zwei der Typen sahen aus wie Tick, Trick und Track. Nur ohne Track. Der wurde ersetzt durch Typ Macker mit fein rasierter Gesichtsschambehaarung. Alter völlig undefinierbar. Konnte alles sein zwischen 21 und 35. Meine Stimmung hat sich im Laufe des Tages von leicht bewölkt, über bedeckt und jetzt zu völliger Sonnenfinsternis verschlechtert.

Ich: „Für wann im Sommer wäre es denn?"

Kunde: „So Juli oder Juni!"

Ich: „Bisschen genauer bräuchte ich es schon?"

Kunde: „Kann ich mal Kalender?"

Während ich dann suche, habe ich das große Vergnügen den Gesprächen untereinander zu lauschen:

„Tamara hat Sendung geguckt, wo das Hotel gezeigt wurde, wo die im Zimmer ausgeraubt wurden an den Ballermann. Die sollen mal bei mich ins Zimmer kommen, da gibbet was auf die Fresse."

War dann keine Überraschung, dass der Preis mit AI auch in der einfachsten Kaschemme zu hoch war und man sich auf Last-Minute einigte.

Endlich Wochenende!

Tag 72: Rat mal, wer zum Motzen kommt …

Eine sehr abwechslungsreiche Woche ist zu Ende. Mein linkes Auge zuckt allerdings weiterhin, was an Stress und Schlafmangel zu liegen scheint. In Erinnerung bleibt mir ein Kunde, Typ „Ärger vorprogrammiert“, bei dem man gar nicht fragen muss, ob er alleine verreist, weil das sofort glasklar ist. Er hat immer etwas Bösartig-forderndes an sich, was ihm im letzten Jahr schon mal einen Büroverweis eingebracht hat, da ich mir mit inzwischen vielen Verkaufsjahren auf dem Buckel, nur noch sehr bedingt auf der Nase rumtanzen lasse.

In dieser Woche kam er dann hereinspaziert, als wäre nie etwas gewesen, musste aber schnell feststellen, dass meine Bereitschaft ihn zu bedienen ungefähr bei der Begeisterung einer Wurzelbehandlung lag. Also musste mein Mitarbeiter dran glauben, der zunächst auch noch die Ruhe selbst war. Wünsche und Budget kollidierten miteinander, aber das kannte ich schon. Am nächsten Tag das gleiche Schauspiel. Auch dieses Mal schlugen alle Versuche fehl, mich in die Unterhaltung mit meinem Mitarbeiter einzubinden, ganz besonders, als ich zum ersten Mal den Satzfetzen „was Sie mir da gestern für Scheißhotels rausgesucht haben“ hörte. Abermals behielt mein Kollege die Nerven und offerierte nur noch Hotels mit Hotelchecker Award.

Der nächste Tag brach an und ratet, wer zum Meckern kam? Richtig!

Kunde: „Ich werde mich bei Ihrem Chef beschweren, was Sie für schlechte Hotels anbieten. Was muss ich noch tun, damit Sie auf meine Wünsche eingehen?“

Mitarbeiter: „1.: Das Hotel, auf das Sie sich beziehen hat im Hotelchecker 95 % Weiterempfehlung. Viel besser kann ich Ihnen in dem Rahmen Ihrer Wünsche nichts anbieten. Und 2.: Mein Chef sitzt neben mir. Nur zu!"

Da meine Gedanken in dem Moment wohl was mit Macheten und Kettensägen zu tun hatten und man das in meinem Blick sicherlich erkennen konnte, waren keine Worte nötig.

Kunde: „Ich werde mich beim Verbraucherschutz beschweren!"

Ach.

Tag 73: Frühlingsgefühle

Heute war der erste frühlingshafte Tag des Jahres und das bedeutete, dass auch einige Menschen Freigang hatten, die sonst nicht nach draußen dürfen. Das war zumindest der Eindruck meiner Kollegin und mir. Den ersten Anruf hatten wir bereits um 7.45 Uhr. Hallo? Guten Morgen? Was denken die Kunden, wann wir öffnen? Bisher haben wir die Öffnungszeiten (noch) nicht ans World Wide Web angepasst. Kommt aber auch sicherlich bald.

Mein erster Kunde hat die 15 Grad Außentemperatur dann mal gleich genutzt und einen Spaziergang zu unserem Büro unternommen. Die steife Brise vor der Tür hat dann wohl den Wunsch auf eine Kreuzfahrt geweckt. Ein Alleinreisender mit Sprachfehler, Streckenwunsch: Von Kiel nach Oslo und wieder zurück. Kostete bei Color Linie ganze 119 EUR in der Innenkabine. Da kann man sich im Geiste ausrechnen, wie hoch die Provision ist. Aber ich will mich nicht beschweren. Ich hatte immerhin einen Kunden, der sich mit mir unterhalten hat.

Die nachfolgende Kundin hatte viel zu sagen, nur nix auf meine Fragen. Fast am schlimmsten finde ich Kunden, die von Ziel zu Ziel springen und schon gedanklich den Kontinent gewechselt haben, während man das Flughafenkürzel von Gran Canaria noch nicht eingegeben hat.

Morgen bitte weniger (Sonnen-)Einstrahlung!

Tag 74: Es ist gut, wenn es glitzert

Meine Mitarbeiterin hatte heute mal wieder das vergnügliche Spiel mit dem Titel „Name wechsle dich". Eine Kundin hat telefonisch gebucht, die Reiseunterlagen auch brav abgeholt und unterschrieben. Und ein paar Tage später fällt ihr auf: „Ach, da stimmt der Name nicht!" So was. Und wer hat Schuld? Klaro! WIR! Glücklicherweise ging es nach Mallorca. Den einen Buchstabe, der falsch war, konnte man auch so stehen lassen. Dennoch war die diesbezügliche Diskussion langwierig und doof. Dabei ist das Funk- oder Namensalphabet doch so einfach: Anton, Bertha, Cäsar, Dora Geht zwar auf Namen aus dem Kaiserreich zurück, aber ich würde es komisch finden J wie Jeremy Pascal oder S wie Shakira-Tamara am Telefon durchzugeben.

Kunden haben aber die Angewohnheit sehr fantasievoll an die Sache heranzugehen. Und das ist dann die freundliche Formulierung. Da hätten wir C wie Kamille oder mein Favorit beim Buchstabieren: „Konrad."

Ich: „Konrad mit C oder K?"

Kunde: „Na mit C!"

Ich: „Ah ... okay. Ist klar!“

Meine Mitarbeiterin hatte jedenfalls gründlich die Schnauze voll nach der Diskussion und wohl deswegen im Drogerie-Markt den Nagellack mit dem Glitzerlidschatten vertauscht. Hat etwas gebrannt. Aber sah ganz gut aus.

Bis morgen!

Tag 75 + 76: Müssen nur wollen!

Kundin: „Machen Sie auch nur Auskünfte?“

Seit es draußen warm genug ist, um die Tür aufstehen zu lassen, trauen sich wirklich alle Kunden wieder rein.

Ich: „Ja, wir machen auch nur Auskünfte ...“

Kundin: „Gibt es generell Flüge von Paris nach Nizza?“

Offenbar sprach mein Gesichtsausdruck Bände ...

Kundin: „Wenn es Ihnen zu viel ist mir das zu beantworten, dann gehe ich wieder!“

Ich: „Nein, das ist mir nicht zu viel. Aber ich kann Ihnen das nicht auswendig sagen. Ich bin mir sicher, dass es ab Paris Flüge nach Nizza gibt. Nur was die kosten und wann die gehen, kann ich gerne für Sie nachschauen.“

Kundin: „Und ab Metz?“

Ich war wirklich bemüht an diesem anstrengenden Tag die Fassung zu wahren. Lächeln, lächeln, lächeln ...

Ich: „Auch ab Metz weiß ich den Flugplan nicht auswendig. Aber ich kann das gerne für Sie überprüfen. Für wann ist das?“

Kundin: „Das weiß ich nicht. Nee, wenn das so kompliziert bei Ihnen ist, dann frag ich eine Freundin. Die hat Internet und kann das so suchen.“

Ich: „Na, die muss auch ein Datum eingeben.“

Kundin: „Ach so geht das ...“

Ja, so geht das und nicht anders. Dieser Dame folgte ein sehr netter Herr, der meinen Sinn für Humor heute nicht verstehen wollte. Oder konnte?

Kunde: „Fahren Sie dieses Jahr wieder nach Rom?“

Ich: „Och, das kann ich Ihnen noch nicht sagen ...“

Kunde: „?“

Ich: „Möchten Sie wissen, ob es Angebote für Rom gibt?“

Kunde: „Ja! Fährt Ihre Gesellschaft dort hin?“

Ich: „Wir bieten auch Angebote für Rom an. Ja!“

Kunde: „Und wann fährt Ihre Gesellschaft?“

Ich: „Unsere Gesellschaft fährt, wann Sie wollen! Ich stelle Ihnen das gerne individuell zusammen!“

Kunde: „Nee, muss nicht individuell sein. Mir reicht was Normales ...“

Ja, das würde mir auch reichen!

Bis morgen!

Tag 77: Die Geschichte vom Transaktionsentgelt ist eine Geschichte voller Missverständnisse

Heute war ein sehr ruhiger Tag. Während mich einige unkomplizierte Stammkunden beehrten, hatte ich am Schluss dann erneut eine wiederkehrende Diskussion. Inzwischen traut man sich kaum noch dem Kunden die Zahlungsmöglichkeiten am Ende des Buchungsvorgangs vorzustellen. Ich werde das Gefühl nicht los, dass ich gar nicht dazu berechtigt bin für die Reise eine Bezahlung zu fordern. Da wird gehandelt und gefeilscht. Von „Kann ich in Raten zahlen?“ zu „Kann ich nach der

Reise zahlen?" bis „Kann ich Ihnen 50 Euro anzahlen und den Rest demnächst bringen?"

Ich will nicht wissen, wie viele meiner Kunden schon ein Darlehen beantragt haben, um auch dieses Mal ihr heiß geliebtes 2-Sterne-Studio neben dem Café Katzenberger auf Mallorca buchen zu können. Auch die Buchung von zwei Flügen pro Jahr berechtigt noch nicht dazu einen „Stammkundenrabatt" einzufordern. Aber das ist wieder eine ganz andere Geschichte. Jedenfalls musste ich mir heute wieder die Leiden des nicht mehr ganz so jungen Werthers anhören. „Kreditkartentransaktionsentgelt" ist für mich das Unwort des Jahres. Da können die Veranstalter so viele rosa Schleifchen drumbinden, wie sie wollen. Es ist eine ganz simple Gebühr. Damit will ich nicht sagen, dass die Zahlung unberechtigt ist, denn ich möchte sie nämlich nicht selbst zahlen. Aber das Gejammer ist schon heftig. Erst muss man sich dafür rechtfertigen, weshalb der eine Veranstalter es gerne in dieser Höhe hätte und warum der andere so viel verlangt. Und dann der berühmte Satz.

Kunde: „Wenn ich mit der Karte zahle, ist der Reiserücktritt mit drin. Oder?"

Ich: „Tut mir leid. Kann ich Ihnen nicht sagen. Falls das so ist: Kennen Sie die Leistungen Ihrer Versicherung? Hat sie Selbstbehalt? Medizinisch sinnvollen Rücktransport? Oder nur medizinisch notwendigen Rücktransport?"

Kunde: „Weiß nicht!"

Nee, ist klar. Bedingungen liegen im Eiche-Rustikal-Schrank in der untersten Schublade, neben dem Rundschreiben vom Obst- und Gartenbauverein. Am Ende sind alle genervt, dabei soll die Reisebuchung doch Spaß machen. Inzwischen erkläre ich alles zuckersüß bevor ich auch nur ansatzweise die Flugzeiten oder die Namen wiederhole. Es ist wie es ist lieber Kunde. Hättet ihr mal die letzten zehn Jahre nicht immer mit der ollen Karte gezahlt, gäbe es wohl auch keine Gebühr.

Bis morgen!

Tag 78: Schönes zum Weltfrauentag

Hunde im Büro sind für mich immer interessanter als Kinder. Ob winzig, klein oder größer. Ist einfach nicht meine Welt. Machen nur Krach, Dreck und meistens irgendwas kaputt. Dennoch werden Kinder von mir mit Gummibärchen, Spielsachen und brandaktuell mit Schokoladenosterhasen gemästet, hauptsächlich damit sie die Klappe halten und meine Beratung nicht stören. Heute hatte ich zumindest ausnahmsweise ein kleines Mädchen in mein Herz geschlossen, schon deswegen, weil es der Sprössling meines unangenehmsten Kunden ist. Alleine aus diesem Grunde hatte sie mein Mitleid auf ihrer Seite. Mein Kunde – Marke Egomane – musste eine recht komplizierte Flugverbindung bei mir abfragen. Dies hatte schon etwas Zeit in Anspruch genommen. Nachdem er sich zur Beratung mit seiner Begleitung vor die Tür begeben hatte und danach zurückkam, bediente ich inzwischen eine Dame, die einige Fragen hatte zu ihrem Mallorca Aufenthalt. Das nahm der Egomane zum Anlass die Kundin zu beschimpfen „was sie denn für Fragen stelle?" Hallo? Geht's noch? Jedenfalls hatte die mitgebrachte Lendenfrucht nix zu lachen und wurde einmal quer durch das Büro kommandiert. Das „Danke" auf meine Verteilung von Gummibärchen kam nicht so recht bei mir an, was nicht schlimm ist, da Kinder mit mir meist fremdeln. Ist ja auch klar bei dem bösen Gesichtsausdruck. War das Mädchen aber von ihrem Erzeuger schon gewohnt, der das Ganze mit „das liegt an der Erziehung deiner Mutter“ kommentierte. Jetzt schon Scheidungskind. Die Kinder von heute sind die Psychos von morgen!

Apropos: Bis morgen!

Tag 79: Der Konjunktiv ist dem Feierabend sein Tod!

Auch das bittere Ende am Samstag hat mir gezeigt, dass alle Freuden zusammenkommen. Da hätte man um Punkt 18 Uhr die Anstalt verlassen können, wenn nicht noch ein (zugegeben putziger) Rentner einen Singletrip nach Berlin hätte buchen wollen. Hätte, würde, könnte, sollte. Alles Konjunktiv. Hätte der Kunde vorher ein bisschen hinne gemacht, wäre die Beratung schneller über die Bühne gegangen und ich hätte fröhlich beschwingt nach Haus laufen können tun. Egal ...

So ging der Kampf los.

Ich: „Von wann bis wann möchten Sie denn gerne nach Berlin?“

Kunde: „Also mal sehen. Ich hoffe Sie haben einen Moment Zeit?“

Ich: *schnaub*

Kunde: „Also ich könnte am 12 ... nee, am 14. Ach nee, ah, ich bin im Mai. Nee, am Wochenende. Wie war das noch mal?“

Ich: *schnaub*

Kunde: „Ach so. 8.–12. April!"

Ich: „Okay, sehr gerne. Wo soll das Hotel in Berlin denn sein? So Mitte, West oder Ost? Waren Sie schon mal in Berlin?"

Habe mir angewöhnt bei Berlin-Interessenten ganz konkret zu fragen. Wenn ich nämlich wissen will, wo das Hotel liegen soll, bekomme ich normalerweise ein „zentral" entgegen geschmettert. Das kann bei Berlin alles und nichts sein.

Kunde: „So Richtung Alexanderplatz, Friedrichshain."

Oh Wunder. Er kennt sich aus! Also, schnell zwei sehr gute Hotels aus dem Ärmel geschüttelt. Preis super, Abflugzeiten optimal. Alles perfekt.

Kunde: „Ja, da können wir gleich ins Geschäft kommen. Ach, das ist ja jetzt toll, dass Sie so was Perfektes finden. Damit habe ich nicht gerechnet. Da muss ich jetzt mal überlegen."

Währenddessen hab ich schon mal damit begonnen den Laden abzuschließen und die Werbung abzubauen. Fand der Herr aber nicht irritierend. Die Ruhe selbst.

Kunde: „Ach ja, wir nehmen das! Kann ich Montag kommen?"

Bis dahin!

Tag 80: 1, 2 oder 3? Letzte Chance …

Ich sehe jeden Morgen im Spiegel, wie sehr ich in diesem Job altere. Vor allem die Falte zwischen meinen Augen sollte ich bald mit Botox betäuben lassen, sonst sieht man in ein paar Jahren, dass ich Endverbraucherkontakt hatte. Auch an diesem Montag der ganz normale Wahnsinn. Zunächst ein Kunde, der einmal pro Stunde angerufen hat, weil er „noch an das große Wunder glaube", dass ein ausgebuchter Flug nach Tunesien in den Osterferien wie durch Zauberhand wieder frei werden würde. So nach dem siebten Anruf waren wir dann doch etwas genervt muss ich zugegeben. Er hat auch schon eine Fortsetzung für morgen angedroht. Auch dreimal im Büro waren Nur-Flug-Kunden für Mexiko. Das Angebot für Cancun mit dem Abflug morgen 10.10 Uhr wurde im Laufe des Tages immer günstiger und kostete kurz vor Geschäftsschluss nur noch 399 Euro. Mehrere Versuche die Kunden von der Buchung zu überzeugen, schlugen fehlt. Stattdessen wurde auf Spanisch lamentiert und gehadert. Keine Ahnung, was das Problem war.

Kunde: „Kann ich das auch noch morgen buchen?"

Ich: „Naja, wir öffnen um 9.30 Uhr. Der Flug geht um 10.10 Uhr. Ab Frankfurt."

Kunde: „Also geht?"

Ich: „?!"

Bis morgen – um 9.30 Uhr!

Tag 81: Schneetreiben

Flughafen Frankfurt heute wegen Schneetreiben geschlossen. Und das Ende März. Ich will keinen Winter mehr. Ich verabscheue diese Jahreszeit. Da kann meine beste Freundin mir noch so viel von „ich mag den Wechsel der Jahreszeiten" faseln. Für mich könnten es jeden Tag 20 Grad sein. So wie auf den Azoren. Immer! Nicht zu warm, nicht zu kalt. Ein leichtes Strickjäckchen genügt. Ist ein sehr schönes Filmzitat.

Stattdessen kommen die Kunden rein und bringen ihren Schnee mit. Nach kurzer Zeit sieht alles aus wie Sau und buchen will auch niemand. Nur gucken, aufwärmen und nerven ist angesagt. Am schönsten fand ich meine Kundin, die für den Mai ein Angebot für fünf Personen auf Mallorca einholen wollte. Nach mehreren Vorschlägen.

Kundin: „Meine Freundin arbeitet im Reisebüro. Die hat mir das Hotel XYZ für 504 Euro angeboten."

Ich: „Ja, das habe ich auch hier. Aber ich dachte Sie wollten es etwas günstiger? Das hier hat 91 % im Hotelchecker, aber ist 150 Euro pro Person weniger als das Hotel XYZ."

Kundin: „Ist aber nicht so schön von den Zimmern."

Ich: „XYZ hat auch vier Sterne. Und ist auch etwas moderner."

Kundin: „Hmmh. Ja, dass Sie das für den gleichen Preis haben?"

Was hat die Dame denn gedacht; dass ich die besonders günstigen Preise unter der Hand verkaufe? Und warum um Himmels Willen muss ich dann noch eine halbe Stunde suchen, wenn die Freundin im Reisebüro arbeitet. Fragen über Fragen!

Morgen habe ich frei. Wie schön!

Tag 82 + 83: Adobe Reader says no!

Während diese Woche weißer Rauch im Vatikan nach oben stieg, wurde ich beinahe von einem Eisbrocken erschlagen, der dank des Tauwetters von einem Dach herunterbrach. Ist wohl ein schlechtes Zeichen? Im Büro kamen nämlich alle Kunden zusammen, die mir die letzte

Woche den letzten Nerv geraubt hatten. Meine Mitarbeiter hatten diese unangenehmen Zeitgenossen auf morgen vertröstet. Da hätten wir einmal den netten Herrn vom Freitag, der seine komplizierte Kanada-Buchung schon vor Abflug ändern möchte. Und die nette Dame vom Telefon, der man leider keine Angebote per E-Mail schicken kann, „da sie in den Mails nur so ein kleines, rotes Kästchen drin hat, mit dem der Computer nicht klar kommt".

Ja, genau der Computer kommt mit dem Adobe Reader nicht zurecht. Problematisch an der guten Dame war dann, dass ihr Wunsch nach Urlaub stets im Wandel war. Und die konnte man auch nicht auf morgen vertrösten, wenn ich wieder frisch, fromm, fröhlich, frei ans Werk gehen würde.

Kundin: „Suchen Sie mir mal was für Djerba raus! Das Datum haben Sie ja. Billig muss es sein."

Kollegin: „Kann ich Ihnen da was per E-Mail zukommen lassen?"

Kundin: „Nee, suchen Sie mir das gleich!"

Kollegin: „Naja, ein paar Minuten brauche ich schon. Darf ich Sie gleich zurückrufen?"

Kundin: „Ja, ist gut!"

Wenige Minuten später ist meine Mitarbeiterin mit hervorragenden Djerba-Angeboten bewaffnet. Die Buchungspistole ist geladen und zum Abschluss bereit.

Kollegin: „Hallo, hier bin ich wieder. So, ich habe Ihnen ein paar tolle Angebote herausgesucht für die Insel Djerba!"

Kundin: „Nee, Djerba will ich es jetzt nicht mehr!"

Kollegin: „?!"

Ziel verfehlt! Bis morgen!

Tag 84: Die fantastische Welt Reisebüro

Habe mir gerade „Die fantastische Welt von Oz" im Kino angeschaut. Ein toller Film, bei dem man ins Träumen kommt. Man kann sich nicht satt sehen an den tollen Farben und während ich so da saß, kam mir mein Kunde von heute Morgen in den Sinn, bei dem ich auch gleich Rot sah. Er wollte gern in die Türkei, und zwar in das Hotel „Palmen Tresor". Vor meinem inneren Auge erschienen seltsame Bilder. Mehrere Versuche meinerseits herauszufinden, um welches Hotel es sich handelte, schlugen leider fehl.

Ich: „Ist das Hotel an der türkischen Riviera?"

Kunde: „Das weiß ich doch nicht! Das hat mir jemand empfohlen!"

Ach so. Na dann! Da hat die Flüsterpost auf dem Weg was verloren. Kurz vorm Kundenwutanfall und völliger Resignation meinerseits, dann die Rettung. Das „Palmet Resort" in Kemer war gemeint. Geht doch. War dann aber leider zu teuer. Die Kinokarte auch. Aber wer etwas Fantastisches will, muss auch was dafür bezahlen.

Bis morgen!

Tag 85: Dreh dich nicht um!

Wenn ein Kunde schon fast am Büro vorbeigelaufen ist, am Ende doch noch stoppt, kehrt macht und hereinkommt, dann weiß man: Das wird nix! Sind ja nicht das Postamt oder der Bäcker, wo man plötzlich merkt „verdammt, ich habe die Briefmarken vergessen. Und ein Pfund Kornbrot brauch ich auch noch". Nein, ist glaube ich eher selten, dass diese Damen und Herren im Vorbeigehen merken „stimmt, ich wollte doch immer schon mal wissen, was Mauritius kostet“. Gut, ist auch schon vorgekommen und manches Mal kann man jemanden überzeugen. Heute lief das Gespräch mit dem Kehrtmacher allerdings folgendermaßen ab:

Kunde: „Kennen Sie sich mit Reisepässen aus?“

Ich: „Öhm, was genau möchten Sie denn wissen?“

Kunde: „Na wie das so ist mit Israel?“

Ich: „Etwas genauer bitte ...“

Kunde: „Na so mit Stempel?“

Ich: „Sie meinen, ob Sie in arabische Länder einreisen dürfen, wenn Sie den Stempel haben? Sind Sie deutscher Staatsbürger?“

Kunde: „Nee, ich bin Libanon!“

Ich: „Okay, das kann ich Ihnen dann nicht beantworten. Da müssen Sie Ihre Botschaft fragen! Für deutsche Staatsbürger kann es unter Umständen Probleme geben. Am besten man hat einen zweiten Reisepass.“

Kunde: „Und haben Sie was für Kuba?“

Ich (irritiert): „Sicher. Für wann denn?“

Kunde: „So irgendwann?“

Bis morgen!

Tag 86: Die Quasselstrippe

Morgens haben offenbar sehr viele Menschen massenhaft Zeit. Leider führt dies häufig zu Anrufen, bei denen man sich wünscht, man hätte niemals diesen Beruf erlernt. Erschöpft von einer Woche voller Gequake dann „Madame Unschlüssig“ an der Strippe. Für die im Hintergrund kreischende Familie ist Sommerurlaub geplant. Party!

Kundin: „Ich war bei Ihnen. Oder dem Kollegen. Kann aber auch bei der Kollegin gewesen sein!“

Ach ja. Egal! Hauptsache sie war überhaupt da. Da ist sie sich aber dann auch nicht sicher.

Kundin: „Bin ich bei XYZ?“

Ich: „Wo haben Sie denn angerufen?“

Kundin: „Na bei XYZ!“

Ich: „Na dann werden Sie da wohl auch sein.“

Kundin: „Ach so!“

Jedenfalls bekomme ich dann in allen Einzelheiten die Wünsche präsentiert. Selten, dass ich es so genau hatte. Von dem Wunsch die fast erwachsene Tochter an den Animateur abzuschieben, bis zur Farbe des Kofferanhängers erfuhr ich alles aus den letzten Urlauben. Irgendwann hatte ich so die Ohren voll, dass ich auf Lautsprecher gestellt habe. Meine Kollegin sollte auch was davon haben. Währenddessen hätte man ein Stück Kuchen essen, Geldbeträge ins Ausland transferieren oder nach Mallorca fliegen können. Nach einer Ewigkeit hatte sie dann ein Einsehen und ich durfte endlich suchen. Wurde danach allerdings mit zwei weiteren Anrufen und neuen „Ideen“ bombardiert.

Und wie es weitergeht, seht ihr, wenn mein Hut hochgeht!

Bis morgen!

Tag 87 + 88: Harry Potter in the house

Auch in dieser Woche waren Flughäfen, die ich mir buchstabieren lassen muss, ein sicherer Garant für ein nicht allzu günstiges Angebot. Allerdings werden diese Schnäppchen-Kunden, meist mit osteuropäischem Migrationshintergrund, besonders gern von Tunesien-Nur-Flug-

Kunden angeworben, wo ich tatsächlich häufig sehr günstige Preisvorschläge habe. Leider wird dann fälschlicherweise angenommen ich hätte Zauberkräfte. Harry Potter ist allerdings bei uns im Büro nicht zu Gange.

Kunde: „Ich habe gehört Sie können mir günstige Flüge anbieten?"

Ich: „Ja, das können wir. Gerne! Wo soll es denn hingehen?"

Kunde: „Siemmmferfffopollll! Im August!"

Ich: „Können Sie mir das buchstabieren?"

Kunde: „Kennen Sie nicht?"

Ich: „Nein, tut mir leid. Befürchte auch, dass da nicht so viel ab Deutschland hinfliegt. Wo liegt das denn?"

Kunde: „Weißrussland. Hätte gerne einen Flug ab Memmingen!"

Ich: „?!"

Tag 89 + 90 + 91: „Vielen Dank für die Blumen, vielen Dank … wie lieb von dir …"

Nach einem sehr erholsamen Sonntag bin ich heute frisch, fromm, fröhlich, frei ins Büro getingelt, wo meine Kollegin – eindeutig urlaubsreif – schon auf Siedetemperatur vor sich hin blubberte. Erst mal auf den Boden geholt so gut es halt ging und dann an Werk gemacht. Dauerte dann auch nur ungefähr 15 Minuten, bis auch mir die Hutschnur hochging. Musste zu meiner Begeisterung feststellen, dass ich bei der Übermittlung einer Namensänderung den eigentlich korrekten Nachnamen bei der Korrektur des Vornamens falsch weitergeleitet hatte. Wie blöd kann man eigentlich sein?

Dann durfte ich für eine etwas hilflose, ältere Dame ihren ESTA-Antrag aktualisieren. Service am Rentner, nennt man das.

Kundin: „Sie sehen aber fix und fertig und müde aus! Haben Sie nicht gut geschlafen?"

Ich: „Öh?"

Was soll man(n) darauf sagen? Einer Frau würde man solche Dinge nicht entgegen schmettern. Vor allem nicht, wenn sie ausgeschlafen und vom Wochenende erholt ist.

Ich: „Doch, eigentlich schon!"

Kundin: „Ach so. Hmmh."

Blöd wenn der Kunde sich selbst ein Grand Canyon tiefes Loch gräbt, aus dem es kein Entrinnen gibt. Aber ich habe mich dann doch noch kurz bedankt für ihr Mitgefühl und ihre Sorge, auch wenn sie mir gerade gesagt hat, dass ich scheiße aussehe.

Bis morgen!

Tag 92: Happy Atom

Stimmungstechnisch waren meine Kollegin und ich gestern sehr erhitzt. Entnervt und entkräftet von vielen doofen Anfragen, standen wir praktisch vor der Kernschmelze. Um die Atomkraftmetapher auf die Spitze zu treiben: heute war dann eher nuklearer Winter. Nichts zu tun, keine Kunden. Langeweile. 2 Grad Außentemperatur und Regen. Hatte mich dann ausgiebig damit beschäftigt meine Angebotsaushänge zu aktualisieren und mal etwas Pfeffer reinzubringen mit ein paar neuen Ideen. Dank „Deutschland sucht den Superstar" ist Curacao in aller Munde, wegen dem Klaus Wowereit-Debakel auch unsere

Hauptstadt Berlin. Ich fand mit dem hervorragenden und neu eröffneten „Waldorf Astoria“ ergab dies eine nette und brisante Mischung, die den einen oder anderen Kunden vor dem Angebotsstopper und unter der Markise verweilen ließ. Kann aber auch an dem plötzlichen Hagelsturm gelegen haben. Während meiner ausführlichen Recherche habe ich mich doch sehr gewundert, mit welchen Bildern uns die Agenturen in den Zielgebieten versorgen. Man hat das Gefühl, dass sich auf Zimmerbildern in Türkei und Tunesien, sehr gerne weißrussische Prostituierte auf dem Bett rekeln, was den männlichen Kunden sehr häufig zur Frage „ist die mit drin“ verleiten ließ. Inzwischen kann ich dieses Leiden nur noch mit einem Grunzen beantworten. Je günstiger die Hotels sind, umso mehr fällt auch das optische Niveau auf den dargebotenen Bildern. Aus den Damen vom Straßenstrich wird dann auch gerne die ukrainische Olympiasiegerin im Hammerwurf.

Morgen bitte mehr Kunden!

Tag 93: We hate Lloret!

Mittwoch heißt Freiheit. Auch in dieser Woche. Während ich heute diverse Flugblätter mit ausführlicher Qualifikationsbeschreibung verteilte, um endlich noch einen weiteren Mitarbeiter zu finden, damit das mit dem entspannten Mittwoch auch so bleibt, fielen mir die beiden Mädels von letzter Woche ein. Puh, das war ein langer Satz. Die jungen Damen schlugen bei meinem Mitarbeiter auf, samt einer Mutter im Schlepptau. In der Planung war der Sommerurlaub.

Kundin1: „Ey wir suchen Lloret! Mit Bus!“

Mitarbeiter: „Tut mir leid. Wir bieten keine Busreisen an!"

Ja, richtig. Bieten wir nicht an. Manchmal muss man sich auch etwas abgrenzen.

Kundin2: „Ey ich will auch gern fliegen!"

Mitarbeiter: „Wie schaut es denn so mit dem Budget aus?"

Kundin1: „450!"

Mitarbeiter: „Okay, das wird mit Lloret dann schwer. Wie wäre es mit was anderem?"

Ich bin in diesem Moment in die Mittagspause gestiefelt und eine halbe Stunde später wieder ins Büro zurückgekommen. Die beiden Damen inklusive Mutter sind immer noch zu Gange. Inzwischen hat man sich auf El Arenal geeinigt und Abflughafen wird Düsseldorf sein.

Mitarbeiter: „Wenn Sie nur Party machen wollen, müssen es ja nicht unbedingt 3 oder 4 Sterne sein. Sie sagen ja selbst, dass Sie nur ein Bett zum Schlafen brauchen."

Kundin1: „Alter, ey ich hab voll Angst, was man so im Fernsehen sieht, ey!"

Kundin2: „Boah, du bist so ein Pussy!"

Mama: „Ich glaub der Mann dreht gleich durch!"

Weitere 15 Minuten später ist die Buchung fast geschafft. Aus den 450 Euro sind inzwischen bereits 600 Euro geworden, was Kundin2 mit großem Missmut hinnimmt.

Kundin1: „Meine Mutter hat gesagt ich soll Reiserücktritt!"

Kundin2: „Boah, ey ... du bist voll Pussy ey!"

Nach weiteren zehn Minuten ist es vollbracht. Ich zolle meinem Mitarbeiter Lob und Respekt für sein Durchhaltevermögen. Die Tür geht wieder auf und Mama hält den Hirschkopf rein.

Mama: „Sie machen sicher drei Kreuze, wenn wir weg sind!“

Mitarbeiter und ich: „NEEEIIIINNNNNN!“

augenroll

Bis morgen!

Tag 94: Tschüss Zypern, es war schön mit dir ...

Bald verkaufe ich nur noch Reisen nach Mallorca, auf die Kanarischen Inseln und in die Türkei. Ich freue mich schon auf die Schenkelklopfer in den nächsten Tagen, die ich in den letzten Monaten bereits zu genüge gehört habe:

„Zypern ist im Moment bestimmt günstig!“

Haha! ROFL! LOL! Kann mich kaum halten vor Lachen.

Der Begriff „Zypern“ wurde jetzt nur ausgetauscht durch die vorher genutzten „Ägypten“ (laut Kunden: „Krieg“), „Griechenland“ (laut Kunden: „Mögen keine Deutsche“) und „Tunesien“ (laut Kunden: „Wie Ägypten“).

Vor ein paar Jahren waren es „Bali“ (Bombenwetter), „Djerba“ (auch Bombenwetter, gehört zu Tunesien weiß nur kein Kunde) und „Mallorca“ (Schweinegrippe *oink*). Saisonal heißen die Begriffe auch „Teneriffa“ (Waldbrand) oder „Madeira“ (Dengue-Fieber) und erst vor drei Jahren Island (Eyjafjalllkfddadlknödel oder so).

Heute dann Anruf Numero Uno ...

Kunde: „Ja wie ist denn das jetzt mit Zypern. Wir fliegen Mitte April!“

Ich: *schweig*

Kunde: „Haben die Hotels dann noch geöffnet?“

Ich: *schnaub*

Kunde: „Und der Streik in Frankfurt geht bestimmt auch noch länger. Kann ich zurücktreten?"

Ich: *stöhn*

Das Schlimmste ist, dass ich die Kunden verstehen kann. Will auch nicht in einem Land Urlaub machen, wo das Bankensystem gerade zusammengebrochen ist. Aber leider kann ich nix machen und den Kunden nur um Geduld bitten. Unglücklicherweise das Einzige, was niemals gerne aufgebracht wird. Aufgebracht bin ich dann aber sehr schnell bei Fragen wie.

Kunde: „Wissen Sie schon ob im April gestreikt wird?"

Sollte bei Astro-TV moderieren – die von Sonnenschein-TV sind ja auch im Fernsehen!

Bis morgen!

Tag 95: Neues vom Straßenstrich

Aus einem mir nichterklärlichen Grunde buchen auch die Prostituierten der Stadt in meinem Büro ihre Flüge für den Heimatbesuch. Und das schon seit einem Jahrzehnt. Einige der Damen haben inzwischen ihr Verfallsdatum überschritten, aber offenbar hat es sich rumgesprochen, dass wir auch freundlich und fair sind zu den Damen und auch Herren aus dem horizontalen Gewerbe. Würde ja sagen, dass es Mundpropaganda ist, aber das klingt in dem Falle etwas seltsam. Jedenfalls ergeht es mir manchmal so, dass ich durch die Fußgängerzone laufe – gerne mit Begleitung – und mir entsprechende Damen wild und freudig „Huhu, hallo Herr Urlaub" entgegenkreischen. Ja, das sind die Momente im Leben bei denen man sich wünscht in einem dunklen, tiefen Loch zu versinken.

Auch die Tatsache, dass bei der Buchung die Geschlechtsbestimmung sich des Öfteren als schwierig erweist, kann nicht von der Hand gewiesen werden. Man kann ja schlecht die alles entscheidende Frage stellen „Entschuldigung sind Sie eine Dame?“, selbst wenn die Schuhgröße 46 definitiv eine klare Sprache spricht. Früher war das ein Gestammel meinerseits. Ganz schlimm. Heute lasse ich mir einfach den Reisepass vorlegen und tippe Eduardo oder Jean Michel Rene ab, auch wenn die entsprechenden Geschlechtsteile hierzu bereits lange entfernt sind. Ob Dame oder Herr: Es wird übrigens fast immer – passend zum Beruf – nach POP geflogen. Für alle, die damit nichts anfangen können: Das ist die Abkürzung des Flughafens Puerto Plata in der Dominikanischen Republik.

Bis morgen!

Tag 96 + 97: Noch Fragen?

Die Reisebüro-Welt besteht aus vielen Fragen. Wann? Wohin? Wie viel? Und überhaupt? Wenn eine der Fragen nicht beantwortet werden kann, dann wird es schwer bis unmöglich, vor allem dann, wenn man den Menschen am Telefon hat. Bildhafte Sprache ist gut und schön, aber Sätze wie „und während Sie am kilometerlangen Strand entlanglaufen, die Sonne genießen, sitzt Ihr Mann am Pool und schlürft an seinem Campari-Orange“, gehören für mich nicht in ein ehrliches Verkaufsgespräch. So ein Gequake gibt es schon bei Reiseanbietern im Fernsehen, aber nicht bei Machma Urlaub. Man muss sich ja nicht gleich so knapp halten wie die neue Katalogsprache.

Entfernung zum Flughafen < 100 km, Entfernung zum Strand < 1000 m, Entfernung zum Ortszentrum < 7 km.

Man könnte auch raten. Apropos! Heute am Telefon.

Kunde: „Ich suche noch was für Teneriffa!"

Ich: „Ok, gern. Für wann denn?"

Kunde: „Mitte April. Hauptsache warm! *lach*"

Ich: „Ach so. Und an was haben Sie so gedacht bezüglich der Unterkunft? Hotel?"

Kunde: „Weiß nicht."

Ich: „So ab wie viel Sternen?"

Kunde: „Was empfehlen Sie?"

Ich: „Das kommt darauf an, was Sie sich als Unterkunft wünschen. Es gibt kleine, familiäre Hotels mit 2 Sternen, die gut sind, aber auch 4 Sterne Hotels, die keine guten Bewertungen haben. Und umgekehrt. Wichtig ist, dass ich weiß was Sie sich vor Ort vorstellen."

Kunde: „Geht beides!"

Ich: *schnaub* „Wie lange wollen Sie denn bleiben?"

Kunde: „Ein oder zwei Wochen!"

Ich: „Okay und das machen Sie wovon abhängig?"

Kunde: „Na, wenn die eine Woche so viel kostet wie zwei Wochen!"

Ich: „Naja, so ganz geht die Rechnung nicht auf! Aber Sie können mir gerne sagen, bis zu welchem Budget ich schauen kann. Entsprechend kann ich was raus suchen."

Kunde: „Was Sie alles wissen wollen!"

Schon unverschämt mein Versuch einer Bedarfsanalyse!

Bis morgen!

Tag 98: Der heilige Gral von Florida

Es ist selten, dass ich die Arbeit niederlege, aber bei manchen Kunden kann ich mich nicht halten. So kam es in dieser Woche, dass ein junges Pärchen den Raum betreten hat. Er, sehr gut aussehend und groß. Sie, ein Zwerg mit schlechtem Make-up. Nach Miami sollte es gehen. Und das in der Kombination. Über das Datum wurde sich ausgeschwiegen, was mir die Suche mehr als schwer machte. Nach einer Weile konnten wir uns dann auf einen Termin einigen und dann.

Kunde: „Wir haben schon bei Opodo, Trivago und Expedia gesucht. Flug für 440 Euro und das Hotel in Miami Beach für 210 Euro. Wenn Sie das unterbieten können, wäre das toll."

Das war dann der Moment, wo ich aufgehört habe meine erschöpften Finger über die Tastatur gleiten zu lassen. Wenn sich jemand stundenlang auf den Seiten im Internet durchwühlt, was soll ich denn dann noch finden? Den heiligen Gral?

Ich: „Tut mir leid, aber unterbieten kann ich das nicht. Ich kann versuchen etwas Ähnliches, Gleichwertiges zu finden."

Kunde: „Ach nee, dann hat es sich erledigt!"

Erledigt bin ich von dieser Woche auch. Morgen beginnen vier sehr schwierige Tage, bei denen viele Kunden ins Büro kommen und die schrecklichste aller Fragen stellen:

„HABEN SIE NOCH WAS ÜBER OSTERN?"

Bis morgen!

Tag 99: Die Reise nach Jerusalem

Heute ist Montag. Bedeutet, dass sich die gesammelte Scheiße vom Wochenende über mir ergießt. Unter anderem Kunden die eine Ferienwohnung in der Toskana gebucht haben und vor Ort leider ganz übel erwischt wurden. Mit Kakerlaken, Schmutz und vor allem aggressiven Einheimischen. Das schlechte, italienische Wetter hat dann seinen Rest getan. Morgen soll die Abreise sein. Der Super-GAU für mich, da ich wenig tun kann, um Abhilfe zu schaffen. Zum Glück sind die Kunden freundlich zu mir. Ich würde komplett austicken.

Bereits von der Scheiße braun getränkt, gab es ansonsten nur die selbsterfüllende Prophezeiung. Viele, viele bunte Osteranfragen mit wundersamen Vorstellungen: „Warm, billig und ab umliegenden Flughäfen!" Gefühlte –3 Grad Außentemperatur und die frühen Osterferien machen alles zur Unterschichten-TV-Reise nach Jerusalem.

Ich: „Könnte Ihnen noch ab Brüssel, zurück nach Bratislava die wundervolle Kanarische Insel Gran Canaria anbieten!"

Kunde: „?!"

Ich: „Wie wäre es mit Abflug Basel, zurück nach Hamburg. Da hätte ich noch Ägypten!"

Kunde: „?!"

Ich: „Ab Memmingen hätte ich noch Antalya. Zurück nach Berlin. Allerdings Rückflug via Istanbul-Sabiha Gökcen."

Kunde: „Ah so!"

So ging das den ganzen Tag. Mit dem Ergebnis: 0 Tickets. Obwohl, das ist gelogen. Ich durfte einen Albaner über Ostern in die Heimat buchen. Ein Oneway musste es sein. Never come back! Meine Kollegin hat sich daraufhin erst mal ein paar Eierliköre gegönnt. Prost!

Bis morgen!

Tag 100: Der Grinch

Der eigentlich ganz nette Rentner von Tag 79 kam heute ins Büro, um seine Reise zu stornieren. Nicht aus Krankheitsgründen, sondern einfach nur so. Ganz naiv hat er dann wie ein Kätzchen geschnurrt und sehr lieb nach der Höhe der Stornogebühr gefragt.

Kollegin: „So, das wären dann 55 % Stornokosten. 45 % bekommen Sie dann zurück!"

Ich wollte eigentlich in diesem Moment nach Hause gehen, aber Pustekuchen. Da werden die Allgemeinen Geschäftsbedingungen des Reiseveranstalters ausgepackt. Die Stornostaffel ist wild markiert und dann beginnt die Diskussion.

Kunde: „Nein, nein, nein. Da steht bis 30 Tage vorher sind es 40 % und nicht 55 %."

Um die Geschichte zu verkürzen. Das System irrt sich nicht. Nach zehn Minuten Diskussion habe ich dann beim Kundenservice angerufen, weil ich inzwischen schon selbst an meinem Verstand gezweifelt habe. Der junge Mann an der anderen Leitung hat mir dann meinen Denkfehler bestätigt. Meine Kollegin hat es etwas schneller kapiert und dem Kunden dann die Stornostaffel ganz langsam erklärt. Fairerweise ist diese nicht ganz so glücklich formuliert. Sei es drum ...

Kunde: „Sie können nicht rechnen. Machen Sie einen Volkshochschulkurs!"

Kollegin: *schnaub*

Jetzt schnurrt das Kätzchen nicht mehr. Ist ganz schön aggressiv. Hoffe es bekommt keinen Schlaganfall oder so.

Ich habe mich derweil mit den Allgemeinen Geschäftsbedingungen in mein Backoffice verzogen und die Tage bis zum Reisebeginn an den Fingern abgezählt. Habe immer noch Grütze im Hirn und kann leider irgendwie verstehen, dass der Kunde bei den Formulierungen der AGBs etwas verwirrt ist. Bald erscheint ein Buch mit dem Titel „Storno für Dummies". Ich bin der erste Käufer. Der Grummel hat dann doch irgendwann aufgegeben und erschöpft das Stornoformular unterschrieben. Ich bin dank dem Herrn schon wieder nicht rechtzeitig nach Hause gekommen. Für mich ist er ab sofort nur noch der Grinch, der mir den Feierabend gestohlen hat – zum zweiten Mal.

Bis morgen!

Tag 101: Zu viel der Nachfrage

Die große Nachfrage nach Osterangeboten ist bisher im Büro ausgeblieben. Entweder haben wir in den letzten Wochen tatsächlich schon alles abgefrühstückt oder die Kunden kommen gesammelt am Samstag. Auf beides bin ich vorbereitet. Meine wenigen Anfragen am heutigen Mittwoch beschränkten sich auf die Verschrobenheit meiner Kunden.

Kundin: „Suche noch was Schönes über Ostern. Am liebsten nach Slowenien!"

Es war schon schwer etwas für Mallorca zu bekommen und wenn dann nur noch ab für Kunden abwegigen Flughäfen wie Charleroi und Lüttich. Aber Slowenien? Erst mal schnell den Zielflughafen googeln.

In der Mittagspause war dann sogar Haareschneiden machbar. Aber zur Ruhe kommen ist im Moment nicht drin im Privatleben. So ruhig es im Büro ist, so ungewöhnlich läuft der Rest. Selbst mein Hairstylist hatte allerlei Fragen zu möglichen Urlaubszielen. Besonders beliebt ist die Frage nach „irgendwelchen Geheimtipps". Während dem Haareschneiden tippe ich simultan einem Bekannten Vorschläge ins Handy. Auch meine Nachbarin hatte heute Morgen noch vor 9 Uhr und dem ersten Kaffee viele interessante Dinge auf dem Herzen, u. a. die Glaskugelfrage „ob die Angebote auch nächste Woche noch verfügbar sind", die ich ihr seit Tagen frei Haus in den Briefkasten stopfe. An sich freue ich mich ja über die rege Nachfrage. Aber manchmal wird es einfach zu viel.

Bis morgen!

Tag 102: … and the Oscar goes to …

So, geschafft. Endlich Ostern. Auch wenn noch der wahrscheinlich arbeitsreiche Ostersamstag dazwischenliegt, so liegen drei kundenfreie Arbeitstage vor mir. Heute durfte ich z. B. zum ersten Mal meine schauspielerischen Fähigkeiten unter Beweis stellen. Eine Stammkundin ruft an. Sie möchte gerne buchen und daher gleich vorbeikommen. Aber da gibt es ein kleines Problem …

Kundin: „Können Sie bitte so machen, als hätte ich noch nie bei Ihnen gebucht?"

Ich: „Okay?"

Kundin: „Können Sie bitte so machen als würden Sie mich nicht kennen?"

Ich: „Okay?"

Kundin: „Mein Freund ist da komisch!"

Ich: „Okay, ich mache also so, als würde ich Sie nicht kennen und erwähne nix von den Buchungen aus den letzten Jahren!?"

Kundin: „Super! Bis gleich!"

Gebucht wurde dann eine bekannte Clubanlage auf Mallorca. Der Typ war Marke Supermacho, wenn auch sehr freundlich und offenbar unkompliziert. Ich wurde allerdings die komplette Zeit das Gefühl nicht los, dass sich da Abgründe auftun, sobald etwas nicht so ganz funktioniert. Bisschen in Deckung war seine Freundin dann doch die ganze Zeit und ich setzte mein schönstes „Toll, sie sind ein Neukunde"-Gesicht auf. Nach der Buchung hab ich mir die Buchungshistorie angesehen. Da gab es schon so einige Männer. Vielleicht einige gleichzeitig?

Bis morgen!

Tag 103 + 104: Der sich den Lenz fault!

Manchmal muss man einfach zur Ruhe kommen. Gestern hatte ich schon eine Todsünde begangen und am fleischfreien, heiligen Karfreitag im Steakhouse gespeist. Hatte sich heute bisher nicht gerächt. Zunächst war ich endlich erfolgreich bei der Mitarbeitersuche und habe eine gewitzte, junge Dame eingestellt. Danach zwei Stammkunden verarztet und auch die Nachbarin. Meine Club-Kundin hatte noch ein paar Fragen zu Ihrer Buchung vom Vortag. Ihr Freund war offenbar nicht in der Nähe.

Kundin: „Herr Urlaub. Wir haben doch den Club gebucht. Was muss ich denn da einpacken?"

Ich: „Öh?"

Kundin: „Die haben doch so Themen?"

Ich: „Ach ja, stimmt! Ich ruf da mal an und melde mich dann noch mal!"

Ja, richtig gehört. Die haben Themen. Farbthemen und so. Das bräuchte ich dann im Urlaub. Das mir jemand sagt dass „White Night" ist und ich nicht im blauen Pullover reinkann. Oder „Black" oder „Disco". Geht's noch? Die Dame im Club hat mit mir geredet als wären wir bestens bekannt. So ein liederliches Ding. Hat sich gar nicht mehr eingekriegt. Naja, die Kundin war glücklich. Hat offenbar viele weiße Blusen. Bevor ich ins Wochenende konnte, kamen dann noch ein paar Fragen ist so ab:

Kunde: „Kennen Sie sich gut in Tourismus aus?"

Ich: „Klar. Das ist mein Job!"

Kunde: „Man wird doch mal fragen dürfen?"

Oder ...

Ich: „Für wie viele Personen wäre das denn?"

Kunde: „Wie viele stehen denn vor Ihnen?"

In diesem Sinne – Frohe Ostern und bis morgen, übermorgen oder Montag. Ich halte mir das einfach mal offen!

Tag 105: Der Notflug

Heute dachte ich, dass ich nach zwei Osterfeiertagen frisch und erholt erscheine, aber eine aufziehende Erkältung bzw. Halsentzündung bzw. die Sommerzeit haben mir den Schlaf geraubt. Ein Opfer bin ich sowieso sehr häufig. Meist werden Geduld und Nerven geopfert. Der Tag begann mit einer Nachricht auf dem Anrufbeantworter, auf dem mich eine Kundin bat „dringend bis spätestens

14 Uhr zurückzurufen". Der Anruf war von gestern: Ostermontag und somit einer der höchsten Feiertage. Da lass selbst ich mal das Schloss am Tor. Dann der erste Anruf.

Kunde: „Brauchen Notflug!"

Ich: „Einen Notflug also. Okay?"

Kunde: „Notflug. Vancouver!"

Die Mischung aus Akzent und Destination hat mich dann mal sehr gewitzt kombinieren lassen. Notflug gleich Nur-Flug. Das Geknödel konnte nur Indisch oder etwas Artverwandtes sein. Und alle Inder und Artverwandte haben aus mir unerklärlichen Gründen (Art-)Verwandtschaft im schönen Kanada.

Ich: „Sie meinen einen Nur-Flug?"

Kunde: „Sag ich doch. Notflug!"

Ich: „Na dann!"

Der Flug nach Kanada war dann erfreulicherweise schnell gebucht, und da der Herr (aus Sri Lanka, nicht Indien) schon mal Kunde mal bei uns war, waren auch die Namen schnell zu finden, was ansonsten bei Kunden mit srilankesischem Migrationshintergrund gerne mal zu einer Tagesaufgabe wird. „Srilankesisch" musste ich übrigens googeln. Die Word-Rechtschreibprüfung kennt dieses Wort nicht. Google kennt es auch nicht wirklich. Wenn man schon den Landesnamen und seine Ableitungen nicht richtig finden kann, wie soll das mit den Namen der Kunden klappen? War übrigens doch ein „Notflug". Irgendein Verwandter hat das Zeitliche gesegnet. Bei der Google Suche habe ich es dann auch entdeckt. Sri Lanka Tamilen sind auf dem Schiff geflüchtet – und in Kanada gelandet. So war das damals.

Orientierungslos war ich auch bei einem jungen Paar, das mich einmal komplett über die Weltkarte gescheucht hat und von der Toskana und Französisch-Polynesien wirklich alles wissen wollte.

Ich: „So, dann hätte ich hier ein Angebot für Ägypten!"

Kunde: „Und was ist mit Mallorca?"

Tief durchatmen war nicht mehr drin. Dafür war die Nase schon zu verstopft.

Heißt es vielleicht sri-lankisch?

Bis morgen!

Tag 106: Gähn!

Tage wie diese sind schwer zu ertragen. Gemeinsam mit der Kollegin wird auf die Tür gestarrt und nichts passiert. Mein Tunesier zum Arbeitsbeginn um 9.30 Uhr hat mich dann schon auf das Schlimmste vorbereitet, denn eine Enfidha Anfrage am Morgen bringt meist Kummer und Sorgen.

Kunde: „Machst du Tunesien auch mit Schiff?"

Ich: „Nee, tut mir leid. Nur mit dem Flugzeug."

Kunde: „Ach so. Bekomme ich Stempel für Arbeitgeber?"

Ich: „Was?"

Kunde: „Bekomm ich nicht?"

Ich: „Nee?"

Kunde: „Ach so!"

Ach so, ja. Ein Stempel für den Arbeitgeber. Weil er sich um Flüge bemüht hat? Jedenfalls wurde es nicht viel besser. Auch nicht schlimmer. Man ist auch mit wenig zufrieden. Zwischendrin wurde der Tag durch die Mittagspause unterbrochen. Offenbar haben meine Kollegin und ich dann später die Tür zu intensiv im Auge behalten, denn alle Kunden, die nach 17.30 Uhr ins Büro herein kamen, hatten interessante Fragen.

Kundin: „Haben Sie schon zu?“

Ich: „Nein, ist noch offen!“

Wir sitzen beide da weil uns langweilig ist, unser Arsch noch nicht platt genug oder weil es generell schön ist zu sitzen. Der Nächste bitte.

Kundin: „Haben Sie noch offen?“

Kollegin: „Klar!“

Ansonsten wäre nämlich zu. Manchmal sind die Dinge so einfach.

Bis morgen!

Tag 107: Lost in translation

Fidel Castro hatte heute wieder Freude, nachdem ich zum wiederholten Male dieses Jahr Kuba verkauft habe. Kuba verkauft. Klingt seltsam. Aber so sagt man das bei uns im Büro und wahrscheinlich in der ganzen Reisebranche. „Ich habe heute Mallorca verkauft!“ „Ich habe heute Zypern verkauft!“ Okay, bei Zypern klingt es aktuell tatsächlich noch bizarrer. Egal. Jedenfalls Kuba. Ist auch das einzige Ziel in der Karibik, bei dem die lieben Kunden keine Tobsuchtsanfälle bekommen, wenn sie den Preis mit All inclusive hören. Manche Kunden sind geneigt zu sagen: „Ich wollte gerne dort Urlaub machen aber nicht das Land kaufen!“ Hallo? Ich mache die Preise doch nicht …

Des Weiteren hatten wir heute sehr viele ausländische Kunden, die von meiner neuen und überaus charmanten Mitarbeiterin in ihrer Muttersprache beraten wurden. Es kamen sehr viele Buchungen zustande, aber ich hatte keine Ahnung, um was es gerade ging am Tisch nebenan.

Könnte auch sein, dass sie ein Adoptionsbüro eröffnet, einen Drogenumschlagplatz eingerichtet oder die Einrichtung an den Meistbietenden versteigert hat. Hoffe allerdings, dass sie nur ein paar Kunden glücklich gemacht hat, ohne gegen das Gesetz zu verstoßen. Werde sie morgen mal auf Deutsch danach fragen.

Bis dahin!

Tag 108: Föhn mich nicht zu!

Ich habe ein echtes Problem mit Quarktaschen. Und damit meine ich nicht die von der leckeren Sorte beim Bäcker, sondern die Quarktaschen im Büro, die mir Dinge erzählen und mich Sachen fragen ohne Rücksicht auf zeitliche und nervliche Verluste. Am schlimmsten finde ich es, wenn man konzentriert und engagiert am Suchen ist und währenddessen vom Kunden zugelabert wird.

Kunde: „Ist das bei Ihnen günstiger als in anderen Reisebüros?"

Ich: „Äh, ich gebe gerade mein Bestes, damit das so ist. Kleinen Moment bitte!"

Kunde: „Was ist besser? Last-Minute oder jetzt buchen?"

Ich: „Äh, ich schaue mir an, wie die Platzsituation ist und wie viele Zimmer wir noch haben. Dann können wir überlegen. Kleinen Moment."

Kunde: „Wann muss ich das denn dann buchen?"

Ich: „Äh, ist eine Momentaufnahme. Kann ich schwer sagen. Ich kann ihnen aber eine unverbindliche Optionsbuchung anlegen. Erst mal muss ich was finden. Kleinen Moment."

Kunde: „Was kostet es denn?"

Ich: „Äh, Moment. Bin NOCH AM SUCHEN!!!!“
Kunde: „Kann man das auch im Internet buchen?“
Ich: „Was denn? Habe doch noch gar nix gefunden!“
Kunde: „Ja das was sie finden werden ...“
Ich: „?!“
Bis morgen!

Tag 109: Goldfish memories

Bis vor einem Jahr hat eine sehr betagte Dame bei mir gebucht. Sie war Mitte 80 und meist komplett in lila, rosa oder rot gekleidet. Wie die Grand Dame des schlechten Geschmacks und immer mit einem Hauch von Mottenkugel und toter Oma. Aber ein echter Paradiesvogel, der es sich noch zugetraut hat nach Dubai und an den Ballermann zu fliegen. Gerne im Wechsel. An sich hatte ich sie immer gerne beraten, aber mit zunehmendem Alter wurden die Unterhaltungen komplizierter, da sie offenbar das Goldfischsyndrom hatte und alles vergaß, was man noch zwei Minuten vorher angeboten hatte.

Ich: „Also, wir hätten das Hotel Boni ab Frankfurt am 05. 06. für 509 Euro und das Chica ab Frankfurt am 08. 06. für 560 Euro!“

Kundin: „Chica am 05. 06.?“
Ich: „Nein, am 08. 06.?“
Kundin: „Chica am 05. 06.?“
Ich: „Nein, das ist das Boni. Chica am 08. 06.!“

Sie hatte merklich mit einer Entscheidung zu kämpfen und machte nach jeder meiner Antworten eine Denkpause von rund einer halben Minute. Danach ging es von vorne los. Wir verbrachten so mal ungefähr 15 Minuten. Während dem Buchungsprozess hatten wir auch dreimal Termin und Hotel gewechselt. Gut, dass die Reiseleitung sie einfach am Flughafen aufgabeln und im Hotel abgegeben konnte.

Dann gab es im letzten Sommer den Super-GAU. Am Ende einer Beratung verabschiedete sie sich.

Kundin: „Danke. Sie waren nett. Ich war ja schon öfter auf Mallorca. Habe ich das schon erzählt?"

Ich: „Öh, klar. Ich habe sie auch schon öfter gebucht. Wissen sie nicht mehr?"

Kundin: „Ach. Komisch. Das habe ich wohl vergessen."

Ich: „Das macht doch gar nix. Schönen Tag noch!"

Eine Stunde später ging die Tür auf, großer Auftritt Paradiesvogel. Ich dachte wir buchen jetzt wieder mal das Hotel Boni ein, denn darauf läuft es eigentlich immer raus. Stattdessen ...

Kundin: „Das war eine Unverschämtheit eben. Sie frecher Bengel. Mich so zu beleidigen?"

Ich: „?!"

Kundin: „Zu sagen ich wäre vergesslich. Frechheit!"

Ausnahmsweise war ich mal völlig sprachlos. Die Grand Dame wurde so laut, dass sie ganz rot wurde und zu hecheln begann. Man sah sie fast gar nicht mal in ihrem Kostümchen. Sie war nicht zu beruhigen und stürmte raus. Sie wurde ein Jahr nicht wiedergesehen.

Gestern hatte ich das zweifelhafte Vergnügen. Sie beehrte zunächst meine Kollegin, ging dann nach draußen, kam wieder rein, beehrte mich, bekam von mir die gleichen Angebote und rief mich später zur Buchung an.

Morgen kommt sie die Unterlagen abholen. Hoffentlich vergisst sie nicht, dass sie gebucht hat.

Bis dahin!

Tag 110 + 111: It's just another manic Monday … I wish it were Sunday

Mandel- und Nebenhöhlenentzündung also. Damit konnte heute Morgen die HNO-Ärztin meines Vertrauens aufwarten. Passt zu meinem allgemeinen Krankheitsgefühl. Sowohl gesundheitlich, als auch arbeitstechnisch bin ich gern antizyklisch unterwegs. Während viele Kollegen heute im Büro die Bude vollstehen hatten, war bei uns mal wieder tote Hose. Und während der absoluten Grippewelle war ich kerngesund und jetzt wo offenbar fast niemand krank ist, bin ich es. Eine Freundin meinte eben, dass mache ich nur um alle Aufmerksamkeit zu bekommen. Wer weiß.

Meine Mallorca-Kundin vom Samstag hat dann heute pünktlich um halb zehn ihre Reiseunterlagen abgeholt. Danach stand sie wieder eine Weile vor dem Schaufenster und kam erneut an meinen Tisch herangetreten. Hatte schon befürchtet, dass sie die Tickets abermals in Empfang nehmen wollte. Stattdessen wollte sie wissen, ob ich nach Wien fliegen würde. Meinen spaßigen Kommentar, dass nicht ich fliege, sondern Nico Airlines und German Airlines, habe ich mir nach dem Desaster aus dem Vorjahr jedoch erspart.

Auch den restlichen Tag war ich mit ihr beschäftigt. Zu Hause fiel ihr nämlich ein, dass sie so gehbehindert ist, dass sie einen Rollstuhlservice benötigte. Das hatte ich vergessen, denn das hatten wir bisher immer dazu gebucht. Kann mir ja auch mal passieren, oder?

Also, die Fluggesellschaft angemailt, die wollte den Behindertenausweis als Beleg. Dann wieder Grand Dame angerufen. Der Behindertenausweis lag im anderen Stockwerk. Weder Kraft und Motivation waren stark genug, sie in die zweite Etage zu bekommen. Aber ein Rückruf wurde mir gnädigerweise angeboten. Insgesamt kamen wir so auf acht Telefonate. Auch so kann man einen Tag rumbekommen. Hoffe meine Antibiotika wirken bis morgen. Wenn ich hier zurückblicke, werde ich offenbar alle 110 Tage krank. Interessanter Schnitt.

Bis morgen!

Tag 112: Indisch für Anfänger

Da war ich doch etwas überrascht. Mal wieder ein Kunde herein gehuscht, der optisch schwer nach Herkunftsland Sri Lanka oder Indien ausgesehen hat. Körpergeruch und Knödeldialekt sind definitiv auch immer ein unterstützendes Indiz.

Dieses Mal wurde ich allerdings auf Englisch angesprochen, was wesentlich schlimmer ist als auf Deutsch, da ich mit dem ganz üblen Akzent wirklich nichts verstehen konnte. Und das ist selten. Raten war angesagt:

Kunde: „Ahswisselan."

Ich: „Sie möchten nach Colombo?"

Kunde: „Ahswisselan."

Ich: „Madras? Chennai?"

Kunde: „Ahswisselan!!!!"

Ich: „Für wann wäre denn der Flug?"

Kunde: „Nein ... Swisselan!!!"

Ich: „Ich verstehe Sie leider nicht..."

Musste dann schriftlich geklärt werden. Nachdem er Block und Stift hatte, begann er zu pinseln ... S W I Z E L A N D

Ich: „Sie möchten in die Schweiz?"

Kunde: „Swisselan!“

Ich: „Okay. Und wohin genau?“

Kunde: „Swisselan!“

Ich: „Ja, habe ich verstanden. Aber das ist ein Land. Wohin in diesem Land denn genau? Nach Zürich, Basel oder Bern? An einen See? In die Berge?“

Kunde: „Where nice!“

Na toll. Das liebe ich ja schon bei den deutschen Kunden. „Irgendwohin wo es schön ist!“

Kunde: „Lutschern!“

Ich: „Bitte?!?!?“

Dann schreibt er wieder ... L U Z E R N

Ich: „Okay. Und für wann? When?“

Kunde: „No idea!“

Wird mir dann irgendwie zu doof und ich biete ihm zwei Nächte an.

Ich: „Two nights for 157 Euro.“

Kunde: „Is Lutschern nice?“

Ich: „?!“

Der kleine Machma Urlaub möchte gerne aus der Bürohölle abgeholt werden.

Bis morgen!

Tag 113: Es gibt keine dummen Fragen ... oder doch?

113 Tage sind vorüber. Da fasse ich mich mal kurz mit dem Themenkomplex „Anrufe, die die Welt nicht braucht“. Das Telefon läutet ...

Kunde: „Ich habe schon oft bei Ihnen gebucht und war sehr zufrieden!“

Ich: „Schön. Das freut mich. Was kann ich tun?"

Kunde: „Freunde haben Probleme bei ihrer Buchung. Das Hotel wurde umgebucht. Können Sie da helfen?"

Ich: „Haben die Freunde denn bei uns gebucht?"

Kunde: „Nee!"

Ich: „Naja, ich kann natürlich nur helfen, wenn ihre Freunde bei uns gebucht haben."

Kunde: „Ach so. Und wo können die sich hinwenden?"

Ich: „Na, an den Kundenservice des Reiseveranstalters."

Kunde: „Ach so. Können Sie mir die Nummer geben?"

Ich: „Hmmh. Das muss man schriftlich machen."

Kunde: „Und welcher Veranstalter ist das?"

Ich: „Das kann ich Ihnen nicht sagen. Dort wo ihre Freunde gebucht haben. TUI, Neckermann, Alltours?"

Kunde: „Das weiß ich nicht."

Ich: „Dann ist es schwer ..."

Kunden: „Ach so. Aber dann haben Sie mir schon mal geholfen ...!"

Hab ich?!

Bis morgen!

Tag 114: Außer Porto nix gewesen!

Nachdem ich vor knapp zwei Wochen ein fast perfektes Vorstellungsgespräch hatte und mir große Hoffnungen mit der jungen Dame gemacht habe, wurde ich bereits einige Tage später jäh enttäuscht, als sie aus gesundheitlichen Gründen absagen musste. Also, die ganze Suche von vorne. Gestern hat sich dann eine interessante Kandidatin angekündigt. Da war ich vorsichtig optimistisch. Heute Morgen dann ein schlechtes Omen. Per Post kommt eine

Bewerbung rein, aber als meine Kollegin den Umschlag öffnet, ist da nix drin. Auch interessant! Ein Schelm wer böses dabei denkt, denn man muss dem Arbeitsamt nur nachweisen, dass man eine Bewerbung verschickt hat, um weiterhin Hartz 4 zu bekommen. Niemand sagt, dass da wirklich etwas mit Inhalt ankommen muss.

Mein Gespräch lief dann allerdings prima und am Samstag heißt es wieder einmal „Herzlich willkommen zum Probearbeiten!"

Bis morgen!

Tag 115: Nix verstehen!

Kunde: „New York!"

Ach ja! Kunden, die ohne Begrüßung und nur Stakkato mit mir reden, können mir zukünftig mal den Schritt shampoonieren. Da werde ich richtig aggressiv.

Ich: „Hallo, guten Tag! Sie möchten nach New York?!"

Der Kunde ist Ausländer. Ich nehme also alles zurück. Er kann nämlich praktisch gar kein Deutsch und grölt schon gleich rum. Ich kann nix verstehen. Er auch nicht.

Ich: „Dürfen Sie in die USA einreisen?"

Ist eine berechtige Frage, wie ich finde. Denn dank dem 11. September ist die Einreise in die USA selbst für den Mitteleuropäer ungefähr so schön wie Berlin-Marzahn an einem nebligen Novembermorgen.

Kunde: „Nix fliegen!"

Jetzt wird mir irgendein Wisch unter die Nase gehalten. Gerichtliche Vorladung oder so etwas. Versteh jetzt noch weniger wie vorher.

Kunde: „Morgen. New York?"

Ich: „Was ist denn Ihre Nationalität?"

Kunde: „Nix ich!"

Er fuchtelt wieder mit dem Zettel. Meine Kunden, die dahinter warten, schauen schon mittelschwer irritiert.

Kunde: „Nix ich. Hat gebucht Mann?"

Mit dem Zettel wird gefuchtelt. Okay, der Groschen ist gefallen. Er will wissen, ob der Fahnenflüchtige bei mir gebucht hat. Juhu! Es lebe der Datenschutz.

Ich: „Tut mir leid. Das darf ich Ihnen nicht sagen!"

Kunde: „?"

Ich: „Tut mir leid. Datenschutz!"

Kunde: „Gebucht?"

Ich: „Datenschutz!"

Kunde: „Hat gebucht?"

Ich: „DARF ICH NICHT SAGEN!"

Es ging noch mehrere Male hin und her und ich war kurz davor ihn mit irgendwas zu bewerfen. Meinen kurzen Hinweis, dass er erst gar nicht in andere Reisebüros gehen muss, hat er ignoriert. Gehe mal davon aus: „Nix verstanden!"

Bis morgen!

Tag 116: Von Möpsen und Mathe

Die ersten Sonnenstrahlen, Frühling. Und zum ersten Mal für dieses Jahr stand den kompletten Tag die Tür auf und wir durften uns an den intelligenten Gesprächen unserer potenziellen Kunden laben.

Ein Mädchen, ungefähr 20 Jahre alt, das seine beiden besten Teile ziemlich offen an der Frühlingsluft ausführte, diskutierte mit einer Freundin unsere Angebote.

Möpsemädchen: „Boah, ey, guck mal Malle. 5 Tage für 320 Euro. Ey nee, das ist ja nix. Bei den 5 Tagen, da gehen ja schon der erste und der letzte Tag wegen Anreise und Abreise weg. Nee, da ist man ja am Schluss nur noch drei Tage vor Ort. Scheißangebot!“

I love it! Rechnen ist auch nicht meine Stärke, aber Kunden neigen im Allgemeinen zum Negativdenken und ich bekomme diese Rechnung häufig aufgetischt. Eine Woche sind am Ende nur 5 Tage, 14 Tage nur 12. Und so weiter und so fort. Im Regelfall spiele ich mit den Kunden dann immer Fingertheater und zähle an den selbigen die Tage einer Urlaubswoche ab und komme immer auf 8 Tage. Und selbst wenn die Flugzeiten noch so gallig sind, ist man immer, immer, immer noch 6 ganze Tage am so ersehnten Urlaubsziel.

Wenn ich morgen ins Büro komme, werde ich erst mal ein Angebot für 2 Tage raushängen. Hoffe, dass das Mädchen mit den großen Brüsten wieder vorbeiläuft und staunt, dass wir Angebote haben, die man gar nicht buchen kann, weil man mathematisch gar nicht ankommt.

Ich nenne das nun die Brüste-Relativitätstheorie!

Bis morgen!

Tag 117 + 118: (Das) LKW

Heute ziemliche Ereignislosigkeit. Also muss ich in meinem Schatzkästlein kramen und eine Geschichte auspacken, die mich immer noch in Schrecken versetzt. Klein-Machma Urlaub hat vor rund zehn Jahren seine Reisebürokarriere in einem Einkaufscenter gestartet. Frisch nach der Ausbildung und dem Zivildienst hatte meine damalige Chefin schon großes Vertrauen in mich, obwohl ich schüchtern, unsicher und so gar nicht war, wie ich es heute bin. So kam es, dass die große Glastür am Montagmorgen aufflog und eine sehr gefährliche, tunesische Frau rein stürmte und mir ein Flugticket auf die Theke warf.

Kundin: „Ich will erstattet bekommen!!!"

Ich: „Okay. Ich schaue mir das mal an. Oh, der Abflug war heute Morgen. Hmmh! Da kann ich aber nix erstatten.

Kundin: „Doch, machst du!"

Das Center war leider noch leer und niemand so wirklich draußen zu sehen. Und dummerweise hatte ich die Türen nicht offen gelassen, da es mir fröstelte. Jetzt war mir richtig kalt, denn Lady Tunis wurde mächtig aggressiv. Hatte was von einem LKW (lesbisches Kampfweib).

Kundin: „Du erstattest oder es knallt!"

Meine Befürchtungen, dass es aus einer Pistole knallt, sollten gar nicht so weitab sein.

Ich: „Warum sind Sie eigentlich nicht geflogen?"

Kundin: „Bin Wochenende in Knast gekommen. Heute raus!"

Ich: „Oh! Moment!"

Da wählt man doch schon mal richtig schnell den Kundenservice. Erfreulicherweise wurde mir von der Krawallmacherin gestattet den Verkaufsraum zu verlassen und im Backoffice den „Vorgang" zu erklären. Außer den Steuern konnte man nix erstatten. Und die waren vor zehn Jahren naja. Sagen wir mal sie waren verschwindend gering. So gering, dass ich die Befürchtung hatte, dass es gleich „knallt".

Ich: „So, ich habe mit dem Kundenservice gesprochen. Ich kann ihnen die Steuern erstatten. 32,14 DM."

Kundin: „Okay, du machen!"

Manchmal kommt es anders, als man denkt!

Bis dahin

Tag 119: Arbeitsverweigerung

Heute war es dann mal wieder so weit. Ich habe mich geweigert weiterzumachen während einer Beratung. Eine russische Kundin mit dieser unfreundlichen Art einen von oben herab zu behandeln, kam mir heute Morgen vor dem ersten Kaffee genau richtig vor die Flinte.

Kundin: „Ist kompliziert. Warm muss sein. Und gut. 4 Personen!

Ich: „Das ist ja noch nicht kompliziert!"

Kundin: „Doch ist kompliziert. 3 kommen nicht aus Deutschland. Treffen dort!"

Okay, das ist tatsächlich eine große Freude. Zusätzlich bekam ich offene Zeitspanne, offenes Ziel und den Wunsch nur nach einem Hotel zu selektieren und dann bitte Single mit Kind. Meine vielen Fragen und mein leicht genervter Gesichtsausdruck auf die vielen Gegenfragen haben dann das Fass bei Mütterchen Frost zum Überlaufen gebracht und zum verbalen Schlagabtausch geführt.

Kundin: „Verstehen Sie meine Fragen nicht oder was?"

Ich: „Gute Frau, jetzt passen Sie mal auf. Ich bediene Sie echt gern weiter. Aber dann bitte in einem anderen Ton!"

Kundin: „Wie ist denn ihr Ton?"

Ich: „Na so wie Ihrer! So mache ich nicht mehr weiter!"

Kundin: „Das heißt Sie wollen jetzt nicht mehr suchen?"

Ich: „Nö, so nicht!"

Kundin: „Gut, dann ich gehen!"

10 Minuten später stand sie dann wieder vor mir. Inzwischen hatte ich auch schon einen Kaffee intus.

Kundin: „Ich will wissen, wo ich mich beschweren kann über Sie."

Ich: „Na bei mir!"

Kundin: „Nein bei Ihnen kann ich nicht!"

Ich: „Doch!"

Kundin: „Nein!"

Ich: „Doch. Bin der Inhaber!"

Kundin: „Das wird ein Nachspiel haben!"

In diesem Sinne: Bis morgen zum Nachspiel!

Tag 120 + 121: TGI-Wednesday!

Nach vielen Wochen ist er wieder da. Der freie Mittwoch. Bei strahlendem Sonnenschein konnte ich meinen völlig privaten Tätigkeiten nachgehen, u.a. einem sehr wichtigen Friseurbesuch. Heute bekamen wir im Büro nämlich Besuch von einem Fotografen. Neue Fotos für unsere Homepage mussten her.

Nach einstündigem Aufbau konnte es losgehen. Büroleiter und Stellvertreter, Gruppenfoto und Einzelfotos. Mir war nicht mehr bewusst, wie lange das dauert. Und bitte noch einmal so gucken und noch mal so und hier könnte man noch etwas verbessern. Das Ergebnis war erstaunlich gut am Ende. Könnte auch darin liegen, dass mein Haus- und Hoffriseur mir so viel Haarlack, Schaum und Gel auf den Kopf geklatscht hat, dass ich völlig benebelt war.

Jedenfalls gehe ich bald ins Bett. Aber nicht ohne mir das Lächeln vorher wieder abzuschrauben!

Bis morgen!

Tag 122: Koma

Es war an einem kalten November-Samstag. Ich hatte gerade Kunden vor mir und dahinter noch ein Paar, das warten musste. Meine Mitarbeiter waren schon im wohlverdienten Wochenende. Eine weitere Dame kam herein und setze sich auf unsere gemütliche Couch. Nachdem das erste Pärchen den Laden verlassen hatte und ich mich ausgiebig um die anderen gekümmert habe, schaute ich mal von meinem Bildschirm hoch, um nach der Dame auf der Couch zu schauen.

Da lag sie und rührte sich nicht. Mehrfaches Rufen, Schütteln und gutes Zureden konnten allerdings nichts am vertikalen, regungslosen Zustand ändern. Die Glühweinfahne ließ allerdings vermuten, dass Mademoiselle auf dem gerade eröffneten Weihnachtsmarkt die Orientierung verloren hatte und in unserem warmen und in pastellfarben eingerichtetem Büro Zuflucht gesucht hat.

Ich habe dann die Polizei gerufen. Ein Notarztwagen schien mir in dem Falle doch zu übertrieben. Meine Kunden und ich haben dann mal mit der Gran Canaria Beratung weitergemacht und zwischen drin immer mal wieder gehofft die Schlafmütze wach zu bekommen und nach der Atmung geschaut, damit wir nicht am Abnippeln Schuld sind.

Nach rund 15 Minuten war dann auch die Polizei da, die ihre wahre Freude hatte und nach weiteren 15 Minuten zumindest eine wache, wenn auch verwirrte Alkoholleiche aus dem Büro schaffte. Meine Kunden haben übrigens gebucht und dem Schauspiel noch bis zum bitteren Ende zugeschaut. Nachdem meine Personalien aufgenommen wurden, lief ich über den Weihnachtsmarkt nach Hause. Nicht ohne mir einen Glühwein zu genehmigen.

Tag 123: Money, money, money … must be funny!

Frühling bedeutet nicht nur tolles Wetter und rammelnde Tiere, wo man auch hinsieht. Nein, Frühling bedeutet auch, dass alle Penner in die Fußgängerzone zurückkehren. Besonders gerne hier auf den Marktplatz vor mein sehr einladendes Schaufenster, in dem sich viele, viele bunte Angebote befinden. Gerne wird flaniert, geschaut und gestaunt, bis ein stinkender Hausierer die alles entscheidende Frage stellt: „Hamm sie mal ein bisschen Kleingeld für 'ne warme Mahlzeit?"

Das ist dann der Moment, wo die Kunden die Flucht ergreifen und ich die Visitenkarte der Polizei in die Hand nehme und mich mal wieder sehr unbeliebt mache. Aber Geschäft ist Geschäft und Geld ist Geld.

Das dachte sich auch meine Kundin heute, die eine recht simple und anspruchslose Reise auf die Kanarischen Inseln gebucht hatte und mir danach einige Fragen stellte, die mich an den Rand der Verzweiflung brachten.

Kundin: „Wir haben dann immer eine Tombola für leukämiekranke Kinder."

Da war mir schon klar, wo der Hase hin rammelte.

Kundin: „Hätten Sie da nicht noch was für unsere Verlosung?"

Normalerweise bekomme ich dreimal im Monat einen Anruf für wilde Verlosungen, allerlei Spendenaktionen, Tombolas und Kindergartenfeste. Wenn ich für alle spenden würde, hätte ich bald selbst das Bedürfnis meine Kunden am Schaufenster nach einer warmen Mahlzeit anzubetteln. Am Telefon kann man sich aber super raus reden. Auf dem Bürostuhl kommt man dann doch etwas in Bedrängnis.

Ich: „Viel haben wir da nicht. Aber ich mache Ihnen gerne ein paar Give-Aways in eine Tüte!"

Kundin: „Ach, das ist ja super. Dankeschön!"

Das war ja einfach. Aber: Pustekuchen!

Kundin: „Wie wäre es denn mit einem Gutschein? Ich habe ja schließlich bei Ihnen gebucht."

Ich: „?!"

Bis morgen!

Tag 124 + 125: Brückenschlag

Der Wonnemonat Mai hat vier Brückentage. Jetzt kommen alle Kunden angerannt und wollen noch „ganz spontan ein supergünstiges Angebot". Am liebsten ab Frankfurt-Hahn. Oder ab sonstigen Regionalflughäfen mit maximal drei Flügen in der Woche. Ich persönlich könnte jeden einzelnen Kunden erschießen, steinigen und noch federn dazu.

Ich: „Ab Frankfurt-Hahn fliegt nur die Lowcostair. Das bieten wir nicht an."

Kunde: „Ach so?"

Ich: „Okay, ich schaue es mir gern an. Ab den anderen Flughäfen. Aber das wird leider auch schwer!"

Kunde: „Wieso?"

Ich: „Na, weil sich da wirklich jeder freigenommen hat."

Kunde: „Aber wir wollen Last Minute!"

Ich: „Ja, ich habe da auch vollstes Verständnis. Aber da bräuchten wir tatsächlich ein bisschen mehr Vorlauf."

Kunde: „Ja, es soll morgens ganz früh losgehen und am Abend zurück."

Ich: „Nee, das meinte ich nicht. Ich meinte, dass das kurzfristig schwer ist und man mehr Vorlauf zum Buchen benötigt, um noch eine große Auswahl zu haben."

Kunde: „Ach so. Aber die Flugzeiten müssen trotzdem gut sein!"

Nach längerer Suche, dann noch ein Angebot für Izmir in der Türkei, 4 Nächte mit AI."

Ich: „Ich bekomme noch etwas für 489 Euro pro Person."

Kunde: „Nee, das ist zu viel. Maximal 300 Euro."

Ich: „So viel kostet aber der Flug schon."

Kunde: „Das ist kein Last Minute!"

Nach gefühlten 30 Unterhaltungen dieser Art fällt es mir schwer die Fassung zu wahren. Mal schauen – vielleicht habe ich morgen eine Wasserpistole unter meinem Schreibtisch. Man muss ja die Kunden nicht gleich töten. Dürfen gern wieder kommen, wenn die Brückentag-Saison zu Ende ist.

Tag 126: Was kostet eigentlich ...?

Nachdem mir meine Mitarbeiterin gestern gesagt hat, dass mein Blog im Moment nicht so fetzt, macht er heute seinem Namen wieder alle Ehre. Während sich meine andere Kollegin durch einen Wust von Nur-Flug Anfragen gegraben hat, wechseln sich bei mir tolle Stammkunden mit Schiffsschaukelbremsern ab. Und diese fragen gerne Dinge wie ...

Kunde: „Was kostet Japan. So im nächsten Jahr?"

Ich: „Äh?"

Tatsächlich haben wir keinen Reiseveranstalter in unserem Portfolio, der Japan-Reisen anbietet. Aber ich dachte ich versuche mal mein Glück.

Ich: „Möchten Sie einen Flug nach Narita?"

Kunde: „Nee, so eine Rundfahrt. Für nächstes Jahr."

Ich: „Tut mir leid. Für Japan haben wir nichts in unserem Programm."

Kunde: „Ach so. Und was kostet das so. Über den Daumen?"

Ich: „Wie gesagt. Haben wir nicht im Programm. Kann ich also wirklich nicht sagen."

Kunde: „Aber schätzen können Sie?"

Klar, kann ich schätzen. Ein Fleischer kann auch Fischpreise schätzen, ein Blumenhändler die neusten Preise für die Sommerschuhkollektion und ich die Reisepreise für das nächste Jahr, speziell für Ziele, die ich nicht verkaufe.

Ich: „Tut mir leid. Kann ich wirklich nicht sagen ..."

Kunde: „Das ist schade. Wissen Sie, wer mir das sagen kann?"

Ich: „Wie wäre es mit einem Reisebüro, das einen Veranstalter im Programm hat, der Japan-Reisen anbietet?!"

Kunde: „Und welches?"

Ich: „Ich soll Ihnen jetzt ein Reisebüro empfehlen?"

Kunde: „Ja, das wäre toll!"

Heute hatte ich einen freundlichen Tag und einen hervorragenden Mitbewerber empfohlen. Werde morgen dort mal nachfragen, was Japan kostet.

Bis dahin!

Tag 127: Nicht mehr alle Tassen im Koffer?

Manche Kunden sind anstrengend. Das haben wir inzwischen gelernt. Manch anderer Kunde ist dreist und realitätsfremd.

Kunde: „Ich habe eine Reise bei ihnen gebucht mit German Airlines!“

Ich: „Und, war alles in Ordnung?“

Kunde: „Nee, die Fluggesellschaft hat Gebühren verlangt für Übergepäck.“

Ich: „Okay, wieso das denn? German Airlines ist doch bei Gepäck sehr großzügig. 23 kg bei 5 Tagen Mallorca sind doch sehr fair.“

Kunde: „Ja, wir hatten auf dem Hinflug auch exakt 23 kg. Auf dem Rückflug aber mehr.“

Ich: „Okay, wie viel denn mehr?“

Kunde: „1 kg!“

Ich: „Das ist nicht viel. Hat Ihnen German Airlines am Check-in nicht angeboten das in Ihr Handgepäck umzupacken?“

Kunde: „Na doch. Aber so was kann man doch nicht verlangen!!!“

Ich: „Kann man nicht? Ist doch sehr kulant, finden Sie nicht?“

Kunde: „Nein! Das ist eine Unverschämtheit sich so dranzustellen. Das ist doch peinlich den Koffer zu öffnen und da was rauszukramen. Unglaublich!“

Ich: „Ähm?“

Kunde: „Wir möchten, dass Sie das bei der German Airlines für uns reklamieren?“

Ich: „Was genau soll ich denn reklamieren?“

Kunde: „Na verstehen Sie nicht. Wir mussten für das 1 kg die Übergepäckrate zahlen!“

Ich: „Sie haben das 1 Kilo nicht umgepackt?“

Kunde: „Nein. Das haben wir gar nicht eingesehen!“

Ich: „Sind Sie mir nicht böse. Aber diese Reklamation brauchen wir nicht vorzubereiten. Die Regeln von der

Fluggesellschaft sind klar kommuniziert. Und man hat Ihnen eine kostenlose Alternative angeboten. Da wird die Fluggesellschaft nichts anbieten."

Kunde: „Sie waren auch schon mal hilfsbereiter!"

Ich: „?!"

Tag 128 + 129: Die Moral von der Geschicht ...

Heute bunte Kundenmischung. Jamaika, Mallorca und noch mehr Mallorca. Mein Kollege hatte sehr viel Spaß mit einer Kundin, die sich für ein Angebot entschieden hatte und es gerne mit der Kreditkarte ihres Ehemanns bezahlen wollte.

Kollege: „Da müsste ich allerdings die Erlaubnis Ihres Mannes einholen, damit wir die Karte benutzen können."

Kundin: „Ich habe da eine Vollmacht!"

Kollege: „Ja, zur Sicherheit müsste ich anrufen."

Mit Widerwillen wird die Telefonnummer rausgerückt und es wird angerufen. Der „Ehemann" am anderen Ende der Leitung schweigt zunächst, bricht dieses dann allerdings durch einen kompletten Tobsuchtsanfall. Überraschung! Die beiden sind schon lang getrennt und die Karte ist gestohlen.

Kollege: „Tut mir leid. Ihr Ehemann möchte nicht, dass wir die Karte nutzen. Ich soll sie einbehalten und ihm die Karte heute Mittag übergeben!"

Gröhl! Schrei! Kreisch!

Kundin: „Ich rufe die Polizei!"

Kollege: „Machen Sie. Hier ist das Telefon. Die sind bestimmt an der Geschichte interessiert."

Und die Moral von der Geschicht: 'Ne Vollmacht hat man – oder nicht!

Bis morgen!

Tag 130: Freakshow

Wer auf einem Markplatz ein Reisebüro leitet, der leidet auch. Neben bereits beschriebenen Pennern, Bettlern und Hausierern, sind auch die Ausflügler aus den benachbarten Psychoanstalten gerne bei uns im Büro vertreten.

Ein mit sich selbst sprechender hyperaktiver, spastischer Hektiker hechtet in den Laden und legt los.

Hektiker: „Flugstunden Oman?"

Ich: „6!"

Hektiker: „Flugstunden Istanbul?"

Ich: „3!"

Hektiker: „Flugstunden Oman 6, Istanbul 3!"

Alles wird dann noch mal auf dem Marktplatz diskutiert. Wahrscheinlich mit den beiden Männlein auf seiner Schulter rechts und links.

Auch eine Dame mit Tourette-Syndrom wird offenbar um die Mittagszeit bei uns auf dem Marktplatz von ihrer Klinik in die Freiheit entlassen und abends wieder abgeholt. Egal ob beim Bäcker, beim Blumenhändler oder auch in unsere offene Reisebürotür – wir werden immer mit sehr netten Wörtern wie „Drecksau" „Arschloch" und auch „Hitler" begrüßt und verabschiedet. Wild gestikulierend versteht sich.

Am schlimmsten finde ich allerdings einen Typen vom Zirkus, der ständig kommt und für irgendwelche stinkenden Ponys die im Kreis rumlaufen Geld sammeln möchte. Jedes Mal vergesse ich, dass es diese Nervbacke ist, und begrüße ihn strahlend, nur um mir mein Lächeln wieder mühsam abzuschrauben. Dann wird eine sehr einseitige Diskussion pro Pony und pro Spende geführt und zu guter Letzt wird aus dem Büro abgeschoben.

Sollte ein Foto machen und eine Fahndungswand starten: Diese Menschen haben keinen Zutritt zu meinem Königreich.

Tag 131 + 132: Gekommen um zu lernen

Schulungen nicht als Schulung zu deklarieren ist offenbar der neuste Trend von Trainern. Ach nee. Die heißen ja jetzt Coach. Hatte ich also ein Coaching oder ein Training? Egal. Jedenfalls war heute einer dieser Schulungstage, bei denen man sich erst mal locker gemacht hat, um aufgestellte Stuhlreihen rannte, alles total toll war und man die Pausen selbst bestimmen konnte. Lange Rede: Es war tatsächlich gar nicht mal schlecht und ich bin motiviert nach Hause gefahren. Keinen Deut schlauer, aber motivierter. Naja, das ist gelogen. Ich sollte mir ein Ziel setzen, die Dauer zur Erreichung dieses Ziels benennen und was ich bereit bin dafür zu machen. Mein Ziel war es meine neue Mitarbeiterin gekonnter einzuarbeiten. Ich bin selbstkritisch genug, dass ich darin nicht unbedingt ein Ass bin. Eher Typ „mach ich schneller selbst“. Dauer: Na sagen wir mal drei Monate. Und ab morgen wird trainiert. Auf Deutsch: Ich spiele mal alle Kundentypen durch, die es so gibt und meine neue Mitarbeiterin muss dann gucken, was sie zaubert. Und an einen Kunden musste bisher noch jeder persönlich ran.

Wenn der nämlich mit seinem uralten Fahrrad vor dem Laden parkt, neigt jeder der ihn kennt dazu sich zu tot stellen oder alternativ zur Flucht, je nachdem, was das persönliche Befinden so hergibt. Um seine Identität zu wahren, nennen wir ihn einfach mal Herrn Hättler. Dazu aber mehr in der nächsten Woche.

Tag 133: Up'n away

Heute hatte ich mal wieder das ganz große Privatvergnügen selbst als Kunde unterwegs zu sein und mich mit Apps und PDF's bewaffnet zum Frankfurt Flughafen zu verfrachten. Aufgrund kurzfristiger „Verpflichtungen" hatte ich die 12 Uhr Maschine gebucht und mir wie alle Kunden die entscheidende Frage gestellt: „Wann verflucht noch mal muss ich eigentlich dort sein!" Da ich keinen Bock auf irgendwelchen Stress hatte, wurde flink die Kranich Airlines App aufs Handy geladen und die Boardkarte, samt Sitzplatzauswahl als Scancode dargestellt. Kam mir richtig hipp vor, so als alter Reisebürohase, der sonst mit einem Blättergewirr am Schalter steht und rumfummelt. „Baggage Drop off bis 40 Minuten vor Abflug, Boarding 20 Minuten vor Abflug." Na, dann halten wir uns mal dran. Hatte eh nur Handgepäck. Jedenfalls hatte mir mein Navigationsgerät genau 2 Stunden und 15 Minuten ausgerechnet (was einige wieder zu Rechenspielen über meinen Wohnort, mein Reisebüro, meinen Familienstand, sowie die Schätzungen über die Länge meiner Geschlechtsorgane motivieren wird) bis vor meinem Auge das Terminal 1 erscheinen sollte. Genau wie der Preis während einer Beratung höher wird, so wird auch die Ankunftszeit des Navis während der Fahrt immer höher. Nach 2 Stunden und 40 Minuten war ich endlich da. Und bequem, wie ich war – was ich meinen Kunden abtrainiert habe – bin ich dann schnurstracks ins Parkhaus 1 eingefahren. Was mich allerdings etwas irritiert hat, war die Tatsache, dass ich nicht ein einziges Mal nach einem Ausweis gefragt wurde. Ich hätte auch durchaus als Abdul, Mohinder oder David der Kabauter einchecken können. Positiv beeindruckt war ich dann jedoch von meinem reichhaltigen Getränkeangebot das die Kranich Airlines mit „für unsere Fluggäste" beworben hat. Am Gate stand nämlich eine Kaffeemaschine, die neben Kaffee (Überraschung!) auch allerlei Getränke mit Milchschaum und Schokolade zaubern konnte. Im Airbus A320 wurde ich dann jedoch nicht mit einem Lächeln, sondern mit einem Nusspli begrüßt, was mich ein wenig erschüttert hat. Der Flug ansonsten lief ohne Überraschung ab.

Bis zur Ankunft in Frankfurt und ein schönes Wochenende!

Tag 134: neue Hotelkategorisierungen gewünscht

Nach sicherer Landung in Frankfurt bin ich dann gemütlich mit meinem Handgepäck ans Parkhaus zurückgerollt. Knappe 24 Stunden sind seit meinem Abflug vergangen. Da konnte ich entspannt zum Parkscheinautomaten gehen. Dachte ich! 50 Euro. What the fuck? Für 26 Stunden parken?! Verzweifelt habe ich versucht mein Parkticket zu einer kleinen Eigentumswohnung auszuklappen, aber nichts geschah. Stattdessen wollte mein Navi einfach keinen Satelliten finden und hat mich dann auf dem Gelände eine viertel Stunde im Kreis gelotst – Dreckstechnik.

Bei meiner Ankunft in der Stadt ohne Namen hat mich dann auch gleich meine Kollegin darüber informiert, dass die Reiseveranstalter doch bitte möglichst bald eine neue Hotelkategorie einführen möchten.

Kollegin: „Sauber!"

Kollegin: „Sauber soll es sein. Okay. Aber wie viele Sterne wären Ihnen denn wichtig?"

Kundin: „Die Sterne sind mir nicht so wichtig. Nur sauber!"

Kollegin: „Okay, also ab einem Stern kann man auch schauen?"

Kundin: „Nee, drei sollten es schon sein!"

Was denn jetzt? Vor Kurzem habe ich mir in einem ruhigen Moment viele Bewertungen im Hotelchecker angeschaut und in fast jedem Hotel konnte ich mindestens einmal die Formulierung „die 4 Sterne waren höchstens am Himmel" wiederfinden. Ist wohl ein geflügeltes Wort(spiel). Ab sofort haben wir schmutzig, sauber, sehr sauber und hyperallergen. Mal sehen, wie das so wird.

Bis bald!

Tag 135: Übungen am lebenden Objekt

Von Herrn Hättler habe ich letzte Woche schon mal kurz berichtet. Herr Hättler wird immer gerne „benutzt" um neue Mitarbeiter mit dem harten Brot „Reise verkaufen" vertraut zu machen. Herr Hättler ist rund 80 Jahre alt, rund zwei Meter groß und kommt auf einem viel zu kleinen

Damenrad angewackelt. Er braucht dann auch meistens zwei Minuten, bis der davon abgestiegen ist, alles verstaut hat und jedes Angebot im Schaufenster genauestens beäugt hat. Während dieser Zeit wird im Büro gewuselt. Wichtige Entscheidungen werden getroffen. Wer berät? Wer darf verschwinden? Wen wird er heute wohl beschimpfen? Im Regelfall übernehme ich Herrn Hättler. Hab halt die meiste Erfahrung. Außerdem ist meine Oma ebenso wie Herr Hättler schwerhörig, was mir einen gewissen Heimvorteil verschafft. Blöd sind die Tage, an denen viel los ist. Wenn er dann noch dazu kommt, gleicht das Ganze einem Theaterstück.

Herr Hättler (schrei): „Morgen Herr (aufs Namensschild guck): Urlaub!"

Ich (zurückschrei): „Morgen Herr Hättler!"

Herr Hättler (schrei): „Bin Abdala Resort! Einzelzimmer AI, ab Frankfurt, 14 Tage!"

Eigentlich ja eine ganz einfache Anfrage. Der gute Mann will in die Vereinigten Arabischen Emirate. Die Frau lässt er zu Hause. Sie kommt in der Zeit ins Pflegeheim. Kein Witz!

Hier kommt dann der Moment, wo alle neuen oder Hättler-unerfahrenen Mitarbeiter ins Schwimmen kommen. Ich kenne das Tänzchen schon. Ich nenne den Preis und dann.

Ich (immer noch schreiend): „1748 Euro!"

Herr Hättler: „HAHAHA! Da lach ich doch. Sonnenschein-TV!"

Ich: „Aber Herr Hättler. Sie wissen doch. Bei Sonnenschein-TV ist das auch ein „ab" Preis!"

Herr Hättler (wieder schreiend): „Was. Ich versteh Sie nicht!"

Ich (ahhhh): „AB PREIS. NICHT ENDPREIS!"

Herr Hättler: „Ich hatte das schon mal vor sieben Jahren für 1300 Euro."

Nachdem die Bin Abdala Beach Resort-Suche nach weiteren erquickenden Minuten beendet wird, geht es meist noch mit dem Grande Cap de Mare auf Mallorca weiter und danach wird wieder heimgeradelt.

Vor zwei Jahren hatte ich eine ehemalige Mitarbeiterin eingestellt, die zuvor vier Jahre außer Dienst war, sich aber noch gut an Herrn Hättler erinnern konnte. Sie war ganz begeistert ihn wieder bedienen zu dürfen.

Herr Hättler: „Den Kopf kenne ich!"

Kollegin: „Ach, Sie erinnern sich noch. Wie schön. Wie geht es Ihnen?"

Herr Hättler: „Ich habe Krebs! Und Ihnen?"

Kollegin: „?!"

Schlagfertig ist er – das muss man ihm lassen. Aber leider fast taub!

Bis morgen!

Tag 136: Wie benutze ich 3 Verkehrsmittel in 2 Tagen?!

Es leben die Feiertage in katholischen Bundesländern. So habe ich mal wieder einen Tag „gespart". Nicht dass ich nicht gerne meine geistigen Ergüsse über euch auskippe. Aber das Jahr ist noch lang – und am Ende gehen mir noch die Geschichten aus. Gestern bin ich nach Berlin geflogen und musste aus privaten Gründen dann weiter nach Hamburg. Am nächsten Tag musste ich jedoch zurück in den Büroalltag. Leider hatte die Deutsche Reichsbahn weder zurück in die Heimat, noch zurück nach Berlin ein preisgünstiges Last-Minute-Bahnticket zur Verfügung stellen können, weshalb ich einfach mal per kostenloser App einen Fernbus als geeignetes Verkehrsmittel für mich entdeckt habe. War alles pipi-einfach muss ich gestehen und den Preis von 27 Euro fand ich auch fair. Allerdings wollte ich es nicht übertreiben und bin dann auch nur bis Berlin gefahren, von wo mein ursprünglicher Rückflug abging. Die Alternative Mitfahrerzentrale kam für mich nicht infrage. Am Ende eingepfercht in einem Fiat Panda mit vier anderen Menschen mit fragwürdigem Deodorantgeschmack zu verbringen, schien mir kein guter Plan zu sein. Am Hamburger Hauptbahnhof ging es dann los. Mein Last-Minute-Ticket bereitete den Herrschaften dann allerdings Probleme. Den Scancode konnte man im Bus schon mal gar nicht lesen – das gab die Technik nicht her. Also bitte zurücklaufen zum Schalter und dort ausdrucken lassen. „Ach übrigens: Wir fahren dann gleich los.“ What?! Große Überraschung! Am Schalter konnte man den Scancode auch nicht lesen. Inzwischen hatten so viele Menschen mein Handy in der Hand, dass ich innerlich laut nach Desinfektion verlangte. Die vierte Person konnte endlich die PDF drucken und den einen Euro extra für den Koffer konnte ich verschmerzen. Der Bus war halb voll, ich hatte Platz und konnte die dreistündige Fahrt fast genießen. Die Ansage bei der Abfahrt erinnerte stark an die im Flugzeug. Nur Notausgänge gab es keine, dafür aber eine Armee von Müllbehältern.

„Das Rauchen ist während der ganzen Fahrt verboten. Überall im Bus sind Müllbehälter aufgestellt. Wir bitten Sie, diese zu nutzen.“

Aha.

Auch zum Thema Toilettennutzung gab es einen Hinweis. Kann mich aber an den genauen Unterschichten-TV-Laut nicht mehr erinnern. Kacken war wohl erlaubt, aber nicht gewünscht.

Bis morgen im Alltag!

Tag 137: Der Holiday(s)ch(r)eck

Kunde: „Wir würden gern weg. Warm muss es sein!"

Innerliches Gähnen, äußerliches Lächeln.

Fragenkatalog durchgegangen und auf alles keine richtige Antwort bekommen.

Ich: „Irgendwelche Wünsche?"

Kunde: „Schön!"

Ich: „Sonst noch was Spezifisches?"

Kunde: „Warm!"

Da ich nicht Google Maps bin und sehr störrisch auf Einsilber reagiere, also noch ein letzter Versuch.

Ich: „Irgendwie was damit wir eingrenzen können?"

Kunde: „Wo würden Sie denn hinfahren?"

Ich: „Malediven-Hopping mit Privatjacht. Bringt Sie jetzt nicht so weiter, oder?"

Kunde: „Nee, nicht so ..."

Irgendwann habe ich dann angefangen zu wühlen und war kurz davor mein erstes Angebot zu unterbreiten.

Kunde: „Wir haben im Hotelchecker gesehen ..."

Weitere Bedarfsanalyse somit hinfällig. Smartshopper also – Kunden, die nur der Preis interessiert. Hätte ich doch ahnen können.

Kunde: „Aber eine schöne Pool-Anlage muss es haben!"

Oh, doch ein Kriterium.

Ich: „Was meinen Sie denn mit schön?"

Kunde: „Groß!"

Wunderbar, alle Poolanlagen werden gezeigt, aber keine ist „groß" genug. Und im Hotelchecker war sowieso alles günstiger und viiiielll größer, als heute Morgen geschaut wurde.

Ich: „Was haben Sie denn im Hotelchecker gesehen?"

Kunde: „Das Beach Resort in Ägypten!"

Ich: „Okay, das kostet bei mir ab Frankfurt 465 Euro für eine Woche Halbpension."

Kunde: „Wir haben es für 395 Euro gesehen!"

Da der Hotelchecker bei mir sowieso immer irgendwie geöffnet ist, hab ich die Suchparameter schnell eingegeben und siehe an. Abflug Linz!

Ich: „Wollen Sie ab Linz fliegen?"

Kunde: „Nee, wieso?"

Ich: „Weil das Angebot ab Linz ist für die 395 Euro."

Kunde: „Na wir wollen da ja eh nicht hin!"

Ich: „Ich dachte Ihnen gefällt der Pool so gut?"

Kunde: „Ja, aber da wollen wir nicht hin."

Am Ende war ich ohne Chance, denn alles wurde mit den Angeboten aus dem Hotelchecker verglichen – und manchmal kann man einfach nicht mithalten. Von irgendwas muss ich meine Leute bezahlen.

Bis morgen!

Tag 138 + 139 + 140: Up'n away – again

Und auch heute geht es wieder nach Hamburg. Ja, da gibt es etwas Privates, streng Geheimes. Ich werde mich auch bis zum Ende der nächsten Woche in Hamburg aufhalten und euch mit Geschichten aus der Vergangenheit belämmern und mit welchen aus anderen Reisebüros.

Heute musste es schnell gehen, denn noch während der Öffnungszeit musste meine gewitzte Mitarbeiterin auf mich verzichten, als ich gegen 16 Uhr meine Reise zum Flughafen Frankfurt antrat. Mit dysfunktionaler Klimaanlage, halb abgefallenem Auspuff und dem Schrecken Parkgebühr von letzter Woche, musste ich heute etwas mehr Zeit für alle Eventualitäten einplanen. War auch gut so, denn der heftigste Hagelsturm meines Lebens beendete kurz vorm „Low Cost Parkplatz" beinahe selbiges. Lowcost-Parken, ja – eine tolle Sache. Parken „am Flughafen" zu ermäßigten Konditionen. Der Kunde ist ja sehr gerne in Verweigerungshaltung, wenn es um Flughäfen geht, die nicht gerade 30 km weit entfernt liegen. So gibt es zwei Möglichkeiten bzw. zwei Diskussionen.

Kunde: „Die Flugzeiten sind doof. Da verliert man beide Tage!"

Ich: „Aber Sie können dafür das kostenlose Zugticket nutzen. Wären die Uhrzeiten anders, wäre das nicht möglich!"

Kunde: „Aber man verliert trotzdem den ganzen Tag!"

Ich: „Okay, wir schauen mal nach anderen Zeiten!"

Den Kommentar, dass Flugzeiten unverbindlich sind, spare ich mir dann.

Die umgekehrte Diskussion läuft dann so ab.

Ich: „Oh, da habe ich ein tolles Angebot. Ganz früh los und ganz spät zurück!"

Kunde: „Das ist ja doof. Da hat man keine Zugverbindung!"

Ich: „Aber Sie gewinnen beide Tage!"

Kunde: „Nee, das will ich nicht. Da muss ich so lange am Flughafen warten!“

Habe ich schon erwähnt: Egal wie man es macht, es ist immer falsch.

Ohne den Hinweis „Wir haben Vertragsparkplätze an allen Flughäfen, wo Sie günstig parken können etwas außerhalb vom Terminal“, wäre ich so manches Mal verloren gewesen.

Also habe ich auch dieses Mal das genutzt, was ich seit Jahren erfolgreich predige und mich trotz Navigationsgerät zweimal verfahren, rumgekreischt und im Industriegebiet Griesheim-Süd dann doch das poplige Schild „Lowcost-Parken“ finden können. Eilig haben darf man es nicht. Das ist schon mal klar. Aber ich werde meinen Kunden zukünftig noch detaillierter erklären, wo sie hinmüssen, da ich sonst nach der nächsten Buchung eine tote Katze an die Tür genagelt bekomme.

Am Flughafen angekommen war ich dann wieder viel zu früh. Selbst die Kaffeemaschine am Gate war noch ausgeschaltet. An Board ging dann alles viel zu schnell.

Saftschubse: „Die vom Kapitän berechnete Flugzeit beträgt 45 Minuten. Nach dem Start werden wir Sie mit einem Snack und Getränken bewerfen!“

Nein, bewerfen hat die Gute nicht gesagt. Aber ungefähr so lief es ab. Die Chipstüte traf mich beinahe am Kopf – ist auch schwierig, wenn man nicht mal Zeit hat seine Reiseflughöhe zu erreichen. Liebe Kranich Airlines: Ich benötige kein Getränk auf einem Flug, der so lange dauert wie eine Folge „Grey’s Anatomy!“

Bis zum Rückflug, vielleicht mit Gegenwind!

Tag 141: Improvisation ist alles!

Tag 3 in Hamburg. Heute Morgen wurde ich etwas unsanft und sehr früh geweckt, da sich meine aktuelle Adresse in der Einflugschneise Hamburg-Alsterdorf befindet und man den Passagieren und der Besatzung durchaus freundlich zuwinken kann. Noch unsanfter wurde ich nur vor knapp zwei Jahren geweckt, nämlich morgens um 4.30 Uhr in einer Nacht von Freitag auf Samstag. Mein Festnetzanschluss läutete und schlaftrunken konnte ich nur einige Wortfetzen hören, die auf den Anrufbeantworter gebrummt wurden: „Polizei, Fenster, Reisebüro, Inhaber, Eingeschlagen."

Ich habe die Nachricht dann abgehört, nachdem ich halbwegs zurechnungsfähig war, und fand mich fünfzehn Minuten später vor meinem Büro wieder – sehr reges Treiben. Irgendjemand hatte eines meiner riesigen Schaufenster eingetreten, was zu Riesenlärm, zu Polizei und zu einem nächtlichen Anruf geführt hat. Über zwölf Ecken ist die Polizei an meine private Telefonnummer gekommen und hat auch freundlicherweise schon den Glaser angerufen, der aktuell dabei war die Scheibe mit Holzbrettern provisorisch zu verkleiden. Der Polizist erzählte mir die ganze Geschichte dann von vorne, nahm meine Personalien auf und erfreute sich an meinem Geburtsdatum.

Polizist: „Ach, Sie haben ja heute Geburtstag! Herzlichen Glückwunsch!"

Glaube ich habe gegrunzt oder so.

Das Glas im Büro musste ich dann selbst wegkehren. Happy Birthday! Irgendwann um halb sieben lag ich dann wieder im Bett und dachte darüber nach, ob mir jemand was Böses wollte oder ob es sich nur um ein paar dumme, randalierende Betrunkene handelte. Das Verfahren wurde nach einem Jahr eingestellt, weil man niemanden finden konnte. Es bleibt ein Geheimnis.

In der Not ist man erfinderisch. Wir nutzten die provisorische Holzvertäfelung, um über 50 Angebote mit Hammer und Nagel daran zu befestigen, hatten damit die ganze Aufmerksamkeit in der Fußgängerzone auf unserer Seite und einen der umsatzstärksten Tage des Jahres.

Bis morgen!

Tag 142: English for Anfängers

Tag 4 in Hamburg. Das Haar sitzt. Heute eine kleine Geschichte, die sich bei einem Freund in einem anderen Reisebüro abgespielt hat. Besagter Freund hat häufig amerikanische Kunden, da er sein Büro in der Nähe einer amerikanischen Airbase hat. Sein Englisch ist eigentlich ganz passabel, aber manchmal, naja manchmal können ein paar Buchstaben doch Verwirrung stiften.

Die Kollegin mit dem besseren Englisch kam wohl gerade zur Tür rein, aber die amerikanische Höflichkeit sorgte dafür, dass das Beratungsgespräch begann und mein Freund zur Höchstform auflief und das Ganze in einer Buchung endete. Besagtes Reisebüro hat offenbar ein Bonussystem mit Ermäßigungen und dazugehöriger Sammelkarte und mein Freund und Kollege übersetzte innerlich wohl etwas zu wenig, als er dieses System an die Frau bringen wollte.

Kollege: „So, we have a card for you. If you take this card you will receive a rabbit!“ (Rabatt?!)

Kundin: „A rabbit? That’s nice. What about that?“

Kollege: „Yes. It's very Einfach. You take this card. And receive a rabbit!"

Kundin: „Nice. But I don't want a rabbit!"

Kollege: „What? Everybody wants a rabbit!"

Kundin: „No! I won't!!!!"

Die heraneilende Kollegin konnte dann doch noch das Schlimmste verhindern und den weißen Hasen, der der Amerikanerin sicherlich schon als sehr beängstigendes Give-Away vorm inneren Auge erschienen ist, mit „discount" übersetzen.

Bis morgen!

Tag 143: Bon Appétit

Die Zeit rast. Tag 5 + 6 in Hamburg. Schon wieder ein Feiertag. Dieses Mal ein Bundesweiter. Werde gleich was kochen, in der Hoffnung auch die entsprechenden Küchenutensilien zu finden. Apropos essen. Ich finde nichts schlimmer, als Kunden die vor mir essen. Kennt ihr das? Das Einzige was ich noch ertragen kann sind Kunden mit Eis im Becher und auch nur dann, wenn sie mich vorher fragen, ob es okay ist. Ansonsten könnte ich auf die Theke kotzen.

Ich: „Tolles Angebot für Mallorca. Gefällt ihnen das?"

Kunde: schleckschleckschleckschleck

Ich: „?"

Eisgeschleck. Da werde ich aggressiv. Genau wie bei Kebab. Ich selbst kann keinen Kebab essen außer ich habe Messer und Gabel und/oder einen Schlabberlatz. Mein genervter Gesichtsausdruck und völlige Fassungslosigkeit, als dann die Bröckchen Fleisch „mit scharf" auf meinem Tisch landeten, wurden mit völliger Gleichgültigkeit zur Kenntnis genommen. Vor zehn Jahren hatte ich mal eine Kundin, die sich zunächst bei der Metzgerei gegenüber ein Brötchen mit warmem Fleischkäse gegönnt hat, dieses genüsslich vor mir verspeist und danach mit dem spitzen Nagel ihres linken, kleinen Fingers die Reste aus den Zähnen gepuhlt hat. Traumatisches Erlebnis, sage ich euch. Den Nagel hat sie sich sicher nur deswegen stehen lassen. Grusel! Übrigens werde ich genau in diesem Reisebüro am Freitag aushelfen. Bin gespannt, ob die Kundin noch existiert.

Bis dahin!

Tag 144: Vergangenheitsbewältigung

Heute dann der Trip mit der Zeitmaschine. 7 Jahre sind vergangen, seit ich das Reisebüro und Einkaufszentrum betreten habe, in dem ich heute freundlicherweise ausgeholfen habe.

Außer der tollen Kollegin und den etwas haarsträubenden Kunden hat sich sonst alles geändert und dank neuem, stylischen Interieur kamen auch sehr wenige wehmütige Erinnerungen auf.

Reisebüros in Einkaufscentern haben in der Tat einige Schwachstellen. Besonders die Herren der Schöpfung werden gerne mal „geparkt“, während die Ehefrau von Welt bei H&M, Pimkie und Vero Moda shoppen geht. Die Herren fragen dann gerne mal „einfach so nach Angeboten“, „wollen nur gucken“ oder sind ganz ehrlich „und warten, bis die Frau mit den neuen Schlüpfern“ zurück ist. Mein erster Kunde des Tages hat es mir dann auch nicht ganz einfach gemacht.

Ich: „Kann ich Ihnen helfen?“

Kunde: „Ich gucke nur. Meine Frau ist tot. Und Ihre Angebote sind nur für zwei Personen.“

Ich: „?!“

Auch die Lautstärke bei offener Tür – was von den meisten Centern nicht nur gewünscht, sondern so vorgeschrieben ist – sorgt zumindest bei mir für eine gewisse Grundgereiztheit, die nur durch viele Buchungen oder alternativ Kaffee gemindert werden kann.

Interessant auch das Konzept der Verkaufstische, was in meinem eigenen Reisebüro so nicht umgesetzt ist. Zum Glück. Dass der Kunde die ganze Zeit mit mir zusammen auf den Monitor gucken konnte, hatte schon etwas von einem Zoobesuch, bei dem man hinter der Scheibe die Tierchen beobachtet. War kurz davor zu fragen, ob ich jemanden mit auf den Schoß nehmen sollte.

Zu guter Letzt hatte ich dann noch eine sehr nette „normale“ Kundin, die den ersten Anruf des Tages wettmachen konnte.

Kundin: „Haben Sie auch Hyper-Last-Minute?“

Bis morgen – hoffentlich Mojo „all inclusive“!

Tag 145 + 146: Kommunikationsprobleme

Bei manchen Kundenpaarungen fragt man sich, wie es überhaupt so weit kommen konnte und wie man es eine Woche im Urlaub aushalten soll. Typ, Ende 20, sehr gut aussehend kommt mit Mademoiselle rein und möchte Urlaub, egal wohin, nur stylish muss es sein. Mademoiselle ist Französin, unschwer an meiner Bezeichnung „Mademoiselle“ zu erkennen. Sie ist bildhübsch, hat einen arabischen Migrationshintergrund und ist elegant angezogen. Und dazu trägt sie eine blaue Adidas Baseballmütze. Meine Verwirrung über Outfit und Kombi wird noch größer, als ich feststellen muss, dass sie kein Wort Deutsch spricht und er kein Wort Französisch. Er spricht Englisch zum Davonlaufen und sie versteht davon nur die Hälfte. Meine Beratung ist auf Deutsch und sehr spannend.

Ich: „Also ich habe mir alles angeschaut. Ich bekomme sehr gute Hotels. Allerdings sind die nicht ganz so modern, wenn wir so in Ihrem preislichen Budget bleiben sollen!“

Typ zu Ihr: „Shit Hotels cheap. No shit not cheap!“

Mademoiselle: „No shit!“

Typ zu mir: „Okay, wir erhöhen dann das Budget!“

Ich: „Okay, alles klar. Dann hätte ich hier noch ein Designhotel auf Kreta, für 799 Euro mit all inclusive.“

Mademoiselle: „Nice, no shit!“

Typ: „Yes, nice. Not shit!“

Ich: „?“

Typ: „Super. Drucken Sie mir das mal aus. Wir werden am Wochenende mal genauer drüber sprechen!“

Alles klar!

Tag 147: Wenn’s mal wieder länger dauert

Irgendwie ist es immer zu viel oder zu wenig. Bei manchen Kunden wünscht man sich eine Rückmeldung wie der Urlaub war und man hört nix, bei anderen geht man davon aus es ist toll und die Ferien werden zur Katastrophe. Und dann gibt es noch die anderen Kunden. Die Kunden, die zufrieden waren und wirklich alles erzählen. Alles! Meine

Mitarbeiterin, stets freundlich und bemüht, wurde mit sehr ernstem Gesichtsausdruck an ihrem Tisch heimgesucht.

Kollegin: „Hallo. Guten Tag!“

Kundin (sehr düsterer Blick, Mischung aus Lord Voldemort und Darth Vader): „Der Urlaub, den Sie mir verkauft haben.“

Kollegin (schlotter, bibber): „Ja?“

Kundin: „War echt super!“

Puh, Glück gehabt. Geht selten so gut aus. Die kleinen Kritikpunkte wurden dann aufgezählt, was ja völlig in Ordnung ist und uns auch weiterhilft. Aber dann kam das, was nur Plaudertaschen hinbekommen ...

Kundin: „Und dann war noch schön.“

Und es wurde erzählt, genickt, nachgefragt. Kreta, tolle Insel. Die Menschen, die Ausflüge, das Essen. Die Kloschüssel. Der Duschvorhang. Alles wunderschön. Ich hatte derweil nichts zu tun und mir überlegt, was ich heute in den Blog schreiben könnte. Nach dem siebten „Und das war noch schön!“, wusste ich es.

Meine Mitarbeiterin schaffte es nicht die Kundin wieder vom Tisch wegzubekommen. Irgendwann wollte sie dann neue Angebote für das nächste Jahr im Mai. Da wir da dann doch noch nix hatten, zog sie endlich ab.

Kollegin (zu mir): „Ich höre gerne zu!“

Sieht so aus ... bis morgen!

Tag 148: Ratespielchen

Hab hochoffiziell mein Buchungs-Mojo verloren. Kann nur hoffen, dass ich es in den nächsten Tagen wiederfinde, denn als Chef hat man Vorbildfunktion. Heute hatte meine charmante Mitarbeiterin das Vergnügen Kunden glücklich zu machen, während ich wie ein Sauertopf daneben saß und zum Zuhören verdonnert war, da ich einfach nix an den Mann bringen konnte. Hat natürlich auch den entscheidenden Vorteil, dass man die Highlights des Tages nicht selbst erlebt und nicht versuchen muss die Fassung zu bewahren.

Kunde: „Möchte gerne nach La Palomas?"

Kollegin: „Sie meinen Maspalomas auf Gran Canaria?"

Kunde: „Sag ich doch!"

Oh la paloma blanca, I'm just a bird in the sky ... *sing*

Kunde: „Ich möchte gerne nach Portugal. Dorthin wo es mit A anfängt."

Kollegin: „Algarve?"

Kunde: „Richtig!"

Ich hätte gerne das ERNSTL und möchte lösen!

Kundin: „Habt ihr was mit Bus zu tun?"

Kollegin: „Busreisen bieten wir leider nicht an ..."

Kundin: „Wie weit ist es von hier nach Nizza?"

Kollegin: „Hmmh. So 1000 km ungefähr."

Kundin: „Ach so. Okay. Ich bin nicht von hier. Bin von Wuppertal. Ist hier irgendwo das Meer in der Nähe. So zwei Stunden entfernt?"

Kollegin: „?!"

Na klaro, einfach ums Eck und dann noch 500 km.

Tag 149 + 150: Superlativen

Die Welt ist ein furchterregender Ort. Heute habe ich dann meinen Firmenwagen, der momentan noch falsch bereift durch die regnerische Welt fährt, in die Werkstatt geschafft. Außerdem hatte ich das Gefühl, dass mir der Auspuff samt Klimaanlage auf meiner nächsten Fahrt nach Frankfurt-Flughafen abfallen wird.

Werkstattmitarbeiter: „Das macht dann 482,99 Euro."

Ich: „Oh. Okay. Ich wohne dann in meinen Reifen, alles bestens!"

Dann war es auch egal, dass ich mich luxuriös mit dem Taxi zum Büro bringen ließ. Der Tag konnte nur noch besser werden Wurde er aber nicht. Mein Buchungs-Mojo habe ich offenbar irgendwo in Hamburg verloren. Auch heute sollte es nicht zurückkehren. Stattdessen kehrten die Anfragen zurück, die man an solchen Tagen nicht gebrauchen kann, wenn das Selbstbewusstsein sowieso schon am Boden ist. Ich schwöre, dass ich zu Michael Douglas in „Falling down" mutiere, wenn noch ein Kunde fragt „ob ich noch etwas Schönes günstiges – einen Knaller – über Pfingsten habe?" Bald knallt es, ja, das ist richtig. Meine Mitarbeiterin hatte dann zum Abschluss noch die beste Anfrage seit Langem, eine ganz besondere Steigerung.

Kunde: „Haben Sie noch Last second für das Wochenende?"

Es MUSS morgen besser werden!

Bis dahin!

Tag 151: Sicherheitshinweis – lassen Sie Ihre Kunden in Ägypten nicht unbeaufsichtigt!

Das Wetter, ja das Wetter. Bei strömendem Regen und fehlendem Mojo kann das fatale Folgen haben. Immerhin wurde ich heute Morgen mit meiner ersten Buchung seit Samstag motiviert. Ganze 3 Übernachtungen in München mit ohne alles. Aber der Bann war gebrochen. Meine Ägypten-Kunden, mit denen ich mich jetzt schon seit zwei Tagen beschäftige, waren dann tatsächlich zur Buchung bereit und dann poppt der Horror auf: „Bei Nachtankünften und Abflügen wird aufgrund der aktuellen Sicherheitslage für die Region Dahab eine Zwischenübernachtung in Sharm el Sheikh notwendig und von der Reiseleitung organisiert."

Kunden: „Nee, das wollen wir nicht. Wann sind denn die Flugzeiten?"

Muss ich was sagen? Waren natürlich die üblichen Nachtflüge. Konnte die Kunden natürlich verstehen. Die Alternativen müssen jetzt erst einmal ausführlich diskutiert werden. Aber das Mojo ist irgendwie ein Arschloch. Hatte dann aber noch Bekannte nach Dubai gebucht. Ob das Mojo zurückgekehrt ist, weiß ich nicht, weil ich mir nicht sicher bin, ob das zählt, wenn es Bekannte sind. Egal!

Meine Spätsommerkunden zu guter Letzt haben mir dann mal wieder gezeigt, wie arm Deutschland dran ist.

Ich: „Fuerteventura würde montags zurückgehen. Können Sie sich da noch Urlaub nehmen?"

Kunde: „Haha. Mein Arzt verschreibt mir für den Tag Urlaub!"

In diesem Sinne!

Tag 152 + 153: Denn ich steh hier im Regen, habe keine Angebote zu geben und es ist besser, wenn ich geh …

Matthias Beltz fragte einmal: „Was ist ein guter Verkäufer? Einer, der den Papst davon überzeugt, sich ein Doppelbett zu kaufen."

Schön und gut. Aber erst mal müssen die Kunden reinkommen. Auch heute – wieder mal – Novemberfeeling. Dunkler Himmel, dunkle Stimmung. Irgendwann ist selbst unser Drucker in den Energiesparmodus heruntergefahren. Ich hatte dann zumindest das Glück mein Mojo im Verlauf des Tages irgendwo wiederzufinden. Meine verunglückte Ägyptenbuchung vom Vortag fand ein glückliches Ende und meine Kundin, die sich gestern mit den Worten „ich schaue mir das mit meinem Freund an und melde mich morgen", stand dann um Punkt 9.30 Uhr buchungsmotiviert vor mir. Eine echte Überraschung. Die Durststrecken bis zu einem kurzen Aufbäumen am späteren Nachmittag konnte ich dann mit Angebote erneuern, langweilen, mit Freunden telefonieren und wieder langweilen überbrücken.

Wurde dann jäh geweckt von einem Kunden, der so ins Telefon schrie, dass auch meine Kollegin am Nachbartisch die Anfrage beantworten konnte. Diesem Spektakel folgten zwei Aber-Trinchen. Aber-Trinchen sind Kundinnen, die meist stark geschminkt und immer paarweise auflaufen. Eine ist meistens reiseerfahrener, aber in der Regel nicht die hellste Kerze auf der Torte. Aber-Trinchen möchten gerne „weg" „irgendwohin, wo es schön warm ist" und „gerne irgendwann im August". Spaß, wo es warm ist. Hallo? Außer Antarktis überall!!! „Ooohhhll inklusive" ist auch noch absolutes Pflichtprogramm. Beim ersten Angebot, das man raussucht, geht es dann los.

Aber-Trinchen: „Aber im letzten Jahr hatten wir was ähnliches günstiger."

Ich: „Was war das denn?"

Aber-Trinchen: „Das war irgendwas in der Türkei. Aber ich weiß nicht mehr was."

Ich: „Naja, das müsste ich dann schon wissen. Hatten Sie bei uns gebucht?"

Aber-Trinchen: „Nee, aber auch im Reisebüro."

Ich: „Wie schön. Also 498 Euro ist Ihnen zu teuer?"

Aber-Trinchen: „Ja, aber gibt es noch andere Ziele, wo es günstiger ist und schön warm ist?"

Ich: „Im Moment nicht. Kann mir gerne Ihre Daten aufnehmen und Sie informieren, falls noch was Günstigeres reinkommt?"

Aber-Trinchen: „Aber bekommen wir dann nicht immer irgendwelche Werbung?"

Ich (nach Fassung ringend): „Nee, keine Sorge NUR Angebote für Ihren Wunschtermin."

Und dann war endlich Feierabend und eine lange Woche ging zu Ende! TGIF

Bis morgen!

Tag 154: Geld ist Geld ist Geld

Heute dann meine erste Großherzogstumair-Experience. Bei dichtem Nebel ging es nach Hamburg und das in der Propellermaschine. Als Reiseexperte sollte ich den richtigen Begriff kennen, also schnell mal gegoogelt: eine Bombardier Dash 8Q-400. Ging ab wie ein Zäpfchen das Teil, hat nur ein bisschen arg geruckelt die Gute. Im Gegensatz zu Kranich Airlines wurde ich nicht mit meinem Snack beworfen, sondern durfte mich entscheiden zwischen Schokocroissant und ungefülltem Croissant. Alles sehr „nonchalant". Auch die Durchsagen in einer mir unbekannten Sprache waren sehr putzig. Meine Mitarbeiterin kämpfte derweil im Büro mit den Kunden aus Osteuropa am Telefon ein Reiseveranstalter hat als kleine Werbemaßnahme eine Sonnenschablone per Post geschickt, damit man den Kakao auf dem Milchschaum gestalten kann. Angehängt war ein 30-Euro-Gutschein.

Kundin: „Auf dem Gutschein steht drauf: ‚Mit dieser Sonne können Sie Ihren Cappuccino verfeinern.' Was hat das zu sagen? Was kann man da machen?"

Kollegin (nach längerem Nachdenken): „Ach sooooooo! Sie können eine Sonne mit dem Kakao auf den Schaum Ihres Cappuccinos machen ..."

Kundin: „Ach so. Aber der Gutschein gilt noch?"

Tja, Geld ist immer noch das beste Geschenk. Ich genieße jetzt Pfingsten. Der kleine November möchte übrigens gerne aus dem Mai abgeholt werden.

Bis morgen!

Tag 155: Mein Name ist ...?

Zurück im Sattel nach dem langen Wochenende. Und mal wieder das Übliche bei USA-Flügen. Kundin hat am Samstag gebucht und stellt dann heute fest: Mist! Ich habe mich ja scheiden lassen und nächste Woche kommt der neue Reisepass. Und ich heiße dann ganz anders. Und dann das Highlight: Durften dank kulanter Airline kostenlos stornieren und konnten neuen Flug reservieren mit dem Scheidungsnamen. Da waren wir mal überrascht. Kurze Zeit später dann allerdings der Anruf der Kundin. Sie hätte dann im alten Pass noch ihre drei weiteren Vornamen entdeckt. So was aber auch. Und weil der alte Familienname viel kürzer ist als der Neue und der neue Reisepass erst nächste Woche kommt war gar nicht klar, wie viele der Vornamen überhaupt noch in den maschinenlesbaren Teil des Passes reinpassen (das Buchstabenungetüm „des Passes reinpassen“ geht auch nur in der seltsamen deutschen Sprache). Und genau diesen Namen braucht man bekanntlich zur Buchung, wenn man nicht von einem düster dreinblickenden Homeland-Security Mitarbeiter am Zoll in den USA verhört werden möchte. Ist schon schlimm, wenn die Kunden auch nach dreimaligem Mantra „Bitte geben Sie uns die Namen zur Buchung so durch, wie sie im maschinenlesbaren Teil ihres Reisepasses stehen. Den maschinenlesbaren Teil finden sie ganz unten, unter ihrem Foto.“ Und wenn sie nicht gestorben sind, dann erklären sie noch heute. Kam dann irgendwann zu einem zufriedenstellenden Ende.

Mein Kunde am Telefon hatte für Mallorca dann nur einen Wunsch.

Kunde: „Alles nur keine Bettwanzen!“

In diesem Sinne. Bis morgen!

Tag 156: Die Sache mit der Glaskugel

Hoch motiviert heute in den Tag gestartet. Nach Hause gegangen mit der Erkenntnis, dass Motivation bei einem selbst nicht viel bringt, wenn die Kundschaft unmotiviert ist. In der Mittagspause dann der Frust: In allen anderen Reisebüros war viel los. Aber warum nicht bei uns? Treffen wir nicht den Nerv unserer Kunden? Oder haben wir die falschen Antworten auf die heutigen Fragen?

Kunde: „Das Angebot von gestern … ist das morgen noch buchbar?“

oder …

Kunde: „Das Angebot wie lange ist das noch verfügbar?"

oder ...

Kunde: „Was ist besser? Jetzt buchen oder in fünf Wochen?"

Und wenn man diese Fragen auch noch so freundlich beantwortet mit Phrasen bei denen mir selbst übel wird, so hört man nur ein.

Kunde: „Na, ich meine so erfahrungsgemäß?"

Als wäre es nicht schwer genug. Nein, ein frustrierter Kunde, der bei der Konkurrenz ein Angebot nicht so präsentiert bekam, wie er sich das gewünscht hat, trifft auf meine immer-freundliche Mitarbeiterin.

Kunde: „Das Angebot von Dubai aus dem anderen Reisebüro müssen Sie doch auch haben?"

Kollegin: „Welches Angebot war das denn bzw. wissen Sie den Preis noch?"

Kunde: „Ich verstehe die ganzen Fragen nicht. Man hat mir gesagt Sie hätten das Angebot auch?"

Kollegin: „Ich suche Ihnen gerne die günstigste Variante raus in Dubai. Kein Problem."

Kunde (sehr gereizt): „Es kann doch nicht so schwer sein mir DAS Angebot zu nennen. Ich will nicht irgendeins ..."

Mir wurde dann klar, warum er mit dem anderen Reisebüro nicht ins Geschäft kam. Der hilflose Blick meiner Mitarbeiterin sorgte dann für ein Eingreifen meinerseits.

Ich: „Tschuldigung. Wir helfen gerne. Aber Sie müssten uns schon sagen, um was es sich konkret handelt. Wir wissen nicht, was ein anderes Reisebüro für Angebote aushängen hat."

Kunde: „Wenn Sie das überfordert, dann bin ich hier falsch."

Sprach es und verschwand.

Bis morgen!

Tag 157: Freiheit

Alle Mitarbeiter wieder da und heute freier Tag. Bin ich gar nicht mehr gewohnt. Dann auch noch zu Hause und nicht in Hamburg. Just don't know what do with myself. Also wurde das Bad geputzt. Freundlicherweise hat mich, während ich so am Schrubben war, eine meiner Mitarbeiterinnen angerufen und mir voller Freude mitgeteilt, dass sie gerade eine große Buchung vom Vortag auf meine Kennung eingebucht hat. Fand ich sehr toll – sie hat in den letzten Wochen das fehlende Buchungstalent miterleben müssen und wohl solches Mitleid empfunden, dass sie mich aus der Ferne glücklich machen wollte. An Frühsommertagen wie diesem, bei denen die Temperaturen unter 10 Grad liegen, kann so einiges passieren. Das ist was in der Luft. So stürzte während einer Beratung das EC-Cash-Gerät um, blieb am Telefon hängen, drückte irgendwie die Kurzwahltaste mit meiner Nummer und brachte mich live auf dem Lautsprecher ins Büro, während ich gerade Geschnetzeltes an der Fleischtheke bestellte. Mein freundlicher Hinweis an meine Mitarbeiterin, dass sie mich angerufen hat und nicht ich sie, wie sie irrtümlich vermutete, wurde erst mal gekonnt mit „wir haben gerade Kunden, wir melden uns später" erstickt.

Morgen soll das Wetter so bleiben. Bin gespannt was passiert ...

Bis dahin!

Tag 158: Dicke Hose

Nach längerer Durststrecke ist das Mojo zurück. Wie die meisten Dinge im Leben kehrt es zurück, wenn man nicht damit rechnet. Meine Mitarbeiterin hatte ihren Lauf aber verloren und wurde zunächst von zwei jungen Männern mit Migrationshintergrund ziemlich lässig angesprochen.

Typ 1: „Ey, wir suchen Spanien. Weißt du?"

Kollegin: „Okay, wo in Spanien?"

Typ 2: „So Ibiza!"

Kollegin: „Okay und für wann?"

Typ 1: „So August?"

Freundlich und engagiert meine Mitarbeiterin. Nicht viele Worte. Mehr hätten die beiden auch nicht verstanden.

Kollegin: „Soll Partyurlaub werden?"

Typ 2: „Jo Mann, so all inclusive. Ist das dann 5 Sterne?"

Ok, das war dann der Moment, wo ich leicht zu lachen anfing und wusste über was ich in meinem Blog berichten würde.

Kollegin: „Ich schaue einfach mal, was am Günstigsten ist."

Während der Suche unterhalten sich die beiden Supercoolen.

Typ 1: „Ey, wie viel Geld hast du?"

Typ 2: „Ey, ist doch egal. Ist für meine Freundin ey. Ich lieb meine Frau. Nicht wie du!"

Typ 1: „Ey, voll gar nicht!"

Kollegin: „So, das günstigste Angebot wäre 1399 Euro pro Person!"

Typ 2: „Ey, voll günstig!"

Kollegin: „?"

Typ 1: „Ey, Alter. Saugeil!"

Kollegin: „Na, sollen wir gleich zuschlagen?"

Typ 1 (stammelt): „Ey, ich … also nee. Isch …"

Kollegin: „Ich drucke das mal aus und ihr könnt euch das mal überlegen."

Typ 2: „Konkret!"

Und ich gehe davon aus man wird sie nie wieder sehen.

Bis morgen!

Tag 159 + 160: „Einfaches" Parken

Nach wie vor ist immer noch nicht das im Büro los, was die Jahreszeit hergeben sollte. Erfreulicherweise ist meine persönliche Buchungsflaute vorüber und gemeinsam haben meine Mitarbeiterin und ich dann irgendwie unsere Tagesvorgabe geschafft. Also auf nach Frankfurt, denn Hamburg wartet. Aufgrund von Ferienstart in Baden-Württemberg und Bayern wurde es langsam eng auf dem Parkplatzmarkt, weshalb ich dazu „gezwungen" war einen Neuen auszuprobieren. Erfreulicherweise lag dieser eher auf dem Weg, man musste also nicht erst am Flughafen vorbeifahren, um dann mit dem Shuttlebus zurück zu gurken. In Rüsselsheim stand ich dann allerdings vor verschlossenen Türen, da ich auch viel zu früh dran war. Der Shuttle fuhr tatsächlich nur zur vereinbarten Zeit. Macht nix. Kann bekanntlich so viel reden, wie ich schreiben kann, also musste das Telefon herhalten. Endlich dann der „Shuttlebus" – ein komplett verbeulter uralter Mercedes Sprinter mit einem sehr freundlichen und gut gelaunten türkischen Fahrer, der einen mit Handschlag begrüßte, was ich etwas sehr überschwänglich fand. Egal, er klapperte dann mich und ein

Pärchen an den zehn Minuten entfernten Flughafen, nicht ohne mich zuvor darauf hinzuweisen, dass ich gerne vorne bei ihm Platz nehmen dürfe. Naja, was soll's. War ja klar, dass er mich zutexten würde. Aus Izmir käme er und würde bald für fünf Wochen mit dem Auto „da runter fahren". Über 3000 Kilometer, 35 Stunden Fahrt. Gähn! Und unvorbereitet war er auch noch. Das Ehepärchen flog mit Heaven Airlines und einem fragwürdigen Reiseveranstalter nach Antalya und unsere Fahrergranate wusste nicht ab welchem Terminal. Aber wozu hat man denn einen Reisekaufmann mit an Bord, der so etwas auswendig weiß.

Aber ist klar: Ich verlange mal wieder zu viel Selbstständigkeit.

Schönes Wochenende!

Bis Montag

Tag 161: Frankfurt (Hahn?)

Ja, da haben wir es. Am Samstag hatte ich noch gejammert wegen Selbstständigkeit und so weiter. Und jetzt hatten wir flexible Kunden, die sogar dazu bereit waren ab Frankfurt zu fliegen. Freiwillig! Das muss man sich mal vorstellen. Und dann das! Knapp 90 Minuten vor dem Abflug der Anruf ...

Kunde: „Wir sind am falschen Flughafen! Sie müssen Bescheid sagen, dass wir später kommen!"

Ich: „Bitte? Wieso am falschen Flughafen?"

Kunden: „Wir sind in Frankfurt-Hahn. Wir brauchen noch mindestens eine Stunde! Mindestens!!!!"

Ich: „Aber was machen Sie denn in Frankfurt-Hahn?"

Kunden: „Na, das Navi hat uns so geführt. Außerdem hätten Sie das mal besser erklären können!"

Ja, da war er wieder dieser Moment. Dieser Moment, wo ich langsam bis drei zählen musste. Aber nee, der Kunde ist verärgert. Ich bin dann halt Schuld. Kein Problem.

Ich: „Nicht böse sein. Aber wenn der Abflug ab Frankfurt ist, das Ticket ab Frankfurt ist, auf dem Ticket Frankfurt steht, sehe ich mich nicht in der Pflicht Ihnen zu erklären, dass Sie nicht ab Hahn fliegen. Ich rufe gerne bei der Fluggesellschaft an und frage, wie lange der Schalter geöffnet ist, aber aufhalten kann ich die Maschine leider auch nicht."

Kunde: „Melden Sie sich dann?"

Ich: „Natürlich. Sofort!"

Große Freude, bis wir endlich durchgestellt waren. Es wurde sich sogar dazu bereit erklärt den Schalter 15 Minuten länger offen zu halten. Es geschehen doch noch Wunder. Laut Navigationsgerät sind die Kunden rechtzeitig da. Halleluja! Dann der Anruf.

Kunde: „Wir sind 4 Kilometer vorm Flughafen und stehen im Stau ..."

Die beiden haben dann Ihren Flug verpasst und waren plötzlich ganz kleinlaut. Sind am nächsten Tag geflogen.

Bis denn!

Tag 162: Das Ende der Langeweile

Landung in Frankfurt. Ich bin vom Parken außerhalb des Terminals ab heute kein Fan mehr.

Nach über einer Stunde Wartezeit konnte ich dann endlich zurückdüsen. Mit „stressfreies Parken" wird geworben. Ja, genau! Wenn stressfrei bedeutet, dass man viel Zeit einplanen muss, dann stimmt das. Meine Mitarbeiterin erwartete mich auch schon sehnsüchtig, da sich die Kunden bei 9 Grad Außentemperatur dann doch noch in Scharen überlegt haben vorbeizuschauen. Endlich!

Heute eine bunte Mischung. Neben zahlreichen geknödelten Sri Lanka-Anfragen hatten wir einmal die Kundin, die ständig für „zwei Portionen" statt „Personen" gesagt hat. War kurz davor noch Extras wie Sahne oder Streusel anzubieten. Aber besser nicht reizen. Und dann die Kundin, die mich am Ende der Beratung gefragt hat „ob sie denn noch eine wichtige Frage vergessen hätte zu stellen". Ähm? Ich? Hellseher?

Kurz vorm bitteren Ende dann ein Anruf aus Gran Canaria. Eine nette Stammkundin hat sich mit der Mietwagengesellschaft so gestritten, dass diese sie vor die Tür gesetzt hat und die Herausgabe des Wagens verweigerte. Sie wollte die vereinbarte Kaution nicht mit ihrer Kreditkarte hinterlegen. Morgen kann ich dann mal gucken, wie ich das geklärt bekomme.

Bleiben Sie dran!

Tag 163: Verzweiflungstaten

163 Tage sind vorüber und es ist fast Juni. Aber das Wetter, das Wetter. Alle der Verzweiflung nah. Meine Kollegin hatte eine Anfrage für China, „aber nur mit All inclusive". Wir machen das Unmögliche möglich. Ich hatte derweil vier junge Typen auf der Suche nach Sonne und Party, die noch unbedingt über den Brückentag weg wollten. Der Abflughafen war am Ende so weit entfernt, dass es sich fast gelohnt hätte mit dem Auto nach Barcelona zu fahren

und mit der Fähre nach Mallorca überzusetzen. Aber des Menschen Willen ist sein Himmelreich. Am Ende waren auch die letzten Plätze gebucht. Inzwischen habe ich es mir angewöhnt meine Ballermann-Kunden jeweils mit „Kleiner Feigling“ oder „Apfelkorn“ für meine Angebote zu „erwärmen“ oder sie andernfalls auf den bevorstehenden Urlaub einzustimmen. Ist immer wie eine große Party im Büro, wenn ich die Fläschlein auf den Tisch stelle. Zukünftig vielleicht noch musikalische Untermalung? „Finger im Po, Mexiko!“

Bekomme sicherlich Probleme mit der GEMA ...

Bis Freitag!

Tag 164: Fragen mit Aggressionspotenzial

Der Tag nach einem Feiertag ist irgendwie wie ein zweiter Montag. Fragen und Buchungswünsche haben sich angestaut und der Dauerregen in Südwestdeutschland hat dann den Knoten platzen lassen. Alle willig und sonnenhungrig. Aber auch ein bisschen aggressiv.

Kundin: „Draußen das Angebot für 999 Euro für die ganze Familie ist das noch gültig?“

Ich: „Ja, ist es, aber das gilt leider, leider nicht für die Sommerferien, sondern für jetzt.“

Kundin (sehr gereizt): „Als Familie mit Kindern ist man immer benachteiligt!“

Kann ja nix dafür, wenn man sich so was anschafft, oder? Aber habe die Kundin brav beruhigt und realistische Angebote rausgesucht. Dafür sind wir ja schließlich da.

Weiterer Kampf, den ich täglich führe, heute aber irgendwie mit jedem Kunden:

Ich: „Von wann bis wann könnten Sie denn verreisen?“

Kunde: „Ab dem 11. Juli für zwei Wochen."

Ich: „Also nur vom 11. Juli bis 25. Juli oder haben Sie auch länger Zeit?"

Kunde: „Auch länger."

Ich: „Okay. Und wie lange ginge es noch?"

Kunde: „Na, 2 Wochen!"

Ich: „Das habe ich ja verstanden. Aber wann müssen Sie denn spätestens zurück sein?"

Kunde: „Na, nach 2 Wochen?"

Ich (langsam verzweifelt): „Können Sie auch bis zum 28. Juli?"

Kunde: „Ja, das geht natürlich auch."

Natürlich! Aber warum kann man das nicht gleich sagen?

Bis morgen!

Tag 165: Sonderwünsche

Man bekommt nicht immer, was man will. Kürzlich im Flugzeug wollte die nette Flugbegleiterin von einer Dame die vor mir saß wissen, was sie gerne trinken möchte. „Einen Cappuccino", gab es als Antwort. Freundlich wurde erklärt, dass man „leider nur Kaffee" anbieten könne, da das Flugzeug nicht über einen Kaffeevollautomaten verfüge. Aber versuchen kann man es ja mal.

Ich hatte heute Morgen bereits um 6 Uhr die Äugelein offen und keine Ahnung, warum ich nach fünf Stunden Schlaf schon so wach war. Mir blieb dann noch genügend Zeit um ein paar doofe Viecher in „Angry birds" abzuknallen. Und dann saß ich auch schon viel zu früh im Büro, hatte alles aufgefüllt und auch 20 Minuten vor den regulären Öffnungszeiten die Tür offen. Und niemand kam. Das war ja klar. Irgendwann kam die Sonne zum Vorschein und die Kunden auch. Alle mit einem gewissen Widerwillen.

Kunde: „Wir möchten uns nur mal vorab informieren!"

Wenn man so etwas vorhat, dann sollte man es vermeiden den Verkäufer auch noch drauf hinzuweisen. Interessanterweise hatte ich bei meinen unwilligen Kunden heute Erfolg, bei den willigen irgendwie nicht. Der Teufel ist halt ein Eichhörnchen.

Meine Mitarbeiterin wurde dann zum Ende wieder mit einer interessanten Anfrage beauftragt.

Kundin: „Gucken Sie mal in Ihr Terminal!"

Kollegin: „Okay. Und was darf es sein?"

Kundin: „Eine Rundreise!"

Kollegin: „Okay. Und wann und wohin?"

Kundin: „Durch Europa!"

Kollegin: „Gut. Und wohin genau?"

Kundin: „Rumänien!"

TransylvaniaTravel haben wir leider nicht im Programm. Aber wer weiß. Vielleicht kommt das noch Wie gesagt: Man bekommt nicht immer was man will.

Bis dahin!

Tag 166 + 167: Irgendwas ist immer ...

Es ist Wochenende, nicht viel los und da traf es sich gut, dass mir meine Mitarbeiterin bereits gestern eine schöne Geschichte einer Kundin erzählt hat.

Kollegin: „Hallo Frau Meyer. Na? Wie hat Ihnen Ihr Urlaub auf Fuerteventura gefallen?"

Kundin: „Ja, war schön. Aber der Sand am Strand war einfach zu sandig?"

Kollegin: „Zu sandig?“

Kundin: „Ja. Da war einfach zu viel Sand am Strand!“

Kollegin: „Zu viel Sand?“

Kundin: „Ja Frau XYZ. Eindeutig. So etwas kenne ich nicht. Wenn da der Wind ging – und der geht ja sehr viel auf Fuerteventura – dann war das wie Glassplitter auf der Haut. Eindeutig zu viel Sand!“

Kollegin: „?!“

Menschen sind seltsam und man kann es fast niemandem recht macht. Der Strand zu sandig, die Sonne zu hell, die Betten zu bequem. Irgendwas ist immer.

Ich persönlich finde es immer sehr schön, wenn meine Kunden sobald ich den Hotelchecker geöffnet habe und sie mit dem Hirschkopf den Button „Bilder“ entdeckt haben, ich meist zu hören bekomme:

Kunde: „Können Sie mal noch auf Bilder klicken?“

Sehr selten komme ich diesem Wunsch nach, denn was sich unter diesem Button verbirgt. Herrje sage ich da nur ...

Ich: „Sie wissen schon, dass Sie da jetzt auch Kloschüsseln, Risse in der Wand und Spinnweben in den Lampenschirmen sehen werden?“

Kunde: „Ach?“

Ich: „Kann durchaus passieren.“

Kloschüsseln gibt es nämlich auch im Hotel. Mir persönlich ist es schleierhaft wie man seine Urlaubszeit damit verbringen kann diese zu fotografieren geschweige denn danach auch noch online zu stellen, aber es scheint ein verbreitetes Hobby zu sein. Was den Rest angeht: Man will natürlich im Urlaub nicht schlechter leben als zu Hause. Aber mal ehrlich: Wer isst denn in seiner Küche schon vom Boden?

Bis dann!

Tag 168: Erinnerungen im Halbschlaf

Morgens, 4.30 Uhr in Hamburg. Heute der allererste Flug, da alle anderen sündhaft teuer waren oder terminlich kollidierten. Im Halbschlaf bei Kranich Airlines dann eine Erinnerung.

An verregneten Tagen kann es passieren, dass die seltsamsten Dinge geschehen. Mein damaliger Mitarbeiter und ich saßen auf unseren Plätzen und starrten die Tür an, mit der Gewissheit, dass auch beim Öffnen dieser Tür nur einer von uns kurzzeitig Beschäftigung finden würde. Solch düstere Novembertage mit doppelter Besetzung sind selten und man ist am Ende des Wartens müder, als nach 10 Stunden Dauerbeschallung in der Hauptsaison. Jedenfalls ging irgendwann die Tür auf und Ottfried Fischer stand vor uns, was mich einem gewissen Misstrauen erfüllte.

Ottfried Fischer (in allertiefstem Bayrisch): „Ei sagts a ma Jungs. Wo issn hier der Hauptbahnhof?"

Ich: „Öhm. Ungefähr 1,5 Kilometer geradeaus, da stoßen Sie sofort drauf."

Ottfried Fischer: „Super. Danke euch."

Sprach's und verschwand.

Kollegen: „War das Ottfried Fischer?"

Ich: „Ähmmh ja?"

Kollege: „Sachen gibt's ..."

Ich: „Seltsamer Tag ..."

Und danach fielen wir wieder in den Novemberschlaf. Nicht mal Spesen sind gewesen. Ottfried Fischer war übrigens keine Fata Morgana, sondern befand sich zu Dreharbeiten in der Stadt.

Bis bald!

Tag 169: Ich will, ich will, ich will!

Nachdem meine Kollegin gestern völlig verzweifelt war und der riesigen Menge an Kundenanfragen kaum Herr wurde, war ich heute auf das Schlimmste gefasst. Mit meiner neuen Mitarbeiterin saß ich pünktlich im Büro und hatte noch allerlei Altlasten vom Vortag zu erledigen. Am Ende wurde es eine einzige traurige Buchung nach Griechenland um 18.58 Uhr. Und der komplette Tag wurde zur geistigen Müllhalde.

Kunde: „Ich sehe gerade. Die Adresse auf unseren Tickets ist falsch."

Ich: „Tatsächlich? Das ist nicht schlimm. Ich ändere das im System ab, damit das nicht noch mal vorkommt."

Kunde: „Aber was ist, wenn die das am Flughafen kontrollieren?"

Ich: „Das wird nicht kontrolliert. Die schauen nur nach Ihrem Namen."

Kunde: „Aber was wenn doch?"

Ich: „Keine Sorge. Das wird nicht kontrolliert. Nur der Name ist wichtig."

Kunde: „Ich glaube ich hätte gerne ein neues Ticket."

Ich: „Tut mir leid. Ich kann Ihnen die Unterlagen nicht neu drucken. Wenn der Name falsch wäre, dann müsste ich. Aber so geht das nicht."

Kunde: „Ich will das aber so."

Tja, sind halt nicht bei wünsch dir was, sondern bei so isses. Und weiter geht es.

Kundin: „Ich hätte gerne ein Meerblickzimmer. Ohne Aufpreis!"

Ich: „Ich habe schon nachgeschaut. Sind leider nicht mehr verfügbar. Sie könnten es vor Ort an der Rezeption versuchen. Aber ich denke nicht, dass es die umsonst geben wird."

Kundin: „20 Euro in der Woche sind okay."

Ich: „Das glaube ich nicht, dass das so günstig ist. Aber ich frage gerne im Hotel nach, was es kostet."

Kundin: „Mehr will ich nicht bezahlen."

Nichts ist umsonst. Nicht mal der Tod ...

Bis morgen!

Tag 170: Besuchen Sie dieses Jahr Ihre Steuergelder im Urlaub, z. B. in Griechenland!

Heute habe ich mal alle Angebote im Schaufenster, auf dem Stopper und im Büro ausgetauscht. Insgesamt 29 Plätze sind zu besetzen und es war gar nicht so leicht, bei allem, was da aktuell auf einen einprasselt.

Kunde: „Costa Kreuzfahrten. Nee, die gehen doch immer unter ..."

Atmen! Atmen! Nicht alle Schiffe von Costa Kreuzfahrten gehen unter!!!

Kunde: „Nee, keine Türkei. Da ist Krieg."

Gut, sind zwar „nur" Demonstrationen, aber das ist ja im Prinzip das Gleiche. Wer achtet schon auf Feinheiten?

Ich: „Die Urlaubsregionen sind aber von den Demonstrationen nicht betroffen ..."

Kundin: „Ich will aber nicht nur am Strand liegen, sondern mir die Hauptstadt Istanbul anschauen."

Ich: „Istanbul ist aber leider rund 800 km von den Ferienorten an der türkischen Riviera entfernt, da kann man keinen Ausflug machen ..."

Kundin: „Das ist ja dann wohl unsere Sache!"

Dass Istanbul nicht die Hauptstadt der Türkei ist – das habe ich mir dann einfach mal erspart. Ist meine Sache. So!

Kunde: „Nee, Tunesien und Ägypten kommen nicht infrage. Wegen den Unruhen. Und kein Griechenland. Die wollen die Deutschen ja nicht. Und die haben schon genug Geld bekommen. Und kein Mallorca, wegen Ballermann und so. Und auch kein Türkei. Habe hier schon genug Türkei. Das will ich nicht auch noch im Urlaub. Und Zypern nicht. Die sind pleite. Hätte gerne was Schönes mit Alles Inklusive. Habe so an Madeira gedacht. Aber maximal 400 Euro pro Person."

Is klar?

Aktuell dann auch keine Städtereisen, man könnte in Dresden, Prag oder sonst wo flussaufwärts gerissen werden und am Ende in Griechenland, der Türkei oder in Ägypten angespült werden. Nach einer guten Stunde war ich dann endlich fertig mit dem Bestücken meiner Angebotsplätze und stolz, dass ich was finden konnte. Keine drei Minuten später höre ich ein Ehepaar vor der Tür, das sich über den Angebots-Stopper auslässt.

Frau: „Gerd, guck mal. Mallorca. 550 Euro für 10 Tage mit Halbpension im Juli. Das ist echt teuer dieses Jahr."

Ich lass morgen zu! Ihr auch?

Bis dahin!

Tag 171: Abu-Dhabi-Doo

Dieses Jahr hatte ich richtiges Glück. Viele glauben ja, dass man als Reiseverkäufer nix anderes macht als in der Welt rumzujetten. Für lau natürlich. In so manchem Vorstellungsgespräch habe ich dann schon die Illusion zerstört, dass man ständig auf Firmenkosten Hotels anschaut. Ist aber leider nicht so. Privat bin ich selbst häufig unterwegs – heute ging es aber auf eine ganz luxuriöse Geschäftsreise in die Vereinigten Arabische Emirate. Inforeise wird das im Fachjargon genannt. Abudhabi-Airways brachte mich nach Abu Dhabi. Wer Sex and the City 2 gesehen hat, der weiß, dass es sich tatsächlich sehr exotisch anhört, wenn man die Sicherheitshinweise auf Arabisch herunter gebetet bekommt. Alles ist irgendwie edler, selbst die Buchungsklasse heißt nicht Economy, sondern „Koralle". Richtiges Besteck, richtige Kopfhörer, richtige Getränke. Es gab sogar Cappuccino. Ein Wunder wie jeder weiß, der den Blog von letzter Woche gelesen hat. Nur an der Auslastung muss gearbeitet werden, aber ich denke das ist dem Scheich egal, dem die Fluggesellschaft gehört. Glaube allerdings nicht, dass man auf 4 Sitzen quer liegen sollte, so platztechnisch. Aber macht ja nix. Für einen Nachtflug kann man das schon mal haben.

Bis morgen bei Scheherazade und 1001 Nacht!

Tag 172: Weniger ist mehr!

So eine richtige Inforeise ist das hier nicht. Gut, wir gucken uns Hotels an, aber eigentlich lassen wir uns luxuriös durch die Gegend fahren und fliegen. Das Wasserflugzeug war eine Erfahrung, die ich dann noch nicht hatte. Ruckelnd flogen wir von Abu Dhabi nach Dubai, umkreisten den Burj al Arab und landeten sehr sanft auf der Wasseroberfläche. Der Flug an sich bedeute blanke Panik. Der neuseeländische Pilot hielt sich auch betont kurz und bündig bei seiner Ansprache.

Pilot: „You find water and your safety instructions in the seat in front of you!"

Punkt! Die Information, dass ich Wasser in dem Sitz vor mir finden sollte, erfüllte mich mit Angst und Schrecken, bis ich erkannte, dass es die Bordverpflegung sein sollte und nicht ein Leck im Flugzeug. Danach ging es zum Burj Khalifa, wo sehr viele doofe Chinesen, sehr viele doofe Fotos machten und sehr viele doofe Sachen kauften. Zum Beispiel einen Burj Khalifa-Brieföffner. Der Eingang zum Turm befindet sich in einem der größten Einkaufszentren der Welt, der „Mall of Dubai", aus der man unter Umständen nicht mehr herausfindet, wenn man nicht in der Lage ist Pläne zu lesen oder sich an den vielen rumstehenden Frauen in Burka zu orientieren. Am Ende fand ich gar nichts. Weniger ist eben manchmal mehr!

Bis morgen!

Tag 173 + 174: Von Burka und Abaya

Ganz schön blöde, wenn uns ein Hotelier in Abu Dhabi seine etwas in die Jahre gekommene Bude als letztes zeigen muss. Da wir schon allen neuen, modernen Luxus gesehen haben, den die Arabischen Emirate hergeben, konnte ich über sein „The rooms are very big" nur müde lächeln. War eine Sardinenbüchse im Vergleich zu meinem Hotelzimmer. Weiß gar nicht, ob ich mich überhaupt noch in meiner Wohnung zu Hause zurechtfinden werde. Ansonsten: Burkas, wohin das Auge reicht. Der Vorteil ist, dass man nach einer Scheidung definitiv das Foto auf dem Schreibtisch nicht austauschen muss. Man sieht ja eh keinen Unterschied. Nur ein schwarzer Fleck mit bösen Augen. Der Besuch der Schaich-Zayid-Moschee glich dann auch einem Affenzirkus, da die Damen auf unserer Reise allesamt im Abaya verhüllt auflaufen mussten. Im Bus mussten sich die Mädels umziehen und durfte diesen auch nicht ohne bedeckten Kopf und bedecktes Bein verlassen. So ein Unterschenkel kann den Araber schon mal in Wallung bringen. Habe ich erwähnt, dass der Fummel schwarz ist und es draußen 40 Grad waren? Warum die Araber allerdings im wesentlich angenehmeren, weißen Umhang durch die Gegend flanieren dürfen, ist ein muslimisches Rätsel. Unterwäsche tragen sie auch nicht drunter – Freihänger nennt man das wohl. Am Ende standen wir dann vor der Moschee. Der Taj Mahal ist ein Scheiß dagegen. Drinnen war alles auf 16 Grad klimatisiert. Und die Tiefgarage unter der Moschee beherbergt fast so viele Autos wie die des Olympiastadions in München. Verrückt diese Emirs. Wer sich schon immer gefragt hat, wie man mit einer Burka isst? Der Vorhang vorm Gesicht wird für jeden Bissen angehoben. So wird es was mit der nächsten Diät.

Mahlzeit!

Tag 175: Back to reality

Zurück in der Realität. Die Geschichte von Abu Dhabi und Dubai ist eine Geschichte voller Missverständnisse. Werde beide Ziele zukünftig weitaus häufiger verkaufen. Abgefahrener Scheiß sag ich nur. Die spinnen die Araber. Meine Mitarbeiterinnen hatten mir inzwischen von ihren Erlebnissen berichtet.

Kundin: „Hallo! Können Sie mir eine Bankverbindung in Italien heraussuchen? Ich habe einen Mietwagen bei

Ihnen gebucht und vor Ort einen Strafzettel bekommen. Auf diesem Beleg steht aber nicht drauf, wohin ich überweisen soll!“

Kollegin: „Öhm?“

Freue mich auf meinen ersten Kunden morgen früh. Ob ich mir wohl heute noch einen Cappuccino mit Goldsplittern gönne? ;-)

Bis dann!

Tag 176: Rooooooooobeeert

Kundin: „Das Angebot ist ja nicht so der Burner! Der Burner! So sagt man das heute doch, oder?“

Was hat Carmen Geiss da nur angerichtet? Die hat ein Wort eingeführt und das bekomme ich jetzt in aller Regelmäßigkeit um die Ohren geknallt. Leider war mein Angebot für das einfache und sehr hässliche Hotel in Cala Millor auf Mallorca nicht so der Hit (gerne durch ein absurdes Substantiv wie Burner, Kracher oder badisch „Schnäpple“ austauschbar), aber für die gewünschten 250 Euro pro Person konnte ich nicht mal einen Flug ohne Unterkunft finden.

Es ist mir sowieso ein Rätsel wie das dieses Jahr alles werden soll. Früher hatte man so die preisliche Sommer-Schmerzgrenze für eine Woche bei 400 Euro, realistisch wurde es bei 500 Euro und machbar bei 600 Euro. Aktuell starre ich in die Gesichter mit einer Mischung aus Spott und Genervtheit, wenn ich ständig erklären muss „dass es kein Angebot für 300 Euro in der Hauptsaison gibt, schon gar nicht für 3 Sterne und Halbpension“. Dennoch ist erstaunlich, welche Hotels ich dieses Jahr verkaufen muss. Die Betonung liegt auf MUSS, da mich die Kunden praktisch dazu zwingen. Entweder zu Hause bleiben, nix verkaufen oder auf die Zähne beißen, Augen zu und durch. Ich persönlich denke, dass selbst die Sklaven im 19. Jahrhundert, die sich mit 20 anderen Personen und allerlei Nutztieren ein Juchte teilen mussten, von meinem 1* Hostal auf Mallorca mit Abscheu erfüllt wären.

Bis morgen!

Tag 177: Nackte Tatsachen

Der Tag begann mit einer Reklamation. Das sehr gut bewertete Hotel in Tunesien hat dem sehr jungen Kunden nicht zugesagt. Eindeutig zu viel UNTERSCHICHTEN-TV geschaut. Die Handyfotos ließen mich irgendwie kalt. Ein Riss über der Garderobentür, ein paar Haare im Ausguss und dann das Drama mit den Pooltüchern.

Kunde: „Wir sind vom Strand zurückgekommen und wollten um 17 Uhr neue Pooltücher und dann war da geschlossen und wir mussten Handtücher an der Rezeption holen. Ich bin Kunde da! Voll unverschämt und so!"

Ich: „War das Ihre erste Urlaubsreise?"

Kunde: „Ja, wieso?"

Ich: „Nur so. Reines Interesse ..."

Frage natürlich nur, weil ich weiß, dass der Vergleich fehlt. Man hat halt nur den Vergleich, dass ein Urlauber bei UNTERSCHICHTEN-TV, der für 300 Euro für 14 Tage Lloret de Mar gebucht hat, aus seiner Hölle gerettet wird. Jedenfalls wurden mir auf dem Smartphone alle Fotos gezeigt. Und das noch und das noch und das noch. Huch!

Kundin: „Mach das Foto weg!"

Kunde: „Ach, sorry!"

Tja, war dann ein Nacktfoto von der guten Dame dazwischen. Nicht genug danach folgten noch ein paar gemeinsame Aufnahmen in sehr eindeutigen Posen. Ich schaute dann mal etwas beschämt zur Seite.

Ich: „Sagen Sie mir einfach, wenn ich wieder gucken kann, ja?“

Kunde: „Öhm.“

Auch so kann man eine Reklamation entkräften.

Bis morgen!

Tag 178: Schlaflos

Schlaflose Nächte sind selten bei mir. Aber heute hatte ich einen Notfalltermin beim Zahnarzt. Eine Wurzel sollte dran glauben. Weder geschlafen, noch gegessen, da blanke Panik. Die nette Ärztin hat mir dann auch die starke Spritze verpasst, was zu Kreislaufproblemen und einer gewissen Benommenheit geführt hat. War super! Endlich konnte ich im Büro mal so toben, wie ich wollte. Alles war egal. Und dann flutschte das mit den Buchungen plötzlich. War auch dann öfter sehr ehrlich.

Ich: „Tut mir leid, wenn ich etwas verwaschen rede. Ich war gerade beim Zahnarzt. Bin noch betäubt.“

Kunde: „Oh je. Sie Armer!“

Ich: „Ja, ich bin echt eine arme Wurst. Sollen wir die Teneriffa Reise für 3.000 Euro gleich einbuchen?“

Kunde: „Ja, okay!“

Hat insgesamt dreimal geklappt. Na gut. Ganz so einfach war es nicht. Aber die Kombination „Betäubung“, „Wurzelbehandlung“ und „Zahnarzt“ hat bei einigen Fluchtreflexe mit sofortigem Buchungswunsch und alternativ Mitleid einsetzen lassen. Morgen muss ich wieder ohne auskommen. Dass im Grunde mit meinem Zahn nix war und nix wirklich gemacht wurde, habe ich natürlich für mich behalten.

Bis morgen!

Tag 179: Sonnenstich

Beim nächsten „flexiblen" Kunden gibt es was auf die Lippe!!!!

Kunde: „Hallo. Wir suchen Urlaub aber wissen noch nicht wohin!"

So weit, so gut. Das hebt mich noch nicht. Ist ja eine Standardanfrage im Sommer. Weniger Standard ist es jedoch, wenn die bockige 17-jährige Tochter dahintersteht, am Handy rumfummelt und offenbar das Zünglein an der Waage spielt.

Ich: „An was haben Sie denn so gedacht?"

Kundin (zur Tochter): „Jetzt sag mal, was du willst. Der Mann muss was eingeben ..."

Tochter (total genervt): „Boah, Griechenland war ich schon zehnmal."

Kundin: „Übersee wäre nicht schlecht!"

Ich: „Übersee? Geht es vielleicht etwas präziser?"

Kundin: „Dom Rep vielleicht. Kommt auf den Preis an ..."

Ich: „Was möchten Sie denn ausgeben?"

Kundin: „Maximal 900 Euro für die Woche."

Ich: „Oh, das wird nicht klappen. Was ginge denn sonst so?

Kundin: „Da sind wir offen ..."

Nach mehreren offenen Fragen, die jedes Mal mit einer Gegenfrage beantwortet wurden, war ich schon kurz davor die Contenance zu verlieren. Neue Angewohnheit: Kurz die Augen schließen, bis drei zählen und weitermachen.

Kundin: „Sagen Sie uns einfach mal was geht so an Zielen vom Flughafen."

Ich: „Teneriffa!"

Kundin: „Nee, da will ich nicht hin. Das gefällt mir nicht."

Ich: „Waren Sie schon dort?"

Kundin: „Nee!"

Ich: „Ah. Ok. Bulgarien?"

Kundin: „Nee, mag ich nicht."

Ich: „Türkei?"

Kundin: „Nee!"

Ich: „Rhodos? Kreta?"

Tochter: „Ich will kein Griechenland!"

Ich: „Okay. Wie wäre es mit Tunesien."

Kundin: „Nee, kein Tunesien. Nee!"

Ich: „So langsam gehen mir die Ziele aus ..."

Kundin: „Mallorca wäre gut. Da wollten wir eh hin."

Und die Moral von der Geschicht' – wer offen ist, ist nicht ganz dicht!

Tag 180 + 181: 36 Grad und es wird noch heißer

Die aktuelle Hitzewelle steigt zu Kopf. Wenig Schlaf bei den Kunden und auch bei mir sorgt für Gereiztheit. Mal wieder die Sri Lanka-Problematik. Dieses Mal gebürtige „Srilankeraner" mit deutschem Pass und dem dringenden Bedürfnis nach Colombo zu fliegen. Inzwischen habe ich es meinen Mitarbeitern sozusagen verboten das Visum für Sri Lanka auszufüllen, da das Visa-Programm über „Mastercard-Secure Code“ und „Veryfied by Visa“ läuft und die Kunden nie, nie, nie wissen, wie ihr Passwort lautet und man nach fünfzehn Minuten Eingabe am Ende ohne Visum und Nervenkostüm dasitzt. Zwecks Übersetzung wurde die minderjährige Tochter mitgeschleppt, die leider noch nicht Herrin der Lage war, als meine Mitarbeiterin mit Engelszungen erklärt hat, dass sie leider das Visum nicht beantragen kann, wenn sie das doofe Passwort nicht hat. Also musste ein Passwort her oder das Visum am Flughafen bei der Ankunft gekauft werden, was völlig unproblematisch ist. Dauert nur etwas länger.

Nein, das war den Damen nicht recht. Die netten Kollegen von der Bank haben dann die beiden Grazien nach einem Besuch wieder zu uns geschickt, mit dem Hinweis, dass alles funktionieren müsste. Tat es aber nicht. Mein inzwischen komplett geschwollener Hahnenkamm und ein nicht zu verleugnender Psychoblick brachten dann die Mutter-Tochter-Combo zum Wutausbruch:

Mutter: „Sie sind unfreundlicher Mann. Die Dame sein freundlich. Sie unfreundliche Mann. Müssen helfen mit Visum!!!!!“

Ich: „Das hat nichts mit unfreundlich zu tun. Wir haben Ihnen jetzt dreimal versucht das Visum zu erstellen und es funktioniert mit den Daten nicht. Bitte kaufen Sie sich das Visum am Flughafen.“

Mutter: „Unfreundlicher Mann!“

Die Tochter konnte nur debil grinsen. Hatte wohl schon einen Sonnenstich. Jedenfalls endet das Spektakel leider nicht erfreulich. Ab sofort gibt es bei mir im Büro kein Sri Lanka-Visum mehr. Ende Gelände!

Bis morgen!

Tag 182: Magic Monday …

Kairo brennt. Naja, zumindest so in der Art. Heute war also mal wieder Kunden trösten angesagt, die ihren Sommerurlaub im Land der Pharaonen diese Woche antreten möchten.

Kundin: „Haben Sie da mehr Informationen als im Fernsehen?“

Man beachte den Satzbau. Aber klar habe ich mehr Informationen als die Presse und das Auswärtige Amt. Die Informationen sind allerdings so brisant und brandheiß, dass ich sie leider nicht herausgeben kann. Ach nee, Scherz!

Ich: „Nein, tut mir leid. Leider bekomme ich nicht mehr Informationen als Sie auch. Aktuell ist die Lage in den Urlaubsgebieten allerdings ruhig. Unsere Agentur beobachtet dies.“

Kundin: „Wir haben Versicherung abgeschlossen. Kann man zurücktreten?“

Ich: „Die Versicherung greift in solchen Fällen nicht. Nur bei schwerer Krankheit, Schaden am Eigentum und so weiter.“

Kundin: „Ach so … na dann mach ich Krankenschein!“

Ich: „Äh.“

Versicherungsbetrug, Versicherungsbetrug. Alle Sirenen heulen auf. Aber schauen wir mal, falls ein Arzt gefunden wird, kann man ja immer noch eingreifen.

Am Montag ist eh immer alles schwierig – auch am Telefon …

Kundin: „Bin ich am Flughafen?“

Ich: „Wo haben Sie denn angerufen?“

Kundin: „Reisebüro XYZ!“

Ich: „Richtig. Da sind Sie auch."

Kundin: „Ach so!"

So einfach ist das!

Tag 183: Neue Vorgehensweise

Aktuell laufen die Beratungen so ab...

Kunde: „Hallo, ich will die nächsten Tage weg. Zum Ferienstart. Ganz kurzfristig. Ganz günstig. Was haben Sie da?"

Ich: „Da habe ich das ... das ... und das ... Super Preise. Sollen wir gleich zuschlagen?"

Kunde: „Nee, da muss ich erst mal noch drüber nachdenken."

Heute habe ich dann beschlossen das mal anders aufzuziehen ...

Kunde: „Hallo, ich will die nächsten Tage weg. Zum Ferienstart. Ganz kurzfristig. Ganz günstig. Was haben Sie da?"

Ich: „Können Sie sich da gleich entscheiden, wenn wir was finden?"

Kunde: „Hmmh. Ja, wieso?"

Ich: „Na, wenn es so kurzfristig ist, dann sind die Plätze schnell weg."

Kunde: „Ja, das geht dann wohl ..."

Ich: „Da habe ich das ... das ... und das ... Super Preise. Sollen wir gleich zuschlagen?"

Kunde: „Nee, mein Sohn der wohnt nicht bei uns. Er ist über 20 und hat kein Handy müssen Sie wissen. Und der muss auch einverstanden sein."

Nee, ist klar? Der Sohn hat kein Handy ...

Auch die Ägypten-Weinerei ging weiter. Leider!

Kundin: „Wie ist das denn, wenn die Unruhen schlimmer werden?“

Kollegin: „Das kann ich Ihnen leider nicht beantworten. Das müssen wir dann sehen.“

Kundin: „Und was ist, wenn die streiken?“

Kollegin: „Das kann ich Ihnen leider nicht beantworten. Das müssen wir dann sehen.“

Kundin: „Und wie war das früher so. Wenn Unruhen waren?“

Kollegin: „Das war immer unterschiedlich. Da gibt es kein generelles Vorgehen.“

Kundin: „Und wer kann mir das sagen?“

Kollegin: „?!“

Und zum Ende des Tages noch eine Kundin auf der Suche nach kurzfristigen Angeboten ...

Kundin: „Haben Sie auch die allerletzten Reisen?“

Bis morgen, das war heute wirklich das Allerletzte ...

Tag 184: Normale Kunden ... verzweifelt gesucht!

Noch zwei Tage bis zum Start der Ferien. Aber irgendwie will der Funke nicht überspringen. Stattdessen:

Kundin: „Haben Sie ein paar Kofferanhänger für mich?“

Ich: „Haben Sie denn bei uns gebucht?“

Kundin: „Nö!“

Ich: „Na, eigentlich bekommen Sie die nur, wenn Sie bei uns gebucht haben ...“

Kundin: „Ach, das wurde schon öfter so gemacht.“

Ich: „Ach ja? Na okay. Dann machen Sie ein bisschen Werbung für uns. Wie viele brauchen Sie denn?“

Kundin: „So 10?"

Ich: „10?!?!?"

Kundin: „Ja, ist eine ganze Schulklasse. Wir fliegen mit Lowcostair."

Na prima. Meine gute Tat des Tages.

Am besten finde ich aktuell allerdings Kunden, die morgen oder übermorgen loswollen und noch gefühlte 3 Milliarden Ansprüche haben.

Kundin: „4 Sterne, direkt am Strand, tolles Wellness-Angebot und All inclusive. Und kurze Transferzeit. Und gute Flugzeiten. Und ab nahem Flughafen. Und günstig muss es sein. Und ab morgen!"

Ich: „Äh?"

Kundin: „Sie gucken aber komisch ..."

Ich: „Wie wäre es mit der Türkei?"

Kundin: „Nee, zu heiß dort. Andalusien wäre schön."

Ich: „Dort sind es aber aktuell 38 Grad."

Kundin: „Was? Nee, viel zu heiß maximal 25 Grad. Dann Mallorca."

Ich: „Da sind 32 Grad gemeldet ..."

Kundin: „Was? Nee, dann Kanarische Inseln. Da ist es nicht so heiß?"

Ich: „Richtig!"

Kundin: „Wie lange fliegt man?"

Ich: „Etwas mehr als 4 Stunden."

Kundin: „Nee, das ist viel zu weit. Maximal 2 Stunden Flug."

Ich: „Dann geht nur Mallorca, Ibiza und Spanien ..."

Kundin: „Nee, das ist zu heiß."

Ich: „Im Juli ist es überall heiß. Es ist halt Sommer."

Kundin: „Hmmh."

Muss ich was sagen?

Bis morgen!

Tag 185: Unflexibel

Heute ließ ich mir vom ersten Kunden des Tages nicht die Laune verderben. Hätte aber leicht passieren können. Ein älterer Mann im Cordanzug wackelt auf meinen Tisch zu. Mit leichtem ausländischen Akzent:

Kunde: „Machen Sie auch Nur-Flug?"

Ich: „Klar natürlich!"

Kunde: „Marokko!"

Ich: „Okay und wann und wohin?"

Kunde: „Ha! Gute Frage! Flexibel. Wann das günstigste Angebot egal wo."

Ich: „Tut mir leid. Das müsste ich schon etwas genauer wissen. Zumindest mal den Zeitraum."

Kunde: „Bin flexibel!"

Ich: „Das bin ich auch. Aber mein Computer nicht. Der benötigt eine Eingabe."

Kunde: „Müssen sich neuen Computer kaufen!"

Immer sind die anderen Schuld. Jetzt sogar mein Computer ...

Bis morgen!

Tag 186: Bombenwetter

Heute kehrte die Dame von Tag 182 zurück. Am Sonntag soll es nach Ägypten gehen, und da das Auswärtige Amt einfach nicht so will, wie sie das will, wurde es dann heute etwas ungemütlich.

Kundin: „Aber wir haben Angst zu fliegen ...!"

Ich: „Das kann ich wirklich verstehen. Aber es tut mir leid. Eine kostenlose Stornierung ist nur für die Zielgebiete Alexandria und Kairo möglich. Für Luxor, Sharm El Sheikh, Hurghada und Marsa Alam sind keine Beeinträchtigungen gemeldet oder zu erwarten."

Finde übrigens, dass ich das sehr schön auswendig gelernt habe.

Kundin: „Was passiert, wenn wir vor Ort sind und es Anschläge gibt?"

Die Orakelfrage. Bin nicht Gott. Oder Allah!

Ich: „Das kann ich Ihnen nicht sagen. Aber es wird für Ihre Sicherheit gesorgt werden und ein Handling geben, wenn die Gefahr in Ägypten zu groß wird."

Klingt auch super, oder?

Kundin: „Wer beschützt uns dann?"

Ich: „Öh?"

Kundin: „Das ist wichtig!"

Tja, wer beschützt die gute Frau? Da ich nicht mit dabei bin, falle ich wohl aus. Ich kann es aber wirklich verstehen. Machen kann ich allerdings nix. Nur gut zureden. Oder zu 95 % stornieren.

Meine Mitarbeiterin hat ihr Mojo verloren und auch meine Versuche sie mit Helge Schneiders „Es gibt Reis" aufzuheitern, sorgten nur für kurze Freude. Als sie dann komplett fluchte über die seltsame und unwillige Last-Minute-Kundschaft, ging die Tür auf und ein offensichtlich behinderter Mann wollte gerne eine Batterie für seine Uhr bei ihr kaufen. Hat so ein bisschen die Tatsache ignoriert, dass wir ein Reisebüro sind.

Das dicke Ende kommt noch!

Bis morgen!

Tag 187 + 188: Hätte, würde, sollte ...

Es war einmal ein Hotel in Spanien. Dieses Hotel hatte einen Pool. Und dieser Pool hatte eine Wasserpumpe. Und diese Pumpe hatte die unangenehme Eigenschaft kleine Kinder anzusaugen. So weit so schlecht. Leider ist dies nicht ohne Todesfolgen ausgegangen, weshalb das Hotel erst einmal boykottiert wurde. Das Internet vergisst allerdings nichts und so kommt es vor, dass man das recht gute Hotel häufig verkauft, sich allerdings einige Tage nach der Buchung dem Tribunal stellen muss, wenn irrationale Mütter einen beschimpfen. Dieses Mal gab es kein Gezeter, sondern nur sehr, sehr nachdrückliche Fragen. Leider nicht an mich, sondern an meine Mitarbeiterin, die der Kundin versprach, im Hotel nachzufragen, ob es „tatsächlich sicher im Hotel ist".

Gut, ich bin keine Mutter. Aber dennoch ist es ziemlich ätherisch in Deutschland den Versuch zu starten herauszufinden, ob eine Poolanlage in Spanien nach einem Unfall mit Todesfolgen so umgestaltet ist, dass es eine Garantie gibt, dass ein Kind nicht ertrinken kann. Da muss man schon sehr verkopft sein. Meine Mitarbeiterin ist allerdings ebenfalls Mutter und hat meinen Hinweis, dass die Rückfrage im Hotel völlig unnötig war mit Gleichmut toleriert.

Die Antwort des Hoteliers kam natürlich recht schnell. Und große Überraschung, was die Info war: Alles repariert, alles umgestaltet, alles sicher.

Meine andere Mitarbeiterin hatte dann die freudige Aufgabe der Kundin die frohe Kunde mitzuteilen, nicht ohne den Hinweis, dass sie jetzt auch erzählen könnte, dass das Flugzeug mit dem die Kunden fliegen werden, definitiv nicht abstürzen könne.

Kollegin: „Guten Tag! So, wir haben die Antwort vom Hotel. Es ist alles so umgestaltet worden, das ein Vorfall wie vor ein paar Jahren nicht äh möglich also nicht wahrscheinlich Also es ist so umgebaut, dass ein Vorfall wie dieser unwahrscheinlich ist, könnte wäre."

Irgendwie hätte ich es auch nicht anders hinbekommen.

Bis dann!

Tag 189: Die Plastikallergie

Heute hatte ich mal wieder Besuch von Stammkunden. Eigentlich sehr nett, irgendwie sehr fordernd und vor allem „dürfen die Liegestühle am Pool nicht aus Plastik sein". Da muss man schon ein fotografisches Gedächtnis haben, um den Kunden gleich weiterhelfen zu können. Leider ist der Herr des Hauses hyperaktiv, kann nicht still sitzen und ergreift nach Kundtun seiner Wünsche gerne die Flucht in die Fußgängerzone um sich dort an alkoholischen Getränken zu laben. Mit der Frau verstehe ich mich derweil blendend. Werde zwar dann rund um den Globus geschickt, aber das macht nix. Am Ende finden wir immer etwas Tolles. Zwischendrin geht die Tür auf. Und durch das komplette Büro wird dann die Fußgängerzone mit Infos versorgt.

Kunde (von draußen): „Schon was gefunden?"

Kundin (vom Tisch aus): „Ja, Kuba. Mensch komm rein!"

Kunde (von draußen): „Nee, will nicht. Mach du ich geh mir Wein holen. Was willst du?"

Kundin (vom Tisch): „Cola!"

Zur Beratung wird sich dann gemeinsam zurückgezogen. Zur Buchung ist er dann sternhagelvoll und droht mir mit einem Besuch „wenn es nicht gut ist". Am

Ende wird ein Geschenk erwartet. Meinen billigen Sekt wollen sie aber nicht. Wird jedes Jahr schwieriger ...

Bis morgen!

Tag 190: Der Irgendwie-Kunde

Kunde: „Wir wollen uns nur mal ganz unverbindlich informieren!"

Ja, das verstehen die Damen und Herren Kundschaft nicht. Das ist wie dem Schuhverkäufer zu sagen, dass man die Schuhe anprobieren, aber keineswegs kaufen will.

Kunde: „Sind die Schuhe morgen noch da?"

Oder ...

Kunde: „Kommen noch günstigere Schuhe rein?"

Fragt irgendwie auch niemand bei Deichmann, oder? Ich muss das aber wissen im Reisebüro. Jedenfalls hatte ich heute mal was Neues, aber aus derselben Fragenfamilie.

Kundin: „Wir möchten gerne in die Dominikanische Republik!"

Ich: „Okay, gerne. Für wann wäre das denn?"

Kundin: „Für nächstes Jahr im September!"

Ich: „Oh, tut mir leid. Das ist dann wirklich noch zu früh zum Nachschauen."

Kundin: „Ja, das dachte ich mir schon. Aber ich dachte Sie könnten dann für diesen September gucken. Damit man schon mal eine Ahnung hat ..."

Ich: „Eine Ahnung? Von was denn?"

Kundin: „Na, so von allem. Vom Hotel. Vom Preis."

Ich: „Nicht böse sein. Aber ich kann jetzt nicht vom Preis aus diesem Jahr, geschweige denn vom Hotelstamm aus diesem Jahr auf das nächste Jahr schließen."

Kundin: „Können Sie nicht mal irgendwie gucken?“

Also irgendwann ist es echt mal genug. Bin doch nicht Google.

Ich: „Nee, so irgendwie gucken geht nicht. Ich kann Ihnen gerne einen Katalog geben und was über die Dominikanische Republik erzählen. Aber nach Angeboten schaue ich nur, wenn ich auch nach dem entsprechenden Termin schauen kann.“

Und die Moral von der Geschicht. Richtig! Einen Katalog wollten sie nicht!

Bis morgen!

Tag 191: Wünsch dir was

Hatte dann heute mal auf die Frage „ob das Angebot auch noch morgen verfügbar ist“ mit „das ist so als würden Sie im Schuhgeschäft fragen, ob die Schuhe morgen noch da sind“ gekontert. Kam ganz gut an, aber auch nur weil ich es mit Augenzwinkern und sehr freundlich vorgetragen habe. Wehe, wenn ich mit schlechter Laune losgelassen werde.

Sehr schön sind die Zusatzwünsche aktuell. Rabatt? Ermäßigungen und natürlich nicht zu vergessen: Zimmerwünsche. Da kann noch so fett in der Buchung drinstehen „Zimmer zur Gartenseite“, da muss in die Bemerkungszeile dann noch ein „Kunde wünscht Meerblick in der oberen Etage“ gequetscht werden.

Kundin: „Haben die Zimmer zu dem Preis auch Meerblick?“

Ich: „Nee, da kann man Meerblick extra buchen. Kostet 120 Euro mehr pro Person.“

Kundin: „Na, vielleicht machen die das ja umsonst. Bin ja Stammkunde dort ..."

Ja, die Stammkunden. Glauben wohl auch noch an den Weihnachtsmann. Auch wenn sie erst ein Mal im Hotel waren denken sie, sie wären Stammkunden.

Ich: „Kann Ihnen gerne eine Mail an das Hotel schicken mit Ihren Wünschen. Aber das ist unverbindlich und wird im Regelfall nicht rückbestätigt."

Kundin. „Ach ja? Das ist ja nicht so kundenfreundlich vom Hotel."

Naja, wenn man den Meerblick extra buchen kann, ist das eigentlich normal. Außerdem schreibt jedes Reisebüro einen Bettelbrief, der sicherlich von jedem Hotelier gleich in Ablage „P" entsorgt wird.

Ich: „Ja, das ist leider die Realität. Aber ich mache es trotzdem gerne fertig für Sie."

Nach der Buchung dann das Standardformular.

„Lieber Hotelier! Unsere Kunden haben das billigste Zimmer gebucht und glauben, wenn ich jetzt schreibe, dass Sie die Königssuite mit Privatbutler kostenfrei zur Verfügung stellen. Bitte bestätigen Sie dieses Schreiben so schnell wie möglich. Hochachtungsvoll! Machma Urlaub!"

So oder so ähnlich!

Bis morgen!

Tag 192: 27. Juli bis 04. August ☹

Dieses Jahr liegen die Schulferien so blöd, dass es kein Entkommen gibt. Während sich die Nordrhein-Westfalen, Niedersachsen, die Bayern und Baden-Württemberger bisher aus dem Weg gingen, schreitet man nun Hand in Hand in die Reisebüros und bettelt um tolle Last-Minute Angebote. Kann sein, dass es nur mein persönliches Empfinden ist, aber aktuell konzentriert man sich sehr bevorzugt auf das Datum 27. Juli bis 04. August: „500 Euro, irgendwohin wo es schön ist, am liebsten all inclusive. Und warm muss es sein!"

Ich: „Sie wissen, dass an dem Wochenende Ferienstart in Bayern und Baden-Württemberg ist?"

Kundin: „Nee ... das ist dann schlecht, oder?"

Ich: „Naja, gibt tatsächlich bessere Termine aber ich schau mal."

Inzwischen kann ich die Angebote ohne Systemabfrage runter beten. Wenn nicht gerade schon wieder irgendwas ausgebucht ist. Sehr gerne werden dann die günstigen Ziele schon vorher von den Kunden unterbunden.

Kundin: „Kein Türkei, Ägypten, Tunesien, Bulgarien und Marokko. Draußen hängt ein Angebot für Mallorca mit all inclusive für 499 Euro."

Ja, da lobt man sich das Marketing für diese Preise. Die existieren natürlich immer. Aber zu Unzeiten, wo kein Schwein seinen Urlaub eingetragen hat.

Ich: „Das ist leider für einen Termin Anfang Oktober. Zu Ihrem Datum kann ich Ihnen das auch anbieten. Für 729 Euro pro Person."

Kundin: „Nee, das ist zu viel. Das macht mein Mann nicht mit. Haben Sie was anderes?"

Ich: „Wollen wir vielleicht mal was mit Halbpension gucken?"

Kundin: „Nee, mein Mann will nur AI."

Ich: „Okay, ich hätte dann noch 2 Sterne in El Arenal."

Kundin: „Nee, das geht nicht. 4 sollten es schon sein."

Ich: „Vielleicht für 3–4 Tage?"

Kundin: „Nee, mein Mann sagt dann, da braucht man erst gar nicht zu fliegen!"

Ich: „Ach so. Nee, dann habe ich leider nix."

Das ist die Realität aktuell. Herr, lass gute Preise regnen.

Bis morgen!

Tag 193: Ägypten stornieren leicht gemacht

Auf allen Wegen wird versucht aus Ägypten-Reisen rauszukommen. Heute dann eine neue Variante am Telefon:

Kunde: „Hallo, wir haben bei Ihnen Ägypten gebucht und sollen morgen fliegen."

Ich: „Okay ..."

Kunde: „Ja, und der Pfälzische Merkur meldet heute, dass es eine allgemeine Reisewarnung für Ägypten gibt."

Ich: „Aha, das ist mir neu ..."

Währenddessen bin ich schon am Tippen www.auswaertiges-amt.de. Praktischerweise kann man gleich den Hirschkopf unseres Außenministers anklicken, da er mal wieder unverständliche Worte zu Ägypten hat („ihren Beitrag zu leisten, den demokratischen Transformationsprozess wiederzubeleben ... blabla") und sich in die Reisehinweise des geschundenen Ägypten vertiefen.

Ich: „Dies gilt nicht für die Feriengebiete am Roten Meer. Nee, tut mir leid. Da gibt es nichts Neues auf der Seite des Auswärtigen Amts."

Kunde: „Aber der Pfälzische Merkur hat das so gemeldet."

Ich: „Ja, das kann ja sein. Aber unser Außenministerium steht über dem Pfälzischen Merkur. Solange das Auswärtige Amt keine allgemeine Reisewarnung herausgibt, können Sie leider nicht kostenlos stornieren. Tut mir leid."

Kunde: „Ach so ..."

Ach so!

Tag 194 + 195: Best of Part 1

Heute hatte ich frei und in meinen Erinnerungen gewühlt und ein paar Highlights hervorgekramt. Viel Spaß!

Kunde: „Herr Urlaub, ich höre nicht so gut."

Ich: „Kein Problem, ich spreche lauter."

Kunde: „Sie nuscheln aber auch so. An was liegt das? Ihren Polypen?"

Ich: „Nee, glaub nicht, dass ich Polypen habe."

Kunde: „Doch!"

Aha.

Zuhören ist auch nicht.

Ich: „Ab wie viel Sternen soll ich denn schauen?!"

Kunde: „Ab Frankfurt."

Ich: „Nee, ab wie viel Sternen?"

Kunde: „Ach so, mit Halbpension."

oder ...

Ich: „Wie viel Sterne sollte das Hotel denn haben?"

Kunde: „Das ist kein Problem!"

In diesem Sinne: schönes Wochenende!

Und nicht vergessen: Egal ob Mailand oder Madrid – Hauptsache Italien!

Tag 196: Silvesterwünsche aus der Hölle

Der frühe Vogel kann mich mal. Wer im Sommer Silvester bucht, hat irgendwie den Schuss nicht gehört. Ist meine Meinung. Außer es geht um 'ne Skihütte. Aber sonst. Und dann das.

Kundin: „Wir suchen ein Angebot vom 30. 12. bis 01. 01."

Ich (*zähneknirsch*, hallo? Hochsommer. 31 Grad!): „Okay – gerne – und was haben Sie sich vorgestellt?"

Kunde: „Ja, irgendwie was für junge Leute."

Geht's vielleicht noch präziser?

Ich: „Also in Richtung größere Metropole?"

Kundin: „Nein, eher nicht."

Okay, schwerer Fall von Ausdernaseziehritis ...

Ich: „Als da wäre gewünscht? Eher ein Wellnesshotel in der Umgebung?"

Kundin: „Wenn da keine alten Leute sind."

Wäre mal ein Vorschlag für die Veranstalter. Nicht „Adults only" sondern „Rentner nicht erlaubt".

Ich: „Ähm, gut das kann ich Ihnen jetzt nicht versprechen."

Kundin (total genervt): „Haben Sie denn nix für junge, verliebte Pärchen die nicht mit 100.000 anderen feiern wollen und wo keine alten Leute sind?"

Nee, ist aus. Und kommt auch nicht mehr rein ... Bis morgen!

Tag 197: Der feine Unterschied

Es gibt Tage da läuft es und alles wird gebucht, was nicht bei drei auf dem Baum ist. Dann gibt es Tage, wo gar nichts geht. Und dann gibt es Tage wie heute, wo die Kunden nicht unterschiedlicher sein könnten.

Ich: „Hallo, kann ich was für Sie tun?“

Kunde: „Ja, Türkei hätte ich gerne. Vom 25. Juli bis 05. August. Eine Woche. Einzelzimmer. Bis 1200 Euro. Abflug ab in der Nähe.“

Ich: „Okay, da hätte ich das Hotel XYZ für 1119 Euro mit all inclusive ab Frankfurt.“

Kunde: „Okay, das nehme ich. Ich zahle bar.“

Ich: „?!“

Mit den preisempfindlicheren Kunden kann man dann schon mal eine Stunde verbringen und sich im Kreis drehen ...

Ich: „Das Angebot für Mallorca kostet 679 Euro, ist aber für volle sieben Tage und mit all inclusive.“

Kunde: „Nee, das ist uns zu teuer, maximal 400 Euro.“

Ich: „Sorry, ich hab alles durchgeschaut. Ist mit dem Datum leider unmöglich – Mallorca ist sehr gut gebucht.“

Kunde: „Ok, 800 Euro zusammen geht auch.“

Ich: „?!“

Bis morgen!

Tag 198: Stornoflut

Der Tag startete mit einem Heulkrampf einer Kundin, der alsbald begann als sie die Worte „Wir haben eine Reise bei Ihnen gebucht ...“ ausgesprochen hatte. Der Schwiegervater war gestorben und anstelle von Sonne, Sommer, Strand gab es nun Traueranzeige und Leichenimms. Immerhin konnte ich hier professionell das Stornoprozedere erklären, was die Kundin auch wieder in die Realität holte und vom Weinen abbrachte.

Dann ein Anruf. Dieses Mal aus Tunesien. Schwanger geflogen und unglücklicherweise eine Frühgeburt bekommen. Ein absoluter Albtraum, der nur noch dadurch getoppt werden konnte, dass die Kunden keine Auslandskrankenversicherung bei uns abgeschlossen und auch keine private Absicherung hatten. Klar, dass natürlich wir erst mal Schuld sind, da wir angeblich nix angeboten haben. Aber einer muss jetzt ja mal stillhalten, wenn der Frust groß ist. Mach ich dann halt. Trotzdem sind viele, viele, viele tausende Euro weg.

Und das i-Tüpfelchen dann noch. Mein Arzt, der bei mir gebucht hat, kommt herein und möchte stornieren.

Arzt: „Super Hotel und so. Aber ist was Gesundheitliches dazwischen gekommen. Müssen wir mal schauen. Kann auch sein, dass wir fliegen können. Aber ich storniere das dann mal. Kann ja noch mal buchen. Schreibe dann selbst krank."

Ach ja?

Bis morgen!

Tag 199: Single mit Kind

Nachdem sich die Medien in den letzten Tagen dann wieder eher mit dem anhaltenden Sommer beschäftigen, kann ich mich wieder um die Kunden kümmern und werde von Ägypten-Stornoanfragen verschont. Eine Stammkundin beehrte mich dann heute mit dem Wunsch „etwas Schönes für mich und meinen Jungen zu finden", was mich hocherfreute, da sie und ihr Junge gerne mal was in Richtung 5 Sterne und Club buchen möchte.

Kundin: „Aber nur ab Frankfurt fliegen. Ich bin ein altes Mädchen. Alles andere wird mir zu anstrengend."

Ich: „Okay, alles klar. Da hätte ich auf Mallorca noch ein sehr schönes Hotel in Cala Ratjada. Da ist dann auch am Abend etwas los. Falls ihr Junge gerne noch ausgehen möchte."

Kundin: „Ach, der Junge hat so viel Stress. Der will nicht ausgehen."

Komischer Junge. Will der bei der Mama bleiben. Naja, die Mama bezahlt ja ...

Jedenfalls wurden wir dann nach langem Hin und Her fündig. Das alte Mädchen musste dann mehrfach den Jungen anrufen und um Begeisterung buhlen. Am Ende wurde es die Türkei. Recht hochwertig. Auch ein Golfpaket wurde dazu gebucht, für das ich das Alter im System eingeben musste. Das alte Mädchen war übrigens knappe 70, was sie eher zum alten Ackergaul machte. Der Junge war 46.

Manchmal entspricht die Vorstellungskraft nicht der Realität.

Bis morgen!

Tag 200: Was ist eigentlich ... Last-Minute?

Mitten in den Sommerferien kann man bei der Flut der Last-Minute-Anfragen schon mal den Lebenswillen verlieren. Mindestens zwei Dutzend Mal wird die folgende Anfrage bearbeitet.

Kunde: „Wir suchen noch etwas. Last-Minute. Irgendwohin wo es schön warm ist."

Ich (bereits innerlich die Machete am Auspacken): „Gerne. Für wann wäre das denn?"

Kunde: „Och, wir sind da flexibel."

Und so weiter und so fort. Glaube jeder, der im Reisebüro arbeitet, kennt diesen recht fruchtlosen Gesprächsverlauf. Am Ende sind die Kunden so flexibel wie ein Amboss. Einer Kollegin ist kürzlich dann doch die Hutschnur geplatzt, nachdem sie mehrmals am Tag mit den Worten „das ist aber kein richtiges Last-Minute" unterbrochen wurde.

Kollegin: „So, ich zeige Ihnen jetzt mal was Last-Minute ist. Ich habe alles offen gelassen. Die Abflughäfen, die Ziele. Nur Ihr Budget und den Reisezeitraum habe ich eingegeben. So und dann hätte ich hier für Sie Kreta, ab Leipzig, zurück nach Berlin, für 329 Euro, eine Woche mit Halbpension. Das ist Last-Minute. Super Preis! Last-Minute ist nicht wenn Sie reinkommen und sagen ‚ich hätte gerne Mallorca, nur das Hotel XYZ und nur Abflug ab dem Baden-Airpark und nur mit perfekten Uhrzeiten'. Das ist kein Last-Minute."

So, ich hoffe es hat jetzt jeder verstanden? ;-)

Bis morgen!

Tag 201 + 202: Sprachbarrieren

Kunden sind häufig nicht in der Lage sich so auszudrücken, dass es ihr Freund und Helfer der Touristikkaufmann oder -frau in einen konkreten Urlaubswunsch umwandeln und in das Computersystem eingegeben kann. Speziell, wenn die Kunden aus dem Ausland sind und sich ein etwas seltsames Deutsch zugelegt haben, das einen in den Wahnsinn treibt.

Kundin (mit osteuropäischem Migrationshintergrund): „Ich möchte bitte gerne verstehen?"

Ich: „?!"

Kundin: „Ich möchte bitte gerne verstehen?"

Ich: „Was möchten Sie denn gerne verstehen?"

Kundin: „?!"

Ich: „Um was geht es denn?"

Offenbar bedeutet „Ich möchte bitte gerne verstehen" einfach nur „Ich hätte da eine Frage!"

Kundin: „Was kostet die Begehung des Wassers?"

Ich: „Wie bitte?"

Kundin: „Was kostet die Begehung des Wassers?"

Ich: „Ich verstehe nicht. Möchten Sie wissen, ob es Eintritt kostet, um an den Strand zu kommen?"

Kundin (leicht ungehalten): „Nein. Die Begehung des Wassers?"

Ich: „Der Eintritt an den Strand ist kostenfrei."

Kundin (komplett ungehalten): „Nein. Sie verstehen nicht. Begehung des Wassers?" (wild fuchtelnd)

Ich (jetzt auch langsam gereizt, bin doch nicht bei Jeopardy!): „Die Nutzung des Wassers ist kostenfrei. Sie können einfach so ins Meer gehen. Keine Kosten."

Kundin: „Begehung des Wassers kosten nix?"

Nee, ist klar. Wer in den Ozean will, der muss bezahlen ... bald verlange ich aber eine Gebühr. Für einen Übersetzer!

Bis dann!

Tag 203: Geografie für Dummies

Ägypten erlebt gerade ein Comeback. Nein, nicht bei den Pauschalkunden, sondern bei den Ägyptern, die zum Ramadan samt dem kompletten Clan nach Kairo reisen möchten und tatsächlich erstaunt sind, dass sich die Kosten für einen Flug so um die 600 Euro einpendeln.

Ich: „Tut mir leid. Was Günstigeres ist nicht drin. Habe auch ab München und Köln geschaut. Aktuell wird nach Kairo wenig geflogen aufgrund der politischen Lage."

Kunde: „Nicht gut, dass Fluggesellschaften nicht fliegen. Das hilft Land nicht."

Klar, die Airlines fliegen jetzt leer nach Kairo nur aus reiner Menschlichkeit. Die bezahlt zwar nicht das Kerosin ... aber mein Gott. Ich meine Allah!

Kunde: „Machen uns gut Preis."

Ich: „Das ist der beste Preis. Den macht die Airline. Nicht ich ..."

Kunde: „Nicht gut von dir."

Am Ende bin ich noch Schuld und habe selbst die Revolution angezettelt. Am Abend dann doch noch eine Pauschalanfrage für Ägypten.

Kundin: „Ich würde gerne nach Ägypten zu den Pyramiden."

Ich: „Okay, gerne. Aber ich muss Sie darauf verweisen, dass es aktuell eine Reisewarnung für Kairo und Alexandria vom Auswärtigen Amt gibt."

Kundin: „Na, da möchte ich ja auch nicht hin."

Ich: „Sondern?"

Kundin: „Nach Hurghada."

Ich: „Sie wissen aber, dass die Pyramiden in Kairo stehen?"

Kundin: „Och nee. Ist das Hotel in Hurghada nicht bei den Pyramiden?"

Ich: „Nee, die sind rund 500 Kilometer von Hurghada entfernt."

Kundin: „Ach so. Gibt es noch andere Pyramiden?"

Ich: „?!"

Bis morgen!

Tag 204: Ereignislosigkeit

Ein ereignisloser Tag liegt hinter mir. Ich glaube den meisten war heute so heiß, dass selbst der Weg zum Schwimmbad zu schwer war, geschweige denn zu uns ins klimatisierte Reisebüro. Lediglich ein älterer Herr, der wild fuchtelnd ein ganz bestimmtes Hostel in Berlin ergattern wollte und meinen Preis direkt am Handy mit seinem Internetpreis verglich, blieb mir im Gedächtnis. So auch ein paar Highlights aus den letzten Wochen. Zum Beispiel.

Kunde (Italiener): „Wann ist dieses Jahr Weihnachten?"

Ich: „Moment, ich schaue nach. Heiligabend ist Dienstag ..."

Kunde: „Nee, nicht Wochentag. Sondern das Datum!"

Ich: „?!"

oder

Ich: „Wie viele Sterne soll das Hotel denn haben?"

Kunde: „Ich bin Waage!"

Ich: „Nee, nicht Ihr Sternzeichen. Wie viele Sterne soll Ihr Hotel haben?"

Kunde: „Ach so!"

Sonnenstich?

Bis morgen!

Tag 205: Der feine Unterschied

Wenn einem in zwei Buchungen im letzten Schritt der Server abschmiert, dann kann man schon mal empfindlich gereizt reagieren. Da kann es auch passieren dass man irgendwann – wenn es ganz bunt wird – die Fassung verliert.

Kundin: „Brauchen günstiges Angebot. Alles Inklusive. Mallorca oder Casablanca."

Mittelschwere SZ-Schwäche plus einen undefinierbaren Migrationshintergrund. Konnte von weißrussischer Hammerwerferin über orientalischer Tänzerin bis zur genervten Langzeitarbeitslosen alles sein. Im Moment war sie jemand der das machte, was mich innerlich nicht nur bis drei sondern bis 10 zählen lässt. Mallorca oder Casablanca. Ist so wie im Schuhgeschäft nach Stiefeln oder alternativ nach Sandalen zu fragen. Passt nicht so recht. Aber egal. Vielleicht springt ja was bei raus. Könnte ja eventuell eine Marokkanerin sein, die nach Mallorca will oder alternativ nach Casablanca, wo Anfang August wieder irgendwas geschlachtet wird und sich alle freuen. Wäre nicht mein erster Kunde für heute.

Ich: „Das ist aber eine interessante Kombination. In Casablanca werden wir keine All-Inclusive-Resorts finden. Da bin ich mir nicht mal sicher, dass ich da aktuell überhaupt was Günstiges finde."

Kundin: „Barcelona wäre auch gut mit Alles Inklusive."

Und wieder erkläre ich. Städtereise. Nix Alles Inklusive. Nix Halbpension. Sei glücklich mit Frühstück.

Kundin: „Aber ich will Alles Inklusive."

Och nee. Ein „Ich will, ich will, ich will"-Kunde. Irgendwann packt sie dann die Angebote vom Dorfreisebüro aus und ich erspähe neben Mallorca Angeboten auch Flugreisen an die Costa Blanca und muss leider kurz lachen.

Ich: „Okay, meinten Sie die Costa Blanca?"

Kundin: „Ja, Casablanca!"

Noch Fragen?

Bis morgen!

Tag 206: Vorurteile

Und auch heute wieder Erklärungsversuche was Last-Minute bedeutet, nachdem die Platzsituation in den nächsten Tagen mehr als mau ist.

Ich: „Tut mir leid. Ich habe nur noch Ägypten und Türkei im gewünschten Preisrahmen."

Kundin: „Und was ist, wenn jemand krank wird?"

Na was soll da sein. Dann ist jemand krank und der Platz bleibt leer. Gekrönt wurde allerdings dies heute von einer besonders „schlauen" Kundin:

Kundin: „Und was ist, wenn jemand insolvent ist?"

Hallo? Ich bin Mitarbeiter in einem Reisebüro! Kein Insolvenzverwalter. Last-Minute sind keine Stornos, Todesfälle oder Privatinsolvenzen, sondern – ganz einfach – Überkapazitäten.

Am Ende des Tages dann ein Kunde, der mich nicht mit Last-Minute Vorurteilen belämmert hat, sondern ganz klar formulieren konnte, was er nicht möchte.

Kunde: „Man hat mir von klein auf eingetrichtert … Flieg in kein Land, wo man zum Beten auf Knien den Arsch in die Luft strecken muss!"

Noch Fragen?

Tag 207: Wie darf ich Sie abkassieren?

Wer eine Reise bucht der sollte wissen, dass diese bezahlt werden muss. Ist aber offenbar noch nicht bei allen angekommen. Da gibt es die wildesten Reaktionen auf die vorgetragene Bitte zur Zahlung.

Kunde: „Echt? Ich muss das gleich bezahlen? Früher war das erst 3 Tage vor Abflug fällig."

Muss in einem Land vor meiner Zeit gewesen sein. Ich kenne das System nicht von den großen Veranstaltern.

Kunde: „Wäre es okay, wenn ich ihnen eine Anzahlung von 100 Euro da lasse und die restlichen 3000 Euro demnächst vorbeibringe?“

Klar, kein Problem. Die 100 Euro werden die Stornokosten von 70 % decken. Abflug ist ja erst in zwei Wochen. Hallo, geht's noch?

Kunde: „Kann ich das in Raten zahlen, zu je 50 Euro?“

Natürlich! Sehr gerne gewähren wir für einen Flugpreis von 245 Euro ein zinsloses Darlehen.

Mein Favorit ist allerdings der Satz „Kann ich Ihnen das irgendwann überweisen?“ Das höre ich täglich. Besonders das Wörtchen „irgendwann“ finde ich immer etwas irritierend. Da wird gefeilscht, gejammert und verhandelt. Dabei ist es so einfach. Barzahlung, Lastschrift, EC-Karte und auch Kreditkarte mit der entsprechenden Gebühr des Veranstalters. Ebenfalls ist die Anzahlungshöhe nicht verhandelbar. Bin ja nicht in Mekka in der Medina. Falls doch, werde ich ein Schild ins Fenster hängen und uns umtaufen in „Reise-Basar“.

Bis dahin!

Tag 208 + 209: Zahlung abgelehnt!

Gestern hatte ich noch gejammert, was die Zahlungswilligkeit unserer Kunden anging, heute hatte ich dann mal wieder ein neues Beispiel erleben dürfen, das mir nicht nur innerliches Kopfschütteln bescherte.

Ich: „Wie möchten Sie gerne zahlen?“

Kunde: „Am liebsten gar nicht. Hihi.“

Kleiner Scherzkeks. Den habe ich noch nie gehört. Aber egal. Einen abgegrinst und gut ist.

Kunde: „Mit Kreditkarte!"

Blöde dass die Kreditkarte des Herrn auf einen völlig fremden Namen lief, was mich beim Reisebetrag von knapp 4.000 Euro meine Arbeit niederlegen lies.

Ich: „Das ist aber nicht Ihre Karte. Die kann ich leider nicht akzeptieren."

Kunde: „Doch, das ist eine Firmenkarte, die noch nicht umgeschrieben ist."

Nee, klar. Als Beweis bekomme ich eine Visitenkarte vorgelegt mit dem Firmenlogo, das auch auf der Kreditkarte klein gedruckt zu finden ist. Aber ich bleibe kühl – kein Gefühl.

Ich: „Nee, tut mir leid. Das kann ich leider nicht akzeptieren. Ich glaube Ihnen das gerne, aber ich darf in einem solchen Fall die Karte nicht annehmen."

Der Tobsuchtsanfall war vorprogrammiert, inklusive der Drohung im Internet zu buchen, aber mein Bauchgefühl täuscht sich selten. Nach längerer Diskussion wurden aus der Gesäßtasche dann ziemlich genervt die 500 Euro Scheine auf die Theke gezählt.

Ich: „Okay, dann können wir jetzt mal loslegen. Wie ist der Familienname?"

Kunde: „Hürther!"

Ich trage Huerther ein, wie es sich gehört.

Kunde: „Das schreibt man mit Ü!"

Ich: „Ja, ich weiß. Aber in der Computersprache gibt es keine Umlaute."

Kunde: „So ein Unsinn. Das ist jetzt wie bei der Kreditkarte. Sie wollen das nur nicht. Da wird einem sogar der Name verunglimpft hier!"

Noch Fragen?

Tag 210: Ich spreche Sarkasmus – fließend!

Kunde: „Haben Sie offen?"

Nee, die Tür fehlt einfach. Dann wird mir das Ticket hingeworfen.

Kunde: „Der Name ist falsch geschrieben. Der Strich gehört da nicht hin. Man schreibt mich nicht mit Strich!"

Es ist der Schrägstrich, der den Nachnamen vom Vornamen trennt. Tief durchatmen und nicht losgrummeln bei so viel Doofheit. Offenbar haben die hohen Temperaturen ein bisschen was aufgeweicht übers Wochenende. Auch der nächste Herr merkte nicht, dass ich Sarkasmus fließend spreche.

Kunde: „Die Angebote draußen. Was kosten die im Einzelzimmer?"

Ich: „Das kann ich gerne nachschauen. Was darf es denn sein?"

Kunde: „Na, bei allen?"

Ich: „Naja, ich müsste schon konkret wissen was Sie interessiert."

Kunde: „Na, wie ist das so im Durchschnitt?"

Ich: „Meinen Sie den Aufpreis? Das ist von Hotelier zu Hotelier unterschiedlich. Manche verlangen keinen Aufpreis, manche einen hohen."

Kunde: „Also Sie können mir jetzt nicht sagen, wie der Aufpreis ist."

Ich: „Ja doch. Aber ich kann Ihnen ja jetzt nicht die Aufpreise für alle 30 Angebote draußen ausrechnen."

Kunde: „Ach so, stimmt. Sie haben doch Erfahrung. Können Sie das nicht schätzen?"

Ich (inzwischen genervt): „Zwischen 10 und 100 Prozent."

Kunde: „Okay, toll. Das hilft mir schon mal weiter!“

Ich komme nicht mehr dazu ihm zu sagen, dass das nur ein Scherz war. Er zieht begeistert ab. Manchmal hab ich’s drauf!

Bis morgen!

Tag 211: Ehrlich währt am längsten?

Teil 1 des monatlichen Endspurts ging heute gründlich daneben. Bin nicht schuld, sondern immer die anderen! So! Mache es jetzt mal wie ein Hotel auf Mallorca, das überbucht hat und uns in die Verantwortung stellen möchte und den Kunden vor Ort tatsächlich gesagt hat, dass der Reiseveranstalter XYZ immer überbucht. Hatte dann eine fette Reklamation auf dem Tisch, in der steht, „dass ich persönlich Hotels überbuche“. Ist ein Hobby von mir. Auch Katalogen wiegen macht uns Spaß.

Kundin: „Was wiegen Ihre Kataloge? Bin nicht mit dem Auto da und kann nicht so schwer tragen …“

287 Gramm. Darf’s ein bisschen mehr sein?

Kunde: „Ist das hier Reisebüro?“

Hatten wir auch schon lange nicht mehr. Irgendwie weiß man dann schon, dass das nix werden kann.

Auch die erschreckende Ehrlichkeit mancher Kunden ist manches Mal irritierend …

Kundin: „Danke für die vielen Angebote. Wir gehen jetzt noch in andere Reisebüros und vielleicht kommen wir dann noch mal. Bis später eventuell!“

Bis morgen – auf jeden Fall!

Tag 212: Weil einfach einfach einfach ist …

Finaler Endspurt. Alle Kunden mit dem gleichen Datum, alle mit den gleichen Wünschen, fast alle mit dem gleichen Ergebnis.

Zusätzlich bekommt man an solchen Tagen dann von den Kunden das komplette Programm geboten. Am schönsten war die Beschwerde eines Kunden direkt aus dem Urlaub. In seiner Mail lobt er das Hotel, bezeichnet meinen Service vor Abflug aber als „beschissen" und „zum Kotzen", da ich ihm für sich und seine Bagage keine Sitzplätze im Flugzeug reserviert habe. Ganz reizend das Kerlchen. Die dumme Pute am Check-in konnte „auch nicht verstehen, warum das Reisebüro das nicht gemacht hat". War ganz einfach: Bei der hier ungenannten Airline kann man keine Reservierung machen. Find ich auch beschissen und zum Kotzen. Aber ändert ja nix. Nur meine Laune – musste dem Kunden dann auch leider schreiben, dass ich es auch zum Kotzen finde, wenn ich so doof von der Seite angemacht werde. Allerdings habe ich den Satzinhalt in etwas Freundlicheres umgestellt.

Auch die eindringliche und schockierte Frage einer Kundin brachte mich zu Weißglut.

Kundin: „Wieso können Sie mir nicht sagen, welche Versicherung in meiner Kreditkarte enthalten ist?"

Ich: „Na, weil das Ihre Karte ist und nicht meine. Ganz einfach."

Kundin: „Und warum wissen Sie das nicht?"

Ich: „Weil ich Ihr Reisebüro bin, nicht Ihre Bank."

Kundin: „Ach so. Da muss ich bei meiner Bank fragen?"

Ich: „Klaro. Oder dachten Sie, ich weiß von den tausenden Kreditkarten auf der Welt jeweils die Versicherungsbedingungen auswendig?“

Kundin: „Hätte ja sein können.“

Alles klar?

Tag 213: Von Eiern und Hörschäden

Nach unerfreulichem Ende dann heute leider ein desaströser Start in den Monat. Kann ab morgen nur besser werden. Leider ist es draußen wieder so heiß, dass ich auch wirklich verstehen kann, warum keiner vors Loch geht. Hatte auch nur kurz den Fuß aus dem klimatisierten Büro gestreckt und bin dann schnell auf meinen Platz zurückgehoppelt. Für morgen dann die erste Hitzewarnung des Deutschen Wetterdienstes für unsere Region – mal was ganz Neues.

Neues hatte auch meine Kollegin zu berichten. Von einer Kundin vom Vortag, die die Beratung folgendermaßen eröffnete:

Kundin: „Stört es Sie, wenn ich mein Ei esse?“

Hart gekochtes Ei angeklopft, gepellt (oder wie nennt man das?) und genüsslich verspeist. Kein gefärbtes Ei aus dem Laden, sondern ein selbst gekochtes. Vielleicht ein bisschen Salz dazu? Ohne Worte.

Eine weitere Erkenntnis des Tages: Franzosen haben offenbar alle einen Hörschaden. Reden sie Deutsch, hat das Ganze eine Lautstärke von einem warmen Sommerregen. Sobald aber die Kollegin, die sehr gut Französisch spricht, mit dem Gespräch in der Muttersprache beginnt, geht es eher in Richtung Formel 1 Rennwagen beim Überholmanöver. Vielleicht die Leidenschaft? Jedenfalls lege ich in aller Regelmäßigkeit meine Beratungsaktivitäten nieder und strafe den Nachbartisch mit gesenktem Kopf und bösem Blick.

Bis morgen!

Tag 214: Der von Ihnen gebuchte Flug ist ...

Heute sollte es wieder nach Hamburg gehen. Beim Web-Check-in gab es mal wieder Datensalat seitens Großherzogstumair und so blieb mir nichts anderes übrig als direkt am Flughafen in Luxemburg vorstellig zu werden. Irgendwie beschlich mich ein seltsames Gefühl, als ich in den Nachrichten hörte, dass das Bodenpersonal in Hamburg am frühen Morgen gestreikt hatte und sich der Flugverlauf erst bis zum Nachmittag normalisieren würde. Bei 38 Grad Außentemperatur, zugeschwollenen Nebenhöhlen von eindeutig zu viel Klimaanlage in den letzten Tagen und schlechter Laune, stand ich dann endlich vor der Dame am Check-in, die mich mit „Ach, das sind sie ja, da gibt es ein Problem, die Maschine ist überbucht, Sie müssten sich direkt an Großherzogstumair gegenüber wenden“ begrüßte. Grummel! Also, ich dann ziemlich genervt zum Schalter gegenüber, wo mich ein sehr netter, älterer Mitarbeiter in Empfang nahm. Die Maschine am Abend zuvor ist ausgefallen und alle Passagiere wurden umgebucht. Da ich (ausnahmsweise) mit megaermäßigtem Reisebüromitarbeiterticket unterwegs war, war ich der Erste, der hinten runterfiel. Die Alternativen waren dann morgen fliegen oder mit dem Taxi nach Frankfurt gebracht werden, wo ich allerdings erst um 21.30 Uhr die Maschine besteigen konnte, denn ich musste bis zum

Boarding in Luxemburg bleiben – hätte ja sein können, dass irgendwer nicht erscheint. Da ich allerdings sehr freundlich reagierte, hatte der noch freundlichere Mitarbeiter ein Einsehen und buchte mich auf die 20 Uhr Maschine um und in meiner eigenen Klimaanlage wurde ich dann nach Frankfurt gebracht – ein Flughafen, der mir inzwischen mehr als vertraut ist. Kleinere Zwischenfälle wie eine komplette Panikattacke, weil der Fahrer irgendwann mit 200 Sachen über die Autobahn peitschte und ein Beinahe-Unfall, werden an dieser Stelle einfach mal ignoriert. Es heißt ja: Die Wahrscheinlichkeit auf der Fahrt zum Flughafen bei einem Autounfall ums Leben zu kommen, ist exorbitant höher als beim nachfolgenden Flug. Dennoch war meine erste Frage bei meiner Ankunft in Hamburg: „Ist die Großherzogstumair Maschine sicher gelandet?“ Wäre irgendwie Murphys Gesetz gewesen …

Bis morgen!

Tag 215 + 216: Reise zum Mond!

Während ich ungenießbares Dim Sum zu mir nahm und draußen der Christopher Street Day von Hamburg an mir vorbeizog (sorry, heißt ja jetzt Hamburg Pride), mussten meine Mädels im Büro ran.

Kundin: „Haben Sie die XYZ-Sonderangebote für Montag?“

Kollegin: „Heute ist Samstag?“

Kundin: „Oh!“

Die Verwirrung vieler Kunden ist manchmal schier unglaublich. So hatte ich es vor einigen Wochen mit einer Dame zu tun, die mit ihrer bescheuerten Familie ein Mal im Jahr anfragt und am Ende eh nicht bucht. Ihre einzige Aufgabe ist es, es mir und meinen Leuten schwer zu machen, während die drei Plagen das Interieur auseinandernehmen. Zu einem gewissen Ruhm kam die Familie durch eine ebenso bescheuerte Dokusoap eines Privatsenders, mit der man wochentags gelangweilt wird, während Normalsterbliche ihrer Arbeit nachgehen.

Ich: „Tut mir leid. Für Ihren Termin kann ich Ihnen nichts mehr anbieten, was dem Budget und den sonstigen Wünschen entspricht."

Kundin: „Ach, kommen Sie da muss doch noch was gehen. Ich lass Ihnen etwas Zeit und dann komme ich nachher wieder."

Ich: „Seien Sie mir nicht böse. Ich suche seit über einer Stunde. Da ist nichts. Ich habe keine fünf zusammenhängenden Plätze mehr frei. Nur noch einzelne Plätze auf unterschiedlichen Maschinen, zu unterschiedlichen Terminen."

Kundin: „Ach, das macht nix. Wir müssen nicht zusammensitzen."

Ich: „Äh?"

Wenn es diese Funktion bald gibt, dass ich eine Familie auch auf unterschiedliche Maschinen und unterschiedliche Tage buchen kann, dann schicke ich einen Teil auf den Mond.

Bis dahin!

Tag 217: Roadtrip

Ein kleiner Roadtrip führte mich gestern zu einem Freizeitpark. Der ursprüngliche Plan war der Besuch eines anderen Parks, da allerdings das Wetter so toll war, wollte ich mir einen halben Tag Ostseestrand gönnen. Mein hemmungsloses Wedeln mit meinem Touristiker-Ausweis sorgte an der Kasse für müde Begeisterung und ich musste die Verwaltung des Parks einige Meter weiter bemühen, damit ich für die Hälfte des normalen Eintrittspreises die wenigen Erwachsenenattraktionen nutzen durfte. Selten so ein Drama erlebt wie in der Verwaltung dieses Etablissements. Wie in einem Hochsicherheitsgefängnis musste man mit Fingerabdruck die schwere Eisendrehtür in Gang bringen. Die Dame hinter der Tür war allerdings entweder auf Besuch oder der Technik nicht mächtig. Nachdem sie es endlich geschafft hatte mir Einlass zu verschaffen, bekam sie mich nicht mehr nach draußen. Nach vielen Minuten zähen Ringens mit den vielen Knöpfen setzte sich die Drehtür in Bewegung. War fast das beste Erlebnis im Park, der mit seinen Attraktionen eher auf Kleinkinder ausgerichtet war. Außerdem wurde ich das Gefühl nicht los, dass an diesem Wochenende lediglich erwerbslose Großfamilien zu Gast waren, die den Eintritt mit Hartz 4 und Kindergeld finanzieren. Jedenfalls waren vier Attraktionen wirklich sehr gut, inklusive der Eisendrehtür. Die Lage am Meer nicht mitgezählt. Mein Besuch des Timmendorfer Strands war dann auch nicht so der absolute Kracher, was am aufziehenden Regen und an der völligen Überfüllung mit dem gleichen Publikum wie im Park lag. Am Ende dann noch Travemünde, was definitiv entschädigte. Nach gefühlten zehn Neuberechnungen des Navigationsgeräts wegen Staugefahr kam ich dann sicher wieder in Hamburg an. In der Großstadt ist es doch am Schönsten. Meinen Rückflug mit Großherzogstumair habe ich schon eingecheckt. Bin gespannt ob ich mitdarf.

Bis morgen!

Tag 218: Flugzeuge im Bauch

Großherzogstumair hat mich tatsächlich mit zurückgenommen. Im Hamburger Ortsteil Alsterdorf wäre es aber auch ein Leichtes sich einfach auf den nächsten Baum im Garten zu stellen, etwas Anlauf zu nehmen und sich an die Tragflächen zu schwingen. Ich war mir die letzten paar Tage nicht so ganz sicher, ob ich versehentlich auf dem Vorfeld des Flughafens übernachtet habe, so rein lautstärkentechnisch. Aber nicht nur ich bin akut maulig.

Nachdem es Beschwerden gab über meinen „snobistischen Blog“ zum Thema Freizeit, möchte ich mich hiermit bei allen entschuldigen, die sich angegriffen gefühlt haben. Aber ich stelle hier viele Dinge überspitzt da – man sollte das nicht ganz so ernst nehmen.

Wenn ich nämlich alle Kunden ernst nehmen würde, dann hätte ich nicht mehr so viel zu lachen. Wie wäre es damit?

Ich: „Ich kann Ihnen das Superior-Zimmer anbieten oder das Meerblickzimmer.“

Kundin: „Sind die Flugzeiten beim Superior-Zimmer besser?“

Tja, was soll ich sagen. Ein Highlight kommt selten alleine. Nachdem ich einige Angebote für das geschundene Zypern herausgesucht habe, fängt der männliche Kunde an rumzudrucksen. Dann platzt es aus ihm heraus …

Kunde: „Bekomme ich bei der Einreise nach Zypern Probleme, wenn ich in Deutschland meinen Unterhaltszahlungen nicht nachkomme?“

Ich: „?!“

Manche Dinge will man nicht wissen. Hoffe er kommt der Reisepreiszahlung nach …

Bis morgen!

Tag 219: „Ich bin mir da GANZ sicher!!!“

Kunde (am Telefon): „Sie haben gerade bei mir angerufen?“

Ich: „Ja, das haben wir. War ein Rückruf. Wir hatten bis eben Kunden und wollten Sie schnell zurückrufen. Hatten einen verpassten Anruf von Ihrer Nummer. Was können wir für Sie tun?“

Kunde: „Ist Ihre Kollegin da? Die hat mir um halb zehn ein paar Angebote rausgesucht und wollte sich melden.“

Ich: „Öhm. War das gestern? Die Kollegin ist nämlich gerade erst zur Tür rein.“

Kunde: „Nee, das war um halb zehn. Ganz sicher.“

Ich: „Und Sie sind sich sicher, dass Sie bei uns angerufen hatten?“

Kunde: „Sehr sicher! Ich weiß doch mit wem ich gesprochen habe!“

Ich: „Haben Sie denn mit mir gesprochen?“

Kunde: „Nein, mit einer Dame?“

Ich: „Außer mir war aber niemand da.“

Kunde: „Hmmh…“

I love it! Kunden, die so viele Reisebüros mit ihrer Anfrage kontaktieren, dass sie am Ende nicht mehr wissen mit wem sie bereits gesprochen haben. Gut, ich kann nachvollziehen, warum man das macht. Aber irgendwie sollte man doch etwas unauffälliger agieren. Bin halt kein Beamter, der auch dann Geld bekommt, wenn nix an Arbeit anfällt. Ganz interessant sind natürlich Anfragen, die per E-Mail ankommen und bei denen man die alternativen Reisebüros, die beschäftigt werden, in Kopie findet. Aber wir sind ja flexibel und überhaupt froh, wenn wir arbeiten dürfen. Meine ich ganz ernst.

Am Ende des Tages hatte ich dann einen sehr netten Stammkunden, der mir überhaupt nicht zugehört hat. Er wollte nach Mallorca, und während ich ihm die Angebote für September offerierte und allerlei Fragen hatte zu seinen Wünschen, wurde alles mit Erzählungen aus dem Vorjahr beantwortet.

Ich: „Wäre auch Sa Coma okay?“

Kunde: „Sie hatten uns letztes Jahr an die Playa del Palma gebucht. War gut.“

Ich: „Das freut mich. Toll. Und dieses Jahr eher Ostküste. Sa Coma?“

Kunde: „Das Hotel war auch gut ...“

Ich: „Das ist super. Freut mich sehr.“

Kurze Pause, damit sich der Kunde auf meine Fragen konzentrieren kann.

Ich: „Dieses Jahr wollten Sie also an die Ostküste. Wie wäre es mit Sa Coma?“

Kunde: „Aber da waren sehr viele Prostituierte am Ballermann 6!“...

Ich: „Äh?“

Also: bis morgen!

Tag 220: „Parlez vouz französ?“

Das Ende des Ramadans ist auch das Ende meiner guten Laune. Marokkaner, Tunesier, Algerier und alles, was Nordafrika sonst noch zu bieten hat, ist in der Innenstadt unterwegs. Die meisten kommen aus dem benachbarten Frankreich und sprechen außer schlechtem Französisch nur sehr lautes Arabisch. Da ich auch nur sehr schlechtes, bis kaum vorhandenes Französisch spreche und der arabischen Sprache überhaupt nicht mächtig bin (außer vielleicht „Jalla! Jalla!"), wird sehr gerne auf meine bilinguale Kollegin gewartet, die sich mit großer Freude über die utopischen Anfragen hermacht. Ich sitze derweil daneben und drehe Däumchen. Nur manches Mal sind die Franzosen dazu bereit sich mit mir abzugeben.

Kundin: „Ischh ätte gerne Katalog."

Ich: „Gerne. Für welches Ziel?"

Kundin: „Katalog für alle Destination."

Ich: „Naja, es gibt für jedes Ziel einen eigenen Katalog."

Kundin: „Euh? Keine Katalog für alles?"

Na klar. Ein Katalog für alles. Ist vielleicht noch eine Marktlücke, die geschlossen werden muss.

Am Ende sollte es Spanien sein. Meine Nachfrage, was in Spanien denn interessant wäre, Kanaren, Balearen oder das Festland, wurde mit völligem Unverständnis aufgenommen. Jetzt hat man sich schon für ein Ziel entschieden und muss auch noch die Region bestimmen. Spanien ist Spanien! Am Ende bekam die Dame alle Kataloge ...

Bis morgen!

Tag 221: Pest oder Cholera?

Sie ist da! Die „Nach mir die Sintflut"-Phase. Sie tritt immer dann auf, sobald die Kunden superkurzfristig in der Woche weg wollen, wenn alle 16 Bundesländer und auch die Franzosen, Belgier, Holländer, Luxemburger, Österreicher und Schweizer gleichzeitig Schulferien haben. Dann wird es so eng, dass ich teilweise keine Ahnung mehr habe was ich verkaufen soll. Auch heute hatte ich noch einige Gestalten, die morgen und übermorgen weg wollten. Mallorca wurde es in allen Fällen, auch wenn ich den Flug durch die halbe Republik gabeln musste. Es lebe das Rail & Fly Ticket, das entweder kostenlos oder gegen Miniaufpreis buchbar ist. Bei der Hotelauswahl war es überaus ernüchternd. Ich hatte entweder El Arenal in ganz üblen Schuppen oder unbezahlbare Häuser im 5-Sterne-Segment. So das gute Mittelmaß war aus. Aber die Kunden wollten nun mal weg. Ich bin niemand der blind verkauft und versuche immer ein Hotel zu buchen, mit dem ich beruhigt schlafen kann, aber manchmal ... ja manchmal ...

Jedenfalls habe ich kürzlich bei Facebook eine Gruppe entdeckt: Dinge, die ein Reisebüroangestellter nicht sagt. Musste daran denken, als sich dann heute bei meiner Mallorca-Misere folgende Problematik ergab ...

Kundin: „Ich weiß nicht. Welches der beiden Hotels würden Sie denn buchen?"

Ich? Ich würde keins der beiden Häuser buchen. Will da nicht mal tot überm Zaun hängen. Geht gar nicht. Ist wie die Wahl zwischen Pest und Cholera. Aber sie wollen unbedingt weg und verstehen meinen Hinweis, dass es sich bei den Hotels um sehr einfache Hotels handelt, einfach nicht oder wollen es vielleicht auch nicht verstehen. Aber selbst Schuld, wenn sie einen Tag vor Abflug kommen, zu einem Termin, der neben Weihnachten so überbucht ist, dass es auf Mallorca nur noch Wohnklos mit Klappcouch gibt.

Kann man natürlich nicht sagen. Ich habe mich dann für die Pest entschieden. Morgen dann vielleicht Cholera?

Tag 222 + 223: Der Hasskunde

Es gibt Kunden die kann man nur schwer ertragen. Und interessanterweise können das die anderen Kollegen nicht nachvollziehen. Mein ehemaliger Mitarbeiter konnte keinesfalls einen älteren, sehr gepflegten und sehr höflichen Türken bedienen, der sich immer nach Flügen nach Ankara erkundigt hat. Gut, er ist ungefähr drei bis viermal die Woche aufgeschlagen, wollte zu allen unterschiedlichen Verbindungen die Uhrzeiten für die Zuganreise und es gab nur sehr selten ein Buchungserlebnis. Aber zumeist kam er dann, wenn mein Mitarbeiter alleine im Büro saß, weil gerade jemand in der Mittagspause war oder die anderen Kollegen gerade in der Beratung waren. Mein Kollege war immer noch freundlich, aber verhältnismäßig gestresst und kurz angebunden, was man aber nur bemerkte, wenn man ihn sehr gut kannte. Heute muss Mister Ankara mit den anderen vier Damen und Herren Vorlieb nehmen, aber ich muss immer daran denken, wenn er die Tür hereinkommt.

Ich selbst habe auch einen Hasskunden. Auch er ist höflich, fragt mich immer, wie es mir geht und ich könnte in dem Moment schon auf den Tisch kotzen. Keine Ahnung warum. Er bucht sogar meistens. Er ist Syrier und trägt seine Marlboros Gassi. Er hat immer seine Packung Kippen in der Hand und läuft mit denen durch die Innenstadt – tagein, tagaus. Er hat häufig Besuch aus der Heimat, der sich gerne Europa anschauen möchte und so geht es von Bern über Brüssel nach Düsseldorf.

Da ich leider ein Gesicht habe, bei dem man erkennt, wenn ich keine Lust habe, genervt oder gar sauer bin, ist es mir ein Rätsel, warum der Herr immer noch bei mir bucht. Vielleicht ist das wie mit Katzen, die auch immer zu den Menschen kommen, bei denen sie nicht erwünscht sind? Das Dilemma ist allerdings: Der Hasskunde ist an ganz üblen Tagen oft der Einzige der bucht und damit den Tag rettet. So auch an diesem traurigen Samstag.

Ein Hoch auf die Hassliebe! Bis nächste Woche!

Tag 224: Freizeitpark oder der Tag der toten Taube

Bei meinem vorerst letzten Besuch in Hamburg ging es in einen weiteren Freizeitpark. Nach der etwas seltsamen Erfahrung in der Vorwoche hatte ich mich schon mal auf das Schlimmste gefasst gemacht. Aber Fehlanzeige! Der Park ist großartig. Lediglich die Anreise aus Hamburg gestaltete sich mit dem Navigationsgerät etwas gewöhnungsbedürftig. „Neuberechnung!“ „Neuberechnung!“ „Neuberechnung!“ Ich habe selten diese Worte in solcher Häufigkeit gehört und auch die verzweifelten Versuche eine Tankstelle zu finden, endeten mit wütenden Taxifahrern (gut, eine rote Ampel zu überfahren war schon doof von uns) und den magischen Worten „Neuberechnung!“ „Neuberechnung!“ „Neuberechnung!“ Wild fuchtelnd mit meinem Reisebüroausweis gab es dann wieder Ermäßigung und Spaß für 2 zum Preis von 1. Wird das Ende des Ramadans eigentlich länger gefeiert? Weiß das jemand? Ich habe noch nie so viele türkische Familien auf einmal gesehen und das meine ich völlig ohne Wertung. Als ich dann irgendwann Skandalrapper Bushido in die Arme gelaufen bin, war ich ganz konfus. Am Ende wurde dann auf „der Krake“

einer ziemlich üblen Achterbahn (übel = extrem gut) das Gesicht eines 14-Jährigen von einer Taube abgebremst. Die Taube war sofort tot.

Bis morgen!

PS: Ach so ... das Kind lebt!

Tag 225: Reine Notwehr

Einer meiner Kollegen hatte heute eine schöne Geschichte zu erzählen, die ich selbst so auch noch nicht erlebt habe. Ein junger, recht gut aussehender Türke möchte gerne alleine in Urlaub. Das soll er haben. Angebot gesucht, Mallorca gefunden. Dann beginnt die Fragestunde ...

Kunde: „Wie ist das mit der Einreise?"

Kollege: „Sie brauchen einen Personalausweis oder einen vorläufigen Personalausweis."

Kunde: „Problem ist. Ich habe gerade keinen Ausweis im Moment."

Kollege: „Sie haben keinen? Macht nix. Na dann lassen Sie sich einen vorläufigen Perso machen. Der geht auch."

Kunde: „Nee, das meine ich nicht. Die haben den eingezogen ..."

Kollege: „Eingezogen? Die?"

Kunde: „Na, bei der Verhaftung. Ich bin auf Hafturlaub und habe nur so einen Zettel hier."

Kollege: „Oh. Okay. Hmmh. Da kenne ich mich nicht so aus damit. Denken Sie, Sie dürfen dann wegfliegen?"

Kunde: „Ja, glaub schon. Sehen Sie da etwas über mich im Computer?

Kollege: „Ähmmh?"

Kunde: „Das war Notwehr der Totschlag."

Kollege: „Ähhhmmmm Wir sind ein Reisebüro. Ich sehe keine persönlichen Daten?!"

Kunde: „Ja, nur falls Sie was sehen ..."

Kollege: „Neeeeeee ..."

Wenig später kommt der Kunde mit Bargeld zum Bezahlen. Eine EC-Karte hat er nicht.

Kunde: „Also das Geld stammt von ..."

Kollege: „Muss ich eigentlich gar nicht wissen. Schon okay ..."

Kunde: „Ach so. Nur mal so zur Info für mich. Hatten Sie Angst vor mir?"

Kollege: „Äh?"

Bis morgen!

Tag 226 + 227: Viva Espana

Heute ist Feiertag. Zwar nicht bundesweit, aber bei den Katholiken. Und da in Spanien heute auch Feiertag ist, und ich mich dort gerade befinde, gönne ich mir einen Tag Auszeit. Die Kranich Airlines hat mich und zahlreiche Freunde sicher nach Barcelona gebracht. Zwar hat das Horrorkind auf meinem Nachbarsitz das Flugzeug so zusammengeschrien, als gäbe es keinen Morgen, aber vielleicht hatte es auch einfach nur die Nase voll vom Papa, der sich schon um 10 Uhr morgens das Bier rein gekippt hat. Alternativ war es eine Entführung. Aber die Idee kam uns irgendwie zu spät. Jedenfalls waren Vater und Schreikind irgendwann auf der Toilette verschwunden. Danach war Ruhe. Bereits im Januar hatte ich über das spanische Verkehrssystem gelästert und wurde auch dieses Mal nicht eines Besseren belehrt. Mit der spanischen Eisenbahn erlebt man was. So richtig Bescheid wusste niemand und auf unserem Weg nach Sitges befanden wir uns dann im falschen Zug, was die Zugbegleiterin mit Gleichmut und einer gewissen Irritation in Kauf nahm, als ich ihr mein Ticket vorgezeigt habe. Erst mal wurde ich ermahnt doch bitte meinen Koffer aus dem Gang zu schaffen, bevor mir mitgeteilt wurde, dass wir erst mal die Strecke bis zur nächsten Station durchfahren müssten, um dann wieder die Hälfte des Weges zurückzufahren. Am Ende mussten wir froh sein, dass wir nicht entgleist sind. Man freut sich halt über die kleinen Dinge des Lebens! In Ägypten geht die Welt unter. Hoffe meine Mädels haben morgen im Büro nicht die Pforte zur Hölle.

Bis morgen!

Tag 228: Mit den Bitches in Sitges

Spanien ist toll. Naja, zumindest scheint sehr häufig die Sonne. Ich möchte mich an dieser Stelle beschweren über laute Strandverkäufer. Es ist interessant, was feilgeboten wird: „MELONE, MELONE, MELOOOOOONNEEE!!!" „Coca Cola, Cerveza, Caipirinha, Mojito, COCA COOOOLLLAA!"

Das sind die häufigsten Rufe, mit denen man aus seiner Siesta geschüttelt wird. Massagen, Pareos, Kopfhörer und auch geviertelte Kokosnüsse stehen auf dem Programm, wobei ich nie genau weiß, wie man diese Teile dann essen soll. Im Grunde ist an Schlaf überhaupt nicht mehr zu denken. Auch einer meiner mitgereisten Freunde, der in der letzten Nacht die Sau raus gelassen hatte, musste irgendwann das Weite suchen, um im Hotelzimmer wieder zu Kräften zu kommen. Faszinierend der junge Kerl. Während fast die komplette Gruppe gestern Abend aufgrund akuten Schlafmangels um halb eins ins Bett fiel, blieb er auf der „Mister Gay Beach"-Party bis zum bitteren Ende, fand dann ein Pärchen zum Spaß haben, kam ins Hotel zurück um es kurze Zeit später nochmals zu einem Date zu verlassen. Frisch befriedigt war er dann zum Frühstück wieder bei uns. Ich denke er hat in den letzten zwölf Monaten seines Singledaseins so viele männliche Geschlechtsteile gesehen, dass diese – übereinanderstapelt – mindestens das 31. Stockwerk des Empire State Buildings erreichen. Das aber nur nebenbei.

Bis morgen!

Tag 229 + 230: Die spanische Unverbindlichkeit

In Spanien gehen die Uhren langsamer. Ich persönlich werde das Gefühl nicht los, dass die Uhren manches Mal überhaupt nicht funktionieren. Einer meiner Freunde hatte die Lage eines schönen Strands in der Umgebung von einer Eroberung auf einem Papierfetzen aufgemalt bekommen und wegen mangelnder Englischkenntnisse, hatte dann ein anderer Freund die ehrenvolle Aufgabe die Rezeptionistin nach der Erreichbarkeit zu befragen.

Freund: „Excuse me!" (den Zettel vorzeigend)

Rezeptionistin: „What do you want?"

Freund: „Is there a bus to this beach?"

Rezeptionistin (den Zettel ignorierend): „There is a bus to all the beaches here in Sitges."

Freund: „Great. Where does this bus stop?"

Rezeptionistin: „Well, you have to stop the bus. And stop again if you wanna get out …"

Freund: „Okay. And how do I know if it's the right bus."

Rezeptionistin: „Well, you know if you see the bus?"

Freund: „Öh? Hmmh. Do you know the price for the ticket?"

Rezeptionistin: „Yes. Between 2 and 5 Euro!"

Well?

Bis am Montag!

Tag 231: Back to life, back to reality

Nach Sitges jetzt wieder die Realität.

Seit Wochen herrscht auch in Istanbul eine gewisse Unruhe, was so einige Kunden von Reisen nach Antalya & Co. abgehalten hat. Jetzt ist in Ägypten die Hölle los und an die Probleme in der Türkei erinnert sich niemand mehr. Fairerweise muss man aber auch sagen, dass die Demonstrationen in Istanbul nicht mit der Situation in Kairo und Alexandria vergleichbar sind. Dennoch: Die Türkei wird als Umbuchungsvariante herangezogen. Ähnliche Preise, ähnliches Klima und ähnliche viele AI-Bunker. Man verzeihe mir die Wortwahl. Was allerdings irgendwie niemand glauben will, ist die Tatsache dass es tatsächlich tausende Kunden gibt, die aktuell von Ägypten umbuchen oder noch umbuchen werden und so erging es mir heute mehrfach, dass, während ich ein Türkei-Angebot präsentierte, die Plätze im Hintergrund gerade vergeben wurden.

Am Ende des Tages kommen dann noch zwei Kandidaten zu mir, die allerdings das komplette Klientel der letzten Zeit repräsentierten. Wunschziel: Türkei! Kaum Plätze zum Datum. Kann noch die allerletzten Plätze mit gutem Preis im AI-Hotel anbieten. Es herrschte Unwille.

Ich: „Das sind die letzten beiden Plätze. Durch die Ägypten-Umbuchungen wird es wirklich gerade eng im kurzfristigen Bereich in der Türkei."

Kunde: „Ach ja. Wir gehen mal in uns ..."

Ich: „Da brauchen Sie nicht viel in sich zu gehen die Plätze sind morgen weg."

Kunde: „Ach wir schauen mal ..."

Okay, der Kunde geht in sich. Ich bin außer mir!

Bis morgen!

Tag 232: Stammkunden – Fluch und Segen!

Der Tag begann hervorragend. Gleich zwei Stammkundenpaare kamen mit recht hochwertigen Anfragen und buchungsmotiviert an meinen Tisch heran getreten. Beide Paare um die 70, mit ziemlich genauen Wünschen. Bei einem Paar ein bestimmtes Haus auf Fuerteventura. Ich musste nur noch den günstigsten Termin finden. Das andere Paar war etwas kniffliger, aber sehr sympathisch und so machte es mir großen Spaß mal etwas kleinwenig ausgefallenere Ziele rauszusuchen und mit La Gomera und La Palma waren sie dann glücklich. Beide Paare verabschiedeten sich dann zur Beratung.

Am Nachmittag klingelt dann das Telefon ...

Kunde: „Hallo lieber Machma Urlaub. So, wir haben uns entschieden. La Palma soll es sein! Aber eine Frage hätten wir noch."

Ich: „Ja, super. Gerne!"

Kunde: „Ich habe das bei XYZ-Tours im Internet gesehen. Da kostet es 45 Euro weniger pro Person als bei Ihnen!“

Ich (Sirenen im Kopf hörend): „Aha. Okay. Ja, gut möglich. Aber XYZ-Tours bieten wir nicht an bei uns. Von mir bekommen Sie dafür eine ausführliche Beratung und Service.“

Kunde: „Ja, das stimmt. Wir fühlen uns auch immer wohl bei Ihnen. Aber wenn Sie nichts am Preis machen können. Für das Geld bekomme ich einen Mietwagen auf La Palma.“

Fassungslos musste ich den guten Herrn dann ziehen lassen, da ich ihn nicht davon überzeugen konnte, meine Arbeit die ich mit ihm hatte, für 90 Euro das Klo runterzuspülen, bei einem Reisepreis von fast 3000 Euro. Aber „er käme sehr gerne wieder auf mich zu“. Das Allerschlimmste irgendwie kann ich es verstehen.

Trotzdem kommt da Freude auf. Die Vorarbeit geleistet und dann so etwas. Immerhin konnte ich Fuerteventura noch verarzten.

Bis morgen!

Tag 233: Dollhouse

Heute hatte ich frei, aber mein Mojo ist zurück aus Spanien. Einige Kunden, die ich gestern beraten hatte, haben dann heute gebucht. Halleluja! Ansonsten wird es immer doller, denn die Kunden verlieren offenbar jegliche Form von anständigem Umgangston. Eine Kundin – fast noch im Teenager-Alter – beschwert sich per Mail über das überbuchte Hotel in ihrem Urlaub. Ich entschuldige mich und bitte um ausführliche Reklamation zur Weiterleitung an den Kundenservice. Als Antwort gibt es nur ein genervtes „schon passiert“ und „den Haken für den Newsletter mal ganz schnell rausnehmen“. Hatten zwar nie einen Haken gesetzt, aber wenn der Partner dafür abends mit guter Laune begrüßt wird, weil die schlechte Laune schon an uns ausgelassen wurde, sind wir doch gerne dafür verantwortlich.

Noch besser wurde es allerdings am späten Nachmittag. Dieses Mal ein Mail von unserem Kundenservice. Ein Kunde hatte am Montag einen Flug an Weihnachten für Teneriffa angefragt. Der Preis war sehr günstig. Am nächsten Tag rief er an und der Flugpreis war nicht mehr verfügbar. Er hatte sich allerdings schon einen Anschlussflug gebucht. Ich erklärte ihm die klitzekleine Tatsache, dass es sich um tagesaktuelle Preise handelt und es mir zwar leid tue, wenn er jetzt höhere Kosten hätte, aber ich an Änderungen über Nacht nichts ändern könne.

Heute dann die Mail: „... sehen wir uns gezwungen gerichtliche Schritte gegen Sie einzuleiten, wegen Falschberatung.“

Nee, ist klar?

Bis morgen!

Tag 234: Mayday!!!

Heute Nacht bin ich panisch aufgewacht. In meinem Traum habe ich eine E-Mail an Kranich Airlines geschrieben und mich über ihr desaströs gewartetes Flugzeug beschwert. War zum Glück nur ein Traum. Aber am Sonntag bei meinem Rückflug aus Spanien hatte ich tatsächlich Muffensausen. Beim Boarding bin ich zusammen mit einem sehr guten Freund ins Flugzeug rein und er zeigte mir am Rand der Tür das Baujahr des Flugzeugs, das dort eingraviert ist: 1993! Hilfe! Aber egal – wir sind dann losgeflogen und eine halbe Stunde vor der Landung wurde ich plötzlich sehr unruhig auf meinem Sitz, da die Flugzeugdecke bedenkliche Geräusche von sich gab. Ein Ätzen und Quietschen, bei dem es einem Angst und Bange wurde. Auch eine Freundin hatte es vernommen und war wie ein Kaninchen in komplette Schockstarre verfallen. Ein anderer Freund, der am Fenster saß reagierte auf meinen paralysierenden Hinweis folgendermaßen:

Freund: „Hmmh. Ich wollte die ganze Zeit nichts sagen und keinen in Panik versetzen. Aber beim Start ist ein kleines Stück von der Tragfläche abgebrochen."

Ich: „What the fuck?"

Bis zum Ende des Fluges wurde ich dann von meinen Sitznachbarn beruhigt und war froh, als wir in Frankfurt gelandet waren. Das Stück, das von der Tragfläche abgebrochen war, war geschätzt 3×3 cm groß und offenbar nur ein Teil der Lackierung. Das gibt noch Rache, mich so in Aufruhr zu versetzen.

Zu Hause habe ich dann natürlich nachgelesen. Kranich Airlines hat eine recht alte Flotte. 11,3 Jahre alt sind die Maschinen im Durchschnitt. Ungefähr alle 5 Jahre werden die Maschinen aber komplett auseinandergebaut und wieder zusammengesetzt und sind daher auch nicht so alt, wie sich das Baujahr 1993 erst mal anhört. Irgendwie beruhigend. Aber was hat da so gequietscht?

Bis morgen!

Tag 235: Ägyptische Verzweiflungstaten

Ägypten liegt auf Eis. Lediglich ein einziger Veranstalter versucht noch seine Kunden ins Land zu schaffen, was ich aus wirtschaftlichen Gründen verstehen kann, aber mir einfach nicht gefallen will.

Auch die Hoteliers sind langsam sehr verzweifelt und so erreichte mich via Facebook ein Anschreiben aus Hurghada. Der Hotelier versuchte zu versichern, dass alles in Ordnung ist. „Die Ausschreitungen und Demonstrationen finden unter anderem in Kairo (600 km Entfernung) und Alexandria (800 km Entfernung) statt ... bis heute ist Hurghada eine reine Touristenstadt, es gibt so gut wie keine Leute hier, die ursprünglich aus Hurghada kommen. Die meisten Ägypter, die hier leben, leben aufgrund der Arbeit hier und haben ihre Familien in ihrer Heimatstadt wie zum Beispiel Kairo."

Tja und da ist der Haken. Will man wirklich in einem Hotel wohnen, wo die Angestellten aus Kairo sind und in ständiger Angst um ihre Angehörigen auf den TV-Bildschirm oder ihr Handy schauen? Bei mir würde da kein Urlaubsfeeling aufkommen. Irgendwie kann ich mir auch nicht vorstellen, dass ein Hotel, welches für 1000 Gäste konzipiert ist, mit den wenigen verbleibenden Gästen Normalbetrieb aufrecht erhalten, geschweige denn beliefert werden kann. Weiter im Text heißt es: „Auch aufgrund dessen werden derartige Ausschreitungen hier in Hurghada niemals stattfinden und Sie brauchen keine Angst haben, sollten Sie darüber nachdenken bei uns im Moment Urlaub zu machen." Am gleichen Tag kam der erste Demonstrant in Hurghada ums Leben. Wäre zu hoffen, dass es ein Ende gibt, da die Ägyptenkrise leider auch bei uns im Büro gewisse Schwierigkeiten bereitet.

Bis morgen!

Tag 236 + 237: Bäumchen wechsle dich

Heute war endlich mal wieder ein erfolgreicher Tag mit einigen, hochwertigen Buchungen. Nachdem in den letzten Tagen tausenden Ägyptenurlaubern der Reisevertrag vom Veranstalter storniert wurde, hatte ich zum ersten Mal das Gefühl auf dem Trockenen zu sitzen, ganz speziell bis Abflug 14. September, was das aktuelle Stichdatum ist für kostenlose Ägyptenstornos. Griechenland mit AI – leergebucht. Türkei mit AI – leergebucht und nur noch der teure Rest übrig. Selbst das ebenfalls geschundene Tunesien war irgendwann heute wieder interessant. Am Ende waren meine Alternativen die Kapverdischen Inseln und die Vereinigten Arabischen Emirate.

Doof sind die Veranstalter natürlich nicht und alle Preise für die Herbstferien, die in diesem Jahr bereits ab Anfang Oktober starten, sind für die türkische Riviera, Kreta, Rhodos und Kos verdammt hoch. Zwar werden mehr Maschinen eingesetzt bzw. die Maschinen, die nicht nach Hurghada und Co. fliegen, aber mehr Hotels gibt es dadurch leider auch nicht. Und bessere schon gar nicht.

Sehr viele Beschwörungen wurden mantraartig an alle Kunden weitergegeben.

Ich: „Ich empfehle Ihnen sehr bald zu buchen. Am besten gleich. Alle Plätze in die Türkei und nach Griechenland sind sehr gefragt, weil sie DIE Ziele sind für Ägypten-Umbucher!!!"

Kam irgendwie noch nicht so an beim Pöbel. Die BILD-Zeitung sollte das auf den Titel nehmen, damit es jeder kapiert. Am Ende des Tages gab es Rückstau bei meiner französischen Kollegin und ich durfte mal wieder die dümmste Frage der Woche beantworten.

Kundin: „Wartet der Zug dann auf uns?"

Ich: „Wie meinen?"

Kundin: „Na, wir kommen in Köln an und haben dieses Zugticket gebucht, wo wir von Köln zurückfahren können."

Ich: „Ah ja ... und wie kommen Sie darauf, dass der Zug auf Sie wartet?"

Kundin: „Na, ich dachte der wartet jetzt extra auf uns?!"

Klar, ein ganzer Zug wartet auf zwei Mädels, die aus Bulgarien zurückkommen.

Bis nächste Woche!

Tag 238: 0

0 interessante Anfragen, 0 willige Kunden. Macht 0 Euro an einem August-Montag. Der absolute Horror.

Ich hatte dann eine Dame, die mir gleich den allerletzten Lebenswillen genommen hat.

Kundin: „Guten Tag. Ich hätte eine Frage."

Ich: „Hallo. Gerne. Was kann ich für Sie tun?"

Kundin: „Können Sie mir meine Bordkarte ausdrucken?"

Ich (Standardfrage): „Haben Sie denn bei uns gebucht?"

Kundin: „Nee. Ich bin aus Kanada ..."

Ich: „Tut mir leid. Den Service bieten wir nur unseren Kunden."

Kundin: „Ja, wissen Sie in Kanada da ist man ... freundlicher. Da ist man begeistert, wenn man helfen kann."

Ich (freundlich, aber bestimmt): „Wie gesagt, ich helfe gerne. Aber ich darf das nur für eigene Kunden. Tut mir leid."

Kundin (rennt kopfschüttelnd raus): „Deutschland, Deutschland nee, nee!“

Derweil wühlte meine Kollegin nach Mallorca-Angeboten für eine etwas pikierte Dame.

Kollegin: „Würde Ihnen Mallorca zusagen?“

Kundin: „Ja, aber die Uhrzeiten müssen passen.“

Kollegin: „Okay und was gefällt nicht?“

Kundin: „Der Flug ist zu früh. Ich muss meine Tabletten zu einer bestimmten Uhrzeit einnehmen und mein Arzt sagt das muss alles einen bestimmten Rhythmus haben.“

Kollegin: „Ähm?“

Notiz an mich selbst: zukünftig Abflüge auf Medikamente abstimmen. Das hatte ich noch nicht.

Bis morgen!

Tag 239: Kritik und Reklamationen

Heute waren die Kunden freundlich, interessiert und buchungswillig, auch wenn ich leider mal wieder einen dieser Fälle hatte, die echt nerven. Kunde wurde von uns beraten, war ganz begeistert und hat dann das Angebot im Internet gebucht. Am Ende des Tages kam dann noch eine ebenso blöde wie unnötige Reklamation rein. Auch hier hatte ich so einige Fragezeichen über meinem Schädel. Kritik, wo sie hingehört, aber manchmal kann man nur den Kopf schütteln.

Die Kunden hatten sich ein Angebot im Internet herausgesucht und zur Buchung bei uns im Büro angerufen. Das Hotel war so lala, aber alle angebotenen Alternativen waren zu teuer. So wurde gebucht. Heute kam dann die „Beschwerde“.

Kunde: „Wir mussten 36 Euro für die Klimaanlage zahlen, was zwar in der Beschreibung stand, aber wir nicht gut finden und für ein Hotel mit 4 Sternen nicht akzeptieren können."

Soweit ist es also schon. Es wird etwas reklamiert, was vorher bekannt ist.

Kunde: „Es gab keine Wasserflasche auf dem Zimmer!"

Hmmh? Stand in diesem Falle nicht in der Beschreibung. Aber kann man ja auch mal reklamieren.

Kunde: „Die Kellner waren teilweise unfreundlich."

Okay, geht's vielleicht noch etwas präziser?

Kunde: „Der Transfer war länger als von uns berechnet."

Ohne Worte und von daher – bis morgen!

Tag 240: Wenig zu motzen!

Nach einem halben Tag Arbeit mit freundlichen Kunden und einem noch freundlicheren Reiseverkäufer ging es ins extrem lange Wochenende. Mein Weg führte mich dann doch noch mal nach Hamburg. Von hier aus musste ein Auto zurück in die Heimat überführt werden. Verbunden wird dies nun mit einem kurzen Ausflug nach Oslo, der schon lange auf meiner Wunschliste steht. Schon wieder Urlaub? Das denkt sich wohl der geneigte Leser. Jaja, ich weiß schon. Hab ich ein Leben. Soll ja auch Vorteile haben „Chef" zu sein. Bin kein Fan von allzu langen Urlaubsreisen, deswegen stückle ich gerne meinen Urlaub auf viele Kurztrips. Und außerdem habe ich ein wunderbares Team, das mich mehr als würdig vertritt. Das sollte an dieser Stelle mal nicht unerwähnt bleiben.

Zum Abendessen ging es dann in die „Bullerei", dem Restaurant von Tim Mälzer. Der Tisch am Klo war das einzige Negative, und dass die Feuerwehr irgendwann da war, weil der Laden beinahe mit uns abgebrannt wäre – aber ich muss ja immer was zum Motzen haben.

Bis morgen!

Tag 241: Ich bin dann mal weg …

Nachdem ich gestern brav war und kein negatives Wort über meine Lippen kam, verlor ich schon bei der Ausfahrt aus dem Hotel komplett die Nerven. Das Ausfahrtticket funktionierte nicht, die Sprechanlage auch nicht, hinter uns staute sich der Verkehr und beim gewagten Wendemanöver verkratzen wir das Auto. Auf dem Weg zur Fähre nach Oslo lief das Navigationsgerät nicht – Wackelkontakt. Konnte nur noch besser werden. Wurde es dann auch. Die Fähre ist mehr Kreuzfahrtschiff und aktuell sitze ich gerade auf einem Liegestuhl auf dem Hubschrauberlandeplatz und lasse mir die Abendsonne auf das Hirn scheinen. Lediglich die vielen besoffenen Norweger zerstören etwas das Bild, die offenbar in Kiel sehr viel Alkohol eingeladen haben und es nicht schaffen diesen verschlossen in die Heimat zu transportieren. Ansonsten ist es hier wie in Disneyland auf dem Meer, inklusive Aqualand mit Rutsche, Sauna und Whirlpool (was alles schon ausgiebig genutzt wurde, gegen immensen Aufpreis natürlich). Gleich geht es ins „Grand Buffet"-Restaurant, das im Hotelchecker sehr gelobt wurde. Für irgendwas muss die Seite ja auch mal gut sein. Mahlzeit und …

… bis morgen in Oslo!

Tag 242: Oslo

Also: Die Fähre ist echt super. Selbst die Ladenpassage ist der Hammer und ich habe schon jede Menge Geld ausgegeben. Das Essen im Buffetrestaurant war für eine „Fähre" überragend. Bei der Ankunft in Oslo hatte ich eigentlich erwartet, dass dort – ähnlich wie bei meiner letzten Kreuzfahrt – 20 Reisebusse stehen und alle wie die Lemminge zur Stadtrundfahrt abtransportieren, aber in Zeiten von Internetforen, war dann offenbar den meisten bewusst, dass Oslo recht überschaubar ist und das Schiff praktisch mitten in der Innenstadt an Land ging. Zwei traurige Busse standen dann am Fährterminal und schafften den klassischen deutschen Touristen mit Sandalen und Kamera um den Hals zu allen mehr oder weniger interessanten Sehenswürdigkeiten. Ich selbst bummelte durch die Altstadt, am Rathaus vorbei und zum Schloss, kaufte mir eine Norweger-Mütze und einen Troll und war dann pünktlich zur Abfahrt wieder auf dem Schiff. Auf dem Hubschrauberlandeplatz, der als Aussichtsdeck für die Haufenausfahrt umfunktioniert wurde, befanden sich nun allerdings sehr viele zugestiegene norwegische Familien mit aufgedrehten Kindern. Die Aussicht der Eltern auf den Kauf von verhältnismäßig billigem Alkohol in Kiel hat auch die Kleinen schon ganz kirre gemacht. Meine Reservierung im Gourmet Restaurant auf Deck 7 hat mich dann nur sehr bedingt befriedigt, weil mir einfach einige Dinge nicht schmecken wollten. Die Lunge vom Lamm ist nun mal nicht so meins …

Bis morgen!

Tag 243 + 244: Von Labskaus und Dosen-Pfirsich

Wieder angekommen in Kiel sollte es mit dem Auto via Bremen zurück nach Hause gehen. Die vielen Norweger an Bord konnten es gar nicht erwarten im Alkoholparadies Deutschland einzukaufen. Bremen ist übrigens eine sehr schöne Stadt, wie ich finde. Finanziell völlig ruiniert, aber schön. Besonders das Schnoor-Viertel hat es mir angetan. Zu Mittag gab es Labskaus mit Spiegelei, roter Bete, Gurke und einem Rollmops. Eine Premiere für mich. Sieht übel aus, schmeckt aber gut. Ist wie mit der Playa de Palma. Hört sich furchtbar an, ist aber irgendwie gar nicht schlecht. Um die Fahrt in den Süden Deutschlands erträglicher zu machen, habe ich dann noch einen weiteren Stopp eingebaut – in Dortmund. Warum ausgerechnet dort? Hmmh, lag irgendwie auf dem Weg, ich war noch nicht dort und das Hotel war mehr als nur preisgünstig. Liebe Dortmunder: an eurer Stadt kann ich nicht viel Schönes entdecken – tut mir wirklich sehr leid. Vielleicht hätte ich einen Einheimischen gebraucht, der mir das Lokalkolorit etwas näher hätte bringen können. So bleiben mir nur die wirklich marode U-Bahn und der Fitnesssalat mit Dosen-Pfirsich in Erinnerung. Auf der weiteren Fahrt kam mir dann die spontane Idee in Bad Neuenahr anzuhalten – ein Kurort ziemlich genau in der Mitte von Deutschland, den ich häufig verkaufe und selbst noch nicht kennenlernen durfte. Da ich gerne zwei Fliegen mit einer Klappe schlage, wurde auf der Autobahn kurz abgebogen. In der Ahr-Therme habe ich dann für rund zwei Stunden im Whirlpool geblubbert und im Thermalbecken entspannt. Morgen dann wieder Alltag.

Bin gespannt!

Tag 245: Wie schön, dass Sie im Internet gebucht haben

Eine sehr gute Freundin hat mir heute mitgeteilt, dass mein Blog zu negativ ist. Ich habe ihr erklärt, dass es natürlich recht schwierig ist die positiven Dinge überspitzt darzustellen, aber ich versuche jetzt das Positive herauszukristallisieren, auch wenn es mir manches Mal schwer fällt. Zum Beispiel ein Anruf bei meiner Kollegin.

Kunde: „Ich habe gebucht, aber keine Kofferanhänger mitbekommen."

Kollegin: „Haben Sie denn bei uns gebucht?"

Kunde: „Ja, aber im Internet ..."

Kollegin (schnaub): „Ach so. Na, Sie können sich die Kofferanhänger an Ihrem Abflughafen besorgen. Die gibt es bei jeder Fluggesellschaft."

Kunde: „Ach, Sie bieten diesen Service nicht an?"

Kollegin: „Wenn Sie möchten kommen Sie doch einfach im Büro vorbei, wenn Sie mal die Tage in der Innenstadt sind, dann geben wir Ihnen ein paar Anhänger."

Kunde: „Also ich wohne in Hintertupfingen, das ist zu weit. Können Sie mir die Anhänger nicht per Post schicken?"

Das Positive wäre dann wohl, dass er uns im Telefonbuch entdeckt hat, oder was meint ihr?

Bis morgen!

Tag 246: 3/4

Heute begann der Tag nicht so vielversprechend, da meine erste Kundin mich durchaus verwirrte ...

Kundin: „Hallo. Haben Sie auch Last Minute für das Allgäu?"

Ich: „Ja, ich kann gerne nachschauen, was wir da noch für Sie haben?"

Kundin: „Hätte gerne was mit Dreiviertelpension!"

Ich: „?!"

Dreiviertelpension. Habe ich persönlich noch nie gehört, aber nach Recherche bei Google feststellen müssen, dass das eine gängige Verpflegungsform z. B. im Bayerischen Wald ist. Gerne werden Rentner damit gelockt – ist im Grunde Halbpension mit Kaffee und Kuchen am Nachmittag. Dreiviertelpension hatte ich allerdings nicht.

Ich: „Dürfte es auch was mit AI sein, denn das ist mehr als 3/4!"

Kundin: „Ja, das ginge auch."

Na, Gott sei Dank!

Wunderbar sind auch die Anrufe von einem ganz bestimmten Frauentyp, der einer Generation entspringt, der mir ebenfalls Rätsel aufgibt. Das Gespräch läuft dann ungefähr so ab.

Ich: „So, Frau Schneider. Wären Sie so nett und würden mir noch Ihren Vornamen sagen."

Kundin: „Werner!"

Ich (mit Ironie): „Das ist aber ein interessanter Frauenname ..."

Kundin (versteht im Regelfall keine Ironie): „Nee, das ist der Name von meinem Mann."

Ich (freundlich, aber irgendwie bekomme ich den Erzieherton nicht so ganz aus der Stimme): „Ja, das dachte ich mir. Aber Sie persönlich haben doch sicher auch einen Vornamen?"

Kundin: „Ach, so. Natürlich. Anemie!"

Ich: „Alles klar, ich notiere mir Ihre Wünsche und melde mich, wenn ich das Passende habe!"

Sollte ich eine eigene Identität für die Frau Schneider finden, kann ich auch anrufen. Sehr gerne. Gebührenfrei!

Bis morgen!

Tag 247: Ist denn schon Weihnachten?

Heute war mein freier Tag und ich hatte einen vergnüglichen Termin zu einer Magenspieglung. Wohl zu viel Stress und Aufregung in der letzten Zeit haben zu Sodbrennen, Völlegefühl und Magendruck geführt. Dürfte gerne endlich besser werden. Meine Stammkundschaft zieht aber einfach nicht so richtig dieses Jahr. Irgendwie ging es mir trotzdem runter wie Öl, dass sehr gute Kunden die Ägypten bei mir buchen wollten und dann einfach bei der Konkurrenz gebucht haben, weil sie „zufällig am Büro vorbeigelaufen sind" (Hallo?), jetzt den Reisevertrag gekündigt bekommen haben und jammernd bei uns aufgeschlagen sind. Jetzt fliegen sie nach Griechenland. Hätten sie gleich haben können. Besser gleich gebucht hätte auch mein junges französisches Pärchen gestern. Zwanzig Minuten lang habe ich hervorragende Last-Minute-Angebote runter gebetet – alles um die 600 Euro mit 4 Sternen und AI und alles noch abfliegend im September. Auf meine Frage, ob denn was Passendes dabei wäre, bekam ich.

Kunde: „Aber haben Sie nicht noch was in Last-Minute?"

Heul!!!

Tag 248: Wien zum Abgewöhnen

Wien ist eine traumhafte Stadt und ähnlich wie Berlin immer recht günstig zu ergattern. Gäbe es da nicht die Sorte Kunden, die auf göttliche Wunder im Preiskampf hoffen würden. Insgesamt vier Mal wurden wir beehrt, bis dann endlich unser günstigster Vorschlag akzeptiert und mit viel Tamtam gebucht wurde. Hätte man einfacher haben können. War offenbar eine der ersten Reisen des Paares, das noch die rüstige Mutter dabei hatte. Unsere Versuche ein etwas besser bewertetes Hotel zu nehmen waren immer wieder im Keime erstickt worden. Heute dann ein Anruf aus Österreich.

Ich: „Hallo. XYZ Tours, Macha Urlaub, guten Tag!"

Herr an der anderen Leitung: „Grüß Gott, Hotel Unsacher. Ich habe hier Kunden sitzen, die die Zimmer nicht akzeptieren und weiß nicht mehr was ich mit ihnen machen soll."

Ich: „Habe schon eine Ahnung, um wen es sich handelt."

Ja, das Drama nahm seinen Lauf. Das Hotel hatte eine Vielzahl von Zimmer gezeigt, keines war gut genug. Über Stunden saßen sie jetzt an der Lobby und irgendwann wurde es dem Hotelier zu bunt. Ich hatte dann die Aufgabe eine Alternative zu organisieren. Im anderen Hotel arbeitete eine Asiatin am Empfang und ich hatte meine liebe Mühe ihr zu erklären, dass jetzt gleich potenzielle Kunden kämen, die sich erst mal ein Zimmer anschauen wollten, bevor sie einchecken würden. Der Kunde haderte mit allem und auch meine Versuche ihn in die Realität zu holen, schlugen fehl.

To be contiued!

Tag 249: Fenster, Klimaanlage, Barcelona

Heute gepflegte Langeweile und ein paar nette Stammkunden die mich mit „Sie finden schon was Schönes für uns“ begrüßten. So macht Arbeit Spaß. Aber leider reicht es hinten und vorne nicht, was die Umsätze angeht und offenbar sind diese Probleme nicht nur bei mir im Büro Realität. Zum Glück haben sich die Hotel-Verfügbarkeiten ab Ende September wieder normalisiert, aber irgendwie kann ich die Kunden ja verstehen, dass sie keine Lust haben für 800 Euro nur 3 Sterne auf den Kanaren zu bekommen.

Jedenfalls berichte ich heute von einem Kollegen, der sich mit einer „lustigen“ Reklamation herumschlägt. Eine Kundin mit osteuropäischem Migrationshintergrund ist in Barcelona unterwegs und hat über die Tochter einen Riesenterz gemacht, dass sie nur in einer Abstellkammer ohne Fenster und ohne Klimaanlage untergebracht ist.

Mein Kollege hat dann versprochen den Hotelier anzuschreiben, da das Englisch der Kundin unglücklicherweise nicht vorhanden war. Seine freundliche aber bestimmte Mail enthielt wenig Bedrohliches, aber der Hotelier hatte eine sehr interessante Art der Beantwortung parat.

Hotel: „Please be sure of what you are writing!“

oder …

Hotel: „We don't accept any imposition due to false and offensive guest complain.“

und …

Hotel: „We really don't want to work with this type of agency that doesn't verify the truth.“

Hilfe! Da beschwert man sich und als Antwort gibt es ganz schön was auf die Nüsse. Mein Kollege hat dann bei der reizenden Lendenfrucht der osteuropäischen Kabuff-

Bewohnerin nachgefragt, ob denn wirklich keine Klimaanlage und auch kein Fenster im Zimmer wäre, da der Hotelier mittelschwer empfindlich reagiert hat. Und siehe da: Plötzlich ist da ein Fenster. Und eine Klimaanlage ist auch vorhanden. Aber die Mutter hat so furchtbar warm. Kann irgendwie passieren in Barcelona im Hochsommer. Mein Kollege hat dann die Kundin vor Ort angerufen, nachdem er am nächsten Tag eine E-Mail vom Hotelier bekommen hat. Er hat es sich offenbar nicht nehmen lassen seinen Ruf wiederherzustellen und eine Flut von Fotos zu besagtem Zimmer zu machen. Die Kundin fand das nicht so lustig:

Kundin: „Klimaanlage funktionieren nicht richtig gut. Wenn Fenster auf dann nicht kühl mit Klimaanlage."

Kollege: „Wie wäre es, wenn Sie die Fenster zulassen, wenn Sie die Klimaanlage anschalten. Normalerweise funktioniert die nämlich nur, wenn das Fenster geschlossen ist."

Kundin: „Komme mir Geld nach Reise abholen. War ja schließlich Reisemangel."

?

... to be continued

Tag 250 + 251: Woran du erkennst, dass dein Kunde deinen Tod plant ...

Kalabrien! Die Sonne brennt! Manches Mal zu sehr. Auf den Schädel zum Beispiel. Schon wieder hat mein Kollege eine Reklamation auf dem Tisch. Dieses Mal aus dem schönen Italien.

Der Busfahrer, der für die Reiseleitung arbeitet, hat den aggressiven Kunden wohl offenbar schon bei der Anreise auf irgendeine Art und Weise verärgert. Was genau passiert ist, konnte er unglücklicherweise nicht wiedergeben. Sehr schade eigentlich. Würde nämlich einiges erklären.

Jedenfalls war der Busfahrer auch für die Abholung aus dem Hotel verantwortlich und hat – bitte festhalten – die Reisetasche „sehr barsch" in den Bus geworfen und „sehr grimmig" geschaut. Und dann hat er plötzlich die Hände gehoben, was der Kunde als Attacke gewertet hat. Er hat dann dem Busfahrer eine Kopfnuss gegeben. Der Busfahrer liegt jetzt im Krankenhaus – mit gebrochener Nase. Mein Kollege kann jetzt gucken wie er klar kommt, da die Polizei keine Anzeige aufgenommen hat. Ging wohl im Abflugchaos unter.

Mit freundlichen Grüßen und ein schönes Wochenende!

Tag 252: Er steht einfach nicht auf dich

Ein stressiger Montag. Für zwei geredet, für drei gebucht. Am Abend ist man(n) selig. Auch wenn heute zwischendrin so ganz „geile" Herzchen da waren. Ja, richtig gehört. Unter anderem ein Kunde (Typ Horst Schlämmer mit Hawaiihemd, selbiges offen bis zum dritten Knopf mit sehr vielen weißen Haaren auf der Brust), dem einfach nicht auffallen will, dass er so überhaupt nicht mein Fall ist. Da gruselt es mich schon gleich, wenn er reinkommt. Grundsätzlich ist er ja nett, aber die Gespräche verlaufen meist so.

Kunde (anzüglich): „Ach, heute sehen Sie aber wieder gut aus."

Ich (mittelschwer irritiert): „Äh. Danke! Wie nett!" (bin unrasiert, hab Ringe unter den Augen und den „Igitt-Blick")

Kunde (flötend): „Ach, nix zu danken. Schönheit hin, wo sie hingehört."

Ich: „?!" (würg!)

Könnte mein Vater sein. Glaub mein Vater ist sogar noch jünger. Aber weiter im Text.

Kunde: „Ist Ihr anderer gut aussehender Kollege nicht mehr da?"

Reiche ihm wohl nicht. Sehr gut!

Ich: „Nee, der arbeitet jetzt woanders." (Was sehr schade ist, da sich das Elend jetzt komplett auf mich konzentriert, weil ich ansonsten nur drei gut aussehende Damen im Team habe)

Kunde: „Wie schade!"

Ich: „Ja, finde ICH auch!"

Gebucht hat er nicht. Bis morgen!

Tag 253: Wer will noch mal? Wer hat noch nicht?

Heute hatten wir eine Street-Promotion mit einem Gewinnspiel. War wieder ganz lustig mit anzusehen, wie der Promoter mit den Menschen vor der Tür gekämpft hat. Für das Gewinnspiel musste man Namen und E-Mail-Adresse angegeben – Werbung konnte man mit Kreuzchen ablehnen. Das Übliche halt. Aber was man zu hören bekommt, ist irre komisch.

Kunde: „Ich weiß meine Mailadresse nicht auswendig. Ich schreibe mir selbst so selten."

Haha! Noch nie gehört. Schon gar nicht, wenn es um die Handynummer geht.

Kunde: „Meine E-Mail-Adresse ist falsch. Das B muss groß geschrieben werden."

Immer wieder gerne genommen. Dabei ist es egal, ob die Buchstaben groß oder klein geschrieben sind. Diskussionen bringen nix. Einfach den Buchstaben groß schreiben.

Kunde: „Hinter meinen Vornamen kommt dieser Strich unten und dann das Ätz-Zeichen."

Super gut! Ist mein Favorit.

Dann stand einer vor mir. Ein Kandidat, der schon bei den letzten Gewinnspielen mitgemacht hat.

Kunde: „Für wann ist die Reise?"

Ich: „Das steht noch nicht fest. Wenn Sie gewonnen haben, wird das mit Ihnen abgestimmt."

Kunde: „Und wann weiß man, ob man gewonnen hat?"

Ich: „Das wird nicht von uns ausgelost, sondern zentral gezogen. Sie bekommen eine E-Mail."

Kunde: „Ich rufe meine Mails nicht so oft ab."

Was soll man darauf denn bitte sagen?

Ich: „Ähm. Na, wenn Sie sicher sein wollen, wäre es schon gut, wenn Sie öfter nach den Mails schauen würden."

Kunde: „Und wie hoch sind meine Chancen zu gewinnen?"

Ich: „Hallo?"

Bis morgen!

Tag 254: Kackwetter

Regen, Regen, Regen. Und dazwischen kamen manchmal ein paar Kunden. Zwei Jungs wollten gerne nach Mallorca oder Ibiza – zum Feiern. Blöderweise im Oktober.

Ich: „Auf Ibiza ist die Saison dann leider schon zu Ende. Club Punter Kohlrabi wäre noch eine Möglichkeit, aber die bekannten Clubs wie Pacha und Co. haben schon zu. Mallorca wird auch nicht mehr ganz so viel sein, aber das wäre auf jeden Fall noch besser. Sollen wir mal Ballermann gucken?"

Kunde: „Was für ein Mann?"

Ich: „Ballermann. Playa de Palma. Rotes Pferd. Jürgen Drews?"

Kunde: „Ach so. Ja, das wollten wir eh ..."

Also suche ich Angebote, die ins Budget passen. Die zwei Tiefflieger sind aber nicht allzu willig und „wollen sich das ein paar Tage überlegen".

Ich: „Kann aber nicht versprechen, ob das noch so lange verfügbar ist. Soll ich Ihnen die Angebote ausdrucken?"

Kunde: „Ja, das wäre gut. Wir müssen auch jetzt los. Muss dringend scheißen."

Ich: „Ach so. Na dann ..."

Bis morgen!

Tag 255: Alles kein MUSS

Ich (am Telefon): „Reisebüro XYZ mein Name ist Machma Urlaub, was kann ich für Sie tun?"

Kunde: „Ach, super, dass Sie ran gehen und noch besser, dass ich Sie direkt persönlich dran habe. Habe über Sie im Internet gelesen, dass Sie so gut sind, da sind Bewertungen über Sie drin. Auch Sie persönlich und da dachte ich mir ich rufe mal an. Also ich suche einen schönen Urlaub. Ich sage immer ‚ich', dabei sind wir ja zu zweit. Wissen Sie, meine Frau und ich. Meine Frau kommt aus Thailand. Das Land der aufgehenden Sonne. Falls Sie es wissen wollen. Und ja: Wir möchten gerne weg. Irgendwohin wo die Sonne scheint im Oktober. Ein gutes Hotel. Muss nicht das Beste sein. Aber 3 Sterne plus. Schöne Gartenanlage wäre auch toll. Ist aber kein Muss. So Griechenland in Kreta. Ich war mal vor 20 Jahren auf Rhodos. Da war es schön. So die Altstadt und so. Aber ich würde gerne nach Kreta. Außer Sie haben noch Vorschläge. Sie kennen sich ja da besser aus. Aber wir nehmen auch ganz was anderes. Es muss nur passen Wissen Sie? Auch Andalusien ist sicher schön. Oder Algarve. Da ist es doch auch schön. Muss nur schön sein, wissen Sie? Wir sind da auch ganz flexibel. Von 7 bis 14 Tagen geht alles. Auch kosten darf es was. Soll nur nicht zu teuer sein. Aber es muss nicht das Billigste sein. Wissen Sie?“

Ich: „?“

Bis morgen!

Tag 256: Ohne Punkt und Komma

Kunde: „Super, dass ich Sie wieder dran habe. Ich habe schon mit Ihrer Kollegin gesprochen. Habe ja gestern schon mal angerufen. Sie haben mir tolle Angebote geschickt. Toll! Genau wie in den Internetbewertungen über Sie. Sie brauchen auch keine Angst zu haben (hab ich nicht, nur Angst, dass ich wieder nix sagen darf). Wir buchen auf jeden Fall über Sie. Also, die Kollegin hat mir neue Angebote geschickt, da sich das Datum geändert hat. Wir haben jetzt ein anderes Datum. Die Schwiegermutter wird da operiert. Aber eigentlich ist Sie nicht meine Schwiegermutter. Bin ja gar nicht mit meiner Frau verheiratet. Eigentlich ist Sie dann auch nicht meine Frau (*kicher*), aber ich sage immer Frau. Sie kommt aus Thailand wenn Sie es genau wissen wollen (weiß ich doch schon) (habe mal kurz den Hörer zur Seite gelegt und was getrunken) und ich wollte wissen, welches Hotel Sie besser finden würden. Ich meine Sie kennen sich ja aus. Oder? Waren Sie schon mal in Griechenland? Bestimmt, nicht wahr? Also ich habe zwei Hotels zur Auswahl und ich weiß nicht. Das eine sieht gut aus, das andere aber auch. Also beide sind gut. Das eine ist allerdings etwas größer, das andere etwas kleiner. Aber bei dem einen gibt es Kieselstrand und das andere hat mehr Sandstrand Schatz!!!! (hält den Hörer weg) Schatz!!! Was willst du lieber?"

Sehr genervte Stimme aus dem Off: „Es mir total egal. Mach jetzt endlich!!!"

Kunde: „Hihi. Ungeduldig, meine Frau ..."

Ich: „Ich würde Ihnen das kleinere Hotel empfehlen. Da habe ich selbst schon mal Urlaub gemacht!" (YEAH!!! Ich konnte endlich etwas sagen!!!)

Kunde: „Ach, wirklich. Mir würde das größere Hotel dann doch besser gefallen."

Glaube die Frau – die nicht seine Frau ist – ist froh, wenn der Gute in der Nacht schläft.

Bis morgen!

Tag 257 + 258: Fettnäpfchen-Wetthüpfen

In den letzten Tagen hatten wir richtig was zu tun. Einigen Kunden ist dann tatsächlich aufgefallen, dass der Herbst da ist und die entsprechenden Ferien nicht mehr weit. Vor unserem Büro tobte am Wochenende dann auch das absolute Horrorwetter – Nieselregen mit Wind. Schirm aus dem Grunde auch irgendwie überflüssig. Zu allem Überfluss fiel dann unsere Internetverbindung aus, was zur Folge hatte, dass wir technisch nicht so ganz toll da standen und nur die Hälfte der Systeme funktionierte.

Ich (zum wiederholten Male): „Tut mir sehr leid, dass es so lange dauert. Wir haben gerade Probleme mit unserem Server. Unser Internet ist ausgefallen und das System ist seither langsam."

Kundin: „Das liegt bestimmt am Regen!"

Ich (lache): „Ja bestimmt!"

Kundin: „Warum lachen Sie jetzt? Kann das nicht sein ...?"

?

Naja, mal wieder Fettnäpfchen. Sollte mich vorab entschuldigen, dass ich ein gewisses Maß an Intelligenz voraussetze und das Internet nicht wegen Regen ausfällt. Zumindest ist mir diese Möglichkeit unbekannt. Meine Kollegin hatte mal vor vielen Jahren einer sehr korpulenten Dame während der Beratung eine Frage gestellt, die man nie, nie, nie stellen darf.

Kollegin: „Na, wann ist es denn bei Ihnen so weit?"

Kundin (lacht): „Nee, nee. Ich bin immer so dick ..."

Kollegin: „Oh!"

Zum Glück hat die kräftige Lady das mit Humor genommen.

Ich hatte zuletzt ein tolles altes Ehepaar, das mich jungen Mann irgendwie super fand. Schnell waren zwei Einzelzimmer gebucht, weil ein Schnarcher unter ihnen war und am Ende, nachdem ich die Unterlagen sauber verpackt hatte und noch ein kleines Dankeschön mit auf den Weg geben wollte.

Ich: „Was mögen Sie lieber? Prosecco oder Wein?"

Dame: „Ach nee. Für mich jetzt nichts. Ich muss noch fahren."

Ich: „Nee, nee. Nicht für jetzt. Zum Mitnehmen."

Dame: „Ach so. Ich dachte Sie machen noch einen Ausschank ..."

Süß, oder?

Bis Montag!

Tag 259: Initiativbewerbung extrem

Kundin: „Hallo, ich hätte gerne ein Angebot für Mallorca, mit einer behinderten Person, zwei Allergikern, nur mit guten Flugzeiten und nur mit mehr als 5,3 von 6 Punkten in der Gesamtbewertung bei Hotelchecker.de. Abflug in den nächsten Tagen! Und günstig soll es auch sein. Und ein gutes Zimmer, keine Abstellkammer und Meerblick auf jeden Fall. Ein Doppelzimmer- und ein Einzelzimmer."

Öhm? Hätte nur noch gefehlt, dass sie einen Hund mitnehmen wollte. Nachdem meine Mitarbeiterin engelsgleich nach Angeboten gesucht hat und sie endlich fündig wurde, hatte das doofe Hotel eine Baustelle. Manchmal sollte man es gleich sein lassen. Die Situation auf Mallorca scheint wohl eh aktuell sehr angespannt zu sein. Ansonsten wäre das einfach gewesen.

Angespannt war auch eine Frau die wohl bereits letzte Woche angerufen hatte und für ein Praktikum für ihre Tochter angefragt hatte. Offenbar landete die E-Mail bzw. die Bewerbung auf meinem jede Woche wachsenden Berg an Initiativbewerbungen, mit denen ich nix anfangen kann. Meine Kollegin hatte versichert, dass ich mich melde, falls ich Interesse habe. Der Umkehrschluss sollte einleuchtend sein. Heute dann der empörte Anruf.

Dame: „Ich hatte letzte Woche schon mal angerufen. Man wollte mich zurückrufen, wegen dem Praktikum von meiner Tochter. Finde ich nicht in Ordnung, dass das niemand gemacht hat!“

Ich: „Wir haben im Moment keine offenen Stellen. Außerdem hat meine Mitarbeiterin Ihnen gesagt, dass ich mich melde bei Interesse. Tut mir leid.“

Dame: „Ich finde da könnte man durchaus mal Bescheid sagen.“

Ich: „Da es eine Initiativbewerbung war und meine Mitarbeiterin Ihnen gesagt hat, dass sich jemand meldet sofern Interesse bestünde, sollte klar sein, dass wir aktuell niemanden suchen.“

Dame: „Es geht um ein Praktikum ... das ist ja jetzt wohl kein Problem ...“

Hallo? Noch was bitte? Darf ich nicht mehr selbst entscheiden? Und warum ruft die Göre nicht selbst an?

Ich: „Wie gesagt. Tut mir leid. Kein Interesse ...“

Dame (schreiend): „Das ist eine Unverschämtheit ich.

Ich habe dann aufgelegt, was ich wirklich sonst nicht mache ... aber nur weil jemand ein doofes Wochenende hatte, muss ich ja nicht herhalten.

Bis morgen!

Tag 260: Zum Abschuss freigegeben

Heute ist irgendwie nicht viel passiert. Was erzähle ich euch nur? Hmmh also bevor es ins Büro ging, hatte ich einen Friseurtermin. Frisch frisiert hatte ich dann ein überbuchtes Hotel und ein Alternativhaus, das den Kunden und auch mir nicht gepasst hat. Damit war ich dann den ganzen Tag beschäftigt. Kundin getätschelt, Alternative gesucht, Alternative angeboten, Preis mit dem Veranstalter verhandelt, umgebucht. Kunden getätschelt. Am Ende waren alle glücklich. Zwischendrin dann meine „geliebte“ Stammkundin, die verzweifelt versucht mit mir zu flirten und mich eigentlich die ganze Zeit nur beleidigt. Dieses Mal sollte es nach Mallorca gehen, zum unmöglichen Termin nächste Woche, wo nur noch die sauteuren oder saubilligen Hotels verfügbar sind. Sollte so 400 Euro kosten und das Grauen nahm seinen Lauf.

Kundin: „Sie wollen mein Geld wohl nicht?“

Ich: „Doch, ich liebe Ihr Geld. Aber ich habe keine Hotels mehr. Sie können mir mehr Geld geben, dann habe ich vielleicht was (zwinker).“

Kundin: „Sie wollen wohl, dass ich zelte oder am Strand schlafe?“

Ich: „Das wäre doch mal was (zwinker).“

Kundin: „Ich sehe schon. Heute gibt es Tote.“ (formt ihre Hand zu einer Pistole, hebt den Arm, zielt auf mich und macht *bäng*)

Ich: „Äh?“

Kundin: „Dann fahren wir in den Harz!“

Bis morgen!

Tag 261: Gleich ist gleich

Heute war mein freier Tag. Und während im Büro die Grippe grassiert, musste ich an eine Kundin von letzter Woche denken, mit der sich meine neue Mitarbeiterin herumschlagen musste. Eigentlich ein einfacher Fall. Kundin wollte Preise für drei Hotels in der Türkei, zu einem ganz bestimmten Zeitraum, für eine bestimmte Aufenthaltsdauer und einen bestimmten Abflughafen. Eine perfekte Übung für die neue Kollegin. Alles schön in die Suchmaschine eingegeben, die besten Angebote sortiert, die Zimmerarten geprüft, verschiedene Uhrzeiten nachgeschaut und via Hotelchecker die Bewertungen verglichen und das Für und Wider abgewägt. Dann der Anruf.

Kollegin: „Hallo Frau Schneider. Ich habe folgende Preise für die Hotels."

Meine Kollegin hat dann alles runter gebetet, Flugzeiten vorgetragen usw. ...

Kundin: „Ach nee. Das sind ja die gleichen Preise wie bei uns im Dorfreisebüro. Nee, dann buch ich dort. Aber danke!"

Tja, wir kochen auch nur mit Wasser und nicht mit Dom Peringnon.

Bis morgen!

Tag 262: Geografie 6, setzen!

Es gibt so Tage. Heute musste ich alleine arbeiten, was Krankheit und Urlaub geschuldet war. An sich immer ungünstig, aber seit gestern herrscht im Büro lähmende Langeweile. Und an solchen Tagen bekommt man immer Besuch von den ganz speziellen Kunden, die einen schlimmen Tag zumeist noch schlimmer machen. Draußen auf der Bank studierte eine betagte Dame schon etliche Minuten einen unserer Flyer. In dem Moment, wo das Telefon nach drei Stunden zum ersten Mal läutete, kam sie natürlich herein – war ja klar. Das Unheil nahm seinen Lauf.

Ich (motiviert): „Hallo, guten Tag. Was kann ich für Sie tun?"

Kundin (mit ausländischem Akzent, Herkunft undefinierbar): „Ich hätte gerne was mit schöner Landschaft."

Die darauf folgende Bedarfsanalyse gestaltete sich als schwierig bis unmöglich. Am Ende wusste ich allerdings, dass die Tochter mit durfte (musste?), die Tochter am Strand liegen und die ältere Dame gerne „Landschaft" wollte. Erst nach längerer Zeit rückte sie damit raus, dass sie unter Landschaft etwas wie die Alpen verstand. Großartig! Und warm sollte es sein. Leider lag das Datum mitten in den Herbstferien, das Budget bei schlappen 600 Euro. Lediglich Kemer mit dem Taurus Gebirge war meine Rettung. In meiner Verzweiflung hatte ich noch was auf Djerba entdeckt. Und dann saß sie da auf unserer Bürocouch und starrte verzweifelt auf die Angebote. Ab jetzt wurde es richtig nervig, denn ich musste fünfzehn Minuten lang auf eine Entfernung von drei Metern die schönsten Fragen der Welt beantworten.

Kundin: „Ist Djerba der schönste Ort in Afrika?"

Ich: „Ähmmh Djerba hat sehr tolle Strände und zu der Zeit auch ein sehr gutes Klima!" (Klar, der allerschönste Ort in Afrika. Zumindest der, der für 500 Euro die Woche zu bekommen ist.)

Kundin: „Ist da schöne Landschaft?"

Ich: „Das kommt darauf an, was man darunter versteht. Ist halt eher wüstenähnlich."

Kundin: „Ist es dort schön grün?"

Schon nicht mehr ganz so motiviert. Klar, wenn man farbenblind ist, schon. Erst mal das Wort WÜSTE erklärt. Danach wieder ein paar Minuten Stille auf der Couch. War halt gemütlich und warm hatte ich so im Gefühl.

Kundin: „Und wie wäre es mit Australien?"

Ich: „Wie bitte?"

Kundin: „Reicht dafür eine Woche?“

Ich: „Australien ist ein Kontinent. So groß wie ganz Europa. Bin mir nicht so sicher, ob das reicht. Geschweige denn, ob Ihr Budget dafür ausreicht.“

Kundin: „Ach, ist das teurer? Wie lange fliegt man da?“

Ich: „So 22 Stunden?“

Kundin: „Ach, ist das so weit? Hat man da schöne Landschaft?“

Ich: „Ganz bestimmt!“

Bis zum Themenkomplex Down Under wäre es eine normale Beratung gewesen, mit Abzügen in der B-Note. So konnte ich das nicht so recht ernst nehmen. Nach einer Weile kam der DHL-Mann und die Unruhe brachte sie von der Couch hoch.

Kundin: „Müssen Urlaub verschieben. Komme mit Tochter!“ (Bloß nicht!)

Bis morgen!

Tag 263: Wien, Wien, Wien, Wien, Wien, Wien …

Meine Wien Kunden sind zurück und mit ihnen eine Flut von Bildern, die ich mir alle anschauen muss. Das Smartphone gibt alles und ich habe an diesem Tag schon zwei weitere Reklamationen abbekommen und keinen Nerven mehr. Zunächst zähle ich noch mit, aber nach Bild 45 (!) gebe ich entkräftet auf. Irgendwann war es auch nicht mehr schön. Besonders schön und sauber war Hotel Unsacher wirklich nicht. Das muss ich zugeben. Aber keine Ahnung, wie viele Zimmer die sich angeschaut haben, bei der Menge an Bildmaterial. Die Kunden wollten jetzt gerne den Aufpreis für das neue Hotel von mir zurück. Aber meine Erklärung, dass das neue Hotel auch teurer war, stößt auf große Augen. Ich werde erst vom Bildergucken erlöst, als die privaten Fotos auftauchen – die, die man nicht sehen will. Am Ende kommt dann noch eine Kundin mit einem Zettel, den sie mir unter die Nase hält. Reden ist nicht heute. Nur Bilder gucken und ablesen. Sie will nach Sentapark. Sehr goldig. Aber woher soll sie denn wissen, dass das ganz anders geschrieben wird. Die Wien Kunden fand es ja auch komisch, dass ein besseres Hotel mehr kostet.

Happy weekend!

Tag 264 + 265: Und noch einmal: Kofferanhänger für alle!

Gerüstet auf einen Sturm von Anfragen, wehte dann eher ein laues Lüftchen durch das Büro. Eine komplette Großfamilie aus Sri Lanka wollte gerne nach Kanada, und da ich eine sehr bemühte und freundliche neue Mitarbeiterin habe, musste sie 90 Minuten lang Preise checken und komplizierte Namen eingegeben. Ich hatte lediglich eine Überwachungsfunktion. Am Ende hatten wir einen recht hohen Umsatz und ziemlich nix verdient.

Kurz vorm nahenden Wochenende, sehe ich dann eine gereizte Frau, die mein Flyer-Fach an der Tür halb auseinandernimmt. Keine Ahnung, warum sie so aggressiv auf Angebotssuche ist. Irgendwann höre ich dann ein „das sind aber alles keine Kofferanhänger“ und dann geht auch schon die Tür auf:

Kundin: „Ich hätte gerne ein paar Kofferanhänger!“

Ich: „Guten Tag!“

Kundin: „Haben Sie welche?“

Ich: „Haben Sie denn bei uns gebucht?“

Kundin: „Im Internet!“

Ich habe dann der Kundin die Geschichte vom Service und vom bösen Internet erzählt. Am Schluss hat sie dann ein paar Kofferanhänger bekommen und einen mahnenden Blick. Lustig – sie hat wirklich gedacht, dass die draußen an der Tür stecken.

Einen schönen Sonntag!

Tag 266: Der Erklär-Bar

Heute habe ich Rücken. Nachdem ich wochenlang sportlos nach Hamburg gejettet bin und von nun an am Wochenende zumeist zu Hause verweilen werde, ist es mal wieder an der Zeit. Offenbar ist am Nacken ein Gesichtsnerv eingeklemmt. Nein, natürlich nicht. Aber meine ersten drei Kunden fanden mich trotz guter Laune irgendwie doof. Vielleicht hatte ich eine Lähmung im Gesicht?

Kundin: „Und was bedeutet das mit den Sternen? Was für Sterne gibt es denn?“

Ich (deutlich irritiert): „Na, so von 1–5 Sterne ...?!“

Kundin: „Wenn das zu viel für Sie ist, dann gehe ich wieder.“

Ich (irritierter): „Tut mir leid. Habe ich Sie mit irgendwas verärgert?“

Kundin: „Ich war noch nie in Urlaub. Ich weiß das mit den Sternen nicht.“

Ich (noch irritierter): „Ach so. Na, das kann ich nicht wissen. Tut mir leid ... also ...“

Auch meine Mitarbeiterin hatte heute viel zu erklären, wenn auch Dinge die sehr selten erklärt werden müssen.

Kollegin: „Das Hotel hat eine ganz hervorragende Küche!"

Kundin: „Das verstehe ich nicht ..."

Man konnte die Fragezeichen wirklich über ihrem Kopf erkennen.

Kollegin: „Na, die Verpflegung ..."

Kundin: „Ach so. Habe mich schon gefragt was an der Küche so schön sein soll?"

Kollegin: „Öhm?"

Bis morgen!

Tag 267: Der Erklär-Bär Teil 2

Heute war ein prima Tag. Ruhig, ein paar gute Buchungen und sehr wenige unangenehme Menschen. Lustig waren mal wieder die Kurzzeitgedächtnisse meiner Kunden. Da kann man mit Engelszungen erklären (und ich kann das wie ein Roboter), so kurz vorm Urlaub kommen dann wieder die interessanten Fragen.

Kunde: „Wie viele Getränke dürfen wir mit an Bord nehmen?"

Ich: „So viele Sie möchten, vorausgesetzt Sie haben diese hinter der Sicherheitskontrolle gekauft."

Kunde: „Und kann ich 200 Milliliter mit an Bord nehmen?"

Ich: „Nee, nur maximal 100 Milliliter ..."

Kunde: „Was gibt es zu essen?"

Ich: „Öhm. So exakt kann Ihnen das nicht sagen. Wahrscheinlich ein belegtes Brötchen."

Kunde: „Und mit was sind die belegt?"

Ich: „Öhm?"

Kunde: „Okay, wie viel Gepäck darf ich mitnehmen?“

Ich (seufze innerlich, da alles schon runter gebetet und auch auf Bestätigung gedruckt): „23 Kilogramm und noch mal 6 Kilogramm Handgepäck.“

Kunde: „Darf ich dann 29 Kilo in den Koffer machen?“

Ich: „Nee, nur die 23 Kilo. Den Rest dann gerne ins Handgepäck.“

Kunde: „Wieso?“

Ich: „Na, weil das die Bedingungen der Airline sind.“

Kunde: „Und warum?“

Ich: „Ich kann es Ihnen nicht genau sagen. Ich gehe davon aus, dass die Damen und Herren am Check-in nicht so schwer heben sollen.“ (wahrscheinlich totaler Unsinn, aber plausibel)

Kunde: „Und wie groß darf der Koffer sein?“

Ich (oh nee): „Alles, was auf das Kofferband passt!“

Kunde: „Ach so!“

Das versteht man.

Bis morgen!

Tag 268: Weh, Weh, Weh, Punkt ...

So langsam kommen sie alle wieder zurück aus Urlaub und dem Krankenschein. Mitarbeiterin Nummer 1 hatte nach über zwei Wochen die Befürchtung alles verlernt zu haben, wurde aber von einer Dame wieder so schnell „trainiert“ dass sie sich gleich wieder heimisch fühlte und nach Urlaub lechzte.

Kundin: „Was haben Sie denn Schönes für Hamburg?“

Kollegin: „Für wann wäre das denn?“

Kundin: „Och, das kann ich nicht sagen ...“

Kollegin: „Ein Datum bräuchte ich schon (…). Wenn Sie wissen für wann, können Sie gerne wieder reinschauen."

Kundin: „Nee, das ist mir zu weit. Extra dafür vorbeizukommen. Das mache ich nicht."

Kollegin: „Wir informieren Sie auch gerne telefonisch. Gar kein Problem …"

Kundin: „Nee, das ist auch zu teuer!"

Kollegin: „Bitte?!"

Kundin: „Ich habe nur ein Prepaid-Handy … Anrufen ist zu teuer …"

Kollegin: „Aha!"

Kundin: „Was muss ich denn im Internetz eingeben. Ich habe noch nicht so lange Internetz und kenne mich damit nicht so aus … Dann gucke ich dort."

Ganz serviceorientiert hat die Kollegin dann tatsächlich unsere Homepage auf ein Stück Papier notiert und sehr vereinfacht das Prozedere erklärt, wie man einen Flug nach Hamburg finden kann. Die Kundin hat an ihren Lippen geklebt und alles mitgeschrieben.

Kundin: „WEHWEHWEH Punkt XYZ-TOURS Punkt Deh Eh …"

Ob das was wird?

Bis morgen!

Tag 269: Wenn die Gondeln Trauer tragen

In der Mittagspause hieß es: einrenken! So verbringt man gerne seine Freizeit. Aua, aua! Mit Tränen in den Augen ging es dann zurück ins Büro, wo meine Mitarbeiterin einen ganz traditionellen Lowcostair Kandidaten mit Angeboten behandelte. Verzweifelt kämpfte sie gegen die irren Preisvorstellungen mit verfügbaren Angeboten an. Ich kämpfte erneut mit den Tränen – vor Lachen!

Kunde: „Wie wäre es mit Venedig oder Rom?"

Kollegin: „Okay, schauen wir mal ..."

Kunde: „Ach, nee. Venedig ist besser. Bevor das Ding untergeht."

Kollegin: „Ding? Was für ein Ding?"

Kunde: „Na Venedig!"

Kollegin: „Ach so!"

Mit dem Angebot nach Dings zog er dann ab. Venedig wird so schnell nicht untergehen. Die arme Stadt. Immer diese Gerüchte. Gleiche Kollegin hatte kürzlich ähnlich sprachlos reagiert. Manchmal weiß man einfach keine Antwort mehr.

Kollegin: „Haben Sie schon mal bei uns gebucht?"

Kunde: „Nee, aber meine Exfrau!"

Kollegin: „?!"

Bis morgen!

Tag 270: Das Fremde in ihr

Ach Mensch! Deutsch ist so eine doofe Sprache. Könnte Englisch nicht meine Muttersprache sein? Alles so schön einfach. Stattdessen werde ich tagtäglich mit Französisch gequält und die reichlich vorhandenen Nur-Flug-Kunden (klingt abwertend, ich weiß) sind häufig der deutschen Sprache nicht wirklich mächtig, geschweige denn der Englischen.

Kundin: „Rrrrrrrrrahhhhallo. Brauchen Flugticket rrrrünstig nach Oh-Desssaaa."

Ich: „Odessa. Okay. Für wann?"

Kundin: „Oktober. RRRRinflug mit Ukrainisch Flugzeug. Rückflug Durchwinne."

Ja, da war er wieder. Der mir fremde Flughafen. Kommt fast täglich vor, dass ich Google bemühe, mir Flughäfen buchstabieren lasse und am Ende folgenden Satz heraushaue: „Sorry, wenn ich schon den Flughafen googeln muss, wird es da kein supermegabilliges Last-Minute-Schnäppchen geben."

Da weißte Bescheid, Schätzelein. Jedenfalls weiter im Text.

Ich: „Durchwinne? Ist das in der Ukraine?"

Kundin: „Nein. Austrierrrrr."

Ich: „In Österreich?"

Kundin: „Ja, Durchwinne ... Durchwinne fliegen ..."

Ich (mit laaaaanger Denkpause): „Ach, Sie meinen Wien. Ein Flugticket über Wien mit Austrian Airlines."

Kundin: „Sag ich doch. Durchwinne!"

Ist klar, oder?

Bis morgen!

Tag 271 + 272: Mein Name ist Hase

Man muss im Reisebüro auf alles gefasst sein. Wir wissen, wo das nächste Klo ist, wie man zur Touristeninformation kommt (wenn wir in unserer Stadt eine hätten) und kennen die Speisekarte vom Café nebenan („Haben die auch Latte Macchiato?").

Als ich meine Reisebüro-Karriere vor einigen Jahren begonnen habe, da hatten wir die Telefonnummer von einer stadtbekannten Psychotherapeutin übernommen. Ich kann nur sagen: Ich würde das nicht empfehlen. Selbst Jahre danach gab es noch den ein oder anderen Anruf.

Ich: „Willkommen bei XYZ-Tours, mein Name ist Hase, was kann ich für Sie tun?"

Kunde (ach nee, Patient): „Ist das hier die Praxis von Frau Doktor Meyer-Schmidt?"

Ich: „Nee, das ist XYZ-Tours ..."

Patient: „Sind Sie auch Therapeut?"

Tja, da war sie die Frage aller Fragen. Offiziell bin ich kein Therapeut, aber an manchen Tagen könnte man das tatsächlich glauben.

Ich: „So ähnlich."

Patient: „So ähnlich?"

Ich: „Nee, wir sind ein Reisebüro. Ich kann Ihnen aber die neue Nummer von Frau Doktor Meyer-Schmidt geben."

Tja, Therapeut, Auskunft und vieles mehr.

Schönes Wochenende und Grüße an meine Freunde Ayse und Max, die eine Reise bei mir gebucht haben und gerne im Blog erwähnt werden wollten!

Tag 273: Eine schöne neue Welt

Inzwischen hat es jeder bemerkt. Wenn sich in meinem Dienstplan auch nur eine kleine Lücke auftut, dann ergreife ich die Flucht. Ich habe irgendwie keine Ruhe und muss die Welt sehen. Dieses Mal sollte es eine Benelux-Tour werden, die ich schon lange auf meiner persönlichen Agenda hatte. Von der Heimat wollte ich zunächst nach Luxemburg. Ich war noch nie in Luxemburg, was eine Schande ist, weil es keine Entfernung ist, wenn man nicht gerade in Berlin oder Brandenburg lebt. Nicht mal mehr an die Tankerlebnisse meiner Eltern aus Kindheitstagen kann ich mich erinnern, aber man muss auch dazu sagen, dass das bereits mehr als 25 Jahre her ist und es sich auch damals noch mehr gelohnt hat. Dennoch wurde direkt an der Grenze vollgetankt und danach Luxemburg-City besichtigt. Im Reiseführer entdeckte ich voller Begeisterung, dass es hervorragenden Luxemburger Wein zu erwerben gibt, aber es verhält sich in der Luxemburger Innenstadt mit Supermärkten so wie in Manhattan mit einer gefüllten Blase auf der Suche nach einer Toilette. Nix zu finden! Auf der Fahrt Richtung Belgien kamen wir dann noch an einem Industriegebiet vorbei, in der Hoffnung dort eine Möglichkeit zu haben, einen guten Wein zu besorgen. Am Ende stand ich kopfschüttelnd bei Lidl. Vor der Rückfahrt wird anständig gegoogelt, wo ich den roten Rebensaft herbekomme. To be continued.

Weiter ging es dann in Richtung Zeeland, der Halbinselgruppe im Süden der Niederlande. Für mich persönlich eine völlig neue Welt, für meine Kunden jedoch nicht. Recht häufig werde ich im Sommer nach Badeurlaub dort gelöchert, muss dann allerdings immer mit gefährlichem Halbwissen aufwarten. Ab sofort bin ich Fan, nachdem ich mich in einem wunderbaren Resort im malerischen Middelburg nach einem entspannenden Bad neun langen Stunden erholsamem REM-Schlaf hingeben konnte. Zuvor bin ich in Zoutelande am Strand in den Sonnenuntergang spaziert. Ich komme wieder!

Bis morgen!

Tag 274: Sei vorsichtig mit deinen Wünschen

Guten Morgen aus Zeeland, wo das Land flach ist und die englischen Gäste an der Rezeption launig. Da musste sich die arme Rezeptionistin mal was anhören. Waren doch die Weingläser am Abend zuvor nicht voll genug. „There is something going on in this restaurant!“, drangsalierte der Spazierstockfetischist die arme Hotelmitarbeiterin. Irgendwann grummelte ich dann auch, weil mir das zu lange dauerte. Wollte doch noch den Rest von Zeeland und den Niederlanden sehen. Über die Delta-Sperrwerke ging es dann direkt in die Hauptstadt Amsterdam, in der das Parken am Straßenrand schlappe 36 Euro für 24 Stunden kostet. Nach der Fahrt in die Innenstadt ist man auch fast bereit das Auto in der Stadt zurückzulassen und es nie wieder abzuholen. Das Hotel an sich war nett. Es bestand nur aus einem Buchstaben und den Schlüssel erhielt man an Handschellen. Das Kellerkabuff war dann nach dem mehr als Resort ein Schock. Manches Mal sollte man sich doch als Reisebüromitarbeiter anmelden. Alles in allem war es aber okay und die perfekte Lage war das Allerwichtigste. Im Reiseführer hatte ich dann wieder mal etwas entdeckt, was ich unbedingt haben wollte. Nein, keine Holzschuhe (obwohl ich die natürlich auch gekauft habe), auch keinen Besuch im Coffeeshop – nein, ich wollte unbedingt original Amsterdamer Pannekoeken mit Käse und Schinken. Keine Ahnung wieso, aber ich hatte einen unstillbaren Appetit darauf. Wieder das gleiche Spiel – normalerweise gibt es Pannekoeken-Häuser an jeder Ecke, aber nicht wenn man danach sucht. Nach einer knappen Stunde wurden wir dann endlich fündig und die schiere Begeisterung eins gefunden zu haben unterdrückte die begründeten Zweifel, dass das Restaurant fast leer war. Die Pannekoeken waren naja. Das schmuddelige Interieur wurde zumindest mir erst nach gestilltem Hunger bewusst. Der Abend endete dann mit Übelkeit auf der einen und mit Durchfall auf der anderen Seite. Ob es einfach nur an der Megaportion Fett lag oder an den begründeten Zweifeln. Man weiß es nicht.

Bis morgen!

Tag 275 + 276: Brügge sehen und lieben!

Die Pfannkuchen sind verdaut und nach dem Frühstück ging es über den sehr tollen Albert Cuyp Markt zum Vondelpark und mit der S-Bahn zurück zum Hotel. Zuvor hatte ich über das Büro noch eine weitere Nacht in Brüssel gebucht. Es gibt einfach viel zu viel zu sehen und der Feiertag in Deutschland ermöglichte diese spontane Idee. Das Auto wartete schon auf die vielen Souvenirs. Holzschuhe, Cannabislutscher und Schokoladenpenisse. Unsere Fahrt führte uns zunächst nach Rotterdam, wo wir uns die Erasmusbrücke und viele andere architektonisch beeindruckende Bauten anschauten. Oh, ein Reim! Bei strahlendem Sonnenschein und unglaublich dichtem Verkehr ging es zurück nach Belgien, genauer gesagt nach Westflandern ins malerische Brügge. Durch einen Kinofilm auch in meiner Generation zu einer gewissen Berühmtheit gekommen, bin ich erst mal recht emotionslos vom Parkplatz losgelaufen, um dann Bauklötze staunend durch die Altstadt zu flanieren. Der Sonnenuntergang tauchte die Stadt in ein faszinierendes Licht, die vorbeigaloppierenden Pferdekutschen taten ihr Übriges. Einfach zu schön. Habe dann irgendwie nur darauf gewartet, dass Colin Farrell irgendwo auftaucht und mir eine Knarre an den Kopf hält. Jedenfalls ist Brügge ab sofort eine der schönsten Städte Europas für mich. Wäre gerne länger geblieben, aber wir mussten weiter nach Brüssel, wo das nächste Hotel wartete. Das Boutique Hotel verfügt laut der Website nur über „large rooms“ und „extra large rooms“, was nach dem Kellerkämmerlein vom Vortag schon fast als Buchungskriterium ausgereicht hätte.

Bis morgen!

Tag 277: Is(s) nicht!

Gestern dann also Brüssel. Die Anreise nach Amsterdam war schon anstrengend, aber das Tunnelsystem der belgischen Hauptstadt ist ein Albtraum. Besonders schön ist das alles bei Nacht. Die zahlreichen Tunnel und der damit einhergehende ständige Satellitenverlust des Navigationsgerätes taten ein Übriges: NEUBERECHNUNG! NEUBERECHNUNG! NEUBERECHNUNG! Am Ende dann ein Parkhaus, in Ermangelung an Alternativen. Im Vergleich zu Amsterdam ein Schnäppchen. Das Hotel war ziemlich nett, die Zimmer groß und auch die Belgier waren freundlich. Da die Füße schmerzten, mussten zum ersten Mal die Metro und Tram herhalten, was sich bei den Entfernungen in Brüssel auch als hilfreich erweisen sollte. Tolle Altstadt, eine lustige pinkelnde Hauptattraktion und Waffelduft, wohin die Nase reicht.

Nach luxemburgischem Wein und Amsterdamer Pfannkuchen waren jetzt die belgischen Pommes auf meinem Speiseplan. Ich hatte mir in einem brandneuen Reiseführer dann auch bereits einen Platz herausgesucht, auf dem so eine Original Brüsseler Pommes Bude zu finden sein sollte. War aber irgendwie wie mit Wein und Pfannkuchen. Is(s)' nicht! Etwas gefrustet ging es mit der maroden Metro zum Atomium und noch mal zurück in die Innenstadt um noch etwas Brüsseler Schokolade einzupacken. Und endlich – eine Pommes Bude. Heute sollten Wünsche wahr werden. Nach einer Stunde Berufsverkehr haben wir es dann aus der Innenstadt heraus geschafft, und da ich unbedingt noch so eine Flasche dummen Wein wollte, wurde eine bekannte

Luxemburger Supermarktkette in das nervige Navi eingegeben. Ankunft 19:58 Uhr.

Man kann nicht alles haben …

Bis morgen!

Tag 278 + 279: Pingpong

Irgendwo zwischen Amsterdam und sehr viel Langeweile im Büro ist Herbst geworden. Nach meinem Benelux-Trip zurück im Alltag, spielten meine tunesischen Kunden mal wieder Pingpong mit mir und meinen Mitarbeitern.

Kunde: „Brauchen günstig Ticket. Tunis."

Ich: „Enfidha. 363 Euro. Nix Besseres da."

Kunde: „Teuer! Nix gut!"

Ich: „Tut mir leid!"

Und weg war er! Eine halbe Stunde später dann der Anruf bei meiner Mitarbeiterin. Dieses Mal ist eine Frau dran, gleiches Datum, gleiche Wünsche. Meine Mitarbeiterin gibt die Preise raus.

Mitarbeiterin: „Enfidha. 363 Euro. Nix Besseres da."

Überraschung, wir haben die gleichen Preise. Die Frau ist verwundert. Denken wohl wir unterhalten uns nicht. Ich frage mich nur, was man in der Zeit alles machen könnte, die man mit solchen Gesprächen verliert. Man könnte z. B. Wein aus Luxemburg im Internet bestellen Eine weitere halbe Stunde vergeht. Jetzt stehen Frau und Mann vor mir, noch mal Tunesien, noch mal das gleiche Datum.

Ich: „Immer noch 363 Euro … Sorry!"

Kunde: „Na okay!"

Geht doch! Schönes Wochenende!

Tag 280: Hunger (auf Italien)?

Nach der Reise ist vor der Reise. Und so kam es, dass ich heute Abend schon wieder unterwegs war. Ich hatte ursprünglich Mitte des Jahres bereits eine kleine Toskana Reise geplant, die aus privaten Gründen nicht stattfinden konnte, aber eins der Hotels konnte ich umbuchen. Und so wurde die Reise jetzt gemacht, wenn auch in komplett verkürzter und stark modifizierter Form. Mit Lowcostair ging es nach Pisa. Ja, ich weiß – als Touristiker sollte man es besser wissen. Aber versucht mal einen Flug nach Pisa zu bekommen (oder Florenz) der nicht gleich 300 Euro kostet. Und so wurde die Fahrt zum Wald- und Wiesenflughafen Frankfurt-Hahn akzeptiert und das Handgepäck gewogen, vermessen und mit minimalem Kosmetikbestand nach Pisa transportiert. Hat dann auch gar nicht wehgetan. Auf der Hinfahrt hatte ich mich schon selbst an italienische Straßenverhältnisse gewöhnt und einem fiesen Drängler den Mittelfinger gezeigt, was mir am Ende irgendwie ein mulmiges Gefühl im Bauch machte, aber manchmal kann man sich einfach nicht zusammenreißen. Auch meine Mitarbeiterin sorgte für einen Lacher. Als ich das Büro Richtung Flughafen verließ, hatte sie gerade einen Kunden, der sehr gerne in die Schweiz wollte.

Kollegin: „Okay, Sie wollen also an den Genfer Senf? Ähhh See mein ich natürlich. See! Ach herrje!“

Später hatte sie dann noch alle Angebote für den Kunden „durchgekaut“ – eigentlich meinte sie durchgeschaut. Freud’scher Versprecher? Vielleicht hatte sie Hunger? Man weiß es nicht. Manchmal sind es nur wenige Buchstaben, die den Unterschied machen. Ich stelle jetzt vom diesjährig häufig genutzten Gracias auf Grazie um.

Bis morgen!

Tag 281: Under Tuscan sun

Guten Morgen Pisa! Nach der Ankunft gestern erst mal unter dem Schiefen Turm lecker gefuttert. Befürchte das wird in den nächsten Tagen die Hauptaufgabe sein. Zum Glück war es schon dunkel, sonst hätten wir das ganze Elend unseres Zimmers in HD gesehen. Ganz übles Teil. Direkt neben dem Turm, aber Lage ist einfach nicht alles. Am besten war der nette Besitzer, dem ich ein paar Brocken Deutsch beibringen sollte, konnte, musste. Das war es dann aber auch. Die Silberfische im Bett waren etwas unschön, genauso wie das Frühstück, das entweder schon häufiger aufgetischt wurde oder einfach generell ziemlich ekelhaft war. Aber zum Glück war ein Mampf-M eine Haustür daneben. Vielleicht wurde sich auch deswegen nicht bemüht. Egal, wir waren dann zufrieden mit einem Muffin und einem Café Americano. Und das in Italien.

Pisa ist eine arme Wurst. Alles dreht sich um den krummen Turm, bei dem man das Gefühl nicht loswird, dass er nur so schief ist, weil ihm der Besucherstrom zu viel wird. Niemand will mehr sehen. Er ist aber auch wirklich sehr hübsch. Wir waren dann die einzigen Besucher im Botanischen Garten, der schön aber etwas marode war – wie offenbar ganz Italien.

Mit dem ebenso maroden Zug ging es dann weiter nach Florenz. Auf der Fahrt wurden wir von der freundlichen Zugbegleiterin darüber informiert, dass man das Zugticket entwerten muss, bevor es losgeht und sie uns die 40 Euro Strafe erlässt, weil wir wohl sie lieb geguckt haben. Durch das hektische Bahnhofsviertel rollerten wir dann zu unserem Hotel, dass neben der Lage sogar einiges bot. Kostenloses WLAN, absolutes Italienflair und einen Pagen. Ach, schon lange hatte ich keinen Pagen mehr. So einen kleinen Typen mit Hut und Anzug der aussieht wie ein unlustiger Clown und sich unnötigerweise mit dem Trolley abmüht. Robert Plaths – so heißt der Mann, der den Rollkoffer 1987 erfand – hat einen kompletten Berufszweig praktisch über Nacht obsolet gemacht. Aber egal – hatte was von schöner, alter Welt.

Florenz ist wunderbar. Ging auch gleich weiter mit der Schlemmerei. Erst mal Pizza und eine Portion Spaghetti rein geschaufelt und am Abend dann Bruschetta, Florentina Steak (ein komplettes Rind), Tiramisu, Espresso und Limocello sowie eine Flut Chianti.

Gute Nacht!

Tag 282: Komplett durchgefuttert

Okay, Italiener können kein Frühstück. Das wusste ich schon vorher, hatte es allerdings vergessen. Deswegen schaffen die auch Antipasti, Pasta, Fleisch und Fisch und am Ende noch lecker Dolce. Die haben den ganzen Tag nix im Bauch. Nur Cappuccino und Espresso. Das Hotel war wirklich goldig und auch keine Silberfische weit und breit zu sehen. Zu Mittag gab es wieder Pasta, dann Cannoli im traditionellen Kaffeehaus (spätestens jetzt war ich satt, denn Cannoli sind süße, frittierte Teigrollen und bestehen praktisch ausschließlich aus Ricotta) und so ziemlich das beste Eis, das man sich vorstellen kann. Habe eigentlich die letzten zwei Tage nur durchgefuttert. Ach, Florenz. Stimmt da war was. Unglaublich schön, aber selbst im Oktober sehr überlaufen.

Will gar nicht wissen, was in der Hauptreisezeit los ist. Irgendwann habe ich dann meine Mails gecheckt und auch bei Facebook reingeschaut. Eine meine Mitarbeiterinnen „will sich gerne am Baum vor dem Büro erhängen“. Na, ich bin gespannt auf morgen. Und leicht beunruhigt.

Am Flughafen ging dann der Kampf los. Wie bekomme ich die ganzen leckeren Mitbringsel wie Pasta, Canttucini, Wein und Schokolade in den dummen Lowcostair-Trolley. Irgendwie ging es dann.

Arrivederci!

Tag 283: Schni-schna-schnuck

Meine Mitarbeiterin hat sich erfreulicherweise nicht am Baum aufgehängt. Noch mal Glück gehabt. Aber es ist auch nachvollziehbar. Einen Fehler zu machen ist eine Sache. Keinen zu machen und vom Kunden beschuldigt werden, dass man einen gemacht hat – eine ganz andere. Die Karibikbuchung bei einem namhaften Veranstalter war nach langem Kampf durch und die übliche Namensproblematik bei den französischen Damen schien geklärt. Wer das Problem nicht kennt: Sobald man in Frankreich geheiratet hat, erscheint im Reisepass sowohl der Mädchenname als auch der neue Name. Alles kein Problem, wenn sich die Mitarbeiter auf den Behörden entscheiden würden, welchen der Namen sie im buchungsrelevanten, maschinenlesbaren Teil eingeben. Hatte ich schon mal erklärt. Kompliziert! Kommt mir immer wie Schni-Schna-Schnuck vor. Am Ende waren zwei Namen falsch und der Veranstalter wollte eine gepfefferte Umbuchungsgebühr. To be continued.

Ich wurde dann von einem italienischen Kunden empfangen und sehnte mich schnell zurück nach Italien. Nur nicht wegen dem Italiener.

Kunde: „Wir wollen weg. Entweder Dolomiten oder Club!"

Ich: „Okay, und wer ist wir?"

Kunde (zeigt auf sein Baby): „Na, wir beide?"

Ich: „Ach so. Und wie alt ist die Kleine?"

Kunde: „16 Monate. Sollte was mit Kinderanimation sein und für mich Mountainbike. Sollen beide was davon haben."

Ich: „Öhm. Für Kinderanimation ist sie etwas sehr klein."

Kunde: „Kommt drauf an, was es kostet. Dann würde ich auch eine Nanny mitnehmen. Gibt es dieses Möglichkeit?"

Natürlich! Mit Nanny-Tours! Mann, Mann, Mann.

Bis morgen!

Tag 284: Next!

Aktuell bin ich körperlich ziemlich angeschlagen, was sich auch bei der Anzahl erfolgreicher Beratungen niederschlägt. Zudem ist wenig bis gar nix los. Und die wenigen Kunden, die reinkommen sind, irgendwie komisch.

Kundin: „Haben Sie auch schöne Reisen nach Lourdes?"

Nee, haben wir leider nicht. Next please!

Kundin: „Ich will jetzt nicht buchen. Ich will nur Vorfragen ..."

Vorfragen? Was bitte? Wie vergnüglich.

Mein Kunde von gestern, der gerne eine Nanny dazu buchen wollte, hat sich dann auch brav auf meine Angebote gemeldet. Ich hatte ihm noch im Büro erklärt, dass ich ihm die Nanny nicht anbieten kann, aber gerne nach Hotels schaue die einen Babysitter-Service anbieten. Da gibt es im Winter zwar auch nicht so wirklich viele, aber immerhin konnte ich zwei finden. Die Antwort kam per E-Mail.

Kunde: „Danke vorab!"

Aber gerne doch – bitte nicht zu viel Begeisterung.

Am Ende noch zwei Herren. Eindeutig homosexuell und mit gewisser Resistenz auf meinen spröden Charme. Alle vorgetragenen Angebote fanden sie doof. Mich wohl auch und die Welt sowieso.

Ich: „Ich hätte noch ein Angebot für Barcelona. 4 Tage für."

Kunde: „Nee, das ist zu kurz …"

Ich: „Okay. Ich habe es auch noch für 7 Tage."

Kunde: „Nee, das ist zu lang …"

Zu lang, zu kurz. Immer die Probleme mit der Länge bei den Schwulen.

Bis morgen!

Tag 285 + 286: Wenn's mal wieder knallt …

Heute war ein absoluter Schnarchsamstag, der nur von sehr wenigen Anfragen erheitert wurde. Meine Mitarbeiterin hatte einen ganz lässigen Typen, der gerne nach New York wollte. War an und für sich kein Problem etwas zu finden. Meine sehr, sehr freundliche und hoch motivierte Kollegin hatte dann am Ende noch das vor Augen, was ich persönlich mit einer gewissen Verachtung bestrafe, der Kunde sagte nämlich folgenden Satz.

Kunde: „Es muss nicht New York sein. Es kann auch was anderes sein. Wir sind da gaaaannnz offen. Irgend so ein Knaller-Angebot, dass sie gerade rein bekommen haben ginge auch …"

Ein Knaller-Angebot also. Im Regelfall wird das nichts. Dieses Mal war der Kunde sehr sympathisch und meine Kollegen und auch ich versuchten dann irgendwie die

Kurve zu bekommen und dem Kunden etwas anzubieten. Nur leider gibt es mal den „Knaller"-Knopf noch nicht.

Kollegin: „Ich hätte da noch ein tolles Angebot für Abu Dhabi."

Kunde: „Nee, da soll es nicht hingehen ..."

Kollegin: „Hmmh. Wie wäre es denn mit Curacao?"

Kunde: „Nee, keine Karibik ..."

Ja, da war es dann – das Dilemma mit den Knaller-Angeboten. Daher gibt es eine Bedarfsanalyse und deswegen werfen wir nicht mit irgendwelchen Angeboten um uns rum, da es meistens nicht nach dem Gusto des Kunden ist.

Kollegin: „Sehen Sie. Das ist etwas schwierig. Ich müsste dann schon mal eine ungefähre Richtung haben, um Ihnen knallermäßig was anzubieten."

Am Ende zischte der Kunde mit seinen Angeboten für New York ab, da er mit seinem Zuckerputzi zu Hause mal die Lage sondieren musste.

Happy Weekend und bis Montag!

Tag 287: Wenn Lehrer leer ausgehen

Lehrer sind ein sehr spezielles Urlaubsvolk. Eigentlich sind es noch die einzigen Kunden – bis auf wenige Ausnahmen – die schon immer ganz genau wissen, wann sie frei haben und das auch dementsprechend planen könnten. Die Betonung liegt auf dem Konjunktiv. Sie könnten, machen viele aber nicht. Ist auch nicht schlimm. Dafür sind wir dann ja da. Besonders ältere Lehrerinnen sind meiner Meinung nach sehr verschroben bei ihrer Planung. So auch heute.

Kundin: „Guten Tag. Ich suche noch was in die Wärme für in den nächsten Tagen."

Ich: „Okay, gerne. Und an was haben Sie so gedacht?"

Kundin: „Die Türkei! Ich kann nur in den Ferien. Ich bin Lehrerin!"

Ich: „Gut, da habe ich heute Morgen noch mal Plätze ab unserer Region rein bekommen. Was haben Sie sich denn vorgestellt? In welche Richtung soll das Hotel denn gehen? So ab einer 4 Sterne Kategorie?"

Kundin: „Das ist mir alles egal. Ich will nur Sonne und Lesen ..."

Damit lässt sich nicht so super arbeiten. Also muss einfach mal das beste Angebot herhalten, bei dem das Preis-/Leistungsverhältnis stimmt.

Kundin: „Oh nee. So einen Kasten will ich nicht ... da krieg ich die Krise."

Ich: „Also eher ein kleines Hotel?" (innerlich rolle ich schon mit den Augen, habe ich nicht vor ungefähr einer Minute gefragt, was sie sich so vorgestellt hat?)

Kundin: „Klitzeklein. Maximal 20 Zimmer ..."

Ich: „Ups, 20 Zimmer. Das ist schwierig in der Türkei. Vor allem so kurzfristig – ich schaue aber gerne mal."

Nach einiger Zeit finde ich noch ein kleines 3 Sterne Hotel mit 52 Zimmern und bin selig.

Ich: „Das ist wären zwar nur 3 Sterne, aber."

Kundin: „Mehr will ich auch nicht ..."

Ich: „Ah so na, jedenfalls hätte das 52 Zimmer und wäre recht anständig bewertet und."

Kundin: „Ach, ich nehme jetzt Abstand davon. Ich fahre wohl doch für eine Woche ins Kloster."

Amen!

Tag 288: Es hammelt sehr …

In Tunesien, Marokko und Co. wird mal wieder munter geschlachtet. Heute ist „Eid al-Adha“, das muslimische Opferfest und der höchste Feiertag im Islam. Schon seit Tagen werden wir mit Anfragen bombardiert (man verzeihe mir diesen Ausdruck im Zusammenhang mit dem Islam), die darauf abzielen, noch billige Last-Minute-Nur-Flüge zu ergattern. Ähnlich wie Weihnachten, kommt die Hammelsause immer sehr überraschend. Aber wir helfen gerne. Soll ja jeder noch an der großen Schlachterei oder den Feierlichkeiten danach teilnehmen können. Natürlich nicht ohne die entsprechenden Anfragen nach „Nachlass“, „Ermäßigung“ und „billig Preis“.

Gerne wird verhandelt und gebettelt und auch mal drei- bis viermal täglich vorbeigeschaut, „denn der Preis könnte sich ja ändern“. Ei klar! Heute war ich jedenfalls ganz kurz davor zu schreien „Rabatt ist eine schöne Stadt in Marokko!“, aber ich habe es dann sein lassen und einfach den Aufschlag erhöht, sozusagen als „Schmerzensgeld“. Den Vorschlag hat mir eine meiner Leserinnen hier gemacht, die dieses Bakschisch so genannt hat. Danke dafür! Habe beschlossen im nächsten Jahr einfach zwei Hammelhälften als Deko ins Schaufenster zu hängen.

Mahlzeit!

Tag 289: Nicht mehr lange, dann ist Weihnachten

Es sind noch 70 Tage bis Weihnachten. Nur mal ganz nebenbei. Heute hatte ich frei und konnte nur auf meine

Kollegin zurückgreifen, die mir mal wieder ihre Highlights vorgestellt hat.

Kundin: „Guten Tag. Haben Sie Prospekte über Urlaub auf dem Bauernhof?"

Ist jetzt nicht unbedingt so das, was man im Standardreisebüro in der Auslage hat, aber naja, man nimmt, was kommt.

Kollegin: „Ich schau mal nach (such, such, such). So, ich habe hier was Schönes in Tirol gefunden."

Kundin: „Ach ja, toll. Das überlege ich mir mal. Aber sagen Sie wie ist das denn mit Kreuzfahrten so? Schläft man da jeden Abend auf dem Schiff?"

Was ist denn das bitte für eine Frage? Nee, auf dem Beiboot. Natürlich schläft man auf dem Schiff. Hallo?

Kollegin: „Hum ja, schon. Das ist ja das Tolle an Kreuzfahrten! Jeden Tag ein neues Ziel und kein lästiges Koffer aus- und einpacken. Und ja: Man schläft auf dem Schiff."

Kundin: „Ach so. Okay. Ja und wenn ich zum Beispiel eine Kreuzfahrt in Asien machen möchte? Gibt es da die Möglichkeit mit dem Schiff nach China zu fahren? Wissen Sie, ich bin noch nie geflogen."

Tja, die Themenübergänge sind mal wieder fließend. Vom Bauernhof, über eine Kreuzfahrt bis nach China. Noch ein paar Minuten länger und wir wären auf der Internationalen Raumstation ISS gelandet.

Bis morgen!

Tag 290: Cluburlaub gefällig?

Mein Buchungs-Mojo ist mal wieder eindeutig weg. Nachdem sich dann inzwischen sieben Ärzte darum streiten, was nicht mit mir stimmt, müssen meine hervorragenden Mitarbeiterinnen der Lage Herr werden, während ich die Azubi-Aufgaben übernehme. Kataloge sortierten, Flyer stempeln. Sobald es kompliziert wird, schaltet mein Hirn auf Notfallprogramm. Hoffe das vergeht bald. Hatte dann eine Kundin, die im Normalfall nicht so ganz mein Fall ist. Im Notfallprogramm schon gar nicht. Weiß gekleidet (wahrscheinlich, weil in anderen Kleidungsstücken viel zu viel künstliche Farbe drin ist), das Kind weiß gekleidet (wahrscheinlich gleicher Grund) und es sollte noch irgendwas „Clubmäßiges" für die Herbstferien sein. Ich persönlich verachte Cluburlaub. Es gibt nichts Schlimmeres für mich. Seit ich mal im Club Punter Kohlrabi mit einem Wasserschlauch gezwungen wurde am Pool den Hampelmann zu machen (sing: „Punter Kohlrabi, die Zeit bleibt einfach stehen. Punter Kohlrabi du willst nie wieder gehen!"), bin ich geheilt. Gut, ich war 19 Jahre alt, Azubi im ersten Lehrjahr und hatte keine Ahnung. Aber sobald ich das Wort „Club" höre, gehe ich in Deckung.

Jedenfalls: Die gute Dame wollte noch was Schönes haben, am liebsten so bis maximal 700 Euro. Nachdem ich ihr einiges präsentiert hatte, rückte sie mit der Sprache raus.

Kundin: „Ich dachte eher so an was wie Bobbelsches Club!"

So was ähnliches wie Bobbelsches Club ist nicht. Entweder man nimmt den Bobblesches Club oder nicht. Da gibt es kein Zwischending. Behalte ich aber mal für mich.

Ich: „Sorry, aber in dem Budget bekomme ich den nicht ..."

Kundin: „Und den Club Madiana?"

Ich: „Sorry, auch schon geschaut. Gerne so ab mindestens 1000 Euro für die Woche. Tunesien hätte ich."

Kundin: „Nee, Tunesien schon mal gar nicht. Und auch nicht so teuer. Und Club Doc?"

Ich: „Nee, tut mir leid. Ich könnte noch Tropic Life gucken?"

Kundin: „Nee, das ist nicht mein Niveau!"

Ach Gottchen.

Ich: „Ach so. Na vielleicht ein anderes, sehr gutes Haus in der Türkei?"

Kundin: „Und wie sieht es da mit der Anni aus?"

Ich: „Tschuldigung. Wer ist denn die Anni?"

Kundin: „Na die Anni – die Animation!"

Niveau ist wenn man trotzdem lacht?

Bis morgen!

Tag 291: Meditatives Multitasking

Heute war ein interessanter Tag. Ich habe wieder nette Azubi-Aufgaben erledigt. Unter anderem die Katalogfächer gesäubert und die neuen Kataloge mit Aufklebern versehen. Sehr meditativ das Ganze. Die wenigen interessierten Kunden haben entweder gleich bei meiner Mitarbeiterin gebucht oder bei mir über die teuren Preise gejammert. Besonders interessant wurde es, als ich mal wieder die extrem hohen Kanaren-Preise für den November erklärt habe und die Kunden am Tisch nebenan erstaunlich still waren. Einige Minuten später hatte ich dann kurz die Gelegenheit rüber zuschauen: Taubstumm! Und die waren gerade am Einbuchen Ich beklebe Kataloge und meine Kollegin bucht sogar Taubstumme ein. Wenn mir da mein Mojo mal nicht in den Arsch getreten hat. Am Ende rief dann meine Hausärztin an, die auch meine Kundin ist. Ist kompliziert/seltsam/lustig so was.

Ich: „Das Angebot für Abu Dhabi ist leider etwas teurer als beim letzten Mal."

Ärztin: „Ja, ich habe es gesehen. Du, deine Blutwerte sind am Dienstag fertig. Denke du brauchst weniger Stress und musst mal weg von den anstrengenden Kunden! Wie sieht es mit dem Hotel in Dubai direkt aus?"

Ich: „Ich war dieses Jahr schon öfter weg. Glaub das ist nicht das Problem. Das Hotel ist frei und auch wesentlich günstiger. Ich schicke es per Mail in die Praxis."

Ärztin: „Ja, mach das. Die Blutwerte sind etwas kniffliger zu ermitteln, deswegen dauert das Ganze bis Dienstag. Hat das Hotel auch Halbpension?"

Ich: „Ja, das dachte ich mir schon. Ja, mit HP geht das auch ..."

Und so weiter und so fort ... Multitasking halt!

Bis morgen!

Tag 292 + 293: An jedem verdammten Samstag

Samstage im Sommer sind anstrengend und zumeist erfolgreich. Samstage im Herbst und Winter sind meist zermürbend und langweilig. Im Regelfall muss ich warten, bis so gegen 12 Uhr die ersten ausgeschlafenen Kunden auftauchen und ihre Wünsche äußern. Dann ist meist ein bisschen was los und ich tanze mit meinen Mitarbeiterinnen den Feierabend-Tanz. Der geht so.

Ich: „Wenn bis 16 Uhr nix los ist, dann kannst du eher nach Hause gehen ...“

Kollegin: „Okay, alles klar! Supi!“

Im Normalfall ist dann auch bis 16 Uhr nix zu tun und ich schicke die entsprechende Lady ins wohlverdiente Wochenende. Ab 17 Uhr habe ich dann meist nur Scheiße auf dem Tisch. Ist doch fast immer so. Diesen Samstag musste ich ein blödes Flugticket manuell aufbauen, einen Flug nach Brasilien umbuchen, die entsprechenden Zugtickets und Versicherungen abändern und einem wütenden Marrakesch-Kunden um den Bart gehen. Nicht zu vergessen eine Afrikanerin, die ein Last-Minute-Ticket wollte nach „Schubbaaa“. Die etwas komischen Klicklaute waren auch von Google schwer zu übersetzen.

Ich: „Nach Schubbaaa?“

Kundin: „Ja, ist Südsudan.“

Ich: „Ah, Sudan ... Okay!“

Kundin (böse): „NEIN. SÜDSUDAN! EIGENES LAND!“

Alles klar! Eigenes Land und sicherlich ähnlich wie im Namen des Buchs kein allzu Überlaufenes. Die Wikipedia-Seite des Flughafens Juba (mal ganz nebenbei erwähnt) zeigt als erstes ein Foto von einem Absturz. Sehr vertrauenserweckend. Der Flug kostete ein Vermögen und kam nicht infrage. Aber ich habe wieder etwas gelernt. Am Ende wollte ein Stammkunde auf Englisch eine Beratung für den Oman „and some nice place in Thailand“. Eine halbe Stunde später als geplant war ich zu Hause und bekam von der Kollegin eine SMS: „War noch was los?“

Grummel!

Bis Montag!

Tag 294: 446 Euro. Punkt!

Heute bin ich dann mal etwas ausgetickt. Während ich einem Stammkunden zuhörte, kam ein absolutes ägyptisches Horrorweib herein, das ich wirklich nicht gerne bediene. Ich weiß immer was sie will und sie wird unverschämt, wenn der Preis hoch ist. Gerne quatscht sie auch in meine Unterhaltungen mit anderen Kunden herein. Heute kam sie immer näher an den Tisch, bis sie direkt am Bildschirm stand. Eigentlich hätte sie meinen Kunden auch wegstoßen können – hätte denselben Effekt gehabt. Er war ganz cool, hat seine Hand auf ihre Schulter gelegt und nur „Ich bin gleich fertig, dann können Sie loslegen“ geflötet. Wäre auch gerne so cool gewesen. Bei mir hat sich augenblicklich das Gesicht verdunkelt und meine „Beratung“ war mehr als knapp und übelst gereizt.

Kundin: „Kairo!“

Ich: „Wann?“

Kundin: „25!“

Ich: „Wie lange?“

Kundin: „Drei Monat!“

Ich: „446 Euro!“

Kundin: „Pyramid Air!“

Ich: „Ist Pyramid Air. Ich weiß, dass sie nur Pyramid Air fliegen.“

Kundin: „Teuer!“

Ich: „Ja, aber das ist der Preis ...“

Kundin: „Du nix billig?“

Ich: „Nee. Das ist der Preis!“

Dann wird auf dem Stuhl rumgerutscht, gemosert und gejammert.

Kundin: „Was für Leute in Flugzeug?“

Ich: „Bitte?“

Kundin (böse): „Was für Leute du gebucht?“

Ich: „Was wollen Sie denn?“

Kundin (noch böse): „Was für Leute in Flugzeug?“

Ich (genervt): „Das weiß ich doch nicht ich hab keine Passagierliste.“

Kundin: „Doch, du haben!“

Ich: „?!“

Am Ende habe ich sie darum gebeten den Laden zu verlassen, nachdem sie wild fuchtelnd eine Liste mit den Passagieren wollte. Später kam dann ihr Sohn und hatte die gleiche Anfrage noch mal. Am Ende kamen als Preis 446 Euro raus.

Bis morgen!

Tag 295: Alter ist nur eine Zahl

Und wieder mal ein großes Mysterium. Kunden sind bei vielen Dingen sehr ungenau. Beispiel gefällig?

Ich: „Wann möchten Sie verreisen?“

Kunde: „Wir sind flexibel?“

Ich: „Also auch an Weihnachten?“

Kunde: „Nee, nur nächste Woche.“

... oder ...

Ich: „Für wie viele Personen ist das?“

Kunde: „Für 1 oder auch 2.“

Tja, was soll ich sagen. Detailliert wird es nur dann, wenn man es nicht gebrauchen kann.

Ich: „Wie alt sind die Kinder?“

Kunde: „3 Jahre und 2 Monate und 4 Jahre und 9 Monate!“

Ach so! Geburtsdaten vom Ehemann, der Freundin oder der mitreisenden Person sind wie Schall und Rauch. Macht aber auch nix. Ich notiere es trotzdem in der Buchung – nur zur Sicherheit. Aber ich gebe den Schwarzen Peter an mich weiter.

Ich: „Wenn das Geburtsdatum auf der Bestätigung nicht stimmt, sagen Sie einfach ich war es!“

Bis morgen!

Tag 296: Anderer Blickwinkel

Heute hatte ich frei. Der taubstumme Kunde, den meine Kollegin letzte Woche gebucht hat, ist leider auf Mallorca verunglückt und mit dem ADAC nach Hause gebracht worden. Klingt irgendwie seltsam beängstigend. Der Vater hatte uns informiert. Morgen erfahre ich vielleicht mehr. Ich selbst hatte das Vergnügen andere Dienstleister zu nerven und wieder festgestellt, wie wenige kompetente Menschen rumlaufen. Auf dem Tagesprogramm stand ein neues Bett, da ich laut Physiotherapeut schon seit Wochen falsch liege, weil das alte Bett zu klein ist. Nur falls es jemanden interessiert. Falls nicht. Pech gehabt. Beim ersten Möbelanbieter meines Vertrauens (ist alles sehr gelb und blau und hat vier Buchstaben), konnten uns zwei Mitarbeiter gar nicht helfen, was mich vibrierend durch die Gänge flitzen ließ. Im nächsten Laden wurde es besser (und teurer) und ein ziemlich großes Bett wurde gleich bestellt. Sehr freundlich und umsatzorientiert die Dame. Dann wurde ich in die Finanzierungsabteilung gebracht. Die harten Wintermonate stehen an und da will man sich ja nicht gleich komplett in die Miesen setzen.

Jetzt wurde es lustig. Die Schufa wurde bemüht und der Antrag von einem jungen Typen mit leicht-osteuropäischem Akzent bearbeitet. Soweit so gut und mir auch egal. Aber wir hatten dann auch gleich einen Deutschkurs. Aus der „Ruhrstraße" wurde die „Hurstraße", (also wirklich?!) den Monat April hat er an den Fingern abgezählt und über den Namen meines Reisebüros muss ich ja leider Stillschweigen bewahren. Das war nämlich die schönste Kreation. Am Ende hatte ich den genehmigten Antrag in der Hand und wusste, dass die Branche, in der ich arbeite, der „Torrismos" ist.

Spasiba und bis morgen!

Tag 297: Irgendwie, irgendwo, irgendwann!

Wenn sich Kunden bei uns Angebote einholen, dann notieren wir uns Telefonnummer, Mailadresse und natürlich den Namen, falls wir noch etwas rein bekommen und Rückfragen zu der Anfrage haben. Normalerweise wird dieser Service von Kunden gerne angenommen, aber einige verwechseln uns offenbar mit der NSA und halten sich für mindestens so wichtig wie unsere Bundeskanzlerin.

Ich: „So, wie ist denn Ihre Telefonnummer?"

Kundin: „Wozu brauchen Sie die?"

Ich: „Na, falls wir noch was rein bekommen, dann melde ich mich!"

Kundin: „Nee, die gebe ich nicht raus ..."

Später habe ich die Daten auf telefonbuch.de gefunden. Aber ultrageheim. Wahrscheinlich steht die Handynummer auch auf Facebook. Aber egal. Meine Mitarbeiterin bekam gestern eine ganz geheimnisvolle Antwort auf ihre Nachfrage:

Kollegin: „Dürfte ich noch Ihre Mailadresse notieren?"

Kundin: „Nein, das möchte ich nicht. Ich will hier keine Spuren hinterlassen."

Fast alle Kunden finden wir irgendwie, irgendwo und irgendwann in unserem schlauen System. Und nie sind Informationen gekauft oder „gefunden" worden, als sie vom megageheimen Daten-LKW gefallen sind. Zu 99,9 Prozent haben die Kunden schon mal Angebote eingeholt, sich online registriert oder bei einem unserer zahlreichen Gewinnspiele mitgemacht.

Am Ende hat mir dann noch ein Kunde erzählt, dass seine Rosette wieder verheilt ist, nachdem er in Tunesien zu arg auf dem Kamel geritten ist.

Kunde: „Ab einem gewissen Alter dauert das länger mit der Heilung!"

Noch Fragen?

Bis morgen!

Tag 298: Machen wir mal so, als wüssten wir von nix

Kunde: „Ich hätte gern Hotel Brava, 31. 10.–03. 11., günstig, nur ab Zweibrücken! Und am 31. 10. erst am Abend los."

Und ich würde gerne mal die Floskel „Guten Tag" oder „Hallo" hören oder alternativ mal kräftig loslachen.

Ich: „Soso, dann schauen wir mal. Ist zwar Brückentag, Ferienende und Flugplanwechsel, aber machen wir mal so, als wüssten wir von nix."(*megasmile*)

Ist ein wunderbarer Satz meiner neuen Kollegin, wie ich finde. Kommt in der Regel super an. Hier nicht ...

Kunde: „Aha!"

Ich („sich einen absuch"): „Nee, tut mir leid. Da ist nix mehr frei. Und nur ab einem kleinen Flughafen wie Zweibrücken sowieso schwer über das Brückentag-Wochenende."

Kunde: „Aber das ist doch Last-Minute!!!"

Ich (schnaub, da die letzten Tage schon mehrfach erklärt): „Ja, das stimmt. Aber das ist ein generell schweres Datum, bei dem sich sehr viele Menschen um sehr viele Plätze streiten."

Kunde: „Nee, da kann man nix machen! Früher wart ihr mal besser!"

Später habe ich die Kollegen in einem anderen benachbarten Reisebüro besucht, bisschen geschnattert und getratscht. Mister Hotel Brava war auch schon da. Nachdem er schon von mir nicht befriedigt wurde, hat es auch bei der Konkurrenz nicht geklappt. Hier gab es zwar noch irgendwelche doofen Flüge, aber der Preis war nicht so ganz das, was er sich vorgestellt hat.

Kunde: „Früher wart ihr auch mal günstiger!"

So läuft das – tagein, tagaus. Ich bin sehr froh, dass ich nicht an einem Flughafencounter arbeiten muss – der tägliche Druck preislich zu konkurrieren wäre nichts für mich.

In diesem Sinne!

Bis morgen!

Tag 299 + 300: Dreihundert

300 Tage sind vorüber, nur noch ein letzter kleiner Rest des Jahres liegt vor uns und vor mir. Noch mal ein herzlicher Dank an alle, die mich mit kleinen Geschichten und Kommentaren unterstützen. Und ohne meine Kunden wäre ich hier natürlich auch verloren, wie z. B. die liebe

Oma die gestern telefonisch bei meiner Mitarbeiterin gebucht hat. Sie hatte noch einen prallen Gutschein und wollte den Rest im Büro mit Bargeld zahlen. Da wir flexibel sind wie Sau, haben wir ihr den Wunsch natürlich erfüllt. Sie kam dann zu mir rein gewackelt – ganz süß – und hat mir den Gutschein gebracht und mir von Puerto de la Cruz erzählt. Ich habe sie dann schön beraten und nette Sachen rausgesucht, bis mich irgendwann meine bis dato beschäftigte Kollegin darauf aufmerksam gemacht hat, dass die ältere Lady schon gestern telefonisch gebucht hat und eigentlich nur die Unterlagen abholen wollte.

Ich: „Ach, Sie haben schon gebucht?"

Kundin: „Hmmh. Ja, ich glaube schon!"

Kollegin: „Ja, natürlich. Ich habe hier alles schon vorbereitet!"

Kundin: „Oh wie schön. Das ist ja nett von Ihnen."

Kollegin: „Aber gerne doch!"

Dann hat sie den Rest an Bargeld auf den Tresen gezählt und verzweifelt unsere Kaffeekasse gesucht. Sie hat dann irgendwann auf meine auf dem Tisch stehende Kaffeetasse gezeigt.

Kundin: „Ach, ist das Ihre Kaffeekasse?"

Ich (schnell die Hand drauf, da das 2-Euro-Stück schon im Anflug war): „Nee, das ist meine KaffeeTASSE. Aber vielen Dank. Sie können das direkt der netten Kollegin geben!"

Die hat sich dann gefreut und es gleich in süße Schweinereien umgetauscht.

Auf meiner Kaffeetasse steht übrigens Folgendes: „Ich bin stolz ein Stress reduzierender, buchender, Last-Minute-Tickets anbietender Reiseverkehrskaufmann zu sein."

Gibt es im Internet ...

Schönes Wochenende!

Tag 301: Dann heul doch!

Saisonende! Auch meine Mitarbeiter und ich sind froh, wenn es jetzt ruhiger wird. Ab heute beginnt die einsame und sehr entspannte Zeit, wo wir uns die Schichten teilen und jeweils nur halbe Tage arbeiten oder komplette Tage alleine. Zeit zum Ausschlafen oder um in Urlaub zu fahren. Auch ich gönne mir über das lange Wochenende wieder einen Kurztrip – habt ihr etwas anderes von mir erwartet? Das Leben ist kurz. Wohin, verrate ich dann, wenn es so weit ist.

In Ägypten herrscht ja angeblich wieder so was wie Normalität. Dass das nicht so ist, mussten wir dann unglücklicherweise heute feststellen. Ein Hotel eines renommierten Ägyptenveranstalters, das mit über 800 Zimmern und mehreren tausend Bewertungen im Hotelchecker (zumeist sehr positiv) immer gerne von mir angeboten wird, hat heute telefonisch für eine fette Reklamation gesorgt. Die Kundin erzählte mir von einem Leerstand von 80 Prozent, von fehlenden Getränken und unmotiviertem Personal, das teilweise unbezahlt nach Hause geschickt wurde. Kunden, die am Samstag in einem anderen Haus angereist sind, standen am Ende sogar vor verschlossener Tür – das Hotel hatte kurzzeitig einfach geschlossen, weil zu wenige Gäste eingebucht wurden. Die Kunden wurden dann kurzerhand in das benachbarte Haus verfrachtet, was für wenig Freude sorgte, obwohl das Haus ebenso gut bewertet und näher zum Strand gelegen ist. Aber Kunden sind oft wie Kleinkinder, denen man das Lieblingsspielzeug weggenommen hat.

Kunde: „Aber ich will das Hotel haben. Kein anderes. Wir haben uns dafür entschieden und wollen das auch."

Ich: „Tut mir leid, aber ich kann es ja schlecht für Sie wiedereröffnen. Sehen Sie es positiv. Das neue Hotel ist mindestens genauso gut und näher am Strand und vielleicht bekommen Sie nach der Reise was vom Veranstalter erstattet."

Kunde: „Nein, nein, nein. Ich will. Hier ist alles schmutzig und schlecht ..."

96 % im Hotelchecker. Hmmh? Vielleicht fehlt hier auch das Personal? Keine Ahnung – ist schon doof mit Ägypten. Und am Ende fing er dann an zu heulen. Ernsthaft! Bin auch auf diese Reklamation gespannt.

Bis morgen!

Tag 302: Echt ethnisch!

Wenn es langsam auf Weihnachten zugeht, dann sind die Kunden auf der Suche nach Flügen in die Heimat. Ethnischen Flugverkehr nennt Wikipedia das: „Darunter versteht man in der zivilen Luftfahrt einen Flug, der vor allem darauf ausgerichtet ist, die Nachfrage von Arbeitsmigranten und ihren Familien nach Flügen in ihre Heimatregion zu befriedigen."

Ich selbst werde dabei finanziell nicht befriedigt. Nur in meinem Wissenshunger. So wollte heute ein Kunde nach Batam. Er wusste selbst nicht so recht, wie man es schreibt und wo es überhaupt liegt. Bin dann beim türkischen Flughafen „Batman" gelandet, der ähnlich wie der Superheld, im System zunächst komplett unauffindbar war. Es sollte allerdings nicht nach Batman, sondern Batam gehen und endlich – Google sei Dank – wurde ich fündig. Hang Nadim International Airport auf der indonesischen Insel Batam. Gebucht hat der Kunde dann nicht. War wohl nicht ethnisch genug der Preis. Dumm gelaufen. Ansonsten sind Nur-Flüge nach Bangkok (Fickificki) für allein reisende Herren auch ganz groß im Rennen. Und auch Fuerteventura („wenn der Wind nicht wäre") funktioniert sehr gut. Ist auch die einzige Kanareninsel, für die man aktuell nicht eine Hypothek aufnehmen muss, um dort zu übernachten.

Bis morgen!

Tag 303: Zuckungen

Mein linkes Augenlid zuckt. Schon seit knapp zwei Wochen. Mein Augenarzt meint weniger Stress, weniger Arbeit am Bildschirm und Magnesium. Ich meine: Einfach mal keine Kunden. Meinen ursprünglich geplanten Kurztrip musste ich aus organisatorischen Gründen (nennen wir das einfach mal so) absagen, da eine spontan geplante Marketingaktion am Wochenende bevorsteht. Bin also selbst mein kompliziertester Kunde. Dann wird es auch bei mir mal Last-Minute. Heute hatte ich das große Vergnügen mal wieder so eine Club-Schnalle vor der Flinte zu haben. Manchmal sind die ja ganz nett, aber nach 20 Minuten Sucherei ist der Trulla dann aufgefallen, dass sie mich in der völlig falschen Kalenderwoche durch die Walachei geschickt hat.

Kundin: „Ach, das ist ja die ganz falsche Woche. Oh je. Ich bin so gestresst mit der Planung unserer ganzen Urlaube. Teneriffa und jetzt auch noch dieser Kurztrip. Normalerweise haben wir ja unser Reisebüro, die immer schon gaaaaaaaaaaaz genau wissen, was ich möchte, aber ich dachte für einen Kurztrip wie diesen lasse ich das jetzt mal über den Preis laufen. Ächzt!"

Hallo? Sehe ich aus wie der Discounter um die Ecke? Erst mal Kalenderlesen lernen, Fräulein.

Kundin: „Ja, mein Mann der ist da ja ganz speziell. Der braucht mindestens 5 Sterne!"

Ist mir neu, dass es mehr gibt, außer man zählt den ganzen frei erfundenen Veranstalter-Mist in den Emiraten dazu. Aber ich habe die ganze Zeit nur freundlich gelächelt, genickt und gut zugeredet. Das zuckende Auge hat irgendwie nicht so ins Gesamtbild gepasst.

Bis morgen!

Tag 304 + 305: Storno-Neubuchung

Demnächst eröffnet in meiner Nähe ein neues Reisebüro. Soweit so doof. Konkurrenz belebt das Geschäft – so sagt man. Aber neue Besen kehren gut. Mir wäre die erste Variante schon lieber. Gott, ich verfalle in Sprichwörter. Jedenfalls war ich die letzten 24 Stunden damit beschäftigt Gegenmaßnahmen einzuleiten, soweit einem das möglich ist. Soll ja am Ende nicht heißen, dass ich die Hände in den Schoß gelegt habe. Habe dann auch meinen ursprünglich gebuchten Urlaub erst mal storniert und umgebucht auf ein anderes Ziel. Eigentlich würde ich euch jetzt aus dem schönen Marokko schreiben, aber das ist jetzt ad acta gelegt. Stattdessen geht es nun am Montag los – in die Türkei. Nicht sehr kreativ, aber da ist ja die Sache mit dem zuckenden Augenlid die behoben werden muss. Eine klassische Storno-Neubuchung. Zuvor hatte ich nach Tunesien-Angeboten geschaut, was jetzt echt ein bisschen unangenehm geworden wäre.

Habe dann heute noch meine Hausärztin in Urlaub gebucht, ihr die Reiseunterlagen persönlich in die Praxis gebracht und mir noch ein paar Ratschläge geholt gegen meine Zuckungen. Bin jetzt auf Homöopathie. Sie fliegt nach mir los. Hätte also immer noch die Chance mich wegen zu viel Stress vom Urlaub befreien zu lassen. In 60 Tagen ist Silvester – nur mal so zur Info. ☺

Bis morgen!

Tag 306 + 307: Angelina-Jolie Becker

Namen sind wie Schall und Rauch, aber ich lerne es einfach nicht. Wenn mir zumeist weibliche Kunden den Namen des Nachwuchses bei er Buchung offenbaren, so komme ich nicht umhin mich zu fragen: Ticken die noch ganz richtig in der Birne? Von Angelina-Jolie, über Kassandra war da schon alles mit dabei. Und so manches Mal kann ich der Versuchung nicht widerstehen und muss einfach einen Kommentar dazu abgeben.

Ich: „Und wie ist der Name der Kleinen?"

Kundin: „Corona!"

Ich: „Ach, wie das Bier?"

Kundin (verzieht irritiert das Gesicht): „?!"

Ich: „Es gibt ein Bier mit Tequila das so heißt. Sehr lecker. Naja. Corona also."

Was die ihren Kindern antun. Vor allem ist der Nachname dann irgendwas in Richtung Müller-Meier-Schmidt und der Papa ist von Beruf Gas-Wasser-Scheiße-Installateur (kein schlecht bezahlter Beruf, aber halt nicht sehr sexy auf dem Papier) und kein Schauspieler wie Uwe Ochsenknecht der die Kinder schon Jimmy-Blue und Wilson-Gonzales nennen MUSS, damit sie sich als etwas Besonderes fühlen.

Heute haben Bertold, Hubert, Idda, Johannes Baptist, Marian, Martin, Pirmin, Silvia, Viktorin und der Winfrid Namenstag. Nur mal so zur Info! Wie süß, der kleine Pirmin Müller-Schmidt! Oder ist das ein Mädchenname? Wer weiß das schon.

Bis morgen!

Tag 308: Mach's Pauschal

Pauschalreisen sind im Reisebüro ein Glücksfall und auch eigentlich das Einzige, an dem wir unser täglich Brot verdienen. Alles andere ist nett bis nervtötend und manchmal sogar richtig unangenehm. Nachdem ich bereits meinen Agadir-Trip letzte Woche abgesagt hatte, habe ich mich kurzzeitig dazu entschlossen es den Kunden gleichzutun und mir eine richtige Pauschalreise zu buchen, so mit „OHHHL INGKLUHSIV". Nachdem sämtliche Wetterstationen gecheckt wurden, habe ich mich dann für die Türkische Riviera und Side entschieden und tippe diesen Teil des Blogs gerade in einer Maschine auf dem Mittelplatz in Reihe 29, irgendwo über Rumänien. Meine Pasta habe ich bereits komplett verdaut und nun warte ich auf die Landung in Antalya, wo mich sicherlich ein netter Reiseleiter namens Achmed, Hicham oder Tarek in Empfang nehmen wird. Dann werde ich mit den anderen Lemmingen in einen klimatisierten Bus verfrachtet und in ein neues 5 Sterne-Deluxe Resort gebracht. Auf der Fahrt erzählt der nette Reiseleiter ein paar lustige Anekdoten und die Rentner im Bus finden das alle total charmant. Und die Ausflüge soll man natürlich ausschließlich über ihn buchen. Nein, ich freue mich wirklich darauf, auch wenn es sich sicherlich gerade nicht so anhört. Ich finde es toll, dass man die Möglichkeiten hat den Urlaub so zu gestalten, wie es gerade passt. Ich war dieses Jahr häufig weg und musste mich immer selbst um alles kümmern. Und dann kann ich jeden Kunden verstehen, der sich einfach ein paar Mal im Jahr um gar nix kümmern möchte. Die ältere Dame neben mir reist allein und ist sehr freundlich. Sie verbringt sicherlich drei Wochen an der Riviera, um dem trüben November zu entkommen. Nur mit den Ohren hat sie es nicht mehr, ist aber auch ziemlich laut hier hinten.

Trolley-Dolley: „Wie trinken Sie Ihren Kaffee?"

Dame: „?"

Trolley-Dolley (etwas lauter): „Wie trinken Sie Ihren Kaffee?"

Dame: „Ja!"

Trolley-Dolley: „Nein, wie trinken Sie Ihren Kaffee?"

Dame: „Ja, mach ich!"

Na dann, bis morgen!

Tag 309: Alles inklusive

Gestern sind wir dann in Antalya gelandet und werden seitdem komplett abgefüttert. Schon am Flughafen bekamen wir die erste Flasche Wasser vom Reiseleiter in die Hand gedrückt, aber natürlich nicht ohne den Hinweis auf Trinkgeld für den Busfahrer. Im Hotel musste es dann schnell gehen, denn uns blieben nur noch 20 Minuten, bis uns das Buffet unterm Hintern abgebaut wurde. Seither ist alles ganz entspannt. Fehlt nur noch, dass uns jemand den Hintern abputzt, aber dafür hat man die noble Toilette, in der ein Bidet mit eingebaut ist. Ganz schön innovativ, wusste zunächst gar nicht, was ich damit anstellen sollte. Ansonsten sind mir mal wieder die Gäste zuwider, einige davon habe ich sicherlich selbst gebucht und einige dieser Sorte Mensch sind auch für meinen Lebensunterhalt verantwortlich. Dennoch muss es raus – habe ja schließlich auch Urlaub. Sehr schön finde ich den Kommando-Ton mit dem deutschen Rentner das ausschließlich mega-freundliche Personal anfahren.

Rentner: „Chef! Wasser, hier!"

Sehr schön ist auch das dauerhafte Geklimper auf dem Flügel in der Lobby. Während der „Tagesthemen" konnten wir „My heart will go on" von Celine Dion in einer sehr eigentümlichen Version zusammen mit den Bildern von den vom Taifun zerstörten Philippinen bestaunen.

Am Strand durfte ich mir dann in einer Lautstärke (die zwischen Presslufthammer und Rolls Royce-Triebwerk lag) von einer älteren Dame die großartigen Informationen zu ihrem Hotel anhören.

Dame: „Das ist so toll. Tolle Zimmer, tolles Essen. Das beste Hotel überhaupt und was die an Animation haben. Wir haben Tanz und Musik. So lieb sind die. Und heute Nacht um 2 Uhr werde ich abgeholt."

Wäre zu hoffen, dass es nicht in die psychische Anstalt ist. Einige haben auch sehr stolz am Strand berichtet, dass sie ein Badethermometer besitzen. Ich wusste bis dato nicht einmal, dass es so etwas gibt. Ich strecke im Normalfall einen Zeh ins Wasser und verweigere dem Meer jegliche weitere Mitarbeit. Aber seit diesem Jahr kenne ich diese Errungenschaft.

Dame: „Wir haben immer das Badethermometer mit dabei. Es sind 22 Grad im Wasser. Letztes Jahr waren es noch 23 Grad."

Aha. Soso! Und dann das leidliche Thema mit der Zeitumstellung.

Frau 1: „Wie viel Uhr ist?“

Frau 2: „09:15 Uhr ist es bei uns!“

Frau 1: „Bei uns oder hier?“

Frau 2: „Na, bei uns!“

Frau 1: „Wie?“

Mann 1: „Bei mir ist es 10:15 Uhr.“

Frau 1: „Nee, das stimmt nicht. Bei mir ist 09:15 Uhr!“

Frau 2: „Wie jetzt? Hier oder bei uns?“

Frau 3: „Hast du die Uhr noch nicht umgestellt auf Winterzeit?“

Bis morgen!

Tag 310: Machma Urlaub allein im Hammam

Wegen Stress und zuckendem Auge und so, habe ich mich dann für eine Wellness-Behandlung im Spa unseres Hotels entschieden. Für schlanke 55 Euro gab es Hammam inklusive Bademeister, eine Entspannungsmassage und Gesichtsmaske plus Erfrischung. Das Hammam war eine Premiere. Von Lomi-Lomi, Pilates und Thaimassage habe ich schon so ziemlich allen Quatsch mitgemacht. Aber vor rabiaten, behaarten türkischen Männern, die nur ein Handtuch umhaben, hatte ich bisher etwas Angst. Und auch nicht ganz unbegründet. Da lag ich im Hammam auf einem dünnen Handtuch und wurde vom sehr haarigen und speckbäuchigen Bademeister im Stakkato-Ton dirigiert: „Drehen um, legen auf Bauch!“

Zunächst wird man mit mehreren Schüsseln warmem Wasser übergossen. Das Ganze passiert wenig zärtlich, hat eher was von Waterboarding. Danach wird man mit leichter Brutalität mit einem fiesen Massagehandschuh gepeelt. Dann wieder Waterboarding. Und dann kommt die Sache mit dem Schaum. Irgendwie wird dieser aus einem Eimerchen gezaubert. Danach ist man über und über damit bedeckt und sieht aus wie ein Häufchen Sahnebaiser. Dann erneut Waterboarding-Extrem – auch über den Kopf. Danach sollte ich mich entspannen und wurde nach zehn Minuten zur Massage abgeholt. Sehr gut der Mann. So wie man sich das vorstellt – richtig durchgeknetet. Irgendwann machte er dann Bekanntschaft mit meinen übelst verspannten Rückenmuskeln (wenn man von Muskeln sprechen kann) und plötzlich war er begeistert und wesentlich freundlicher als noch eine halbe Stunde vorher, denn jetzt konnte er so richtig zupacken.

Bademeister: „Oh, Sie sehr verspannt. Machen medizinisch Massage. Als Geschenk."

Ich: „Okay, gerne!"

Geschenkt gibt es normalerweise nix. Aber egal. Mach mal! Nach allerlei Kracherei und großer Freude aufseiten des Bademeisters/Waterboarders/Masseur, taute er langsam auf und begann mit allerlei Fragen, dieses Mal auf Englisch.

Bademeister: „What is your job?"

Ich: „Travel agent!"

Okay, man merkte förmlich, wie er innerlich zusammenzuckte. Er wollte dann schnell noch einen kleinen Witz machen und die Situation retten, indem er einfach mal einen Veranstalter tippte, bei dem das Haus unter Vertrag war. Aber seine Hoffnung wurde zerstört.

Ich: „Yes, that's the tour operator i work for."

Bademeister: „Humm. I am Murat!"

Ich: „Hi Murat. You're doing that very well. I will recomment you."

Ist im Urlaub irgendwie lustig. Sobald man erzählt, dass man dafür sorgt, dass die Hotels gefüllt sind, wird man gleich anders behandelt. Wie ein Fresskritiker im Sterne-Restaurant.

Nach der Massage gab es noch eine Gesichtsmaske, bei der ich das Gefühl hatte, dass mir gleich die Visage abbröckelt, aber zusammen mit dem Granatapfeltee stellte sich Entspannung ein. Nach einigen Minuten stand Murat mit einem Kollegen vor mir und die beiden unterhielten sich über mich auf Türkisch. Irgendwann meint dann der andere der beiden, der ganz normal Deutsch konnte, dass Murat ihm erzählt hat von meinem katastrophalen Rücken und man mir noch dringend eine medizinische Massage empfehlen würde. Ganz schön geschäftstüchtig – aber auch freundlich.

Bis morgen – vielleicht ohne zuckendes Auge!

Tag 311: The Dolmus Experience Part 1

Ich vermute, dass fast alle, die diesen Blog verfolgen, schon einmal eine Dolmusfahrt in der Türkei mitgemacht haben. Falls nicht: Bitte sehr! Eigentlich ist es gar nicht so schwer. An den Hauptverkehrsstraßen befinden sich „Haltestellen". Sind meist sehr einfache Holzverschläge. Dort warten dann in der Regel auch sonnengegerbte Touristen in schlecht gefälschten Camp David T-Shirts aus dem letzten Türkeiurlaub auf dem Weg zur nächsten Schnäppchentour. Ein Dolmus selbst ist ein Minibus und erinnert mich ein wenig an die Eiswägelchen aus meiner

Kindheit, die zweimal wöchentlich mit lautem Klingeln durch das Dorf fuhren. Die Eis-Tafel ist allerdings durch eine Tafel mit Hotelnamen ausgetauscht, die auf dem Rückweg wieder abgeklappert werden. Im Fenster vorne hängt dann das Schild mit dem Ziel. „Manavgat“ oder „Side“. Wir fuhren erst mal nach Side und am nächsten Tag als Dolmusprofis nach Manavgat und von dort zu den herrlichen Wasserfällen. Das Adjektiv „herrlich“ ist willkürlich gewählt und kann auch gerne durch popelig ersetzt werden. Werden im Reiseführer durch Weitwinkelobjektiv um das Hundertfache vergrößert. Egal!

Also, man steht dann am Rand an der Straße und wartet auf das entsprechende Büsslein, das alle fünf Minuten kommen soll und auch kommt. Damit auch jeder Vogel versteht, wo die Reise hingeht, steht nicht nur ein Schild in der Scheibe, nein der meist ruppige türkische Fahrer kreischt auch noch das Ziel mindestens dreimal aus dem Fenster, was mit seiner putzigen Hupe einen ganz eigenwilligen Charme bekommt. Aber die lieben Touristen. Da hatten wir einmal ein paar zünftige Bayern, die sich nicht nur den Kopf angerannt haben beim Einsteigen, sondern auch das gebrüllte „Manavgat, Manavgat, Bazar, Bazar“ einfach nicht übersetzen konnten. „Aber mir wolle doch nach Side!“

Naja, an jeder zweiten Haltestelle dasselbe Spiel. Sehr lustig! Auch die Zahlung ist eine Sache für sich. Die einfache Fahrt kostet aktuell 1,50 Euro pro Person und man wirft den Betrag in das Körbchen neben dem Fahrer. Macht man das nicht oder ist das Dolmus zu voll, dann wird bei einer längeren Ampelphase lautstark „Bezahlen, bezahlen, bezahlen“ verkündet. Ich fand es am faszinierendsten die Augen meiner Begleitung zu beobachten, die je länger die

Fahrt dauerte, umso desillusionierten wurden, weil er sich unter Türkei etwas ganz anders vorgestellt hat. Der kleine Wasserfall und die wenigen umgefallenen Steine in Side haben dann zumindest ein kleinwenig entschädigt.

Bis morgen!

Tag 312: The Dolmus Experience Part 2

So, weil es so schön war. Man fährt mit dem Dolmus auch zurück zu den Hotels. Auch jetzt hängt wieder ein schickes Schild im Fenster wie zum Bleistift „Colakli", „Evrensiki" oder „Titreyngöl". Für mich als Reiseverkäufer sehr interessant. Sobald das/der Dolmus voll ist (übrigens nicht nur die Sitzplätze werden belegt, nein nein – bei einem Stopp fällt man als Stehender weich auf die AI-Kundschaft), kann ich mir meine Mitfahrer anschauen und raten ob sie im guten oder weniger guten Hotel untergekommen sind. Den meisten sieht man es irgendwie an, nur selten ist man überrascht. Und auch jetzt kommt wieder mein Freund, der Dolmusfahrer ins Spiel. Bei jedem Hotel, an dem gestoppt wird, schreit er die entsprechenden Namen: „Grand Seker, Commodore, Monachus! Grand Seker, Commodore, Monachus!" Und dann geht es los.

Mann 1: „Nein, wir sind Crystal Palace!"

Mann 2: „Nee, wir Artside!"

Frau 1: „Royal Traaaaaaaaaaaaaguuuuuuuuuuuuuu uuuuuuuhhhhhhhhhhhnnnnnnnnnnnn!"

Ich zu meiner Begleitung: „Sie meint das Hotel da hinten – Dragon – wie Drache!"

Fahrer: „Grand Seker, Commodore, Monachus!"

Frau 2: „Wir sind im Crystal Palace!"

Dann kurz vor dem nächsten Stopp.

Fahrer: „Grand Artside, Terrace, Kamelya World. Grand Artside, Terrace, Kamelya World!“

Frau 3: „Nee, wir sind im Grand Seker!“

Tja, zu spät ist auch vorbei!

Tag 313 + 314: Früher gab es noch ein Brötchen dazu

So ganz pauschal ging es dann heute aus der Türkei zurück nach Deutschland. Inklusive 5:30 Uhr aufstehen und Transfer ab 6 Uhr zu fast allen Hotels in Side. War auch wieder eine schöne Erfahrung das Spielchen mitzumachen und auch die Hotels zu sehen, die ich Tag für Tag an die Frau und an den Mann bringe. Werde zukünftig sicherlich so das eine oder andere Haus besser oder gar nicht mehr verkaufen. Alle Hotels haben den Zusatz „Spa“ „Palace“ oder „Grand“. Schaut man sich allerdings die direkte Umgebung an, erinnert alles eher an eine Jauchegrube mit heruntergekommenem Bauernhof.

Irgendwann, als der letzte Kunde dann eingesammelt war, bin ich eingepennt und erst kurz vorm Flughafen wieder wach geworden. Anstellen, mich um die Sitzplätze schlagen, Sicherheitskontrolle, Passkontrolle und warten. Das übliche halt. Und dann saßen sie da, sehr gute Stammkunden. Und warteten auf den gleichen Flug. War mir zunächst nicht sicher und konnte mir unter meiner Nerd-Brille ein Versteck einrichten, da ich diese normalerweise nicht im Büro auf der Nase habe. Meine Begleitung war mittelschwer irritiert, dass ich sowohl Namen als auch gebuchtes Hotel auswendig wusste und auch von der korrekten Wohnanschrift gedanklich nicht sehr weit entfernt war. Am Ende blieb ich unerkannt, was mir auch ganz recht war. Im Flugzeug jammerte meine Sitznachbarin mit einer Freundin über den Gang hinweg, das alles schlechter geworden ist. Die Preise, der Service, die Welt und sowieso. Als das Frühstücksrührei serviert wurde, wurde auch ich in das Gespräch integriert.

Dame: „Früher gab es noch ein Brötchen dazu!"

Ich grunzte nur freundlich. Im nächsten Jahr gibt es gar nix mehr dazu, wenn die Airline ihr neues Konzept umgesetzt hat. Da kann man für das Lächeln der Stewardess dankbar sein und für einen Sitzplatz im Flugzeug. Und mit diesen Aussichten war der Urlaub vorbei.

Schönes Wochenende!

Tag 315: Der Waffenstillstand von Compiègne

Heute war ein französischer Feiertag. Hätte ich das vorher gewusst, wäre ich im Bett geblieben. Der Anlass war nicht etwa eine gewonnene Kriegsschlacht, für die sich Franzosen gerne selbst feiern. Nein, es geht um den Waffenstillstand mit Großbritannien aus dem Jahre 1918. Sehr löblich. Franzosen gehen gerne einkaufen und kommen dann auch nach Deutschland und zu uns ins Büro. Meistens können sie nur Französisch oder Arabisch. Habe ich an dieser Stelle bereits häufiger erwähnt. Leider war meine Kollegin heute krank und so hatte ich das Vergnügen. War ein stressiger Novembertag, was sehr selten vorkommt und auch überaus erfolgreich, mit einigen üblen Aussetzern, denn einige Franzosen hatten tatsächlich über das lange Wochenende sehr viel Zeit. Wutentbrannt geht die Tür auf.

Kunde: „Das ist schlecht, dass die Kollegin nicht da ist, die besser Französisch spricht!"

Ich: „Ja, tut mir leid. Sie ist leider krank. Kann ich helfen?"

Kunde: „Sie hat uns gebucht. Aber der Preis ist zu teuer."

Die Dame neben dem Herrn verflucht mich bereits mit gemeinen Blicken. Ich sehe gleich, wo der Hase hinläuft. Gebucht ist bereits seit Wochen, jetzt haben die Kunden ein Angebot ab Frankreich gefunden. Zwar ein ganz anderes Hotel, ein leicht veränderter Zeitraum, kein Direktflug und überhaupt, aber um knapp die Hälfte günstiger.

Ich: „Kann verstehen, dass Sie das nicht so schön finden. Ist sehr, sehr ärgerlich. Aber Preise können sich ändern. Nach oben, nach unten. Aber das Angebot, das Sie hier haben, ist was komplett anderes."

Kunde: „Ist mir egal. Ich will das nicht mehr."

Ich rechne schon mal die Stornokosten aus, während intern wild diskutiert wird.

Ich: „Okay, wir können stornieren. Aktuell sind es 1935 Euro Stornokosten."

Kunde übersetzt der Frau Gemahlin. Jetzt werde ich wüst beschimpft und nicht nur mit gemeinen Blicken, sondern mit gemeinen Worten verflucht.

Kunde (Drama!): „Kann nicht sein. Das gibt es doch nicht."

Okay, das Waschmaschinen-Beispiel muss her.

Ich: „Wie gesagt. Ist verständlich. Habe mir auch Flüge gebucht für Weihnachten (stimmt sogar) und die sind jetzt günstiger geworden. Ich kann die teuren Flüge nicht zurückgeben und mir die günstigen holen. Das geht nicht einfach so. Und wenn Sie sich eine Waschmaschine kaufen und drei Wochen später ein anderes Geschäft ein günstigeres Angebot hat, dann können Sie die alte Waschmaschine ja nicht einfach zurückbringen. Oder?"

Es wird mal wieder munter übersetzt und verflucht.

Kunde: „Dann machen wir das mit der Versicherung aus."

Ich: „Ja, das überlasse ich Ihnen. Aber nur als kleiner Tipp. Sie können nicht stornieren, Ihre Versicherung einschalten und dann eine ähnliche Reise zum gleichen Datum buchen."

Kunde: „Pourquoi?"

Ich: „In Deutschland nennt man das Versicherungsbetrug ..."

Kunde: „Ah?"

Übersetzung. Drama und dann Stille. Versicherungsbetrug gibt es in Frankreich offenbar auch. Ich habe noch angeboten auf ein günstigeres Hotel umzubuchen, aber da war nix zu holen. Bin gespannt, wie man sich entscheidet. Kurzzeitig ist dann wieder Waffenstillstand. Ob die sich auch beschwert hätten, wenn das Angebot teurer geworden wäre? ☺

Bis morgen!

Tag 316: Die Sache mit dem Brot

Manche Kunden sind bizarr, so auch eine Französin die uns schon seit einigen Jahren beehrt. Sie ist so vom Bautyp ältere Barbie, hat aber eher so ganz herkömmliche Hausfrauenprobleme. Früher kam sie meist im Hochsommer kurz vor Feierabend, wenn wir eh aus dem letzten Loch gepfiffen haben, und stellte uns eine Menge sehr seltsamer Fragen. Beispiel gefällig?

Kundin: „Kann ich noch ein Brot kaufen?"

Ich: „?"

Kundin: „Na, der Bäcker schließt gleich. Und in der Zeit, wo Sie suchen – kann ich noch ein Brot kaufen?"

Ich: „Ähmmh. Okay. Aber wir schließen auch um 19 Uhr. Wie der Bäcker."

Kundin: „Aber was mache ich denn jetzt?"

Ich: „Sie können sehr gerne noch ein Brot kaufen. Aber wir schließen um 19 Uhr."

Kundin: „Ich gehe dann Brot kaufen, und wenn Sie noch da sind, dann klopfe ich, ja?"

Okay, den Wink mit dem Zaunpfahl hatte sie nicht kapiert. Auch mein fassungsloser Gesichtsausdruck sprach eigentlich Bände. Sie kam dann wirklich mit dem dummen Brot vorbei und hat uns noch weiter beschäftigt – ohne Buchung selbstredend.

Heute hatte ich sie dann erneut an der anderen Leitung – wenigstens nicht persönlich im Büro. Der neue Nachname konnte mich nicht täuschen. Und was war heute das Problem?

Kundin: „Kann ich noch in die Sauna gehen?"

Ich: „?!?"

Kundin: „Ich gehe jetzt in die Sauna und so 18.55 Uhr rufen Sie zurück."

Geht's noch?

Bis morgen!

Tag 317: Mein allerschlimmster Kunde …

Mein schlimmster Kunde bin ich inzwischen selbst. Früher war das ganz einfach. Urlaub gebucht und gut ist. Heute läuft das so ab:

1. Rumgejammer! Ich war schon in Europa fast überall. Jammer!

2. Da will ich nicht hin. Und so weiter!
3. Zu teuer!

Aktuell steht ein Trip nach Funchal und Lissabon mit meiner besten Freundin an. Leider ist eine meiner Mitarbeiterinnen so schlimm krank, dass nicht klar ist, ob sie nächste Woche arbeiten kann. Und die Andere ist entliehen und die Dritte zwar gewillt alleine zu arbeiten, aber das will ich ihr nicht zumuten. Und so habe ich mich heute daran versucht dieses Dilemma auf eine zumindest kostengünstige Art zu lösen. Hinflug über Einfach-Jet gebucht, die Hotels über Schnittstellen und den Rückflug direkt bei Portuair. Viel komplizierter geht es nicht – habe ja gesagt ich bin mein schlimmster Kunde. Aber es hat wenig gekostet und wenig gekostet bedeutet auch wenige Möglichkeiten kostenfrei zu stornieren. Morgen weiß ich mehr.

Heute kam eine verzweifelte Kundin rein geschneit die gerne nach Dubai wollte. Sie war schon in einem anderen Reisebüro gewesen und man hat ihr seltsame Sachen erzählt, was die Preise angeht.

Ich: „War das so ein Dorfreisebüro?"

Sie: „Ja, woher wissen Sie das?"

War nur geraten und habe auch nix gegen die „Dorfreisebüros" (bevor hier wieder ein Shitstorm auf mir niedergeht). Aber irgendwie hatte ich es im Gefühl. Da saß mal wieder jemand hinter dem Counter, der kein günstiges Angebot hatte und entweder umberaten wollte und es nicht geschickt angestellt hat oder einfach keinen Plan hatte. Nach der Buchung war die Kundin glücklich und ich schwer traurig.

Ich: „Ach, ich beneide Sie jetzt echt."

Sie hatte keine Ahnung, wie ernst ich das meine.

Sie: „Ach, Sie kommen sicher häufig weg."

Ja, das stimmt wohl. Nur die letzten Male ist irgendwie der Wurm drin.

Bis morgen!

P.S. Das Augenlid zuckt immer noch – bin jetzt auch Magnesium hoch dosiert + Vitamin B ☺

Tag 318: Eindeutig homosexuell

Kurz vorm bitteren Ende kam dann noch ein Herr hereingeschneit, der mich jäh aus meiner Novemberdepression herausriss. Dem äußeren Anschein nach war er eindeutig homosexuell.

Er interessierte sich für das Florida-Angebot im Schaufenster und erwies sich als völlig unkommunikativ, bei meinen Versuchen herauszufinden, ob die offerierte Variante überhaupt seinen Daten entsprach. Als wir uns dann endlich einig wurden und ich ihm erklärt hatte, dass es in Florida leider keine AI-Hotels gibt, nannte er dann endlich ein klares Ziel.

Kunde: „Ich will eigentlich an die Playa. An die Playa del Ingles!"

Ich: „Ach so. Okay, das ist in der Tat was anderes."

Er kannte jedes Hotel oder tat zumindest so. Auch die Entfernungen zum Yumbo-Center konnte er herunterbeten. Schwul, wie die Nacht dunkel ist.

Ich: „Ich hätte dann noch ein Angebot ab dem Flughafen Memmingen."

Kunde: „Um Gottes Willen. Nein, ab DORT fliege ich nicht. So ein Provinzflughafen. Nein! Ich möchte was Internationales!!"

Das sind dann so die Momente, wo ich dann etwas komisch gucke. Aber okay. New York! Paris! International!

Ich: „Okay, des Menschen Willen ist sein Himmelreich. Ab Stuttgart geht es auch. Ist aber ein gutes Stück teurer."

Kunde: „Ist nix gegen Sie. Keine Sorge. Auf das Geld kommt es auch überhaupt nicht an."

Das hört man sehr gerne.

Kunde: „Meine Frau die ist auch gestern nach Gran Canaria geflogen. Und will ich es ihr nachtun."

Seine Frau? Und warum ist die schon dort? Und weshalb will er ein Einzelzimmer in einem anderen Hotel? Fragen über Fragen. Aber keine darf ich stellen. Ich suche ihm das teuerste Haus an der Playa del Ingles raus. So von wegen International und Geld spielt keine Rolle.

Kunde: „Ich sehe. Wir verstehen uns. Das können Sie buchen!"

Plötzlich bin hellwach.

Kunde: „Da wird sich meine Frau freuen! *stöhn*

Iss klar ... bis dahin!

Tag 319: November-Blues

Irgendwie sind meine Fuerteventura-Kunden, die vor ein paar Wochen gebucht haben, verschollen. Auch ansonsten hat dieser trübe Tag im November nicht viel zu bieten. Zunächst eine Schnäppchenjägerin für reine Flüge nach Mallorca im nächsten Dezember. Nee, nicht nächsten Monat. Im Dezember 2014. Da war ich schon etwas irritiert. Und sie auch, als sie die Preise gehört hat. Und dann meine Freunde von der Tombola-Sammlung. Was ich da dieses Jahr alles schon gehört habe: Vom

Jugendmusical bis zum Streichelzoo. Alle wollen gerne Give-Aways verlosen. Habe nix, gebe nix! Fertig!

Dann endlich! Eine Kundin stürmt zielgerichtet die Bürotür.

Kundin: „Hallo. Sie können mir bestimmt helfen?"

Ich: „Klar, gerne!"

Kundin: „Ich suche ein Geschäft mit orthopädischen Einlagen!"

Will ja mal nicht so sein. Hab's ihr dann gegoogelt. Man wird ja auch immer älter und dann weiß ich auch, wo ich das demnächst finde. Hatte dann noch interessierte Kreuzfahrer angerufen, die wir kürzlich nicht verarzten konnten, da das Angebot ausgebucht war. Jetzt war wieder was da.

Ich: „Hallo. Hier ist XYZ-Tours. Spreche ich mit dem Herrn Kreuzfahrer?"

Kunde: „Ja, der ist dran!"

Ich: „Super. Ich wollte nur kurz Bescheid sagen, dass wir wieder ein schönes Angebot rein bekommen haben!"

Kunde: „Ach nee, ist schlecht jetzt. Bekommen da ein Schiebeelement geliefert!"

Alles klar?

Bis morgen!

Tag 320 + 321: Lissabon schön saufen

Nach der Türkei nun Lissabon und Madeira. Ich bin selten so unmotiviert und unvorbereitet in den Urlaub geflogen. Da ich bis kurz vor Abflug nicht sicher war, ob ich abreisen konnte, weil meine Mitarbeiterin ziemlich krank war, wollte ich es mit der Vorfreude etwas gedämpfter halten. Meine erste Einfach-Jet Erfahrung war eine gute, sofern ich mich daran erinnern kann. Am Flughafen Basel-Mulhouse angekommen verspürte ich eine bleierne Müdigkeit, die sich während des Fluges nicht ändern sollte. Meine mitgereiste Freundin bekam mich auch nicht während des Flugs wach und selbst das sehr gut aussehende Personal von Einfach-Jet konnte mich nicht ausreichend anregen. Der entliehene Reiseführer wurde somit mit Gleichmut toleriert. Hellwach war ich dann beim ersten Taxifahrer, der uns übers Ohr hauen wollte und uns den Preis seines Großraumtaxis erst mal verschwiegen hat. Dank meiner inzwischen etwas größeren Reiseerfahrung, rigorosem Umgangston, wenn ich mich verschaukelt fühle und gewissen Erinnerungen an meinen letzten Urlaub in Portugal wurde das Gepäck dann in ein anderes Taxi verfrachtet. Vom Hotel sind wir dann recht orientierungslos los gedackelt um festzustellen das Lissabon nur mittelschwer interessant ist. Erst mal Kuchen! Dann ging es schon ein wenig besser und auch das Straßenbahnsystem wurde langsam kapiert. Mit selbiger ging es dann nach Belem, einem sehr schönen Teil Lissabons, der für den ersten etwas trostlosen Eindruck entschädigte. Kann auch am Portwein gelegen haben, der meine Freundin komplett umgehauen hat. Bis morgen aus Portugal!

Tag 322: Das portugiesische Überraschungsei

Lissabon 24 Stunden später. Die Sonne scheint und plötzlich ist die Stadt ziemlich schön. Zunächst mal auf den Elevador de Santa Justa heraufgefahren und die spektakuläre Aussicht genossen. Dieser altertümliche Aufzug hat früher die Ober- und Unterstadt miteinander verbunden. Danach ging es in das größte Einkaufszentrum auf der iberischen Halbinsel – das „Colombo" mit 420 Geschäften und 60 Möglichkeiten richtig dick zu werden. Die Suche nach der U-Bahn-Station erwies sich zunächst als schwerer Stolperstein, der aber nach halbstündiger Suche erfolgreich aus dem Weg geräumt werden konnte. Keine Spur von der im Reiseführer beschriebenen Touristengenervtheit bei den Einheimischen. Im Einkaufszentrum war meine Freundin dann plötzlich im kompletten Kaufrausch und konnte nur durch gutes Zureden vor schlimmeren finanziellen Problemen bewahrt werden. Ich selbst hatte in einem Laden, den ich sonst meide, so viel gefunden, dass ich einiges bei der Verkäuferin zwischenlagern musste. Ist ja am Ende immer so – plötzlich wird man überrascht. Von einer Stadt, einem Laden oder einem Gefühl. Am späten Nachmittag ratterten wir dann noch mit der uralten Straßenbahnlinie 28 durch die Gegend, probierten sündhaft teuren Portwein nur um den Laden dann mit zwei Wasserflaschen zu verlassen. Und jetzt geht es in die achte Etage unseres Hotels, wo wir mit Blick über die Stadt dinieren werden. Morgen fliegen wir extrem früh weiter nach Madeira. Die Freude ist groß, besonders weil wir noch das Vergnügen haben alle Shoppingtrophäen in den einzigen bei Einfach-Jet angemeldeten Koffer zu quetschen. Ob es geklappt hat mehr dazu morgen! Bis dahin!

Tag 323: Die zehn gefährlichsten Flughäfen der Welt – Platz 9: Madeira

Bin froh, dass es mit Portuair zurückgeht. Einfach-Jet ist eine sehr gute Airline – die Eidgenossen haben es drauf – aber die Gepäcksache ist echt anstrengend. Irgendwie haben wir es dann geschafft den ganzen Kram in den Koffer zu quetschen, auch wenn meine Freundin doch etwas verzweifelt um 5 Uhr vor dem Koffer saß und wimmerte. Auf Madeira ankommen ist dann eine andere Sache. Der Pilot erklärt zunächst auf Englisch die etwas unglückliche Situation, dass er nicht in der Lage wäre den Flughafen in der dichten Wolkendecke zu erkennen, er sich zum Durchstarten entschlossen hat und dass das hier ein normales Prozedere wäre. Panisch umklammerte ich meinen Sitz, von zu vielen Internet Videos von verpatzten Landungen verstört und mir darüber bewusst, dass der Flughafen von Funchal zu einem der gefährlichsten der Welt gehört. Meine Freundin las schweigend den Reiseführer und hatte von alledem nichts mitbekommen. Auch die restlichen Damen und Herren saßen schweigend in ihren Sitzen. Erst als die Durchsage auf Portugiesisch gemacht wurde, gab es eine gewisse Unruhe. Englisch ist also nicht! Nach ziemlichem Gepolter ging es dann steil nach unten. Nach völlig unfallfreier Ankunft im Hotel mit unserem Mietwagen ruckelten wir mit dem kostenlosen Shuttlebus nach Funchal (sehr schöne traditionelle portugiesische Musikbeschallung Hilfe!), um dann mit einigen dicklichen Rentnern die Seilbahn zu besteigen und den tropischen Garten zu besichtigen. Wirklich alles sehr schön hier. Für schlanke 30 Euro ging es dann in einem Korbschlitten ins Tal, was früher Tradition war, ist heute eine üble Touristenabzocke. Unten angekommen wollten die Herren nämlich ein Trinkgeld und waren mit meinen zwei Euro offenkundig nicht zufrieden. Der Taxifahrer wollte um ins Zentrum zu kommen 20 Euro, was ich nur mit beleidigtem Lachen abtat. Das hinterhergerufene Angebot uns für 10 Euro zu transportieren habe ich dann ignoriert. Bin doch keine Dorfnutte. Auch ich habe meinen Stolz und bin dann jammernd zu Fuß gelaufen. Aktuell kann ich nur noch liegen. Aua!

Bis morgen!

Tag 324: Sweet November

Nach neun Stunden ununterbrochenem REM-Schlaf hieß es: Aufgewacht, die Sonne lacht! Nein, nicht ganz so sonnig, aber immerhin – das Auge zuckt aktuell nicht mehr. Und das ist ein Fortschritt. Meeresrauschen und ein gutes Frühstück und schon konnte es losgehen mit der weiteren Eroberung Madeiras. Meine Freundin neigt allerdings dazu sich gerne ALLES anzuschauen. Ich hatte ihr aber vor der Reise schon mitgeteilt, dass sie mich in die Betty Ford Klinik einliefern kann, sofern sich das Drama aus dem letzten Jahr auf Malta wiederholt. Dort hatte ich mir nämlich innerhalb von drei Tagen jeden Stein auf der Insel anschauen müssen und den verpassten Schlaf auf unseren langen Busfahrten über die Insel nachgeholt. Aber eine ganz andere Geschichte. Heute standen der berühmte Lorbeerwald und der Rhododendron-Garten auf dem Tagesprogramm. Rhododendron. Allein schon dieses

Wort. Aber die Bilder sahen super aus. Also, auf ging's. Im Nebel angekommen beschlich mich erstmals das Gefühl, dass wir nicht mit der richtigen Kleidung ausgestattet waren. Meine Freundin sah eher aus, als würde sie sich gleich zum Vorstellungstermin beim Investmentbanker aufmachen und mein Schuhwerk reden wir nicht drüber. Der Lehrpfad durch den Lorbeerwald war schnell hinter uns gebracht und der Reiseführer deutete einen Spaziergang von ungefähr 30 Minuten zur gewünschten nächsten Sehenswürdigkeit an. Alternativ ginge es auch über einen Schotterweg mit dem Auto. Fest davon überzeugt den Schotterweg erreicht zu haben, befanden wir uns dann im dichten madeirischen Regenwald. Die Investmentbankerin und ich matschten dann in unseren schicken Schuhen durch alle Pfützen, um nach genau 30 Minuten den sehr schönen und übersichtlichen Rhododendron-Garten zu erreichen. Die wenigen Wanderer auf dem Hinweg zeigten sich von unserem nicht ganz passenden Outfit gänzlich unirritiert. Blümchenbluse ist offensichtlich nichts, was im Regenwald noch groß auffällt. Auf dem Rückweg kam uns eine Frau in Flip-Flops entgegen, aber gemeinerweise warnten wir nicht vor dem gefährlichen Rhododendron-Aufstieg. Ins Hotel lief ich barfuß, da mein Schuhwerk komplett durchgeweicht war. Das Blumenblüschen meiner Freundin – der Investmentbankerin – saß jedoch noch perfekt. Nur die verbatschte beige Hose passte nicht ins Gesamtbild. Morgen geht es ins Hochmoor – das wird lustig. Werde wohl nicht aus dem Wagen aussteigen.

Bis dahin!

Tag 325: Hochmoor kommt vor dem Fall

Im Februar hatten viele Menschen Sex. Nur so ist die Menge an Geburtstagen in unserem Hotel erklärbar. Mehrmals Ständchen am Tisch auch in direkter Nachbarschaft. Fremd schämen inklusive. Apropos Fremdschämen. Im Zimmer angekommen wurde dann heftig gerammelt. Nein, nicht bei uns. Das Bett nebenan knallte gegen die Wand und die Geräuschkulisse war auch recht interessant. Wie im Affenkäfig. Man konnte gar nicht weg hören. Meine Freundin konnte den Zimmernachbarn dann heute Morgen nicht mehr ins Gesicht schauen. Stattdessen musste ich nach viel Bambi-Augen mit ganz viel Zucker zustimmen noch einen weiteren Jardim Irgendwas anzuschauen, bevor es ins Hochmoor ging oder gehen sollte. Die Straße zum Pass war wegen schlechtem Wetter gesperrt, was nur unter großem Protest meiner Begleitung hingenommen wurde. Wie brave AI-Urlauber sind wir dann zurück ins Hotel und haben lecker gefuttert und über die anderen Gäste gelästert. Morgen geht es zurück. In Deutschland hat es geschneit. Hilfe!

Bis dann!

Tag 326: Saskia in the sky

Alles beim Alten gestern auf Madeira. Im Nebenzimmer wurde lautstark gerammelt und unsere herben lesbischen Tischnachbarinnen fanden uns wohl immer noch etwas seltsam. Portuair ist ja laut Wikipedia eine der besten Airlines Europas (Gewinner 2011), aber ich als kritischer Gast bemerke aktuell nichts davon. Im Grunde fliegt sie von A nach C mit Zwischenstopp in B. Die Flugbegleiterinnen sind mürrisch und erinnern mich an meinereiner, nachdem ich mal wieder zu viele Tunis Nur-Flug Anfragen bearbeiten musste. Aktuell tippe ich auf der letzten Teilstrecke und verdaue meinen Monster-Fleisch-Kartoffel-Spinat-Auflauf. Meine Freundin liest ein Buch, in dem die Hauptfigur Saskia heißt. Ich gehe davon aus, dass es sich nicht um Weltliteratur handelt. Aber ich muss still sein, da ich meist auch nur Bahnhofsliteratur lese. Madeira und Lissabon haben mich größtenteils mit Portugal versöhnt. Sogar der Kratzer im Mietwagen wurde von der Mietwagengesellschaft ignoriert. Madeira war ein absolutes Highlight meiner bisherigen Reisen – unglaublich schön und sehenswert. Mit diesen positiven Worten verabschiedet sich eurer zynischer Reiseexperte. Nach jede Menge Portwein, Madeirawein, traditionellem Gebäck und Poncha geht es zurück. Morgen werde ich wieder die alles entscheidende Frage stellen: „Was kann ich für Sie tun – darf's ein bisschen Madeira sein?"

Bis dahin!

Tag 327 + 328: Bad Saturday!

Die Rückkehr aus Madeira hätte nicht unangenehmer sein können. Nachdem wir gestern nach der Landung noch über eine Stunde im Stau standen, war auch heute nicht so der megageile Tag. Die wenigen Kunden hatten alle die gleiche Anfrage.

Kunde: „Wir suchen was Schönes, wo es warm ist. Vom 20. Dezember bis 05. Januar!"

Ich habe mit großer Motivation – und ganz gegen meine Natur – ohne Preisnachfrage mit der Beratung begonnen.

Aber die Kunden, bei denen ich einen Riesenschock erwartet habe, waren ganz ruhig, die mit offensichtlich mehr Geld auf dem Konto, waren plötzlich ganz still. Geht es nur mir so oder ist es dieses Jahr besonders teuer? Keiner konnte sich so recht entscheiden und so war es die zweite 0-Euro-Umsatz-Runde der Woche. Dramatisch, dramatisch.

Habe dann zu guter Letzt den Weihnachtsbaum aufgestellt und dekoriert und mit meiner Mitarbeiterin festgestellt, dass er noch nie so hässlich war. Passt in diesen November. Vielleicht kann ich das Teil Montag noch retten. Am Auto angekommen: Ein Strafzettel. So was!

Bis dahin!

Tag 329: Die moderne Hausfrau

Zum ersten Mal für diesen Winter waren die Temperaturen unter 0 Grad und ich bin mit der Bommelmütze ins Büro. Sah also ganz ähnlich aus wie die Namensgeber des Hotels, das heute angefragt wurde: das Mainzelmännchen Hotel in Köln. Hatte ich noch nie gehört und fand das für einen Montag ganz erhellend. Leider hatten wir für das Haus keine Raten und so musste was anderes herhalten. Bis dahin war die Stimmung noch ganz gut. In den letzten Tagen war ja sehr wenig los und ich habe schon an meinen Fertigkeiten gezweifelt. Nachdem ich dann ausführlich alle Angebote im Schaufenster gewechselt, die Wiedervorlage durchgearbeitet und mit großer Hoffnung auf die Tür gestarrt habe, wurde ich enttäuscht. Da kam irgendwie niemand. Mal abgesehen von einer Zigeunerin (man verzeihe mir bitte diese political incorrectness) die nach Belgrad wollte, und das Ticket nach dem Abflugdatum bezahlen wollte. Nach einem verzweifelten Anruf bei meinem Regionalleiter habe ich dann die Scheiben geputzt, die Blumen gegossen und mir den Katalog von „Die Moderne Hausfrau“ angeschaut, den ich aus mir unerfindlichen Gründen seit zwei Jahren geliefert bekomme. Sehr schöne praktische Dinge konnte ich finden. Zum Beispiel den Aschenbecher „Elefant“ und den Glasvibrator „Lustmolch“. Am Ende habe ich dann eine sehr praktische Streuschaufel bestellt, mit der ich meinen nichtvorhandenen Kunden in den nächsten Wochen den Weg zum Büro freischaufeln kann. Auch nicht schlecht!

Bis morgen!

Tag 330: Berechtigte Fragen

Der Tag begann mit einem Lichtblick: Einer Buchung! Ansonsten wieder einmal: Außer Spesen nix gewesen! Aber was tun, wenn die Preise nicht stimmen, die Anfragen ausbleiben und das lokale Marketing auch ausgereizt ist? Ich habe mich dann mal mit dem neuen Jahr auseinandergesetzt und mir meine Gedanken darüber gemacht, was das „Reisebüro der Zukunft“ ausmacht. Guter Service! Freundlichkeit! Und vor allem: Es muss einfach sein! Ist doch sonnenklar, oder? Ich selbst denke so manches Mal: „Hallo, geht es vielleicht noch ein bisschen komplizierter?“

Irgendwie hatte ich beim Kataloge auspacken nicht das Gefühl, dass das gedruckte Wort (und Bild) noch sehr zeitgemäß ist, aber so von 100 auf 0 runter fahren geht ja eben auch nicht.

Zwischendrin kamen dann doch einige hoch motivierte Kunden, die gerne ein schönes Angebot für Weihnachten und Silvester haben wollten für die Kanaren. Sogar mit einem Budget, das sich zunächst vernünftig anhörte. Aber …

Kunde: „Wir haben im Internet schon geschaut, und wenn ich die Preise da sehe …"

Okay, Bedarfsanalyse. Kein Playa del Ingles, keine Rentner im Urlaub-Hotels, blieben nur die aller teuersten Häuser für knapp 10.000 Euro. Kurz vor der Ohnmacht des Kunden dann meine Lieblingsinfo.

Kunde: „Im Internet war es billiger!"

Also habe ich schön weiter gewühlt und sogar die Temperaturen auf Fuerteventura und Lanzarote „schön geredet". Gar nicht meine Art. Aber nee „man muss sich das erst noch überlegen".

Am Ende hatte der Kunde dann noch eine allerletzte und berechtigte Frage.

Kunde: „Wer zahlt das eigentlich noch?"

Hoffentlich morgen wieder jemand!

Bis dahin!

Tag 331: Prost-Mahlzeit!

So, heute war dann etwas mehr los. Abgelöst von meiner Mitarbeiterin hatte ich schon mehr Umsatz als die letzten vier Tage zusammen. Trotzdem immer noch sehr mickrig. In unserer halben Stunden Betriebsübergabe hatten wir dann auch eine sehr nette Kundin, die sich für einen Urlaub in den Emiraten interessierte, aber nicht so ganz glücklich war.

Kundin: „Ich habe gerade etwas mit Schafkäse gegessen. Und der liegt mir schwer im Magen."

Kollegin: „?!"

Erfreulicherweise hat sie alles bei sich behalten. Leider auch ihr Geld. Den leckeren Schnaps, den wir für unsere Ballermann-Kunden als kleinen Dank immer bereit stehen haben, hat sie aber dankend zu sich genommen. Vor unserem Büro ist übrigens seit dem Wochenende der Weihnachtsmarkt. Selbst für ein paar Glühweinleichen wäre ich aktuell sehr dankbar.

Bis morgen!

Tag 332: Gültigkeit?

Alte Menschen sind oft sehr süße Kunden. So auch heute. Der ältere Herr hatte sich gestern von meiner Mitarbeiterin beraten lassen und dann heute zur Buchung angerufen. Ganz kurzfristig sollte es auf die Kanaren gehen. Leider war meine Technik kurzzeitig ausgefallen:

Ich: „Tut mir leid. Im Moment ist unsere Technik ausgefallen. Verfügbar ist es noch, aber ich kann es aktuell nicht einbuchen. Soll ich Sie gleich zurückrufen, sobald das wieder geht?"

Kunde: „Ja, wann ist das denn?"

Ich (lache): „Naja, das weiß ich nicht genau. Kann fünf Minuten dauern. Oder eine Stunde. Ich weiß nicht, wie lange das dauert?"

Kunde: „So erfahrungsgemäß?"

Ich (lache): „Hmmh. Ich kann es echt nicht sagen?"

Kunde: „Na, okay!"

Die Kommunikation mit Rentnern endet meist abrupt ohne Tschüss und Auf Wiederhören, aber das macht nix. Im System konnte ich dann auch entdecken, dass er schon Mitte 80 war – da ist man auf jede Minute angewiesen.

Wenig später ging die Technik wieder und wir konnten buchen.

Kunde: „Ich will mit meiner Kreditkarte zahlen."

Ich: „Klar, gerne – dann brauche ich die Nummer ..."

Kunde: „Ach so. Ich gebe Ihnen die nachher ..."

Ich: „Hmmh. Ich brauche die leider zum Einbuchen ..."

Kunde (enttäuscht): „Ach so. Ich muss die suchen ich melde mich dann wieder"

Tut-tut-tut. Wenig später.

Kunde: „So, die Nummer ist 1245 5678 3456 1234"

Ich: „Super. Und die Gültigkeit?"

Kunde: „Ach die brauchen Sie auch?"

Ich: „Na, klaro!"

Kunde: „Sie können mir glauben. Die ist gültig."

Ich (lache): „Das glaube ich Ihnen. Aber ich muss es leider eingeben ..."

Kunde (schwer enttäuscht): „Oh je. Ich habe die jetzt nur von einem Kontoauszug. Ich finde die Karte nicht. Ach, geben Sie einfach ein, dass sie gültig ist. Ich verspreche es."

Ach, er ist schon goldig. Bevor ich noch mal Luft holen konnte, sah ich, dass die Karte verschlüsselt im System hinterlegt war.

Ich: „Ich sehe gerade. Ich brauche die Gültigkeit nicht mehr!"

Kunde: „Sehen Sie – ich wusste doch es geht ohne ..."

Ich: „Äh. – ja!"

Später habe ich ihn kennengelernt. Ein sehr lustiger, alter Typ. Seine Frau ist offenbar kürzlich verstorben. Und jetzt fährt er noch mal in das Hotel, dass ich den beiden letztes Jahr gemeinsam verkauft habe. Bittersüß!

Bis morgen!

Tag 333: Der Wetterfrosch quakt

Kundin: „Haben Sie schon Rückmeldungen und Erfahrungen wie das Wetter in den Winterferien auf Mallorca werden wird?“

Öhm? Nö, habe ich nicht. Bin ja kein Hellseher, aber ich kann es schätzen. Die Fragestellung ist allerdings schon etwas beschränkt.

Ich: „Das ist jedes Jahr anders, weil die Ferien auch meist anders liegen. Aber Anfang März ist die Chance ganz gut, dass es schon besser wird.“

Kundin: „Sie können das jetzt nicht genauer sagen?“

Ich: „Nee. Mallorca ist im März zu unbeständig. Das kann von 10 bis 20 Grad alles sein. Aber die Mandelblüte ist in der Zeit. Auf jeden Fall landschaftlich sehr schön.“

Kundin: „Na, wenn Sie das nicht genauer sagen können, bringt das nix.“

Stimmt, wenn ich das Wetter nicht voraussagen kann, dann bringt das nix. Ich bin auch verantwortlich für Hungersnöte, Kriege und Tsunamis. Aber ich will jetzt was buchen. Sofort! Meine Mitarbeiterin ist davon überzeugt, dass diese Verzweiflung sich unbewusst auf die Kunden überträgt.

Morgen ist der letzte Tag dieses mit Abstand beschissensten Monats aller Zeiten. Es muss aufwärts gehen! Heute ist Tag 333 – eine Schnapszahl! Prost!

Bis morgen!

Tag 334 + 335: Advent, Advent – die Angebote werden abgehängt

Heute sollte es dann so was wie aufwärts gehen. Kunden, die „nur mal gucken“ wollten, haben sich dann spontan für ein Angebot im Sommer 2014 entschieden. Und auch meine Mitarbeiterin war „last-minute“ unterwegs. Da der Monat allerdings nicht mehr zu retten war, mussten Maßnahmen her – damit es kurzfristig schon mal besser wird. Eine Kollegin aus einem anderen Büro hatte die wunderbare Idee besondere Weihnachts- und Silvesterangebote separat auszuhängen, und zwar gelocht und mit etwas Geschenkband befestigt. Eine simple Idee, bei der man sich fragt, warum man nicht selbst darauf gekommen ist. Also mal los und ran ans Werk. Erstaunlicherweise konnte ich noch so ein paar Angebote entdecken, auch wenn die Preise sicherlich nicht für Furore sorgen würden. Aber es gibt sie noch – die Menschen, denen der Preis egal ist.

Meine Kollegin mit der supi Idee hat ihr Büro in einem Center, wir sind direkt in der Fußgängerzone. Das sollte einen gewissen Unterschied machen. Schon der zweite Kunde stöberte gemütlich in unserer selbst gebastelten Zeitung, nur um dann etwas Anlauf zu nehmen und sich einfach mal ein paar Seiten herauszureißen. Da guckten meine Kollegin und ich mal nicht schlecht – und mussten dann wegen so viel Dreistigkeit doch mal herzhaft loslachen. Im Center steht die Tür auf – da kann man sicherlich noch ein wenig verbal eingreifen.

Auf einen guten Dezember, einen schönen Advent!

Bis morgen!

Tag 336: Zwischen technischem K.O. und HNO

Gestern habe ich mir den Kehlkopf geprellt. Ja, richtig gehört. Mal was Neues. Man sollte niemanden kitzeln der dann mit Ellenbogenausschlag reagiert. Meine Hals-Nasen-Ohren-Ärztin hatte dann auch bei der Spieglung großen Spaß und mir mit Krankenhaus gedroht, wenn ich meinen Würgreflex jetzt nicht in den Griff bekommen würde. Das hat dann gesessen und am Ende konnte ich ohne weitere Komplikationen zurück ins Büro. Zwar mit dickem Hals, aber arbeitsfähig. Dort hat es heute dann zum ersten Mal seit Wochen gebrummt. Es gab offenbar Weihnachtsgeld, denn fast alle waren sofort zur Buchung bereit. Einige wirkten sogar etwas wahllos.

Ich: „Da hätte ich folgendes Hotel in Berlin am Alexanderplatz."

Kunde: „Ja, okay, das nehme ich."

Ich: „Alternativ hätte in noch für 20 Euro mehr dieses Hotel in."

Kunde: „Nee, ich nehme das andere ..."

Ich: „Soll ich Ihnen noch die Bilder zeigen?"

Kunde: „Nee, ich glaube Ihnen ..."

Ich: „Schön. Hmmh. Ist das ein Geschenk für Weihnachten?"

Kunde: „Gut erkannt! Wie kommen Sie drauf?"

Ich (grins): „Ja, Sie wollen es wohl schnell erledigt haben ..."

Kunde (lacht): „Noch mal gut erkannt!"

Danach ging es zum Zahnarzt. Der hat Öffnungszeiten bis 20 Uhr. Im Dunkeln hat der Treppenaufgang schon was Beängstigendes. In so einen Tag passt ganz schön was rein.

Bis morgen!

Tag 337: Restless leg syndrom

Heute Nacht konnte ich nicht einschlafen. Habe mir das Hirn zermartert über das vergangene Jahr – nicht nur privat und gesundheitlich, sondern auch beruflich lief alles nicht so optimal, wie man sich das vorstellen würde. Aber irgendwas ist immer. Aktuell schmerzt die Kehlkopfprellung ja. Stundenlang habe ich mit den Beinchen gestrampelt und mir über Marketingaktionen Gedanken gemacht. Irgendwann gaben meine Stampfer dann Ruhe. Aber die besten Ideen entstehen in solchen Momenten.

Magen-Darm-Grippe plus Schulung ergaben für meine Kollegin heute eine explosive Mischung – sie war nämlich alleine im Büro. Und das natürlich in dem Moment, wo plötzlich der Buchungswille wie durch ein Wunder wieder erwacht ist. Ich selbst war der mit der Schulung, die andere Dame im Kollegium die mit der Magen-Darm-Grippe. Sie hat einen Stall voller Kinder, die damit Pingpong gespielt haben. Persönlich finde ich, dass es kaum etwas Schlimmeres gibt. Habe mir heute auf dem Seminar einiges von meinen Kollegen abgeschaut. Meine Mitarbeiterin hat derweil noch bis nach 20 Uhr im Büro die Kunden verarztet. Danke dafür!

Morgen habe ich die ehrenvolle Aufgabe, ganz alleine wieder schöne Fragen zu beantworten. So wie letzte Woche.

Kundin: „Ist Ostern ein bundesweiter Feiertag?"

Bis morgen!

Tag 338: Wenn der Asiate zweimal quäkt

Heute war es richtig stressig. Zwischendrin hatte ich dann einen Asiaten der der deutschen Sprache nicht so ganz mächtig, aber irgendwie auch zu stolz war Englisch zu sprechen. War wohl eine Art Deutschtraining und ich musste herhalten:

Ich: „Was kann ich für Sie tun?"

Asiate: „Türkei!"

Ich: „Okay und wohin soll es gehen?"

Asiate (quäk): „Istanbul und Rundreise und so."

Ich (schon tief schnaubend): „Und für wann wäre das?"

Asiate: „Ah nächst Jahr. Dezember!"

Ich: „Nächsten Dezember?"

Asiate (quäk): „Nee, jetzt."

Ach so! Ich bin dann mal losgetrabt, aber unsere Veranstalter hatten das nicht so kurzfristig und auch nicht im Winter im Programm.

Ich: „Tut mir leid, geht erst ab April ..."

Asiate: „Italien!"

Und noch mal ...

Ich: „Okay und wohin soll es gehen?"

Asiate (megaquäk): „Mailand, Rom und Rundreise und so."

Ich: „Ah ja und für wann?"

Asiate: „27 bis 2!"

Am Ende hatte er dann ein Angebot für Mailand und kam nach zwei Stunden noch mal vorbei. Vielleicht hatte er inzwischen seinen Deutschlehrer getroffen und seine Fortschritte besprochen.

Bis morgen! (*quäk*)

Tag 339: Oops, I did it again

Ein Kollege aus einem anderen Büro hat mir vor einigen Tagen von seinem Kummer berichtet. Kunden möchten auch bei mir schöne Angebote – bevorzugt über Silvester – und sind dann fix und fertig, wenn man den Preis nennt. Er hatte dann eine Dame bei sich, die es ganz genau wissen wollte:

Kundin: „Ich dachte mir vielleicht haben Sie einen der abgesprungen ist, genau passend zu meinen Wünschen."

Jaja, die Abspringer. Die sitzen im Flugzeug immer am Notausgang und verlassen das Flugzeug vorzeitig. Diese freien Plätze laufen wie durch Zauberhand in meinem System ein und ich kann dann munter darauf los verkaufen. Im Schaufenster habe ich insgesamt 20 Last-Minute-Angebote hängen, jeweils für die Doppelbelegung, das macht summa summarum 40 Abspringer – und das nur für mein Büro. Ich würde gerne das dumme Schwein, das das Gerücht in die Welt gesetzt hat, dass Last-Minute Angebote Stornos sind am Spieß braten. Aber die Kunden können ja nichts dafür. Deswegen.

Ich (säusel): „Nein, Last-Minute-Angebote sind keine Stornos aus Krankheitsgründen, sondern Überkapazitäten der Veranstalter, die nun kurzfristig verkauft werden. Alles andere ist im Regelfall durch Versicherungen abgedeckt."

Am Ende des Tages hatte ich dann Stammkunden vor mir stehen und mich mal wieder ganz entsetzlich in die Nesseln gesetzt. Die Kundin hatte den Daumen dick bandagiert und wir haben uns kurz über ihren Gesundheitszustand unterhalten.

Kundin: „Ja, haben die letzten Wochen alles durch ..."

Ich: „Oh je. Der Daumen sieht ja übel aus. Naja, solange er nicht ab muss."

Megagrinser von mir …
Kundin (ernst): „Na, wir werden es bald wissen …“
Ups …
Bis morgen!

Tag 340: Gratis ist nicht umsonst

Heute kam der Nikolaus. Auch bei uns – allerdings sah er aus wie ich und hatte beim Discounter eine neue Kaffeemaschine besorgt – alles für die Kunden. War dann auch damit beschäftigt irgendwelche Regale zusammenzuschrauben und jede Menge Tassen, Gläser und Löffel zu organisieren. So ganz kurz vorm Ende des Arbeitstages war ich dann fertig, wollte einem Kunden was Gutes tun und habe zum ersten Mal einen Kaffee angeboten. Lief dann etwas holprig, da die Maschine nicht funktionierte, wie ich das wollte, der Kunde Zucker mochte, ich aber keinen hatte. Am Ende wurde alles gut und ich war zufrieden. Die Maschine ist gar nicht mal schlecht. Auch ansonsten habe ich heute die Umsonst-Schiene gefahren und im Büro Weihnachtsgebäck aufgestellt. Ist schon lustig den Kunden zuzuschauen, wie sie da reinlangen und sich vollstopfen. Fünf Minuten bevor ich die Tür abschließen konnte kam noch eine Dame rein gehuscht, die wissen wollte, um welche Destination es sich denn handele, bei dem angeschlagenen Angebot.

Kundin: „Entschuldigung. Wo liegt denn Espagne?“

Ich (ganz große Augen): „Ähm, das ist Französisch für Spanien. Das sind Angebote in französischer Sprache für unsere grenznahen Kunden.“

Morgen gibt es Gratisglühwein bei mir im Büro to be continued.

Tag 341 + 342: 5 Dinge die ich heute gelernt habe

So, habe mir gerade mal die Woche und ganz besonders den Tag aus dem Gesicht gewischt. Es weihnachtet sehr und so kam es, dass ich heute eigentlich eine nette Promo auf dem Plan hatte, aber die Promoterin nicht aufgetaucht ist. Hatte wohl aus dem Fenster geschaut, den Regen gesehen und beschlossen: „Nee, heute bin ich krank!“ Auch ansonsten bin ich nach heute etwas schlauer. Hier die fünf Dinge, die ich gelernt habe:

1. Mitarbeiter mit der Sandwich-Methode kritisieren oder es gleich sein lassen.
2. Promoter über eine Promotion-Agentur organisieren, auch wenn es teurer ist. Wenn man das über Freunde und Bekannte macht, dann wird das nix. Vor allem, wenn es nicht klappt, hat man irgendwie ein doofes Gefühl und die Freunde die es organisiert haben auch (Später tiiieeeffff durchatmen, wenn ich die Freundin sehe, die es versemmelt hat).
3. Lerne eine neue Kaffeemaschine zu bedienen. Lese zunächst die Bedienungsanleitung (komplett!). Verliere nicht die Nerven, wenn das Gerät nicht so will, wie du das willst. Und erfreue dich, wenn du es um 18.05 Uhr geschafft hast, dass das blaue Licht immer dann leuchtet, wenn man einmal durchspülen muss (auch wenn das nicht in der Anleitung steht).
4. Koche für eine Promotion nur eine kleine Menge Glühwein. Am Ende kippst du 6 Liter weg, vor allem wenn du dein Büro mitten auf dem Weihnachtsmarkt hast.

5. Wenn du ein Gewinnspiel hast, dann reagiere völlig gelassen auf folgende Frage: „Können Sie mir das auch ausbezahlen? Ich brauche nämlich neue Möbel!“

So, allen ein schönes Wochenende – vor allem der netten Birgit, meiner treusten Leserin.

Bis Montag!

Tag 343: Und wenn ich rieche diesen Duft, ist jeder Kundenwunsch verpufft …

Montag, verschlafen! Das konnte ja heiter werden. Nicht mal mehr zum Duschen bin ich gekommen und das mit rund drei Knoblauchzehen im Blutkreislauf. Kommt immer alles zusammen. War dann leider nicht allzu viel zu holen heute. War mir nicht sicher ob es an meinen Angeboten oder der Geruchsbelästigung lag. Meine Kollegin konnte jedenfalls keinen Unterschied zu sonst erkennen. Einer der wenigen interessierten Kunden wollte gerne ein Angebot über Silvester und hat Mantra-mäßig immer wieder gesagt „soll nur so ein paar Tage weggehen“. Habe das dann genauso Mantra-mäßig ignoriert und meine Angebote vorgetragen, die alle auf Wohlwollen gestoßen sind. Vor lauter Begeisterung hat er dann seine Einkaufstüte fallen gelassen, in der sich zwei Flaschen Rotwein befanden. Eine der Flaschen hat den Absturz nicht überlebt und so war es mal wieder Zeit feucht durchzuwischen. Sah alles mächtig aus wie Sau und roch auch sehr, sehr lecker. Ich erwarte mindestens eine Buchung als Entschuldigung, wenn er mit seiner Angetrauten die andere Weinflasche geleert hat. Scherben bringen Glück. Mal schauen Irgendwer hat offenbar eine Herde losgelassen, was das Thema Fernbus angeht. Jeden Tag fragen jede Menge Leute, ob wir diese im Programm haben. Haben wir aber leider nicht. Morgen muss ich besser riechen, damit ich bei meinem Satz „Tut mir leid, das haben wir nicht im Programm“ zumindest einen sympathischen Eindruck hinterlasse.

Bis morgen!

Tag 344: Von Fernweh und MRT

Heute waren dann mal die Silvester-Anfragen dran und mit ihnen auch die absoluten Last-Minute-Schnäppchenjäger:

Kundin: „Wir würden gerne nach Hamburg!“

Silvester an der Elbe also. Hatten noch einige Hotels verfügbar, allerdings nur noch zwei Häuser, die recht günstig waren. Alles andere konnte man getrost als völlig überzogen bezeichnen. Nachdem ich die Angebote präsentiert und dreimal darauf hingewiesen hatte, dass jeweils nur noch 1 (!) Zimmer verfügbar ist, bekam ich meine Lieblingsfrage gestellt.

Kundin: „Und bis wann müssen wir uns da entscheiden?“

Bis vorgestern! Meine Kollegin und ich kämpften weiterhin mit unserer neuen Kaffeemaschine und ich mit einem Termin beim Radiologen, der eindeutig zu lange gedauert hat und keine allzu erfreulichen Ergebnisse zutage förderte. Am Ende musste ich feststellen, dass ich mein Namensschild den halben Tag verkehrt herum am Hemd hatte. Passt zu diesem Tag.

Bis morgen!

Tag 345: Viva la Mexiko

Und auch heute etwas gelernt! Immer schön die Angebote aktuell halten. Draußen hing ein besonders günstiger Flug nach Mexiko (für unter 300 Euro), den eine Alleinreisende „Dame“ hineintrieb. Leider war das Angebot aber schon nicht mehr verfügbar und wer weiß ob sie rein gekommen wäre ohne – so hatten wir zumindest eine Möglichkeit einen guten Eindruck zu hinterlassen, auch wenn es etwas fruchtlos war.

Kundin: „Wo liegt denn dieses Cancun, Mexiko?“

Kollegin: „Das ist so Richtung Mittelamerika, Karibik!“

Kundin: „Ach, das wäre schön. Ist das mit Hotel?“

Klar, mit Ausflügen und 250 Euro Taschengeld.

Kollegin: „Nee, das ist nur der Flug. Aber ich kann Ihnen gerne ein Hotel heraussuchen.“

Die Kundin stellte sich erst mal die Stühle zurecht und auch das dargebotene Gebäck und machte es sich so richtig gemütlich. Meine Mitarbeiterin ist ein richtiger Engel bei solchen Kunden und bringt eine Geduld und Freundlichkeit an den Tag, dass es einem warm ums Herz wird. Wenn man sie allerdings kennt, dann erkennt man, dass sie gerade nur so liebenswert spricht, weil sie den entsprechenden Kunden auch nicht für ganz voll nimmt und befürchtet, dass der Verstand zwischen Vollsuff und Kleinkind liegt.

Kundin: „Ich brauche nichts Touristisches. Ein Ventilator im Zimmer reicht mir!“ (mampf, mampf, mampf). „Und ich würde gerne sechs Wochen bleiben.“

Kollegin: „Der Flugpreis im Schaufenster ist für 14 Tage.“

Kundin: „Na, dann verlängern Sie das.“

Kollegin: „Ich kann das gerne für sechs Wochen heraussuchen. Aber das wird wegen Weihnachten und Silvester mehr kosten."

Kundin: „Ach, jetzt sind Sie aber negativ ..."

Kollegin (lacht): „Tja, das ist aber leider, leider so."

Kundin: „Kann ich auch mit einer fremden Frau ins Zimmer? Also so ein halbes Doppelzimmer buchen?"

Kollegin: „Nein, das geht leider nicht bei uns ..."

Nachdem Mexiko abgegrast war, ging es noch einmal quer durch den Mittelmeerraum. Und dann ging es wieder raus in die Kälte. Aber nicht ohne noch ein weiteres Stück Gebäck einzupacken. Mahlzeit!

Bis morgen!

Tag 346: Möchten Sie gerne an unserem Reisegewinnspiel teilnehmen?

Heute hatten wir erneut eine Promotion und ein nettes Gewinnspiel, bei dem man eine sehr schicke Fernreise gewinnen konnte. Meine beiden Promoter hatten starke Nerven und ich habe dann auch wieder mal sehr nette Geschichten erzählt bekommen.

Promoter: „Möchten Sie gerne an unserem Gewinnspiel teilnehmen?"

Kunde: „Nein, ich habe eh keine Zeit für eine Reise im nächsten Jahr."

Promoter: „Aber Sie könnten die Reise verschenken?"

Kunde (barsch): „Verschenken? An wen soll ich das verschenken? An meine Exfrau – die hat eh schon alles!"

...

Promoter: „Möchten Sie gerne an unserem Gewinnspiel teilnehmen?"

Kundin: „Macht nur Ihr Büro mit oder noch andere?“

Promoter: „Auch andere, ja!“

Kundin: „Nee, dann ist die Wahrscheinlichkeit zu gewinnen zu gering ...“

Promoter: „Ist aber noch geringer, wenn Sie nicht mitmachen ...“

Kundin: „Stimmt!“

Guckt in den Himmel und geht weiter ...

...

Dame nimmt den halben Stapel mit den Flyern und geht weiter ...

Promoter: „Entschuldigung ... aber ...“

Kundin: „Kann ich Ihnen die morgen per Post zuschicken?“

Promoter: „Nein, tut mir leid. Es wäre besser Sie füllen 1 Flyer hier aus.“

Die Betonung auf 1 Flyer!

Und dann noch das Highlight!

Promoter: „Möchten Sie gerne an unserem Reisegewinnspiel teilnehmen!“

Kunde: „Nein, das Ziel, das Sie verlosen, ist zu weit weg!“

Bis morgen!

Tag 347: Say it – don’t spray it!

Meine Kollegin hatte sich auf ein ruhiges Arbeitsende gefreut, aber dann wurde es doch noch asiatisch am Ende des Tages. Nix von der leckeren süßsauren Sorte – nein, es war philippinisch und etwas zäh.

Kundin: „Brauchen Flug Ninoy Aquino!“

Kollegin (viele Fragezeichen über dem Kopf): „Was?"
Kundin (quäkt): „Flug Philippines – Ninoy Aquino!"
Sie wollte nach Manila – das war dann irgendwann klar. Scheint weit verbreitet den Flughafen entsprechend der offiziellen Benennung an den Reiseverkäufer zu kommunizieren. Atatürk, Sabiha Gökcen, Catharge oder halt Ninoy Aquino. Fehlt nur dass mich ein Kunde begrüßt und mich darüber informiert, dass er einen Flug nach Franz-Josef-Strauß benötigt.
Kundin: „Kaffee pas!"
Kollegin (?): „Wie bitte?"
Kundin: „Flug mit Kaffee pas...!"
Und sie spuckt ein Riesenstück von ihrer halb-zerkauten Wurstsemmel auf den Tisch.
Kundin: „Oh, haben gespuckt ... Moment ..."
Jetzt wird ein verrotztes Taschentuch ausgepackt und alles schön verschmiert. Aber meist sehr freundlich der asiatische Mitmensch. Immer lächeln!
Ach so! Falls sich jemand fragt was „Kaffee pas" sein soll – ist der Name der renommierten Airline Cathay Pacific. Halt nur auf philippinischem Kauderwelsch. Am Ende wurde eine Verbindung via Hongkong gebucht.
Bis morgen im Wunderland!

Tag 348 + 349: Der zu perfekte Kunde

Es gibt solche und solche, aber mehr solche als solche. Oder wie war das? Die wenigsten Kunden sind unkompliziert. Aber das macht nichts. Gestern hatte ich eine Kundin, die mir definitiv zu freundlich war und mich damit komplett irritierte:

Kundin (spitzt in das Büro rein): „Kann ich noch rein?"

Ich (gucke irritiert, da wir noch lange nicht schließen): „Klaro, warum auch nicht?"

Kundin: „Oh, das ist ja suuuuuuuuuuuuper nett von Ihnen! Ich will Sie ja nicht nerven (tut sie schon), aber ich brauche noch ein Angebot für mich und meine Tochter (ist mein Job!). Aber nur wenn sie Zeit haben und nicht zu viel zu tun."

Im Büro sieht man Heuballen vorbeifliegen und hört Grillen zirpen, soviel ist zu tun. Das müsste auch ihr auffallen. Aber gut, will ja nicht so sein.

Ich: „Gar kein Problem! Dann erzählen Sie mal, was Sie sich so vorstellen!"

Ganz großer Fehler – sie hat dann erzählt. Ich glaube zehn Minuten lang. Offenbar hat sie keine Freunde. Ich habe genickt und freundlich gelächelt. Hoffe ich jedenfalls. Und ich hoffe sie hat nichts Trauriges erzählt – irgendwas von Hundewelpen oder so. Irgendwann war es tatsächlich Zeit zum Absperren und ich hatte ihr versprochen entsprechende Angebote per E-Mail zu schicken. Hatte ich dann auch noch schnell gemacht. Heute linste sie wieder zunächst die Tür rein.

Kundin: „Sind Sie schon da?"

Augenrollen unterdrücken kann so schwer sein. Nee, die Tür ist nur offen, weil der Glaser ein Loch gelassen hat. Natürlich bin ich da, wenn ich hier sitze. Und das Unheil nahm erneut seinen Lauf. Am Ende eine Minibuchung.

Den perfekten Kunden gibt es nicht. Ich nehme sie aber alle!

Bis nächste Woche!

Tag 350: $h*! Monday!

Gestern hatte ich mit meinen Mädels Weihnachtsfeier. Zuviel Wein, Espresso, Essen und der strahlende Vollmond am Himmel sorgten dann für bizarre Schlaflosigkeit – nicht nur bei mir, sondern bei fast allen. Dementsprechend gerädert begann der blöde Montag dann auch mit gefühlten drei Stunden Erholung und nervigem Magengrummeln. Im Büro musste ich dann alle ans Händchen nehmen. Erst mal erklärt, wie man den Adobe Reader auf dem Rechner installiert, damit man sich die Angebote anschauen kann, die per Mail kommen. Dann für Kunden ein Thailand-Angebot rausgesucht. Während der Suche habe ich gelauscht und festgestellt, dass so rein überhaupt nicht klar wann der Urlaub eingetragen werden kann. Irgendwie setze ich zu viel voraus glaube ich manchmal. Sollte doch klar sein, dass es ohne Datum sinnfrei ist etwas rauszusuchen, da man weder weiß ob Flug, Hotel oder bei Thailand die Reisezeit am Ende frei sind oder passen. Könnte auch einfach den Katalog durchblättern, laut „STOP!" rufen und dann irgendein Haus anbieten. Oder ich nehme das „ERNSTL". Beim nächsten Kunden war ich ganz stolz, dass ich über Weihnachten noch Angebote finden konnte in den Schnee plus Wellness-Bereich. Der Herr war allerdings traurig, dass es „nur drei Angebote" wurden. Das fand er sehr wenig und er „hätte sich mehr Auswahl gewünscht".

Am Ende noch ein Italiener ohne deutsche Sprachkenntnisse der nach den offiziellen Öffnungszeiten einen Flug nach Mailand und seine Gitarre im Handgepäck mitnehmen wollte. Natürlich waren Hin- und Rückflug mit unterschiedlichen Fluggesellschaften und auf den Internetseiten keine Informationen hinterlegt. Montage sind einfach doof!

Bis am Dienstag!

Tag 351: Und ab geht die Luzie

Heute hatte uns zunächst eine Kundin mit SMS auf unserem Festnetz-Telefon zu gespammt. Ist immer sehr lustig, wenn es piept und man Dinge liest wie „Arzt erst Donnerstag! Melde mich!"

Irgendwann hat meine freundliche Mitarbeiterin dann auf der besagten Nummer angerufen und noch freundlicher nachgehört, ob sie sich nicht so ein bisschen komplett geirrt hat mit dem Absender. An der anderen Seite dann große Freude.

Dame am Telefon: „Ach, die Nachricht war für die Luzie!"

Okay, Luzie abgehakt. Der nächste Kandidat ist ein älterer Herr, der sehr gerne auf dem Marktplatz sitzt, raucht und trinkt, öfter mal ein Angebot anfragt und sehr selten bucht. Seine Frau hat mich schon über seine Demenz informiert. Heute dann folgende Unterhaltung.

Kollegin: „Soll es AI oder Halbpension sein?"

Kunde: „Mir reicht HP, aber meine Frau ..."

Kollegin: „Dann lieber AI?"

Kunde: „Nee, die ist dick genug ... die braucht nicht noch mehr ..."

Ich (gespielt schockiert): „Ach, jetzt kommen Sie – so kräftig ist die doch nicht. So was können Sie doch nicht sagen."

Kunde: „Die ist doch recht breit. Woher kennen Sie denn meine Frau?“

Ich: „Na, die war auch schon paar Mal da und hat nach Angeboten gefragt …“

Kunde: „Hatte schon vermutet, dass die mir fremdgeht …“

Ich: „Nee, die hat immer für Sie beide geschaut.“

Große Augen bei mir, aber er lächelt dann freundlich. War wohl offenbar nur ein Scherz. Aber wer weiß?

Bis morgen!

Tag 352: Es weihnachtet (zu) sehr …

Meinen freien Tag begann ich mit faulenzen und ausschlafen, um dann später doch im Büro aufzutauchen. Der aufkommende Betrieb in den letzten Tagen hat mich irgendwie in Weihnachtskarten-Verzögerungen gebracht. Weihnachtskarten – antiquiert, aber irgendwie sind so ein paar handschriftlich verfasste Worte doch ganz sexy. Und dann das Dilemma. Wer bekommt eine Karte, wer nicht? Und wer bekommt die Karte nur als E-Mail? So lange habe ich noch nie an der Liste gesessen, am Ende alles verworfen und neu überlegt. Dann muss der Stapel gestempelt und frankiert werden – teilweise auch noch unterschiedlich da wir Kunden in Deutschland, Frankreich und Luxemburg haben. Hoffe so ein paar schauen sich die Karte wenigstens an. Beim Text war ich irgendwie nicht so kreativ. In den meisten Karten steht „Danke für Ihre Treue!“ Aber dafür muss man in der heutigen Zeit auch am Dankbarsten sein.

Bis morgen!

Tag 353: Kalt + Dunkel

Da sitze ich um 9.35 Uhr bereit und schaue nachdenklich aus dem Schaufenster. Eine junge Frau läuft vorbei, stoppt, guckt rein, läuft weiter, stoppt, läuft zurück, guckt rein, läuft wieder weiter, stoppt, macht kehrt und kommt rein. Das kann ja heiter werden.

Ich: „Guten Morgen!"

junge Frau: „Suchen Sie noch jemanden zum Arbeiten hier?"

Oh je. Mutig, aber der Satzbau ist schon mal Gülle.

Ich: „Nee, tut mir leid. Man muss auch eine entsprechende Ausbildung haben, um hier zu arbeiten ..."

Junge Frau: „Ach so. Eine Ausbildung habe ich nicht. Also noch generell überhaupt keine, kann ich mir so einen Keks nehmen?"

Ich: „Äh. Klar!"

Bisschen seltsam ...

Junge Frau (*kau*): „Ja, dann Entschuldigung für die Störung. Und einen schönen Abend noch!"

War zwar etwas dunkel draußen, aber Abend war es noch nicht ganz hell war das aber jetzt auch nicht. Eher etwas verstrahlt.

Hatte dann am Nachmittag noch ein Pärchen über Weihnachten in den Schnee geschickt und obligatorisch die Reiserücktrittsversicherung angeboten.

Kundin: „Jetzt mal ehrlich. Wenn meine altersschwache Mutter stirbt. Was passiert dann?"

Ich: „Das wäre dann so ein Fall, wo Sie eine komplette Erstattung bekämen."

Kundin: „Ach, nee. Wir machen das nicht. Wenn Weihnachten ist, dann kommt die ins Kühlhaus."

Noch Fragen?

Tag 354: Frohe … Ostern!

Heute sind sie dann alle wach geworden. Huch, es sind ja Ferien. Schnell mal noch im Reisebüro nach Last-Minute fragen. War sogar noch einiges verfügbar. Aber die Preisvorstellung bis 800 Euro pro Person und Woche für Fernreise oder zumindest Kanaren und Dubai konnten leider nur mit freundlich-verachtendem Schnauben unsererseits bearbeitet werden.

Ich hatte dann ein Paar das etwas schier, aber sehr nett war. Nach einem hoch erotischen Hustenanfall (Tisch ist inzwischen desinfiziert), wurde gebucht. Danach gab es viele bunte Fragen zur Hotelbeschreibung. Zum Beispiel: „Was bedeutet voll klimatisiert? Heißt das, dass ich keine Fenster öffnen kann?“ oder „Sind im Preis alle Flugzeuggebühren enthalten?“

Bitte?

Meine Kollegin durfte dann noch etwas „zwischen den Tagen“ raus suchen. Hat sie dann gemacht.

Kunde: „Müssen wir das gleich bezahlen?“

Nee, erst mal hin fliegen und nur wenn es schön war, dann wird das in Rechnung gestellt. So oder ähnlich waren dann die Worte meiner Kollegin zu mir, als sie um 18.30 Uhr das Büro verließ. Auch eine Kur wollte sie gerne für 2014 beantragen. Da war ich aber nicht der richtige Ansprechpartner.

Um 18.55 Uhr wollte dann noch ein Asiat über Ostern weg. Hoffe er hat sich nicht im Feiertag geirrt.

Bis morgen!

Tag 355 + 356: Zurück zu alter Stärke

Kurz vor Weihnachten gab es dann noch ein paar Kunden, die es wissen wollten. Hochpreisige Silvesterreisen nach Kuba und Mallorca gingen über den Tisch – der erfolgreichste Tag seit zwei Monaten und das gute Gefühl dass es aufwärts geht, ließen mich beruhigt in den Weihnachtsurlaub starten. Das Auge hat aufgehört zu zucken und alle anderen gesundheitlichen Probleme der letzten Wochen ließen endlich ein wenig nach. Zum ersten Mal sollte ich Weihnachten unter Palmen verbringen, genauer gesagt unter den Palmen der Costa del Sol. Und damit es entspannt blieb, hatte ich das einfache Bed & Breakfast Hotel am Flughafen in Hahn reserviert – das ganz frühe Aufstehen entfiel. Ja, ich höre wieder ein Aufstöhnen. Hat der schon wieder Lowcostair gebucht. Aber findet mal einen Flug, der keine 600 Euro kostet und genau über die Feiertage geht. Da ich am Freitag gerne wieder im Büro sitzen wollte, gab es keine andere Wahl. Aber genug Erklärungsversuche. Lowcostair hat uns pünktlich an unser Ziel gebracht. Lediglich der furzende Typ auf dem Sitz neben uns hat etwas gestört, aber die Regelmäßigkeit seiner Geräusche ersetzte irgendwie den Bildschirm mit Uhrzeit, Flughöhe und Geschwindigkeit, da man durch Mitzählen erahnen konnte, wie viel Zeit vergangen war. Ich habe übrigens irgendwo gelesen, dass sehr viele Menschen beim Start des Flugzeugs, also in dem Moment wo die Maschine den Boden verlässt, noch mal alles rauslassen, was keine Miete bezahlt. Liegt laut der Studie an dem „Letzte Chance, jetzt hört das auch niemand“-Gedanken. Aber das nur mal so am Rande. Die spanische Sonnenküste empfing uns dann auch mit der selbigen und sehr freundlichen 18 Grad. Der erste Rollator an der Rezeption ließ allerdings böses Erahnen.

Bis morgen!

Tag 357: Rentner-Im-Urlaub

Die Rezeptionistin und ich hatten mal wieder Spaß miteinander. Der erste Rollator im Hotel ließ mich bereits erahnen, welche Klientel gemeinsam mit uns urlauben würde und so war die Dame sehr dankbar, dass ich die zweite Essenszeit annahm.

Ich: „Für um 18 Uhr zu essen sind wir auch ein bisschen jung!" (Inzwischen mein Standardsatz in Hotels, mal sehen, wie lange noch.)

Rezeptionistin (lacht und winkt ab): „Sind fast nur ältere Herrschaften hier, die sich um die 18 Uhr Sitzung schlagen."

Problem war somit schnell gelöst. Das renovierte Hotel der Kette Renter-Im-Urlaub, sah in seinen rosa Farbtönen sehr nett aus. Hatte diese Art der Renovierung bereits im Januar auf Gran Canaria gesehen und mich gefragt, was sich der Innenarchitekt dabei gedacht hat. Überall Buddha-Figuren und asiatischer Schnickschnack – da bleibt zu hoffen, dass sich dieser Trend der Einrichtung nicht zu schnell überholt. Ich befürchte die vielen gebrechlichen Personen, konnten mit asiatischem Design nicht so sehr viel anfangen. Jedenfalls schloss sich der Kreis nun mit einem weiteren Hotel in der Farbkombination. Die Vielzahl an Rollstühlen und Rollatoren passte allerdings nicht in das Gesamtbild, störte jedoch nur am Rande. War ein gut geführtes Altersheim. Es ist dennoch erstaunlich wie viele ältere, offenbar pflegebedürftige und nicht mehr mobile Menschen den Stress einer Reise auf sich nehmen, nur um Weihnachten nicht in Deutschland zu verbringen.

Mit unserem altersschwachen Mietwagen, den wir liebevolle „Schlumpfmobil" getauft haben (hellblauer Kia Picanto), ging es dann nach Gibraltar.

Morgen mehr!

Tag 358 + 359 + 360: Extraordinary, merry X-Mas

Gibraltar liegt mit seinem Felsen wie ein fetter Walfisch am Ende der Costa del Sol auf einer Halbinsel. Der Streit um dieses Stückchen Erde ist auch eines der interessantesten Dinge, die dieses Fleckchen Erde ausmachen. Der grimmige Blick des Grenzbeamten beim Betreten von britischem Hoheitsgebiet war keine sehr freundliche erste Begrüßung. Egal! Erst mal über die Landebahn des Flughafens spaziert (kein Scherz, wegen Platzmangel gibt es eine Schranke für Fußgänger und Autofahrer) auf dem Weg in Richtung Seilbahn und „Top of the Rock". Die „Main Street" war voller Touristen und Last-Minute-Christmas-Shoppern und die Menge an Einkaufsmöglichkeiten für eine Stadt dieser Größe mehr als beeindruckend. Die Seilbahn war dann wegen einer Weihnachtsfeier des Personals geschlossen und man musste eine sauteure Tour mit einem Guide buchen, um sich von den Berberäffchen auf dem Felsen bespringen zu lassen. Waren zunächst etwas skeptisch, wurde aber ein sehr cooler Tag mit tollen Fotos und noch besseren Erinnerungen. Heute ist in Deutschland der Heilige Abend. Hier war ein normaler Geschäftstag. Ich verabschiede mich bis Freitag, wo es wieder neue Geschichten aus dem Leben eines Reiseverkäufers (im Urlaub) gibt.

Frohe Weihnachten!

Tag 361: Gute Vorsätze

Weihnacht an der Costa del Sol war wirklich wunderbar. Lediglich das Anstehen am Speisesaal am 1. Weihnachtsfeiertag fand ich etwas seltsam. Alle waren mehr oder weniger geschmackvoll (naja, weniger) aufgestylt und geierten nach dem kostenlosen Aperitif, um sich die halbe Stunde Wartezeit zu vertreiben, bis sich die Türen des Speisesaals öffneten. Dort ging dann das Fotografieren und Gaffen weiter. Und dann gab es auch noch Sekt und Wein für lau – ein Fest für alle. Nur nicht für die armen Kellnerinnen, die die manchmal doch sehr barschen und unfreundlichen Menschen bedienen durften. Nachdem alle ausführlich fotografiert hatten, wurde sich auf das Buffet gestürzt, wo dann allerhand Köstlichkeiten aufgetischt waren. War mein erstes Mal bei einem Weihnachtsbuffet im Hotel und schon beeindruckend, mit welcher Mühe dekoriert wurde. Hielt auch für ungefähr 10 Minuten. Bin zwar dann durch einige Videoaufnahmen gelaufen, aber ich hatte halt Hunger. Ist tatsächlich so, dass was für mich selbstverständlich ist – also mehrere Reisen im Jahr – für viele andere wirklich etwas Besonderes ist und vielleicht auch manchmal vom Mund abgespart. Und das muss für die Nachwelt auf Video festgehalten werden. Mein erster Vorsatz für das neue Jahr wäre dann, dass ich mir das zukünftig bei meinen Beratungen noch mehr in Erinnerung rufe: Ich bin für die wichtigsten Wochen des Jahres irgendwie mitverantwortlich.

Bis morgen!

Tag 362 + 363: Die Zeit fliegt

Der Alltag hat mich wieder. Und mit ihm sind auch die ganz speziellen Anfragen wieder an der Tagesordnung. Da steht sie vor mir, die Mademoiselle Ahnungslos und hätte gerne noch ein Angebot für Silvester oder günstig von maximal Freitagabend bis maximal Sonntagmorgen. Aber höchstens für 140 Euro pro Person. So an Berlin oder Hamburg hat sie gedacht. Mein kleiner Exkurs in deutscher Geografie wird mit sehr vielen Fragezeichen zur Kenntnis genommen:

Kundin: „Haben Sie denn was anderes touristisches?"

Ich: „?!"

Kundin: „Na, so mit Touristen?"

Nach sehr vielen irritierten Blicken auf beiden Seiten ist sie mit einem Angebot für München losgelaufen, aber nicht ohne vorher nach Restauranttipps zu fragen. Nee, nicht für München, sondern für die Silvesternacht in unserer Heimatstadt.

Mein Kollege hatte ein nettes Last-Minute Angebot draußen, dies jedoch schnell bereut.

Kundin: „Was bedeutet denn das mit dem Last-Minute?"

Kollege: „Das bedeutet, dass das sehr kurzfristige Angebote sind!"

Kundin: „Ach so. Sie verkaufen keine Zeit?"

Kollege: „Äh?"

Bis am Montag!

Tag 364: All good things ...

Das alte Jahr ist so gut wie vorbei und heute habe ich die Mitarbeiterbesprechung für das neue Jahr vorbereitet. Es hat 2013 irgendwie etwas gehakt – vielleicht war ich zu sehr mit diesem Blog beschäftigt. Nein, Scherz beiseite. Die Kunden werden immer anspruchsvoller und wollen Dinge möglichst genau wissen. Was nachvollziehbar ist – es geht mir auch nicht anders.

Kunde: „Wir suchen ein Ferienhaus auf Korsika, aber der Strand muss fußläufig erreichbar sein, mindestens vier Schlafzimmer müssen verfügbar sein und ein eigener Pool. Wir haben schon das ganze Internet durchsucht."

Okay, dann suche ich mal. Man muss es als Herausforderung betrachten, ansonsten geht das nicht mehr. Und man hätte zusätzlich noch Bedarf an folgenden Informationen: Allergiker-Bettwäsche! Sind Hunde im Hotel erlaubt? Nicht weil man eine Allergie gegen Hunde hat oder man einen mitbringen möchte. Nein, weil man Hunde nicht leiden kann und dann kein Ferienhaus will, das die treuen Begleiter akzeptiert. Und wo genau bekommt man den Schlüssel und überhaupt und sowieso. Und wie kommt man von Calvi zum Ferienhaus und wie viele Kilometer sind das genau. Wie ist die Beschaffenheit der Straße – hat die viele Kurven und so?

Und am Ende wurde nicht gebucht – aber kann ja noch werden. Vielleicht im neuen Jahr?

Bis morgen!

Tag 365: ... must come to an end!

Verabschiedet wurde ich heute von einem Schwarzafrikaner, der einen Flug nach Ghana wollte. War zwar nicht Ruanda wie im Buch-Titel, aber dennoch irgendwie ganz passend. Verstehen konnte ich den Herrn auch nicht. Aber das macht nichts, denn Menschen werden mir für immer ein Rätsel bleiben und das ist auch das Spannendste an meinem Beruf. Wie lange ich auch immer den selbigen noch ausüben werde.

Das war's. 365 Tage liegen hinter mir – Feier- und Sonntage noch nicht abgezogen. Vielen Dank an drei ganz besondere Menschen, die hoffentlich wissen, dass sie angesprochen sind. Sie haben mich nämlich dazu ermutigt diesen Blog/Buch zu schreiben bzw. auch dann weiterzumachen, wenn mir mal ein wenig die Motivation gefehlt hat oder mir die Ideen ausgingen – und das sind sie tatsächlich das eine oder andere Mal – man möge mir diese etwas uninspirierten Zeilen verzeihen.

Ein weiterer Dank an meine Mitarbeiterinnen und Kolleginnen und meinen ehemaligen Mitarbeiter. Alle haben mir tagtäglich per E-Mail oder telefonisch von ihren skurrilsten Erlebnissen berichtet. Ihr seid der Grund, warum ich morgens gerne zur Arbeit gehe.

Meine Kunden darf ich natürlich auch nicht vergessen – ohne diese Gattung Mensch wäre dieser Blog nicht möglich gewesen. Hoffe nur es findet sich niemand in einer unerfreulichen Geschichte wieder. Falls doch – Ähnlichkeiten mit lebenden Personen sind rein zufällig!

Vielen Dank an Julie Powell, die mich zu diesem Blog inspiriert hat.

Und zu guter Letzt an meine Leser – DANKE für die zahlreichen Kommentare und Rechtschreibhinweise. Es war mir eine Freude!

Vielen Dank und jetzt nix wie weg in die Ferien!

Euer Machma Urlaub

Der Autor

Der Mittdreißiger hinter dem Pseudonym Machma Urlaub wollte eigentlich Journalist werden und die Welt bereisen. Am Ende landete er dann in einem Reisebüro in Süddeutschland, wo er gemeinsam mit seinen Mitarbeitern die Kunden rund um den Globus schickt. Und sich selbst. Nebenher arbeitet er als freier Autor und Kolumnist und bloggt über seine Erlebnisse aus dem Reisebüroalltag – aus diesem Blog entstand dieses unterhaltsame Buch.